아파도
하고 싶은
Painful but Desirable

아파도
하고 싶은 1

채랑비 장편소설

초판 1쇄 찍은 날 | 2024년 2월 1일
초판 1쇄 펴낸 날 | 2024년 2월 8일

지은이 | 채랑비
발행인 | 이진수
펴낸이 | 황현수

기획 | 윤단아
편집 | 윤수진

펴낸곳 | 주식회사 카카오엔터테인먼트
등록번호 | 제2015-000037호
등록일자 | 2010년 8월 16일
주소 | 경기도 성남시 분당구 판교역로 221 6(일부)층

제작·감수 | KW북스
E-mail | paperbook@kwbooks.co.kr

ⓒ 채랑비, 2020

ISBN 979-11-385-0591-8 04810
     979-11-385-0590-1 04810(set)

0. 프롤로그

커피 내리는 시간을 좋아했다. 조금씩, 조금씩 천천히. 물을 따라 주다 보면, 기분 좋게 커피가 부풀어 오르고, 고소한 향기가 카페 안에 가득 찼다. 이렇게 커피를 내릴 때만큼은 복잡한 모든 생각을 잊었다. 그래서 이 시간이 더욱 소중했다.

아일랜드의 서쪽, 코네마라의 게스트 하우스와 카페를 겸업하는 한 가게. 그곳에 홀로 남아 자리를 지키던 하연은 폭설에 의해 손님이 끊기자, 자신이 마실 커피를 내렸다.

사락사락 눈이 내렸다. 아일랜드에는 눈이 오는 일도, 눈이 와서 쌓이는 일도 흔치 않다는데. 참 신기한 노릇이지. 오늘은 하늘에 구멍이라도 난 것처럼 눈이 퍼붓고 있었다. 고용해 준 사장에게는 미안한 말이지만, 손님이 없는 날은 하연에게는 큰 위안이었다.

우우웅.

평화는 오래가지 못하고 곧 깨졌다. 고요한 흰 눈의 세상을 가르는 엔진음이 들려왔다.

하연이 일하는 카페, 〈At World's End〉는 작은 시내에서도 차로 30분은 떨어진 곳이었다. 이런 날에 손님이 오다니. 하연은 고개를 삐죽 내밀어 누가 왔나 확인했다. 노란 택시가 서 있었다.

택시를 타고 오다니 별일이야. 이곳은 시내에서 40분은 떨어져 있어 택시를 타고 오는 손님이 흔치 않았다. 흩날리는 눈 사이에서 남자 한 명이 택시에서 내렸다.

"이상하네."

사장님이 남기고 간 메모를 들어 확인했다. 오늘 게스트 하우스의 숙박객은 0명. 서둘러 예약 노트를 뒤적였다. 3일간은 예약자도 없었다. 그럼 정말 커피만 마시러 온 손님인가. 하연의 생각이 끝을 맺기 전, 나무 문이 열리고 종이 울렸다.

딸랑.

"어서 오세요. 눈이 많이 오네요."

하연은 영어로 습관적인 인사를 건네며 시선을 들어 입구를 바라보았다. 정장 코트를 입고 서류 가방을 든 남자가 우뚝 서 있었다. 택시에서 내려 그 짧은 거리를 걸어왔는데도 머리카락에 눈송이가 대롱대롱 매달려 있었다. 그 머리카락 밑에 빛나는 눈동자를 보고, 예의상 지었던 하연의 미소가 딱딱하게 굳었다.

"안녕."

유창한 한국어 인사. 그러나 하연은 아무 말도 못 한 채 그를 바라만 보았다. 놀라 반쯤 입이 벌어진 그녀를 보고 남자가 웃었다. 반듯한 입술이 비릿하게 미소를 띠었다.

"하연이 네가 영어를 이렇게 잘하는지는 몰랐네."

그가 머리에 쌓인 눈을 털어 내며 웃었다.

"하긴, 내가 뭐 너에 대해 아는 게 있긴 했나."

담담한 웃음소리. 그 소리가 듣고 싶었다.

몰랐다. 그렇게 듣고 싶은 줄도 몰랐는데. 그 목소리가 작은 통나무 카페에 울려 퍼진 지금, 다른 것은 모두 어찌 돼도 좋았다. 시간도, 소리도 모두 다 멈췄다. 그 웃음소리가 가슴을 뱄다.

"왜 아무 말이 없어."

그가 점점 다가왔다. 하연이 서 있는 카운터의 건너편에 앉고는 서류 가방을 바닥에 툭 던졌다.

"한국어 잊은 건 아니지? 고작 한 달인데."

그의 핀잔에 하연은 겨우 목을 졸라 소리를 냈다.

"선배."

"내가 누군지 기억은 하나 보네."

그의 질책에 슬픈 웃음이 터질 뻔했다. 어떻게 잊을 수가 있을까. 설사 기억 상실을 일으켜서 저 자신의 이름을 잊는다 해도, 그만큼은 잊을 수 없으리라.

선배.

도윤 선배.

내가 사랑하는, 도윤 선배.

하연은 자신의 앞에 앉은 남자를 바라봤다. 그 눈에서 어느새 웃음기가 사라졌다. 뜨거운 눈동자가 종일 벽난로 온기를 쬐어 발갛게 달아오른 하연의 뺨에 닿았다.

"정말 나한테서 도망칠 수 있을 거라 생각했어?"

"도망간 거 아니에요."

하연의 항의에 그가 입술을 비틀었다.

"도망간 게 아니면, 네가 어디 가는지는 말했어야지."

그는 고개를 숙인 채 뭐라고 더 중얼거렸다. 욕설 같기도, 한숨 같기도 한 그 말을 제대로 들으려 하연은 자신도 모르게 고개를 살짝 들이밀었다. 그러자 숙였던 머리를 들어 그가 훅, 거리를 좁혔다.

"앗."

순간 그의 숨결이 코끝을 스칠 정도로 가까운 거리로 좁혀들었다. 하연은 몸을 빼려 뒤로 한 발짝 움직였다.

"가지 마."

그러나 그가 더 빨랐다. 언젠가 그녀의 몸을 온통 헤집어 놓았던 단단한 손끝으로 잔뜩 굽은 하연의 어깨를 잡았다. 옷 위로 그가 닿았을 뿐인데 정신이 흐트러진다.

"또 도망가려고?"

"선배가 여기는 어떻게……."

"내 아내, 찾으러 왔어."

'아내.'

그 단어에 하연의 숨이 멎었다.

그와 결혼을 했다. 그러나 그 결혼에는 사랑 대신 조건이 있었다. 1년을 채우면 헤어지는 계약 결혼이었다. 계약대로 끝을 맞이했고, 우리는 이별했다.

"선배, 우리는…… 헤어졌잖아요."

"그래, 그랬었지."

이혼 서류 못 봤냐는 말을 하기도 전, 그가 말을 이었다.

"하지만 안 될 것 같아. 이혼 안 해. 아니, 못 해."

"선배."

"정 이혼하고 싶으면 한국으로 가. 법정에서 다퉈. 뭐든 좋으니,

니, 술을 마시기 위해 모인다고 해야 할까?

"하연아, 더 마셔."

"아, 응."

하연은 바로 앞에서 얼굴이 벌겋게 달아오른 친구가 따라 주는 술을 받았다. 그러다가 문득 한 칸 떨어져 아직 취하지 않은 채 서늘한 얼굴로 술을 홀짝이는 남자에게 시선이 닿았다.

나는 비겁해. 동아리가 좋아서, 술이 좋아서, 관현악이 좋아서 자주 모이는 친구들과는 달리, 그녀에게는 사실 숨겨진 흑심이 있었다. 시선의 끝에 있는 저 남자, 도윤이었다.

도윤 선배. 그의 이름을 속으로 한번 불러 보았다. 단정한 이름이 입에 착 달라붙었다. 입 안에 맴도는 쌉쓸한 알코올 기운에 멍하니 그에게서 시선을 떼지 못하고 하연은 마음껏 그를 바라보았다.

도윤이 눈길을 눈치챘는지 시선을 돌려 그녀를 쳐다봤다.

"왜?"

"아무것도 아니에요."

서둘러 고개를 흔들어 보이고는 하연은 시선을 피했다. 내가 좋아하는 사람이 나를 좋아하는 일이 얼마나 대단한 일인지, 얼마나 어려운 일인지……. 그를 만나고 나서야 알았다.

도윤에게 자신은 그저 동아리 후배일 뿐. 그에게 하연은 여자가 아니었다. 아니, 비단 자신뿐만 아니라 그 어떤 여자도 그에게 이성으로 다가가지 못했다.

대학교 2학년, 동아리 MT에 갔던 하연은 우연히 동기가 그에게 고백하는 모습을 본 적이 있었다.

"도윤 오빠, 좋아해요. 저랑 사귀어 주세요."

적극적으로 마음을 표현하는 동기에게 도윤은 씁쓸하게 웃었다.

"미안한데, 안 되겠어."
"좋아하는 사람이 있으세요?"
"아니."
"저로는 부족한가요?"
"네가 문제가 아니야. 난 어떤 사람과도 사귈 생각이 없어. 지금도, 앞으로도."

그때 했던 도윤의 말은 단순히 그 자리를 피하기 위한 말이 아니었다. 이후에도 그는 누구에게도, 단 한 순간도 마음을 허락하지 않았다. 그것이 하연의 오랜 짝사랑의 유일한 희망이었다.

누구도 차도윤을 가지지 못한다. 그래서 하연의 짝사랑은, 이 비겁하고도 어두운 마음은 오랫동안 그림자 속에 숨어 있을 수 있었다. 다가갈 용기도 멀어질 용기도 없이 그저 이 자리에 서서 바라볼 뿐.

쓰디쓴 소주 한 잔을 꼴깍 삼켰다. 코끝에 아릿한 알코올의 향이 돌았다. 하연에게서 눈을 돌린 도윤은 차분하게 앞에 앉은 남자 동기와 이야기를 나누었다.

"……그렇게 놀랄 필요 없어."

술잔을 부딪치는 소리 사이로 간간이 그의 나지막한 목소리가 들려왔다. 신경 쓰지 말자고 생각해도 온몸의 세포가 그를 향해 있다. 오늘도 선배에 대한 생각으로 머릿속을 꽉 채우는구나. 하연이 핸드폰을 들어 주의를 돌리려는 순간.

"정말이야. 나, 결혼하려고."

툭.

도윤의 목소리가 시끄러운 잡음을 뚫고 하연의 가슴에 꽂혔다.

"뭐? 차도윤, 뭐라고?"

도윤의 고백에 그의 동기가 고개를 들어 그를 바라보았다.

"차도윤이 결혼을 한다?"

"그래."

"미쳤어? 아니, 뭐지? 오늘 무슨 날이야? 만우절이야?"

다른 이들의 목소리가 소란스러운 가운데, 작은 목소리로 옆에 앉은 성준이 하연에게 말을 걸었다.

"하연아, 괜찮아?"

성준은 하연의 동기이자, 도윤조차 눈치채지 못한 그녀의 마음을 유일하게 알고 있는 사람이었다. 그러나 차마 괜찮다는 말이 나오지 않았다. 괜찮지 않아서 괜찮다 할 수가 없었다. 말도 안 돼.

도윤은 여자에게 관심이 없었다. 대학교 신입생 때부터 그를 알았으니, 이제 꼭 10년이다. 그 오랜 시간 동안, 그와 여자는 거리가 먼 존재였다. 그런데…… 그랬던 그가 결혼한다.

발끝이 덜덜 떨렸다. 도윤에게 묻고 따지고 싶었다. 어떤 여자랑 결혼하는 거냐고, 무슨 일이냐고. 누구랑도 사귀지 않겠다고 하지 않았냐고.

"너, 연애에 관심 없다며?"

"그래, 없어."

모두의 들뜬 목소리와는 달리 남자의 말은 여전히 담담했다.

"근데 왜 갑자기 결혼이야? 우리 몰래 여자 친구 있었어?"

"내가 그럴 리가."

"그럼 결혼은 누구랑 해?"

도윤은 다시 홀짝, 술을 한 잔 들이켜더니 입술을 찌푸렸다.

"여자랑 하겠지."

"누, 누구? 어떤 여자?"

"선봐서 곧 결혼할 거야. 되도록 이른 시일 내에."

"선을 본다고?"

여자와 데이트는커녕, 소개팅조차 한 번 나가지 않는 남자였다. 신기해하는 선배도 있었고, 좋아하지도 않는 사람과 어떻게 결혼을 하냐며 역시 도윤은 특이하다고 떠들어 대는 이들도 있었다. 하연은 아무 말도 못 한 채 고개를 떨궜다.

"물 마실래?"

성준이 물을 하연에게 내밀자, 한참 숨을 참고 있던 그녀가 겨우 호흡을 내뱉고 고개를 흔들었다.

"아니, 술 마실래."

"하연아."

"괜찮아, 나 괜찮아."

성준의 걱정에 하연이 떨리는 목소리로 대답했다. 지금까지 여자와 교제한 적 없는 도윤이었다. 하연 역시, 그에게서 한 발짝 떨어져 연정을 품고 있을 뿐 좀처럼 다가가지 못했다.

그렇게 품었던 이 마음이 잘못된 것이었을까. 그래도 좋다고 생각한 것이 나빴던 걸까. 언젠가 그에게 짝이 생길 줄 알았지만, 이렇게 갑자기 찾아올 줄은 몰랐다. 소주가 찰랑거리는 술잔을 들어 하연은 입에 털어 넣었다. 오늘따라 술이 썼다.

＊　＊　＊

지금까지 하연은 동아리 모임에서 취한 적이 단 한 번도 없었다.

흐트러지는 모습을 특히 도윤에게는 보여 주고 싶지 않았다. 혹시 술에 취해 그에게 해서는 안 되는 말을 털어놓기라도 할까 봐 두려웠다.

좋아한다고, 사랑한다고.

어차피 거절당할 게 뻔한데, 괜한 말을 내뱉을 것만 같아 그동안 동아리 술자리에서는 술을 멀리했다. 그러나 오늘은 달랐다. 톡, 톡, 가볍게 소주잔을 입 안으로 털었다.

1차를 마치고 동아리 사람들이 호프집을 빠져나왔다. 술이 꽤 취한 사람들 사이에서 하연의 몸은 가장 불안하게 흔들렸다. 발끝이 한없이 늪 속으로 빨려 들어가고 있었다.

"하연아, 정신 차려. 하연아."

삐그덕, 다리가 미끄러져 쓰러질 뻔한 그녀의 팔을 성준이 꽉 잡았다.

"아, 음……."

하연이 손으로 머리카락을 쓸어 올리며 희미한 미소를 지었다. 피식, 입술에 걸쳐 있는 그녀의 웃음에는 힘이 없었다.

"성준이구나. 나 괜찮아."

마치 주문처럼, 괜찮다는 말에 하연은 매달렸다.

"안 괜찮은 것 같은데. 어지러워?"

"아냐. 괜……."

찮아. 괜찮아. 괜찮아질 거야.

성준이 걱정스러운 눈으로 바라보는 것을 알면서도 고개를 떨어뜨렸다. 차가운 바람이 스쳐 지나가자, 하연은 부르르 몸을 떨며 다시 힘을 차렸다.

"가야겠다."

"집에 갈 수 있겠어?"

"어? 어."

고개를 끄덕이며 목소리를 다듬었다.

"그럼 가야지. 내가 다른 데 갈 곳이 어딨어."

소리치는 친구들의 목소리가 들려왔다.

"성준아, 2차 안 가? 하연이는 집에 가? 2차는?"

2차에 갈 수는 없었다. 벌써 턱 끝까지 울음이 치고 올라왔다. 더 마시면 취한 자신의 입에서 무슨 말이 튀어나올지 알 수가 없었다. 그러니까 추한 꼴을 보이기 전에 집으로 가야 했다.

"성준이 넌 2차 가."

"너 너무 많이 취했는데, 데려다줄게."

"됐어. 우리 집, 여기서 가깝잖아. 걸어갈 수 있으니…… 괜찮아. 괜찮아, 정말."

고집스러운 하연의 말에 성준이 결국 그녀를 놓아주었다. 2차를 가려고 소란스러운 탓에 다행히 하연이 흔들리는 모습은 성준 이외에는 아무도 눈치채지 못했다.

하연은 괜찮다고 손을 흔들어 보이고는 몸을 돌려 걸어갔다. 할 수 있는 한 허리를 곧추세우고, 겨우겨우 숨을 내뱉으면서 발걸음을 내디뎠다.

오랫동안 조용히 해 왔던 짝사랑을 이제 와서 들킬 수는 없었다. 사람들이 어색해할 게 분명해. 그러니까 참자. 집에 가서 울면 돼. 집에 제대로 도착할 수 있다면 말이지.

거리에 나오자, 봄치고는 싸늘한 바람이 불어왔다. 머리카락이 흐트러지고, 마음도 이곳저곳으로 흘러 날아갔다. 하연이 다시 정신을 차려 거리로 향하는데, 발걸음 소리가 들렸다.

성준이 다시 나왔나? 들어가라고 했는데.

저벅저벅. 자신을 향해 다가오는 발소리에 몸을 돌리기도 전, 남자의 목소리가 들려왔다.

"혼자 집에 가는 거야?"

나지막한. 낮고 진하지만, 딱딱하지 않은 소리는 하연이 익히 아는 그 목소리였다.

"술에 많이 취했는데."

몸을 돌려 고개를 들었다. 강하게 부는 밤바람에 흩날리는 머리카락, 그 아래 까맣게 빛나는 눈동자가 그녀를 향했다.

"도윤 선배."

생각지도 못한 그의 등장에 놀라 하연의 입술이 반쯤 벌어졌다. 언제 이렇게 가까이 다가왔는지.

"신하연, 취했네."

하연이 고개를 끄덕였다. 너무 놀라, 입 밖으로 말이 나오지 않았다.

"집, 어디야?"

설마, 집에 데려다주겠다고 하는 건…….

"가까워서 혼자 갈 수 있어요."

서둘러서 고개를 저었다. 정말이냐는 듯 도윤의 단정한 눈썹이 비틀린다. 고개를 꾸벅 숙이고는 하연은 그를 밀어냈다.

"네, 정말 괜찮아요. 그럼."

안녕히 가세요, 선배. 그 이름 모를 여자랑 결혼도 잘하시고요. 하연은 속으로 중얼거리고는 몸을 돌렸다. 잠시나마 그의 몸을 밀어냈던 손바닥이 홧홧하게 달아올랐다.

당분간 동아리 모임은 나가지 말아야겠다. 아까 술자리에서 여름

맞이 야외 음악회를 개최하자는 이야기가 나왔다. 하지만 이번에는 참석하지 말자. 마음이 정리될 때까지는 그를 보지 않는 게 상책이다. 짝사랑이 오래된 만큼 그 벌어진 상처가 아물 때까지는 긴 시간이 걸릴 것 같다.

하연은 앞으로 걸어갔다. 머리카락을 쓸어 올리고, 가방을 추어올려 앞을 디뎠다. 그때, 보도블록 하나가 빠진 곳에 힐이 푹 들어갔다. 겨우 허리를 곧추세우고 걸어가고 있었는데, 정돈된 자세가 비틀어지고 발이 그 사이로 푹 빠졌다.

"엇!"

몸이 바닥으로 고꾸라지는 그 순간, 도윤이 그녀의 어깨를 잡았다. 반쯤 쓰러지던 몸을 겨우 세웠다. 매끈한 슈트로 덮여 있는 단단한 가슴팍에 하연의 팔이 짓눌렸다.

"신하연."

뜨거운 목소리가 하연을 흔들었다. 그가 그녀의 이름을 부르는 그 짧은 목소리에 '그러게 왜 혼자 가겠다고 했어.'라는 질책이 섞여 있었다.

"괜찮아요."

괜찮다, 라는 말밖에는 못 하는 앵무새가 된 것처럼 하연은 다시한번 괜찮다고 말을 내뱉었다. 그러나 도윤의 표정은 좋지 않았다. 미간을 잔뜩 찌푸린 채, 그의 날카로운 시선이 술에 취해 붉게 달아오른 하연의 얼굴을 스쳤다.

"하아……."

그의 입술 사이로 긴 한숨이 흘러나왔다. 귀찮은 것일까.

"괜찮다는 소리 그만하고, 얌전히 따라와."

거절은 용납하지 않겠다는 강인한 목소리였다.

"집에 가다가 사고라도 당하면, 내가 찜찜하니까."

하연은 고개를 끄덕였다. 평소였다면 밀어냈으리라. 하지만 오늘은 술에 취해 있었다. 귀찮은 듯 말을 툭툭 내뱉었지만, 그가 보여준 배려의 조각만으로도 하연은 기쁘고도 아팠다. 숨을 들이쉬고 내쉴 때마다 가슴이 욱신거렸다.

12시가 다 되어 가는 시간. 인적이 드문 거리에 밤이 내려앉았다. 들리는 소리는 저 멀리서 달리는 자동차 소리와 옆에서 걷는 남자의 발소리뿐. 어색한 침묵에 하연은 입을 열었다.

"이사님⋯⋯."

이라고 입을 열었다가 다시 말을 정정했다. 술에 젖은 입술이 쉬이 돌지 않았다.

"선배도 집에 가시는 거예요?"

"응."

"왜요?"

왜겠어. 그냥 피곤해서 집에 가고 싶으니까. 자신의 입에서 튀어나온 어리석은 질문에 혀를 찼다. 그러나 그런 하연의 마음과 달리, 도윤의 대답은 차분했다.

"녀석들이 시끄러워서."

"아⋯⋯ 결혼⋯⋯ 때문에요?"

도윤이 걷던 발을 멈추고 그녀를 바라봤다.

"들렸나?"

"네. 들리더라고요."

듣고 싶지 않아도 귀에 들어왔다. 결혼 이야기가 나오자마자, 다들 흥분해 목소리가 커졌다. 하연은 듣고 싶지 않던 그 순간에도 자꾸만 귓가로 들려오던 그 이야기를 떠올렸다.

"왜 갑자기 결혼하시는 거예요?"

하연의 말에 도윤의 미간에 주름이 잡혔다.

실수했다. 자신의 결혼에 쏠린 관심이 싫어 도망 나온 도윤에게 할 이야기는 아니었다. 하연이 얼른 말을 주워 담으려 하는데, 그가 읊조리듯 말했다.

"그냥, 결혼이 필요해졌어."

"필요?"

하연의 되묻는 말에, 도윤이 먼 곳을 바라보았다. 그의 시선이 저 멀리, 봄꽃이 핀 나무의 한들한들 흔들리는 가지에 닿았다. 바람이 스치고 지나갈 때마다 나무는 그 팔을 드리웠다. 한참이나 그 나무를 보던 도윤이 입을 열었다.

"잘 살고 있다고…… 누군가에게 보여 줘야 해."

술에 취해서인가. 그의 말이 이해가 되지 않았다. 누군가에게 보여 주기 위해서 결혼을 한다? 부모님에게?

"이미 상대방은 정해지신 건가요?"

선을 이미 본 걸까? 결혼할 여자는 정해진 걸까? 심장이 크게 뛰었다. 펄떡이는 소리가 하연의 귓가에 울릴 정도였다. 조금은 집요한 하연의 질문에 그가 머리를 기울였다. 답은 하지 않고 그가 그녀를 바라보았다.

"왜…… 왜 그러세요?"

"하연이 너, 원래 이렇게 질문이 많았나?"

하연은 늘 그에게서 멀리 떨어져 있었다. 같은 동아리 출신에 같은 회사. 공통점이 많았지만, 오히려 다른 이들보다 거리를 조금 더 두었다.

오빠라고 그를 부르는 다른 동기들과 달리 여전히 하연이 그를 부르는 호칭은 선배 아니면 이사님. 격식을 두었다. 허투루 입을 놀렸다가 자신의 마음이 온 천하에 드러날까 봐, 특히 그가 눈치를 챌까 봐. 그러나 오늘의 하연은 달랐다. 궁금한 것이 많았다.

"그냥…… 선배가 갑자기 결혼을 하신다니, 신기해서요. 다른 사람도 아니고……."

말이 꼬물꼬물 안으로 들어간다. 하연은 마른침을 꿀꺽 삼키며, 사형 선고를 받는 것처럼 그의 말을 기다렸다. 도윤이 한참 그녀를 바라보다가, 입술을 살짝 비틀고는 말을 내뱉었다.

"신기하네. 네가 나한테 관심을 가지다니."

그녀의 연기가 잘 먹혔나 보다. 그렇게 오랫동안이나 선배를 잘 속여 왔다니.

"아직이야. 선은 곧 보기로 했고."

"왜 주변에서 찾아보시지 않고요?"

주변에서 잘 아는 여자랑 결혼하는 게 좋지 않나요? 회사 때문에 결혼하는 거라고 해도 당신을 더 잘 아는, 잘 이해할 수 있는 여자를 만나는 게 좋지 않을까요?

예를 들어 저 같은.

아니면 저 같은.

다른 선택지는 떠오르지 않았다.

"주변에서 만나긴 쉽지 않아."

그가 걸으며 중얼거렸다.

"왜요?"

혹시 조건이 좋은 여자를 만나고 싶은 걸까. 기업을 운영하기 위해서는 더 좋은 조건의 사람이 필요할지도 모른다. 그러나 도윤의 입에서 나온 말은 하연의 생각과는 달랐다.

"연애나 사랑에 전혀 관심 없고, 그냥 이익만을 위해 결혼할 여자를 찾으니까."

"왜 그런 여자를……."

자신이 그에 비해 한참 모자란 것은 알고 있었다. 하지만……. 이익만을 위해 결혼할 여자라니. 그런 사람보단 내가 낫지 않을까. 선배에 대해 더 잘 알고, 사랑하는 내가 낫지 않나. 난 당신을 위해 무엇이든 할 수 있는데.

"왜냐면 내가 그렇거든."

하연의 질문에 도윤이 입술을 열었다.

"누구를 사랑하고 싶지 않고, 누구도 날 사랑하지 않았으면 좋겠어."

답하는 그의 목소리가 깊고 어두웠다. 서늘한 밤공기를 그의 한숨이 갈랐다.

"누구와 연애할 생각도, 사랑을 돌려줄 수도 없는데 내 상황 때문에 누군가가 희생하는 건 원하지 않아."

"그 상대방이 상관없다 하면요?"

왜 누군가에게 사랑받는 것조차 싫어하는 걸까.

"상처만 될 뿐이야. 서로에게."

해 보지 않고 어떻게 알아요. 그렇게 하연의 입에서 말이 튀기도 전에 그가 말을 이었다.

"그래서 싫어. 나 같은 여자가 좋아. 상대방에게 어떤 감정도 바라지 않는 사람. 그냥 결혼 생활 유지하며 서로의 이점만 따질 사람. 언제든 헤어질 수 있는 사람. 그런 사람과 단순한 비즈니스로 결혼하고 싶어."

도윤이 왠지 자신에게 하는 말같이 들려 하연의 몸이 움찔 흔들

렸다. 절대 너는 안 된다는 선언처럼 들린다. 그가 하연의 마음을
알 리가 없는데도.

"아, 그렇군요."

"응."

다시 침묵이 가라앉았다. 귀갓길이 길게 느껴졌다. 늘 그의 곁에
있으면 이 시간이 영원히 멈추기를 바랐는데, 하연은 처음으로 이
시간이 고통으로 느껴졌다.

다음 주쯤 선을 본다고 하면 오늘이 마지막이다. 선이라면 눈 깜
짝할 사이에 결혼할 수도 있다. 다음에 만날 때는 다른 사람의 남
자가 되어 있을지도. 그렇게 되면 짝사랑도 끝이다. 하연은 차마 결
혼한 그를 바라볼 자신은 없었다.

그렇다면 오늘……. 오늘 용기 내 보면 어떨까. 어차피 당신 곁
에 있을 수 없다면, 1퍼센트의 확률이라도, 0.1퍼센트의 확률이라
도 있다면. 용기를 내서…….

가능성은 희박했다. 하지만 그러면 어때. 그에게 여자가 생기면
용서조차 받지 못할 마음인걸. 결심한 그녀의 발걸음이 느려졌지만
어느새 오피스텔 건물 앞에 도착해 버렸다.

"조심해서 들어가."

도윤의 말에 하연은 대답하지 않았다. 긴장해서 입술이 파들파들
떨렸다. 그러나 망설일 시간은 없었다. 이대로 헤어질 수는 없어.
오른발에 살짝 힘을 풀어 그의 팔에 기댔다.

"아, 죄송해요."

어색한 연기. 그가 눈치챌까 심장이 두근거렸다. 그러나 다행히,
도윤은 이상한 낌새 없이 쓰러지는 하연의 어깨를 잡았다. 살짝 스
친 살결에 숨이 멎었다. 안 그래도 술 때문에 횟횟한 몸이 더욱 뜨

겹게 달아오른다.

"괜찮아?"

"조금…… 어지러워서요."

"안에까지 데려다주지. 사고 나면 곤란하니."

이번에는 거절하지 않았다.

"죄송합니다, 감사해요."

하연은 그의 품에 몸을 기댄 채 비척거리며 앞을 향했다.

쿵쿵. 못된 짓을 하는 것처럼 심장이 날뛴다. 귓가에서 심장 박동이 들린다. 그에게도 이 소리가 들릴까.

엘리베이터를 타고 올라가 집 앞에 섰다. 현관문 앞에 다다라, 이제 그를 돌려보내야 할 때임을 알았지만 도윤의 팔뚝을 잡은 하연의 손에는 오히려 더 힘이 들어갔다.

"잠시만 안에까지 데려다주세요."

삐걱.

문이 열리고 하연은 안으로 들어가 구두를 벗으려고 몸을 숙였다. 그 순간, 눈앞이 핑 돌았다. 몸이 무너져 현관의 타일에 무릎을 찍자, 날카로운 통증에 신음이 터졌다.

"웃."

"다쳤어?"

"아, 아뇨."

뻐근한 통증이 다리를 타고 올라왔지만, 하연은 고개를 흔들었다. 허둥거린 자신의 모습이 창피해 귓가가 붉게 달아올랐다.

우아하게 유혹하고 싶었는데. 그러나 다소 우스꽝스러운 모습에도 도윤은 웃지 않았다. 그저 걱정이 되는 듯 인상을 찌푸리고는 낮은 목소리로 말했다.

"다친 것 같은데. 앉아 봐."

"……."

"어서."

단호한 명령에 현관 턱에 주저앉았다. 풀썩, 힘없는 몸이 쓰러져 내렸다. 도윤이 그녀의 앞에 쪼그려 앉았다. 그의 손이 오목한 하연의 발목에 닿았다. 얇고 매끄러운 스타킹 위를 그의 손가락이 쓸고 지나갔다. 저릿한 감각에 저도 모르게 발끝이 달달 떨렸다.

도윤의 손가락이 신발의 버클을 풀었다. 잘 풀리지 않는 여성의 구두를 풀기 위해, 그의 두꺼운 손가락이 서툴게 구두끈을 잡아당겼다. 그러면서 단정하게 위로 올려져 있던 도윤의 앞머리가 쏟아져 내렸다. 칠흑같이 검은 머리카락이 반듯한 그의 이마를 가렸다.

더 보고 싶은데. 그의 얼굴이 더 보고 싶다. 그의 눈빛이 궁금하다. 지금 자신의 모습을 보면서 찌푸리고 있진 않을지, 이상하다고 생각하지는 않을지 걱정이 되면서도 또 그냥 선배가 보고 싶었다. 자신도 모르게 손을 뻗어 그의 머리를 쓸어 올렸다. 부드러운 머리카락이 손가락 사이를 훑고 지나갔다.

"……."

갑작스러운 스킨십에 도윤의 눈꼬리가 올라갔다. 자신을 꿰뚫는 것 같은 강렬한 그의 시선에 순간 손을 뗄 수조차 없었다. 하연은 손가락을 이마에 댄 채 멍하니 그를 바라보았다.

도윤은 피하지 않았다. 그녀가 무엇을 하는지 뚫어지게 바라볼 뿐이었다. 하연은 검지로 그의 이마를 꾹 눌렀다.

"머리카락 때문에……."

중얼중얼 변명을 이었다.

"안 보일까 봐서요."

빤한 거짓말. 그러나 그는 되묻지 않았다. 볼의 근육이 움직이는 것이 보였다. 도윤의 침묵이 마치 허락이라고 해 준 것처럼, 참고 참았던 용기가 터져 나왔다.

"선배……."

하연은 힘없이 손가락을 떨어뜨렸다. 이마에서부터 날렵한 콧선, 늘 만져 보고 싶었던 그의 강인한 턱까지 훑어 내렸다. 그의 촉촉한 입술에 손끝이 닿은 순간 용기가 솟았다. 이 밤이 마지막이니까.

"꼭 하셔야 한다면……."

확신에 찬 입술로 중얼거렸다.

"저랑 해요, 그 결혼."

하연의 말에 안 그래도 서늘한 도윤의 눈매가 가늘어졌다. 원룸 안의 형광등 불빛이 차분하게 가라앉은 눈동자에 맺혔다.

"신하연."

무거운 머리를 살짝 끄덕였다.

"이 정도로 술이 약했던가? 취했어, 너."

"아뇨. 다리는 풀렸어도 취하지는 않았어요."

취하지 않았다는 것을 증명이라도 하려는 듯 하연의 목소리가 또랑또랑했다. 조금 전, 앞으로 넘어져 멍이 들었는지 하얀 무릎에 은은하게 벌건 멍이 들어 있었다. 하연은 고개를 들어 그를 똑바로 바라보았다.

"정신은 말짱해요. 그러니까, 다른 여자 찾지 마시고 저랑 결혼하세요."

"너랑 나랑?"

있을 수도 없는 일이라는 듯 의아함이 담긴 어조. 밤이 깊어서인지, 술의 힘인지, 늘 힘이 없던 하연의 표정에는 그 어느 때보다 확신이 담겨 있었다.

"네. 선배랑 저요."

"왜?"

내가 당신을 좋아하니까.

다른 여자랑 결혼하는 꼴은 죽어도 못 보겠으니까.

이게 마지막 기회니까.

그런 말은 꿀꺽 삼켰다. 그가 조금 전 한 말이 여전히 귓가에 맴돌았다. 도윤은 결혼할 사람을 찾는다고 하면서도, 분명히 이렇게 이야기했었다.

"연애나 사랑에 전혀 관심 없고, 그냥 이익만을 위해 결혼할 여자가 좋아. 나도 그렇거든."

도윤과 결혼하려면, 그를 놓치지 않으려면 그의 눈에 연애나 사랑에 관심이 없는 여자로 보여야 한다. 그를 사랑해서 죽을 것 같은 이 마음을 숨기고 그의 조건에 맞는 여자가 되어야 해. 우선 결혼을 하고 나서 그다음에 도윤의 마음을 얻으면 된다. 지금은 그를 놓치지 않는 게 가장 중요했다.

"저도 결혼이 하고 싶거든요. 선배처럼."

"갑자기 왜 이런 말을 하는 거지?"

그냥 결혼이 하고 싶다. 그런 이유에 도윤은 납득하지 않았다. 그럴 만도 했다. 술 취한 후배가 갑자기 결혼하자는데 좋다 할 사람이 어딨을까. 하연은 몽롱한 머리를 굴려 입을 열었다.

"돈, 명예……. 그런 게 필요해요."

뭉뚱그려 말했다. 말해 놓고는 제가 그에게 어떻게 보일지 무서웠지만, 다른 방법은 없었다. 하연은 대기업의 정직원이기는 했지만, 집안은 내세울 것이 없었다.

이혼한 부모님. 아버지는 그녀가 학생 때 집을 나가 연락이 닿지 않은 지 오래고, 어머니는 소박한 반찬 장사를 한다.

하지만 하연은 그런 어머니가 자랑스러웠다. 그 억센 두 손으로 하연을 대학에 보냈고, 잘 키워 냈다. 그러나 그의 배경에 비하면 초라했다.

도윤과 결혼하면 재벌가에 입성하는 것이고, 돈도 명예도 따라온다. 차도윤, 그 자신을 노리는 거라는 것을 드러낼 수는 없으니 그의 배경을 사랑하는 척이라도 해야 했다. 돈과 명예를 노리는 나쁜 여자인 척.

하연은 손으로 그의 얼굴을 아로새겼다. 그의 턱 끝을 쓸어내리는 손길이 자못 떨렸다. 보기와 달리 손에 닿는 그의 피부는 매끄럽게 손가락에 감겼다. 힐긋, 그가 하연의 손을 내려다보다가 입을 열었다.

"결혼이 하고 싶으면, 다른 상대를 찾아."

"선배도 여자 찾으시잖아요. 저는······."

당신에게 비하면 비록 보잘것없지만.

"선배에 대해서 잘 알고, 선배도 저에 대해서 잘 아니까. 다른 사람 찾을 필요 없이."

하연의 말에 도윤이 픽 웃었다. 입꼬리가 비스듬히 올라가 비웃는 것처럼도 보였다.

"내가 신하연 널 잘 알아?"

10년간 그와 알고 지냈다. 처음 본 여자보단 낫겠지. 그러나 도윤은 고개를 저었다.

"아닌 것 같은데. 지금 너, 모르는 사람 같아."

그의 눈에 비친 평소의 자신은 어떤 사람일까. 문득 궁금했지만 묻지 않았다. 어떤 대답이 튀어나올지 알 것 같았다. 조용하고, 눈에 띄지 않고, 존재감 없는. 그냥 벽에 걸려 있는 특징 없는 정물화 같은 여자. 그게 자신이었다.

그런 하연이 갑자기 도윤에게 결혼하자 하니, 당황할 만도 했다. 그러나 하연은 물러서지 않았다.

"선배가 원하는 조건대로 할게요. 언제든 헤어져도 좋아요. 그러니까……."

결혼해요. 나랑. 다른 여자 말고. 한 번만, 내게 기회를 주세요.

그 이야기를 하기도 전, 도윤의 단단하고 강인한 손이 하연의 손을 움켜쥐었다.

턱.

뜨겁고, 딱딱한 손안에 작은 손이 갇혔다.

"너 나 싫어하잖아."

"……."

하연은 말문이 막혔다. 갑자기 서슴없이 다가온 그 때문에 몸이 떨렸다. 고개를 들어 그를 바라보았다. 늘 고요하던 도윤의 눈동자에는 일렁일렁 무언가가 타올랐다. 화가 난 걸까. 이렇게 그가 표정을 드러낸 것은 처음이라 하연은 놀라 입술을 깨물었다.

그녀는 아주 오랫동안 그의 후배의 자리에 머물렀다. 손을 뻗으면 닿을 정도로 가까운 거리에 있었지만, 결코 다가가지 않았다. 우연이라도 그와 가까워질 것 같으면 오히려 뒤로 물러났다.

가슴에 품은 이 연심이 드러날까 봐. 그래서 짝사랑마저도 빼앗길까 봐. 그러나……. 마음을 들키는 게 무서워 피해 다닌 것이 그에게는 그렇게 보였던 걸까. 도윤이 믿지 못하겠다는 표정으로 미간에 깊은 주름을 진 채 하연을 바라보았다.

"너 나 싫어하는 거 알아. 계속 그래 왔고."

"……."

"결혼하자고 유혹하면서 이렇게 뺨을 만지는 손도 바들바들 떨 정도로 날 미워하는 주제에."

"싫어하지 않아요."

하연이 그의 손안에 잡힌 손가락을 세워, 손톱으로 그의 부드러운 손바닥을 긁었다. 그의 손가락이 오그라들었다.

"최소한 결혼할 정도로는……."

침을 꼴깍 삼켰다.

"좋아해요."

그렇게 마음에 선을 그었다. 도윤의 손안에 잡힌 손을 잡아당겼다. 그가 손을 놓지 않아 자연스레 도윤의 몸이 딸려 다가왔다. 어느새 도윤과 하연은 숨결이 닿을 정도로 가까워져 있었다.

가까이서 보는 그의 눈동자가 이글거렸다. 화가 난 것처럼 희미하게 일렁이는 불꽃을 보고 하연이 다시 말했다.

"싫지 않아요."

그렇게 하연은 도윤에게 다가갔다. 시야에 들어온 그의 얼굴이 점점 흐려질 정도로 가까워지고, 부드러운 입술에 제 것이 얽혔다. 키스. 평생 꿈꿔 오던 그와의 키스를, 이렇게 할 줄은 몰랐다.

도윤을 싫어하지 않는 것을 증명하기 위해서. 그와 결혼하기 위해서 할 줄은.

도윤의 입술은 뜨겁고 부드러웠다. 반쯤 벌어진 입술 사이로 얼핏 드러난 그의 점막이 자신의 입술에 닿자 저릿한 감각이 입술에서부터 부푼 가슴을 스쳐 배 속까지 흘러내려 간다. 그의 입술에 제 입을 비비는 하연을 도윤은 밀어내지 않았다. 여전히 하연의 손을 감아쥔 채 그녀가 하는 대로 가만히 두었다.

서툰 키스였다. 그러나 하연은 그것조차 좋았다. 그의 숨결이 너무 달아서, 정신이 이리저리 흐트러졌다. 입술을 뗀 하연이 깊은숨을 내쉬었다.

"하……."

도윤이 타액으로 젖은 그의 입술을 한 손으로 쓱 닦아 냈다.

화를 낼까. 아니면 미쳤다고 비웃을까. 하지만 그의 입에서 나온 말은 예상외의 것이었다.

"결혼하려면 키스부터 배워 왔어야지."

"네……?"

놀란 하연이 반쯤 입을 벌리는 순간, 그가 그녀를 끌어당겼다. 그녀가 강인한 도윤의 품 안에 안기자마자 그가 다시 입을 맞췄다.

맞췄다는 표현은 옳지 못하다. 집어삼켰다. 뜨거운 공기와 함께, 그의 촉촉한 혀가 그녀의 입술 안으로 들어왔다. 놀란 하연이 한 발짝 뒤로 물러서려 했으나, 그의 손이 뺨을 감싸 쥐어 미동도 할 수 없었다.

아니, 떨어지고 싶지 않았다. 잠시 잠깐이라도 그와 멀어지고 싶지 않았다. 도윤의 타액이 점막을 타고 하연의 입 안으로 흘러 들어왔다. 달콤하고, 짜릿했다. 뜨거운 혀가 하연의 안을 헤집는다. 목 안이 불타오르는 것처럼 뜨거웠다.

"흐……흣."

뾰족한 흥분에 하연의 입에서 얕은 신음이 새어 나갔다. 이런 감각을 느낄 수 있을 줄은 몰랐다. 도윤과 닿는 모든 곳이 기분 좋았다. 아니, 그의 시선만 지나가도 등골이 오싹했다.

남자와의 접촉이 이런 것일까. 아니면 도윤이어서 그런 걸까. 막연히 상상해 왔다. 꿈속에서 그와 한 키스는 조금 더 부드럽고, 조금 더 달콤한, 솜사탕 같았다.

그러나 현실은 전혀 달랐다. 그의 입술이 마치 거친 파도처럼 자신을 삼켰다. 강하게 그가 하연의 달뜬 혀를 빨아들일 때는 눈앞이 번쩍일 정도로 뭐라 표현하기 힘든 저릿한 감정이 뱃속에 뭉근히 뭉쳤다.

하연은 손을 뻗어 그의 등을 감싸 안았다. 손바닥으로 만져지는 그의 근육은 놀랍도록 단단했다. 도윤의 손이 뺨을 타고 내려와 목을 쓸어내리고 그녀의 어깨에 닿았다. 살과 살이 스칠 때마다 오싹한 한기에 하연의 몸이 바르르 떨렸다.

"흡……."

단단한 그의 허벅지가 다리 사이를 비집고 들어왔다. 강하게 맞비벼지는 몸. 부드러운 제 몸과 너무나도 다른 딱딱함에 하연은 숨이 차올랐다.

자극적인 상황에 몸이 아플 정도로 들떴다. 호흡을 어떻게 해야 할지 몰라 눈앞이 어지러웠다. 살짝 입술이 떨어지자, 뜨거운 숨결과 함께 도윤의 진한 숨소리가 쏟아졌다.

"후우……."

미칠 것 같았다. 몸이 바닥으로 쓰러질 것만 같아 하연은 그에게 기댔다. 도윤이 앞으로 몸이 쏠린 그녀를 오롯이 받아 내며 입술로는 그녀의 귓바퀴를 쓸었다. 그의 시선이 떨리는 하연의 얼굴을 스쳤다.

"재밌네."

격렬한 키스 때문에 번진 립스틱, 눈꼬리에 맺힌 눈물이 스며든 눈동자. 그의 집요한 시선이 떨리는 하연의 얼굴을 스쳤다.

"무슨 이유로 이렇게 덤비는지 몰라도, 넌 이런 거 안 어울려."

"이런 거……."

이런 거가 뭐지. 당신을 사랑하고, 당신과 키스하는 것? 차도윤을 원하는 것? 그거야말로 나에게 잘 어울리는 일인데.

도윤이 다시 차갑게 말을 이었다.

"돈, 욕망, 그런 단어 순진한 입술에 안 어울린다는 소리야. 평범한 사람 만나. 나 같은 놈 말고."

입술을 쓸어내리는 듯한 말투도, 오롯이 얼굴에 쏟아지는 눈빛도 따사로웠지만, 목소리는 차갑기 그지없었다.

"싫어요."

하연의 거부에 도윤이 웃었다.

"하하……."

그가 자신을 만져 주고 있어서 행복했다. 밀어내지 않았다는 것이, 기쁨이라기보다는 안도에 가까웠다.

"하."

그의 건조한 입술이 하연의 귓바퀴를 쓸었다. 사그락거리는 소리가 뇌리까지 흔들었다.

"갑자기 왜 이래?"

젖어 있는 하연의 입술을 도윤이 손가락으로 쓸었다.

"이렇게 나를 흔들어서 어쩌려고. 그동안 내가 재벌 집 아들인 거 몰랐던 것도 아니고, 접근하려면 진작 접근했겠지. 근데 넌."

도윤의 손가락이 하연의 턱을 쳐들었다.

"마치 사냥꾼에 쫓기는 토끼처럼 나한테서 도망만 다녔잖아.

내 눈에 보이면서도 안 잡히려고. 근데 왜 이제 와서 이러는지 모르겠네."

그가 툭 하연을 놓아줬다.

"평범한 남자 만나서 행복하게 살아. 술 취해서 이런 도박하지 말고."

그가 자리에서 일어섰다. 겹쳐져 있던 뜨거운 몸이 떨어지자 싸늘한 한기가 온몸에 돌았다. 하연은 그를 붙잡으려 손을 뻗었다. 하지만 그녀의 손이 채 닿기도 전에 그는 현관문에 닿았다.

"······선배."

"잘 자."

하연의 말을 싹 끊어 낸 도윤은 문을 열고 나서며 인사를 고했다. 키스를 나눈 후 그가 하연에게 내뱉은 말 중에, 그 인사가 유일하게 다정했다.

＊ ＊ ＊

일요일 아침. 도윤은 입원한 이모의 면회를 위해 병원에 있었다. 이모는 사실상 그에게 부모나 마찬가지였다. 그녀는 병상에 앉아 도윤의 말끔한 얼굴을 한참 바라보다가 입을 열었다.

"도윤아."

"네."

"무슨 일 있니?"

뜬금없는 이모의 말에 도윤의 얼굴이 찌푸려졌다.

"별일 없습니다. 잘 있어요."

말이 많지 않은 이모가 왜 갑자기 이런 질문을 하는지 알지 못한 도윤의 얼굴이 찌푸려졌다.

"바쁘면 빨리 가도 된단다."

"바쁜 일 없다니까요."

회사의 임원인 만큼 도윤의 스케줄은 여유로운 편이 아니었지만, 이번 주는 특별히 한가했다. 그녀가 가냘픈 고개를 옆으로 기울이면서 되물었다.

"근데 왜 그렇게 핸드폰을 보니? 전화 올 곳 있는 거 아니야?"

그 말에 도윤의 입꼬리가 비틀렸다.

"아뇨. 그런 일은 없습니다."

"얼른 가 봐라. 바쁜데 여기서 괜히 시간 낭비하지 말고."

아니라고 말해도 이모는 그런 도윤의 말을 믿지 않고 그의 등을 밀어 서둘러 병실을 나가게 했다. 병원을 나서며 도윤은 긴 한숨을 쉬며 관자놀이를 문질렀다. 기분이 좋지 않았다. 주말 내내 저도 모르게 핸드폰을 바라보았던 것을 들킨 것 같아 속이 뜨끔했다.

신하연. 지난주 술자리 끝에 있었던 두 살 어린 후배와의 해프닝이 뇌리에 떠올랐다. 술에 진탕 취한 것인지, 후배는 도윤에게 결혼하자 했었다. 다시 그 장면을 떠올리던 도윤의 입에서 픽, 웃음이 샜다.

무슨 일이지. 세상이 뒤집히기라도 하는 건가. 도윤은 원래 사람들이 쉽게 다가가기 힘든 스타일이기는 했지만, 오래 알고 지낸 동아리 선후배들과는 허물이 없었다.

그러나 신하연은 예외였다. 늘 자신을 보고 입 한 번 열지 못하고 두려움에 바들바들 떨던 녀석이. 결혼하자고 하며 서툴게 입술을 맞춰 왔다.

그때는 술기운이라고 생각해 그녀를 밀어냈었다. 그리고 다음 날

하연에게 사과 문자가 오지는 않을까, 도윤은 온종일 그 생각에 몇 번이고 핸드폰을 확인했다.

연락은 없었다. 애초에 하연이 그에게 먼저 연락을 한 적은 단 한 번도 없었다. 다른 선후배와는 까르르 제법 잘 웃는 녀석인데 도윤이 바라보기만 하면 싸늘하게 얼굴을 굳히고 시선을 피했다. 아무리 그런 일이 있었다고 하더라도 이제 와 그녀가 먼저 사과 문자를 할 리가 없다.

"젠장."

도윤은 입으로 거친 말을 내뱉었다. 쓸데없는 생각에 젖어 1층으로 가야 하는데 지하 주차장까지 내려와 버렸다. 이게 다 하연이 안 하던 짓을 해서다.

짜증을 내며 다시 1층으로 올라가는 계단으로 발을 내디뎠다. 그때, 핸드폰이 울렸다. 문자 하나가 떠 있다.

[선배. 괜찮으시면 오늘 잠깐 뵐 수 있을까요?]

건방진 후배, 하연이었다.

＊ ＊ ＊

한 시간 뒤, 도윤은 약속 장소에 도착했다. 유리창을 통해 카페 안에 앉아 있는 여자가 보였다. 머리를 단정하게 뒤로 넘기고, 깔끔한 정장을 입고 있다. 멀리서 봐도 익숙한 모습.

신하연.

누구 결혼식이라도 다녀온 것일까. 하지만 까만 정장은 결혼식장이라기보다는 장례식장용에 가까웠다. 얇은 블라우스를 입어 부드러운 곡선이 뚜렷이 드러났던 그날의 복장과는 퍽 달랐다.

그날 밤, 술에 취해서 머리를 올려 묶어 훤히 들여다보이던 가녀린 목선이 어찌나 달콤하던지. 하마터면 입술을 아래로 떨어뜨려 그녀를 더 탐할 뻔했다. 도윤의 눈썹이 비쭉 올라갔다. 마음에 들지 않았다. 신하연이란 존재를 신경 쓰는 것도, 그녀에게 이런 욕망이 솟아오르는 것도.

안에 있는 하연은 아직도 그가 온 것을 모르고 커피가 가득 담긴 머그잔만 바라보고 있었다. 긴장했는지 가녀린 손을 쥐었다 펴면서 몇 번이고 똑같은 행동을 반복했다.

문을 열고 들어갔다. 딸랑, 카페 유리문에 달린 종이 울리는 소리에 하연이 고개를 퍼뜩 들어 올렸다.

"선배, 안녕…… 안녕하세요."

파들파들, 하연은 떨고 있었다. 도윤은 그런 그녀의 모습이 저 어디 있는 하얀 눈밭의 산토끼 같다고 생각했다. 잠을 자지 못했는지, 빨갛게 충혈된 눈도 그랬다.

"그래, 안녕."

"여기까지 오시느라……."

"안 힘들었어."

그녀가 말할 대사를 도윤이 빼앗았다.

"운전기사가 운전하고, 난 좌석에 앉아 있었을 뿐이니 내가 힘들 일이 없지."

"이곳, 댁에서 머시죠?"

"내가 어디 사는지 알아?"

하연이 작게 고개를 끄덕였다. 의외였다. 그리고 한참 그들 사이에 침묵이 맴돌았다.

하연이 말을 시작하기를 기다리다가 지친 도윤이 먼저 입을 열었다.

"어디 다녀왔어?"

"네?"

하연이 눈을 동그랗게 뜬 채 고개를 저었다.

"아니요. 왜……."

까만 정장을 도윤이 손가락으로 가리켰다.

"그 옷, 어디 식장에라도 다녀왔나 하고."

"아뇨. 지금 집에서 나왔어요."

여린 몸을 지키는 갑옷이라도 되는 듯, 답답하고 날씨에도 맞지 않는 두꺼운 정장이었다. 그녀의 어깨가 잔뜩 굳어 있다.

곧 사과하겠군. 그녀가 그렇게도 무서워하고 싫어하던 남자에게 술김에 결혼하자며 키스를 했으니. 난 무엇을 바라고 여기까지 온 것일까. 사과를 받을 셈은 아니었다.

그날 밤, 평소 같지 않게 자신의 눈을 똑바로 바라보고 말하던 하연을 한 번 더 보고 싶었는지도 모른다. 그러나 지금 그날 밤의 당찼던 그녀는 흔적조차 없었다.

하연은 커피 잔을 내려다보다가 입술을 붉은 혀로 축였다. 아까까지 생기 없던 입술이 반짝거리며 빛났다.

"선배, 그날은 감사했습니다."

"뭐?"

"데려다주셔서 감사했어요."

사과할 줄 알았더니, 감사 인사를 받았다.

"생각보다 많이 취해서, 그냥 혼자 집에 왔으면 큰일 날 뻔했어요. 덕분에 무사히 집에 들어왔습니다."

꾸벅, 하연이 고개를 숙였다.

"그렇다면 다행이고."

키스했던 일은 술 취해서 모르는 척을 하려나. 그것도 그녀다웠다. 하지만 그럴 거면 문자로 했어도 되는 일인데. 도윤은 톡톡, 톡톡, 손끝으로 하얀 대리석 테이블을 두드렸다.

"할 말은 그게 다야? 고맙다고?"

가야겠다 싶어 꼬았던 다리를 풀어 왼발을 바닥으로 내려놓았다. 일어나기 위해 도윤이 두 발에 힘을 주었을 때, 하연이 고개를 들었다. 조금 전까지 흔들리던 눈동자가 똑바로 도윤을 향하고 있었다.

"아뇨. 더 있어요."

"……."

"그날 말했던 거, 술김에 말한 것 아니었어요."

하연이 단호하게 말을 내뱉었다.

"결혼 이야기요."

세 번째 습격이었다. 지난주 금요일, 술에 취한 그녀가 도윤의 이마를 덮고 있던 머리카락을 쓸어 올리며 손가락이 이마에 닿았을 때가 첫 번째, 두 번째는 결혼하자고 했을 때. 세 번째는 지금.

"비즈니스 결혼 상대를 찾고 계신다면, 저랑 해요, 선배. 제 조건이 모자란다면……."

가능할지는 모르겠지만, 제가 맞춰 볼게요. 그렇게 하연이 조용하고 낮게 말했다. 그녀의 말이 너무 황당해서, 도윤의 입에서 조금 강한 말이 튀어나왔다.

"신하연, 그때 말했지만 넌 이런 거 안 어울려."

"……."

"그냥 선봐서 하는 정략결혼 같은 걸 원한 게 아니야. 1년 정도, 나랑 그냥 결혼한 척, 살아 주고 맞춰 줄 사람이 필요해. 언제 헤어지자 할지 몰라."

"그래도 좋아요."

"제정신이야?"

하연은 아무 말도 하지 않고 두 손을 꽉 움켜쥔 채 그를 바라보았다.

"제정신이에요, 선배. 어울리느냐, 어울리지 않느냐는 건 의미가 없어요. 필요해요."

꽉 움켜쥔 그녀의 주먹이 부들부들 떨리고 있었다. 끊어질 듯 말 듯 연약한 목소리가 이어졌다.

"선배가 필요……."

잠시 말을 멈춘 그녀가 마른침을 삼키고 말을 정정했다.

"선배의 돈이 필요해요."

"돈?"

"네."

"무슨 일이지? 우리 회사 월급이 그렇게 적던가."

대기업 연봉이 여자 혼자 살기에 적은 편은 아닐 텐데.

"아버지가……. 아버지가 빚이 있어서 갚아 드려야 해요."

아. 그래서.

"제 능력으로는 한계가 있어요. 사채라."

제 치부를 드러내는 것이 고통스러운 듯, 하연은 몇 번이고 입술을 멈췄다가 말을 이었다.

"그래서…… 선배가 어떤 조건을 찾는지 듣지도 않고 비즈니스로 결혼한다고 하시길래, 대뜸 결혼부터 하자고 했어요. 너무 급해서요. 그건…… 죄송합니다."

거슬렸다. 그렇게 말하면서 움켜쥐는 하연의 손이 너무 말라서,

자신을 바라보는 눈동자가 너무 젖어 있어서, 신경 쓰이고 마음이 갔다.

제기랄. 이상야릇한 기분에 도윤은 다시 다리를 꼬고 앉아 인상을 찌푸렸다. 그는 생각에 잠겨 한참이나 말을 잊었다.

일요일 오후의 카페는 지독히도 조용했다. 그들을 제외한 손님은 한 명도 없었다. 카운터 근처에 걸린 큰 시곗바늘이 돌아가는 소리만이 카페를 울렸다. 그 초침 소리가 수백 번 들려왔을 때쯤, 하연이 숨을 길게 내뱉었다.

"후우……."

그러고는 그녀가 살짝 웃었다. 그 입꼬리가 슬며시 비틀려 있었다.

"죄송합니다, 선배. 오늘은 술도 안 마셨는데, 미친 이야기를 해 봤어요. 오늘 괜히 시간만 낭비하시게 해서 죄송합니다. 바쁘실 텐데."

하연이 자리에서 일어섰다. 얼마나 급하게 일어났는지 덜컹, 의자가 뒤로 흔들렸다. 그녀의 시선이 넘어지려는 의자로 향했다.

도망치는 건가. 그 순간, 도윤이 팔을 뻗었다. 단단한 손으로 작고 가녀린 그녀의 손목을 그러쥐었다.

"엇."

갑작스러운 접촉에 놀란 하연이 어깨를 움찔하며 도윤을 바라보았다. 도윤이 한쪽 눈썹을 쓱 끌어 올리고 입을 열었다.

"이 정도로 도망치지 마. 나랑 결혼하면, 앞으로 겪을 게 많을 테니까."

"네?"

하연이 눈을 크게 떴다. 놀랐는지, 붉어진 입술도 반쯤 벌어진 채였다. 자신이 제대로 들은 게 맞는지 믿을 수 없는 눈치였다.

그 놀란 표정이 썩 마음에 들었다. 최소한 그를 향해 무서워서 벌벌 떠는 얼굴과는 달랐다. 도윤이 느른하게 웃으며 입을 열었다.

"네가 원하는 조건을 말해 봐. 조건이 맞으면, 그래."

언젠가 이 판단을 후회할지도 모르지만……. 그렇게 생각하며 도윤은 말을 내뱉었다.

"해 보자."

"……지금 무슨……."

"결혼. 해 보자고."

2. 뜨거운 입맞춤

"결혼, 하자."

자신의 귓가에 울려 퍼진 도윤의 말을 믿을 수 없어 하연은 한참을 눈을 깜빡였다. 여전히 어정쩡하게 선 채 멍하니 그만 바라보고 있는 그녀의 손목을 도윤이 부드럽게 감싸 쥐었다.

도윤의 단단하고 큰 손 안에 하연의 손목이 잡혀 있었다. 그의 손이 뜨거웠다. 그 온기 때문에 겨우 꿈이 아닌 현실인 것을 깨달았다. 하연은 다리에 힘이 풀려 풀썩 다시 의자에 앉았다.

"말도 안 돼."

저도 모르게 신음처럼 말이 튀어나왔다. 지르기는 했어도 설마 정말 결혼하자고 할 줄은 몰랐다. 도윤의 대답이 너무 의외여서 하연은 가슴이 쿵쿵 뛰었다.

그날 키스를 하고 그가 가 버린 이후, 하연은 뜬눈으로 밤을 새웠다. 술에 그렇게 취했는데도 잠은 조금도 오지 않았다.

다음 날에는 어디에도 나가지 못한 채 작은 원룸 안을 초조하게 서성였다. 자신이 술에 취해 저질러 버린 일이 너무 창피했다. 하지만 하나는 깨달았다. 용기 내서 한 발짝 나서서 그에게 입술을 부딪쳤다. 다른 사람과 결혼할지도 모르는 그에게 제 마음을 부딪쳤다. 그 밤에…….

도윤은 그런 하연이 싫다고 하지는 않았다. 좋다고 하지도 않았지만. 그럼 자신에게도 기회가 있는 것은 아닐까?

하연은 아주 작은 기회라도 있으면 잡아 보고 싶었다. 그래서 거짓말을 했다. 하연의 집은 넉넉하지는 않았지만 지금 당장 돈이 급한 상황은 아니었다. 학자금 대출이 조금 남아 있을 뿐, 빚은 없었다. 그녀가 사채를 썼다고 거짓말했던 아버지는, 학창 시절 집을 나간 뒤 연락이 되지 않았다.

거짓말을 하는 입술이 서툴렀다. 그런데 도윤이 설마 속아 넘어갈 줄이야. 하지만 그렇다 해도 그가 결혼을 승낙할 줄은 정말 몰랐다.

"왜 그렇게 놀라?"

도윤이 고개를 기울이며 한쪽 눈썹을 끌어 올렸다.

"결혼하자 한 건 너잖아. 이제 와서 내가 하자고 하니, 겁나?"

비웃음이 얼핏 섞인 차가운 목소리에 하연은 고개를 흔들었다. 조건 때문에 결혼하자고 하긴 했어도, 이게 기회라고 생각하긴 했어도, 설마 그가 허락할 줄 몰랐을 뿐.

겁이라니. 롤러코스터를 탄 것 같은 심정이었지만, 온몸에 흐르는 감정은 결코 두려움이 아니었다. 그를 붙잡을 시간이 생긴다는 환희였다.

"겁, 안 나요."

"그래?"

도윤이 그렇게 말을 내뱉고는 커피 잔을 들어 그의 입술을 축였다. 살짝 비틀어졌던 입술이 제대로 돌아왔다.

"그럼 다행이고. 그럼…… 조건을 말해."

"네?"

"하연이 너, 돈 얼마 필요하냐고."

그의 목소리는 인륜대사를 말하는 사람의 것이 아니었다. 마치 비즈니스를 말하듯, 중요한 투자 계약을 말하는 것처럼 딱딱했다. 목소리에는 감정도, 배려도 섞여 있지 않았다. 아까까지 조금 흥미를 띠는 듯했던 눈동자도 싸늘하게 식어 있었다. 당연한 일이었다. 사랑해서 결혼하는 게 아니니까.

정신 차려, 신하연. 제대로 답하자. 막상 그가 조건을 자세히 물을 수도 있다는 것까지는 생각지 못했다. 하연은 구체적으로 얼마를 이야기해야 할지 고민하며 입술을 달싹였다.

적절한 빚의 액수는 얼마일까. 그녀가 다니는 회사의 연봉은 적지 않다. 고작 몇천이라면 대출을 받으면 된다고 생각할 것이다. 하지만 너무 많다고 하면 개인이 진 빚이라기엔 억지스럽다. 얼마가 적정선일까. 누구에게라도 묻고 싶은 심정이었다.

그렇게 망설이는 하연의 기분을 다르게 이해했는지 도윤이 입을 열었다.

"창피해할 필요 없어. 나도 지금부터 그리 자랑스럽지 않은 일을 말할 거니까."

그게 무엇일까. 도윤의 뒷말이 궁금했지만, 그는 어서 말해 보라며 손바닥을 펴 보였다. 결국 하연이 마른 입술을 열었다.

"4억……."

그 말에 도윤의 오른쪽 눈썹이 올라갔다.

너무 적은가. 재벌가 사람인 그에게는 4억은 껌 하나 살 정도의 적은 돈일지도 모른다. 하연은 서둘러 말을 이었다.

"5천……?"

그러자 그의 왼쪽 눈썹까지 올라갔다. 이번엔 너무 많은가. 제발 정답을 알고 싶었다. 꼬물꼬물 하연의 목소리가 기어들어 갔다.

"4억 4천이요."

"현금으로?"

"네……."

그래야 그에게 나중에 돌려주기 편할 터였다.

"알았어. 그 정도는 구해 볼 수 있을 것 같네."

그의 말에 하연은 고개를 끄덕였다. 다행이다. 시험을 통과한 느낌에 미친 듯 날뛰던 심장이 다시 정상 박동으로 돌아왔다.

"그리고 다른 조건은?"

"네?"

"결혼하자고 하는 건데, 이틀 동안 조건 생각 안 해 봤어?"

고개를 흔들었다. 하연이 원하는 조건은 단 하나뿐이었다. 결혼과 함께 선배의 마음도 주세요. 그러나 이루어지지 못할 소원이다. 적어도 지금은.

같이 살면서 그에게 다가가 하연이 그 심장을 움켜쥘 때까지는 이룰 수 없는 꿈이다. 그러니 지금 말할 수는 없었다.

"없어요. 전."

"돈은 언제까지 필요한데?"

"결혼식 하면…… 주세요."

그에게 아무리 껌 값만큼도 못한 돈이라고 해도, 계약에 의한 것이라고 해도, 그에게 돈을 받는다는 것이 마음에 켕겼다. 그와 결혼한 후, 통장에 고스란히 넣어 놓아야지. 그래도 아득한 돈이었다.

4억 4천.

넣어 둔 은행이 망하기라도 하면 어쩌면 좋지, 라고 걱정이 될 정도로.

도윤이 손톱으로 토톡, 탁자를 치면서 입을 열었다. 이건 그가 생각할 때마다 나오는 버릇이었다.

"너도 네가 결혼하고 싶은 이유를 말했으니 내 이유도 자세히 말해야겠네."

똑바로 그녀를 바라보던 도윤의 시선이 어느새 창밖으로 향했다. 여유 넘치던 그의 표정이 어느새 서늘하게 가라앉았다.

"우리 어머니는 내가 어릴 적에 돌아가셨어. 중학생 이후에 나를 키운 건…… 이모였지. 우리 어머니의 여동생."

하연은 막연히 그가 아버지 밑에서 자랐을 거라 생각했었다.

"내게 가족이라 말할 수 있을 만한 사람은 이모밖에 없고, 이모에게도 가족은 나밖에 없어."

그의 이모는 도윤과 하연이 일하는 PQ케미컬의 대표 이사직을 맡고 있었다. 하연은 그녀와 직접 일해 본 적은 없지만, 회사를 물려받은 이후 회사를 글로벌 기업으로 키워 낸 대단한 여장부라고 들었다. 하지만 건재한 아버지도 있는 그가, 어떠한 이유로 이모 밑에서 자라게 된 것일까…….

가정사에 대해서 그는 늘 함구했었다. 아니, 가정사뿐만 아니라 그 자신에 대해서도. 아까의 뜨거운 눈빛이 자꾸만 하연의 뇌리에서 잊히지 않았다. 그런 눈빛도 할 수 있는 남자였다. 그러나 지금,

먼 곳을 보는 그의 얼굴은 이상하게 스산했다.

"그런데."

말을 이어 나가던 그의 입술이 순간 멎었다. 결혼하자는 말도 쉽게 꺼냈으면서 무슨 말이 그렇게 어려운지 도윤은 몇 번 숨을 내쉬었다. 몇 번이고 망설이다가 말을 꺼냈다.

"그분이 아프셔."

도윤이 가볍게 주먹을 쥐었다 폈다. 조금 전까지 당당했던 남자의 모습은 어디로 갔는지, 지금 그는 스치는 바람에도 산산이 흩어질 것 같았다.

"심각하신가요?"

"응."

담백하게 말했지만, 그의 입술은 단단히 굳어 있었다.

"대장암. 전이돼서 어렵다더군. 시한부 1년……. 1년 6개월. 그 선고 받은 지도 6개월 됐으니 이제 1년 남았군."

그가 시선을 돌려 하연을 바라보았다.

"그래서 기한을 정확히 말할 수가 없는 것 이해해 줘. 약 1년. 이해되나?"

이모가 돌아가실 때까지. 그때까지가 그들의 결혼 기한이라는 뜻이었다. 하연은 고개를 끄덕였다.

"그런 이유로 정확한 날짜를 말해 주지 못해서 미안해."

그의 사과에 가슴이 쿡쿡 쑤셔 왔다. 아무리 생각해도 도윤이 결혼하려는 이유를 어림잡을 수 없었는데, 이런 이유일 줄은 몰랐다. 마음이 아팠다. 도윤이 이런 힘든 상황에 있다는 게. 그리고 그런 그에게 거짓말을 했다는 게.

도윤이 긴장으로 꽉 뭉친 턱 근육을 손을 들어 꽉 눌렀다.

"이모는 죽지 못하시겠대. 죽어도 내 걱정이 돼서 눈을 감을 수가 없다고."

그의 입술에서 허망한 웃음이 새어 나왔다.

"편안하게 죽고 싶으니, 죽기 전에 행복하게 사는 모습을 보여 달라 하셔. 결혼도 하고 가정도 만들라고. 그래서 이렇게 우스운 연극을 하게 되었어."

"왜……."

질문을 한참 참던 하연의 입에서 신음처럼 말이 흘러나왔다. 도윤의 눈썹이 쓱 올라갔다.

"뭐?"

"왜 그냥 행복해지면 안 되나요?"

이런 연극 말고, 그냥 사랑하면 안 되나요. 그 말까지는 차마 하연도 못 했다. 도윤이 입을 열었다.

"난 행복해질 수 없는 사람이거든. 누구를 사랑할 수도 없고, 누구에게 사랑받을 수도 없는 사람."

그가 이 말을 한 것은 벌써 두 번째였다. 왜 저렇게 말하는 걸까. 이미 그는 사랑하는 사람이 있다. 이모를 위해 이런 일까지, 이렇게 거액의 돈을 내놓으며 인생을 건 연극을 할 정도로 그녀를 사랑하면서. 그는 사랑할 수 있는 사람이었다. 사랑의 종류는 다른, 남녀 간의 사랑은 아니어도 그는 이미 사랑을 하고 있었다.

도윤이 말을 이었다.

"내 조건은 이래. 계약 결혼인 것은 누구에게도 말하지 마."

"네."

"행복한 부부인 것처럼 행동해야 해. 어디서건."

하연이 다시 고개를 끄덕였다.

그가 비릿하게 웃었다.

"날 사랑하는 것처럼 행동해야 해. 할 수 있겠어, 신하연?"

"네."

그를 사랑하는 것은 하연에게는 너무 쉬운 일이었다.

"정말이야?"

"할 수 있어요."

"결혼 기간 동안 다른 남자도 만나면 안 돼. 이 모든 걸 할 수 있다고?"

도윤의 목소리에는 의심이 섞여 있었다. 하지만 하연은 그 어느 때보다 강하게 확신했다. 간단하다. 선배를 사랑하는 걸 보여 주고, 다른 남자를 안 만나는 것. 그것은 하연이 도윤을 만난 순간부터 계속 해 온 일이었다.

"네. 전 가능해요."

하지만 그도 가능할까? 결혼을 이렇게 담담하게 일처럼 말하는 그가. 사랑은커녕 그녀에게 호감을 느끼지도 않는 것 같은 도윤이. 아무리 연기라고는 해도……. 날 사랑할 수 있을까. 하연이 그에게 되물었다.

"선배는요? 선배는 가능하시겠어요?"

"걱정 마."

하연의 질문에 그가 피식 웃었다.

"너뿐이야. 내 인생에 다른 여자는 없어."

도윤의 뜨겁고 올곧은 눈빛이 하연의 입술에 서렸다.

"신하연, 오직 너뿐."

달콤한 말이 자연스럽게 도윤의 입에서 흘러나왔다. 그의 표정은 너무나도 태연했다. 입꼬리에 얹어져 있는 미소는 평소의 약간 시니

컬한 그것이 아니었다. 정말 사랑하는 사람을 보는 표정. 도윤의 시선
에는 따스한 빛이 어려 있다. 순간, 하연은 심장이 멎었다.

그가 조금 전 놓아주었던 그녀의 손목을 다시 한번 그러쥐었다.
도윤의 살이 몸에 닿을 때마다, 뭐라 형용할 수 없는 감각이 하연
의 몸 안에 똬리를 틀었다.

그녀는 공간도, 시간도 모두 다 잊고 그만을 바라보았다. 하지만
그조차도 순간이었다. 도윤이 손을 떼고 얼굴에서 따뜻한 표정을
지웠다.

"봤지? 얼마든지 연기할 수 있다는 거."

그 말에 하연은 현실로 돌아왔다. 그의 손이 닿아 있던 곳이 뜨
거워졌던 속도만큼 빠르게 식었다.

이것은 연기였다. 알면서도 착각할 정도로 뜨거운 연기에 하연의
눈동자가 흔들렸다. 도윤은 담담한 말투로 말을 이었다.

"내 걱정은 하지 마. 신하연, 너보다 아마도 내가 더 절박할 테니."

그렇게 말을 뱉은 그가 잠시 고개를 기울였다.

"이모는 아직도 회사 안에 사람이 많아. 회사 안팎으로 연기를
해야 할 거야. 나와 결혼하면 일도 지금처럼 자유롭게는 못 할 거
고. 이혼하고 나서도 어떻게 될지 몰라."

그가 날카로운 시선으로 하연을 바라보았다.

"그래도, 나랑 결혼하겠어? 후회하지 않겠어?"

"네."

"결혼하는 사람이 나여도 되겠어?"

"선배가 좋아요."

1초도 고민하지 않고 답이 나왔다. 이유까지 들으니 하연은 더
욱 그의 옆에 있고 싶었다. 이 결정이 절벽에서 뛰어내리는 것처럼

무모할지라도, 함께하고 싶었다. 그 혼자 이 힘든 길을 걷게 하고 싶지 않았다.

"전 후회 없어요."

하연의 목소리는 확신에 차 있었다. 그 말에 도윤의 눈빛이 살짝 가라앉았다.

＊ ＊ ＊

그날 밤, 원룸으로 돌아온 하연은 침대에 등을 대고 숨을 몰아쉬었다. 갑작스러운 결정이었으므로 도윤과는 다시 만나 이야기를 하기로 했다. 잘한 거겠지? 도윤의 앞에서 힘을 냈던 것과는 달리 홀로 되니 불안한 마음이 일렁였다.

제 감정을 들키지는 않을지, 좋아하지만 그에게 미움받을까 두려워 움찔거리는 자신이 그와 사랑하는 연인으로 잘 보일 수 있을지. 그리고 자신 따위가 그를 언젠가 정말로 행복하게 해 줄 수 있을지.

그 모든 게 불안해졌다.

"아냐, 잘할 수 있어."

그때 하연의 핸드폰이 부르르 몸을 떨었다. 혹시 선배인가 싶어 하연은 서둘러 일어나 화면을 보았다. 그러나 눈에 들어온 문자는 도윤에게서 온 것이 아니었다.

[[설악뱅크] 4/11 20:38 1003-442-******* 입금 600,000,000원]

하연은 핸드폰 화면을 한참이나 내려다보았다. 0이 너무 많아서 잘 이해가 되지 않았다.

"이게 무슨……."

0이 여덟 개. 6억?

머리를 오래 굴리지 않아도 누가 보냈는지 알 수 있었다. 차도윤이었다. 그에게 요구했던 4억 4천이 들어와도 펄쩍 뛸 판에, 왜 6억이나.

무슨 착오인가 싶어 하연은 서둘러 도윤에게 전화를 걸었다. 그에게 전화를 거는 것은 이게 처음이었다.

번호를 알기는 했어도 가끔 동아리 관련 연락을 문자로나 보냈을 뿐, 전화할 용기는 없었다. 하지만 지금은 그렇게 망설일 여유가 없었다.

6억이라니.

통화 대기음이 뚜우, 뚜우 울릴 때마다 하연의 입술이 바싹바싹 탔다. 몇 번 울리지 않고, 곧 남자의 목소리가 들렸다.

-응, 하연아.

처음 건 전화. 그는 '여보세요'도 아니고, 평소 그가 그녀를 부를 때 쓰는 '신하연'도 아니고, 다정한 말투로, '하연아'라고 말했다. 그 목소리가 어찌나 달콤하던지, 순간 하연은 제 통장에 들어와 있는 믿어지지 않던 액수까지 까마득히 잊었다.

하연이 잠시 말을 잃은 사이, 건너편에서 그가 누군가 다른 이에게 속삭이는 것이 들렸다.

-이모, 잠시만요. 전화 좀 받고 올게요.

도윤의 목소리에 하연은 지금이 어떤 상황인지 금세 파악했다. 병원에 있구나. 바로 옆에는 아픈 이모가 계시고. 그래서 도윤이 곧 결혼할 여자의 전화를 애정 섞인 목소리로 받은 거였다.

연극은 이미 막이 올랐다. 터벅터벅, 남자의 발걸음 소리가 들리고, 곧 다시 그가 말을 걸었다.

-아, 미안. 잠시 밖에 있어서.

조금 전 다정했던 목소리가 거짓말처럼 식어 있었다. 하연은 당황해서 제가 무슨 말을 하려고 전화를 걸었는지 잊어버린 채 잠시 입술만 벙긋거렸다.

-신하연. 듣고 있어?

"네, 네. 선배."

-무슨 일이야?

다소 딱딱하고 업무적인 그의 목소리에 하연은 숨을 크게 들이켰다가 내쉬며 말을 이었다.

"저 통장에 돈이 들어와 있어서요."

-아, 응.

"결혼하면 주시라고 했는데요."

-너, 돈 급하잖아. 난 돈이 있고. 굳이 그때까지 기다릴 이유가 있나?

배려였던 걸까. 혹시 돈 때문에 그녀가 곤란할까 봐서. 엄연한 계약이긴 하지만 오늘 만나서 결혼 이야기를 한 게 다였다. 상대방이 계약 내용을 제대로 이행하지 않으면 어쩌려고 그는 6억이나 되는 큰돈을 미리 보낸 걸까.

"제가 이 돈 들고 도망이라도 가면 어쩌려고 돈을 넣으셨어요."

-네가?

하연의 말에 전화기 건너편의 도윤이 웃었다. 거친 숨소리와 함께 듣기 좋은 웃음소리가 퍼져 나간다.

-신하연 네가 도망을 간다고? 재밌겠네.

"웃을 일이 아니에요, 선배."

-나도 그 정도는 사람 볼 줄 알아. 지금도 너, 돈 때문에 놀라

서 전화한 것 아니야? 도망갈 거였으면, 전화도 하지 않고 그대로 줄행랑쳤겠지.

맞는 말이었다.

"그래도 선배, 제가 필요한 건 4억 4천인데 왜……."

-모르긴 몰라도 결혼하면서 여자가 준비할 것도 많은 것 같아서.

그의 목소리에 살짝 한숨이 섞여 있었다. 귀찮은 건지, 신경을 쓰고 있는 건지 알 수 없는 말투.

-피부 관리나, 뭐 그런 거.

"그 정도 돈은……."

자신에게도 있다고 말하려던 하연은 퍼뜩 자신이 지금 사채에 쫓기고 있는 아버지가 있다고 거짓말을 한 것이 떠올라 말을 정정했다.

"그 정도 돈이 필요하진 않아요. 고작 피부 관리에, 고작 결혼 준비에."

1억 6천이나.

-얼마가 들지 내가 아는 게 있어야지. 하여튼 네가 알아서 해. 남은 건 네가 자유롭게 쓰던지. 품위 유지비라고 생각해. 옷을 사든, 뭘 사든.

"하지만……."

-돌려줄 생각 하지 마. 앞으로 우리 집안에 들어와서 무슨 일이 있을지 어떻게 알아.

단호한 말에 하연은 입을 다물었다. 모든 사실을 언젠가 그에게 밝힐 일이 있을 것이다. 그때 돌려주면 된다. 은행 이자까지 다 같이.

-아, 마침 전화하려고 했는데.

좀 전까지의 단호한 말투와는 달리 살짝 망설이며 그가 입을 열었다.

-아까 이모랑 이야기했는데, 다음 주말에 혹시 나와 병원에 인사하러 올 수 있어?

"네."

-네 스케줄 괜찮으면.

"전 아무 때나 괜찮아요."

-그래, 그럼. 내가 날짜 정하고 알려 주지.

그가 잠시 숨을 훅 내뱉고는 말을 이었다.

-고맙다.

"아니에요, 선배."

답하는 하연의 입술이 바싹바싹 말랐다. 이런 말을 그와 자신의 사이에 할 수 있을 거라고는 생각하지 못했었는데.

"우린 이제 결혼할 거니까 이 정도는 당연하죠."

-하.

그가 피식 웃었다. 어색해서인지, 하연의 말이 어이가 없어서인지 유달리 요즘 도윤의 웃음이 잦았다.

-그래. 그럼.

이대로라면 선배와 전화가 끊긴다. 안타까움에 하연이 서둘러 입을 놀렸다.

"선배."

-어?

"저, 그래서 말인데…… 옷도 그렇고요. 이번 주 인사 가니까."

하연은 필사적으로 그와의 연결 고리를 찾으려 노력했다.

"이모님이 어떤 옷을 좋아하시는지도 모르고."

-이모는 옷 같은 거 신경 별로 안 쓰는 사람이야.

"제가 신경 써요."

입술이 바싹바싹 말랐다.

"그래서 그런데, 저랑 같이 옷을 골라 주러 가실 수 있을까요?"

결혼하기로 했다. 당연하게도 하연에게는 첫 결혼이었다. 그 결혼 상대가 도윤이라는 것에는 당연히 불만이 없었고, 혹시 이 결혼이 실패로 끝나도 괜찮았지만. 누릴 수 있는 것은 다 누리고 싶었다. 예를 들면, 선배와의 시간 같은.

"옷…… 같이 고르러 가 주실 수 있나요?"

여자 옷을 같이 고르러 가자는 것은 매력적인 데이트 신청은 아닐 터였다. 하지만 이제 와서 영화를 보러 가자고 할 수도 없는 노릇이고, 바쁜 그에게 이모 관련된 일이 아닌 것으로 보자고 하기도 애매했다.

-나랑?

"네."

하연은 주먹을 꽉 쥐었다.

"지금 이대로라면, 너무 어색하고, 그러니까 이모님 앞에서도, 그러니까…… 어색할 것 같고. 한 번이라도 말을 맞추고, 그렇게 만난 김에 옷도 사고."

얼굴도 보고, 밥도 같이 먹고 하면 안 될까요.

도윤과 하연은 단 한 번도 둘이서만 같이 식사를 한 적이 없었다. 도윤은 후한 선배였다. 후배들을 알뜰살뜰 챙기는 성격은 결코 아니었지만, 가야 할 자리를 딱히 피하지는 않았다. 그래서 그가 밥을 사는 일도 왕왕 있었다.

하연도 대학 시절 그런 자리에 슬쩍 끼여, 때때로 그를 관찰했던

적이 있었다. 그냥 대학생들이 점심을 먹는 편한 분식집에서, 와글와
글 친구들 사이에서 그와 함께하는 것이었지만 그래도 기뻤다.

가슴이 두근거려 제 마음이 들킬까 늘 그를 향한 시선을 금세 숨
겼다. 다 같이 만나는 자리에서도 그러했으니, 둘만 만나는 것은 상
상도 못 할 일이었다.

하지만 지금은 다르다. 친해져야 한다는 이유도 있고, 옷도 골라
야 한다는 이유도 있고. 설마 자신의 마음이 살짝 엿보인다고 해도,
그처럼 연기라 생각해 주지 않을까.

하연의 말에 도윤이 입을 열었다.

-당장 다음 주 주말인데, 언제가 괜찮지?

"수요일이 쉬는 날이니, 선배만 괜찮으시면 그날 어떠세요?"

-몇 시?

긍정적인 대답인가. 만나자는 건가. 무슨 소리냐며 화를 낼 줄
알았던 그가 시간을 묻자 하연은 심장이 두근거렸다. 가능하면 오
래 보고 싶었다. 아침 7시쯤. 하지만 그때 문을 연 옷 가게는 아무
데도 없겠지.

"10시 반쯤."

-10시 반?

그가 잠시 말을 잃었다. 너무 이른 시간인가 싶어 서둘러 하연이
말을 덧붙였다.

"백화점이 그때 문을 열거든요."

괜히 그 시간으로 했나 싶었다. 너무 일러서 못 보겠다고 하면
어쩌지. 귀찮게 역시 여자 옷 따위는 못 보러 가겠다고 하면.

두근거리는 하연의 심장 박동 소리를 헤치고 그의 목소리가 귓
가에 들렸다.

-그래. 만나.

파들파들 떨리는 그녀의 목소리와는 달리 담담한 목소리였다.

-아침 일찍부터 데이트하자.

* * *

데이트. 그 얼마나 달콤한 울림인가. 집 앞에 서서 도윤을 기다리며 하연은 멍하니 며칠 전 밤의 전화를 되새김질했다.

오늘 선배와 데이트를 한다. 계약 결혼을 위한 준비인 것을 알면서도, 가짜인 것을 알면서도 '데이트'라는 그 울림에 하연은 가슴 박동이 빨라지는 것까지 막을 수는 없었다. 어젯밤에 잠을 한숨도 자지 못해 하연의 눈은 빨갛게 충혈되었다.

용기 내길 잘했어. 결혼도, 데이트도. 평생 뒤에서 바라만 보던 시간이 아까울 정도였다.

도윤을 기다리는 시간이 너무나도 길었다. 데이트하자는 그녀의 말에, 도윤은 싫다는 내색하지 않고 선뜻 말했다.

-그래, 그럼 10시 반. 너희 집 앞으로 갈게.

골목길에 부는 바람이 원피스 자락을 흐트러뜨리며 지나갔다. 하연은 가지고 있는 옷 중에 가장 자신에게 잘 어울리는 파란색 원피스를 입고 나왔다.

10시 반이 되기 3분 전, 골목길로 까만 차 하나가 들어섰다.

3327.

어느새 외워 버린 번호판을 보고 하연은 등을 곧추세웠다. 그녀의 앞에 멈춰 선 차 안에서 남자가 내렸다. 도윤이었다.

오늘 그는 평소와 달랐다. 검은 정장이 온몸을 휘감아 탄탄한 몸매를 드러내는 회사에서의 모습과는 다르게 오늘은 깔끔한 셔츠에 면바지를 입고 있었다. 셔츠 위쪽에 달려 있는 작은 니트 패턴이 귀여웠다. 늘 왁스로 세우고 있던 머리도 부드럽게 이마를 덮고 있었다.

휴일의 차도윤. 회사에 취직하고 이런 모습은 처음이라 순간 인사하는 것도 까먹고 하연은 그를 넋을 잃고 바라보았다. 차에서 내린 도윤이 천천히 반대편 쪽으로 걸어와 문을 열었다. 달칵, 문이 열리는 소리에 하연의 정신이 겨우 돌아왔다. 그제야 겨우 입술을 열어 그에게 인사를 건넸다.

"선배, 안녕하세요."

"도착하고 연락한댔잖아. 나와 있을 필요 없었는데."

그의 걱정이 섞인 타박이 듣기 나쁘지 않았다. 하연은 살짝 웃으며 입을 열었다.

"오늘 날씨가 좋아서요. 바람이라도 쐬고 싶어서."

그리고 집에서 선배를 기다리기에는 마음이 너무 들떠서요. 그 말은 차마 입 밖으로 꺼내지 못했다.

"그런가? 그냥 평범한 날 아냐?"

도윤이 고개를 들어 살짝 미세 먼지가 낀 뿌연 하늘을 바라보았다.

선배랑 함께 데이트하는데, 평범한 날이 어딨겠어요. 지금 설사 우박이 떨어져도, 나름 즐거운 날일 것 같아요.

그 말도 하지 못한 채 하연은 그저 방긋 웃었다. 그의 앞에서는 긴장해서 늘 굳기만 하는 입술이 오늘따라 헤프게 곡선을 그렸다.

하연의 미소에 도윤이 살짝 고개를 기울이더니 문을 활짝 열며

타기를 권했다.

"어쨌든 타."

"네."

선배는 데이트할 때 여자에게 차 문을 열어 주는구나. 다정하다. 늘 무뚝뚝하게 툭툭 말을 던지는 그에게 이런 면이 있었다니 의외였다.

그는 차에 타고 나서, 하연이 벨트를 맬 때까지 시동을 걸지 않은 채 그녀를 물끄러미 바라보았다. 그녀가 안전벨트를 매고 나서야, 그는 시동을 걸고 입을 열었다.

"성도 백화점에서 쇼핑할까 하는데, 괜찮아?"

"네, 괜찮아요."

이 근처에서 가장 큰 백화점이자, 한국에서 제일 큰 백화점 계열은 한도 그룹이 운영하는 '한도 백화점'이었다. 그의 아버지가 운영하는 한도 그룹. 굳이 아버지의 계열사가 아닌, 조금 더 먼 곳으로 가는구나. 그러고 보니, 도윤의 핸드폰도 한도 전자의 것이 아니었다.

하연은 지난번 대화에서 도윤이 가족이 이모밖에 없다고 말했던 것을 떠올렸다. 한도 그룹 이야기가 나오면 그는 늘 눈을 돌려 버렸다. 절연이라도 한 걸까. 그의 핸드폰을 바라보며 멍하니 생각하는 하연의 귀에 그의 목소리가 나지막이 울렸다.

"하연아."

"네?"

'하연아'라고 부르는 어감이 아직도 생소해 하연은 눈을 동그랗게 뜨고 다시 그를 바라보았다. 심장이 덜컹거린다.

"앞으로 그냥 이름으로 불러도 되지? 하연이라고."

"네, 물론이죠. 네. 괜찮아요."

"그럼 너도 그만둬."

"네?"

"이사, 선배라고 부르는 거 말이야. 이사님은 내가 싫고, 선배라고 부르는 것도 어색하잖아. 곧 결혼할 사이인데."

"그럼 뭐라고 부르죠?"

그를 알게 된 후로 수많은 시간이 흘렀지만, 그는 늘 그녀에게 선배였다. 다른 호칭이 떠오르지 않았다.

"오빠라든지, 뭐 그런 호칭 있지 않아? 결혼하는데 선배, 이사님은 좀 아니지 않나."

"아……."

오빠라니. 입에 착 달라붙지 않았다. 물론, 학교 선배 중에 하연이 오빠라고 부르는 사람이 없는 것은 아니었지만, 도윤에게 '오빠'라고 부르는 건 너무 친한 척하는 것 같기도 하고, 어쩐지 부끄러웠다. 아니, 근데 결혼까지 하자고 한 사이에 그런 걸 망설이는 게 더 우습나.

하연은 한참 말을 잃었다. 백화점에 도착할 때 즈음에서야 하연이 입을 열었다.

"선배라고 부르는 게 너무 딱딱하면 이름으로 불러도 될까요? 도윤 씨……라고."

하연이 서둘러 말을 덧붙였다.

"선배가 싫다고 하시면, 이름 말고 다른 거로 부를게요."

"아냐, 괜찮아."

"동아리 사람들 앞이랑 회사에서는 그냥 원래대로 부를게요. 어색하니까."

"네가 편하면 그렇게 해."

'도윤 씨.'

그러나 제가 제안해 놓고는 썩 익숙하지 않은지, 하연은 소리를 내지 않고 몇 번이나 입술을 움직여 '도윤 씨', '도윤 씨' 하며 연습을 했다. 미러로 그 모습을 슬쩍 바라본 도윤은 작게 한숨을 내쉬었다. 제 이름을 부르는 하연의 입술이 유난히도 붉었다.

✳ ✳ ✳

성도 백화점. 쇼핑을 즐기지 않는 편이었지만, 가끔 꼭 직접 물건을 봐야 할 일이 있으면 도윤은 이곳에 왔다. 가장 친한 친구인 우진이 이곳에서 일하고 있었다.

백화점으로 들어서기 직전 도윤은 우진에게 문자를 보냈다. 오늘 이 시간에 온다고 미리 말해 놓았기 때문에 구구절절 설명할 필요는 없었다.

[도착. 1층에 있을게.]

그가 문자를 보내는 사이, 하연은 한 발자국 물러서서 플로어 가이드를 읽고 있었다. 그런 하연을 바라보다 고개를 돌리니 우진이 멀리서 걸어오는 것이 보여 도윤은 그를 향해 걸어갔다.

도윤과 동갑인 우진은 대학 졸업 직후, 성도 백화점에 취직해 영업 관리자로 일하는 중이었다. 워낙 사람을 좋아하는 그이기에 사람을 많이 접하는 백화점과 잘 어울렸다. 우진이 도윤을 발견하고 손을 들어 인사했다.

"차도윤 이사님께서 우리 누추한 성도 백화점에 와 주시고 이게 무슨 일이야. 뭐 사러 왔냐?"

우진에게 혼자 오지 않은 것을 알리려 도윤은 고개를 살짝 기울이며 하연을 가리켰다. 하연은 아직 우진의 존재를 눈치채지 못했는지, 여전히 플로어 가이드만 바라보고 있었다. 우진은 하연을 발견하고 눈을 깜박였다.

"여자……? 여자랑 왔어?"

도윤이 여자를 멀리하는 것을 누구보다 우진이 제일 잘 알았다.

"너, 그, 결혼, 한다더니……. 그 여자야? 선을 벌써 본 거야?"

스타카토처럼 톡톡 튀는 그의 말을 듣고는 도윤은 작게 한숨을 쉬었다. 우진 역시 그들과 마찬가지로 하성 대학교 관현악 동아리 출신이었다.

저 여자의 정체가 신하연인 걸 알면 난리 나겠군. 여자를 데리고 온 것만으로도 저렇게 놀라는데 평소 소원하던 하연과 도윤이 결혼한다고 하면, 우진은 뒤로 자빠질 게 뻔했다. 그에게 뭐라고 설명해야 할지 잠시 도윤이 고민하는 사이, 하연이 도윤에게 걸어왔다.

"선배……. 아니, 도윤 씨. 여성복은 5층이라는데 거기 먼저 갈까요?"

익숙한 목소리에 우진이 고개를 돌리는 순간, 그녀를 발견했다.

"신하연! 너 여기 웬일이야?"

"어……?"

"말도 안 돼. 네가 여기 왜 있어."

우진이 깜짝 놀란 듯 입을 반쯤 벌리고는 도윤과 하연을 번갈아 보았다. 하연도 우진을 발견하고는 놀란 듯 눈썹을 살짝 들어 올렸다.

"저, 도윤 선배랑 잠깐 볼일이 있어서 왔어요. 근데 우진 오빠는 어째서 여기에?"

갑작스러운 우진의 등장에 당황했던 하연은 곧 상황을 파악했다.

"아, 그러고 보니 우진 오빠 성도 백화점에서 일했죠."

하연의 말에 도윤의 입꼬리가 비틀렸다. 누구는 오빠고, 누구는 선배? 그러고 보니, 우진은 특유의 그 친화력으로 다소 다가가기 어려운 하연과도 꽤 친하게 지냈었다.

우진이 환히 미소를 지으며 하연에게 말을 걸었다.

"어. 휴일인데 이렇게 백화점에 박혀 있다. 이렇게 밖에서 보니 반갑네. 근데 여긴 어쩐 일이야. 도윤이랑 온 거야?"

"아? 네……. 저, 오빠는 지금 업무 중이세요?"

"나는 도윤이가 잠깐 옷 고르는 것 좀 도와 달라 해서 왔어."

지난번 하연이 옷을 골라 달라고 했을 때, 도윤은 난감했었다. 자신의 옷을 고르는 것도 귀찮아하는 그가 여자 옷을 잘 고를 수 있을 리가 없었다. 자신이 없어 우진을 불러낸 것인데 이상하게 그와 하연 둘이 이야기하는 모습을 보니 기분이 편치 않았다.

도윤은 멀찍이 떨어져 고개를 살짝 기울인 채 둘의 얼굴을 바라보았다. 우진이 하연을 보고 웃다가 시선을 도윤에게로 돌렸다.

"도윤아, 그래서 오늘 하연이랑 왜 온 거야? 아, 너희 같은 회사지? 회사 일이랑 관련 있는 건가?"

도윤이 앞머리를 쓸어 올리며 중얼거렸다.

"아니. 개인적인 일로 온 거야."

그러고는 한 발자국 떨어진 하연의 어깨를 잡아 자신에게로 끌어당겼다. 팔 안에 갇힌 그녀의 몸이 생각보다 가늘었다.

"신하연이랑 나, 사귀거든."

"뭐?!"

도윤의 예상대로, 우진의 입에서 놀라움의 탄성이 튀어나왔다. 그러나 오늘 이 사실을 처음 들은 우진만큼이나 도윤의 팔 안에 갇힌 하연도 놀라 몸을 떨었다. 갑자기 그가 자신을 끌어당겨 안은 것도 모자라, 사귄다는 선언까지…….

어안이 벙벙했다. 회사 일 때문에 온 거냐는 우진의 질문에 그냥 그렇다고 말해도 됐을 텐데 왜 사귄다고 말한 걸까. 어차피 말해야 할 일이긴 하지만 이렇게, 이렇게…… 안을 필요까지는 없을 텐데.

도윤의 손이 하연의 몸을 단단하게 감싸 쥐었다. 술에 취한 밤, 도윤과 입술을 겹친 적이 있었다. 하지만 그것은 술의 힘을 빌린 것이었다. 이런 대낮에 그의 품에 안겨 있으려니 심장이 덜컹거려 하연은 발끝부터 무너져 내릴 것만 같았다. 심장이 터질 것 같아.

그러나 하연의 반응과 달리 도윤의 입에서는 아무렇지 않게 말이 나왔다.

"뭘 그렇게 놀라."

"놀라지, 그럼 안 놀라? 아니, 너랑 신하연이랑 사귄다고? 헐……. 내 꿈인가? 이게 무슨 일이야."

우진은 당황했는지, 입만 뻐끔거리면서 하연과 도윤을 바라보았다. 지나가는 사람들이 무슨 일인가 싶어 걸어가며 우진을 힐긋거렸다. 우진의 패닉 상태가 너무 오래가 도저히 이대로는 안 되겠다 싶어 도윤이 자리를 옮기자 제안했다.

"우선, 올라가서 이야기 좀 하자."

"어, 어. 그래. 카페로 갈까? 아니, 식사가 좋겠어?"

"카페로 가. 지난번에 갔던 곳으로."

세 명은 성도 백화점 가장 위에 있는 테라스 카페로 향했다. 카페는 직접 가서 시켜서 가져오는 스타일이었다.

"내가 사 오지."

의자에 앉았던 도윤이 주문을 하기 위해 자리에서 일어서려 하자, 우진이 고개를 저었다.

"앉아 있어. 우리 백화점 손님인데 내가 당연히 사 와야지. 뭐 마실래?"

"난 아이스 아메리카노. 하연이는 따뜻한 카페라테."

도윤이 대답하자 알겠다며 우진이 자리를 떴다. 자신이 말하기도 전에 무엇을 마실지 알고 먼저 말한 것이 신기해 하연은 도윤을 돌아보았다.

그녀는 혀끝에 닿는 부드러운 우유의 맛이 좋아 늘 카페라테를 시켰다. 드립 커피가 유명한 카페에서는 드립 커피를 주문하기도 했지만, 일반적인 카페에 갔을 때는 늘 카페라테를 주문한다. 그것도 따뜻한 것으로.

그와 일상의 대화를 나눈 것은 손에 꼽을 정도였고, 그 모든 기억을 하연은 빠짐없이 가지고 있었다. 하지만 분명 그는 자신의 취향까지 알지 못할 텐데.

"제가 카페라테 마실 줄은 어떻게 아셨어요?"

"그렇게 놀랄 필요 없어. 예전부터 지켜봤다든지, 그런 음습한 놈은 아니니까."

긴 다리를 꼬고는 의자에 몸을 깊이 묻은 채 도윤이 한쪽 눈썹을 끌어 올렸다.

"결혼할 여자에 대해서 알아봤어. 이것도 좀 비겁하긴 하지만. 내가 아는 신하연은 진짜 너의 1퍼센트도 안 되는 것 같아서 다른 조각을 좀 모아 봤지."

어떻게 알아본 걸까. 사람을 시켜서……? 주변에 물어보기라도 한 걸까. 하긴, 그와 하연은 생활 반경이 겹치기는 했다. 동아리 동기나 선후배에게 물어볼 수도 있었을 거고, 회사 사람들에게 알아봤을 수도 있다. 그다지 어렵지는 않았을 터.

하연이 입을 열었다.

"그래서 알아보신 신하연은 어떤 사람이던가요?"

"대부분 내가 알고 있던 너랑 다르지 않더군. 착하고, 성실하고."

그리고 재미없는……. 하연이 속으로 읊조렸다. 그러나 도윤은
그 말은 뱉지 않았다. 오히려 흥미롭다는 듯 발끝을 살랑살랑 흔들
며 도윤은 입을 열었다.

"음료수는 카페라테만 먹고, 점심은 늘 샌드위치. 가끔은 편의점
샐러드로 때우고. 밥은 절대 안 사 먹는 거 보면…… 우리 회사 사
내 식당 밥이 그렇게 맛이 없나?"

"아뇨, 일하는 도중에 밥을 먹으면 속이 부대껴서요."

"소화를 잘 못 하나 보네."

"네……."

하연은 조금만 긴장하면 체했다. 회사에서 중요한 회의가 있는
날에는 샌드위치조차도 넘어가지 않아 점심 식사는 소화가 잘되
는 죽이나 샐러드를 선호했다. 회사 사람이 그에게 전한 듯했다.
정보원이 누구일까 하연이 생각하는 동안, 도윤이 입을 열었다.

"난 기관지가 안 좋아. 건조하고 안 좋은 공기에 취약하지."

선배는 기관지가 안 좋구나. 그러고 보니, 오늘 차에서 내릴 때
도윤이 찬바람에 잠깐 기침을 했었다. 그런데 갑자기 왜 그런 이야
기를 하는 걸까? 하연이 무슨 말이냐는 듯한 표정을 하자 도윤이
말을 이었다.

"네가 정보를 하나 주길래 나도 하나 준 거야. 재밌네. 너에 대해
알아보는 거."

자신의 정보 하나면, 그의 정보 하나를 받을 수 있는 걸까. 하연
은 도윤에 대해 더 많이 알고 싶었지만, 그에게 따로 알려 줄 만큼

대단한 게 없었다.

둘이 이야기를 하는 동안, 우진이 쟁반 위에 컵 세 개를 얹고는 걸어왔다. 그 모습을 본 하연이 자리에서 벌떡 일어났다.

"죄송해요, 우진 오빠. 제가 해야 했는데."

"아냐, 아냐. 여기까지 와 줬는데 내가 당연히 해야지. 근데……."

우진은 컵을 테이블 위에 올려놓고는 여전히 신기한지 하연과 도윤을 번갈아 보았다. 여전히 갑자기 쏟아진 소식에 정신이 없는 우진을 보며 하연은 쓴웃음을 지었다. 아마도 앞으로도 이런 일이 많겠지.

우진 오빠는 좋은 사람이었다. 그런 그조차 이렇게 대놓고 바라보는 건 너무 놀라운 커플이어서일 것이다. 평소 친해 보이지 않았던 도윤과 하연이어서도 있지만, 재벌가에 회사 임원, 눈에 띄는 수려한 외모의 도윤과 평범하다고도 하기 힘든 하연의 사정을 알고서는 쉽사리 납득가기 힘든 조합이다.

우진처럼 편견 없는 이도 이렇게 두 사람을 보고 놀라는데, 어떤 역경이 남아 있을까. 사람들이 우리를 어떻게 쳐다볼지 알 수가 없었다. 그런데 이상하게 하연은 무섭지가 않았다.

하연은 도윤을 바라보았다. 지금은 연인 행세를 하고 있으니, 남자 친구로서 그를 이렇게 빤히 바라보는 것도 이상한 일이 아니다.

날카로운 콧날, 부드러운 입술. 그리고 그녀를 바라보는 번쩍이는 눈동자. 그런 도윤을 마음껏 바라볼 수 있는 것만으로도 좋았다. 우진이 사 준 카페라테를 한 모금 들이켜자, 따뜻하고 부드러운 향이 코끝을 스쳤다.

우진이 참다 참다가 결국 궁금증을 참을 수 없었는지 물었다.

"너희 둘이 언제부터 사귄 거야, 도대체?"

"얼마 안 됐어."

"야, 말 좀 해 주지. 나 오늘 심장 떨어지는 줄 알았잖냐. 오늘 오기 전에 힌트라도 주지 그랬어."

"너희 시끄럽잖아. 알면 어떻게 초를 치려고."

"또 누가 알아? 동아리 애들 중에 아는 사람들 있어? 회사 사람은? 사내에서 다 밝히고 사귀는 거야?"

"우진이 네가 알게 된 첫 번째 사람이야. 영광인 줄 알아."

바삐 쏟아지는 우진의 질문에 도윤은 망설임도 없이 대답했다.

선배는 기관지가 약하다. 그리고 거짓말도 잘한다. 오늘 알게 된 그에 대한 두 가지 사실이었다.

도윤의 너스레에 우진이 재미있다는 듯 몸을 쑥 내밀고 다시 질문을 퍼부었다.

"회사 다니면서 친해진 거야? 도윤이 네가 먼저 고백했어? 와, 네가 하연이 좋아하는 줄은 새까맣게 몰랐네."

우진의 말은 멈출 줄을 몰랐다. 원래도 말이 많은 편이었지만, 오늘은 놀라움 때문인지 대답할 시간조차 주지 않고 질문을 쏟아냈다. 난감한 질문들이 끝도 없이 이어졌다.

이번에야말로 도윤의 말문이 막힐 것 같았다. 그를 향한 질문에 하연이 입을 열었다.

"아뇨, 제가 사귀자고 했어요."

늘 자신 없던 평소와 달리 그에 대한 마음을 말하는 하연은 거침이 없었다.

"제가 먼저 고백했어요. 좋아한다고."

평생 입에 담을 생각도 못 했던 말이었다. 도윤을 이렇게나 좋아하면서도 그에게 경멸받는 게 무서워서, 한 번도 하지 못했던 말. 그러나 지금은 이렇게 쉽게 말할 수 있었다.

계약 결혼이란 거, 진짜 좋다. 자신이 이런 고백을 해도 아무도 이상하게 생각하지 않을 거란 확신에 하연의 목소리에 힘이 실렸다. 신이 난 것처럼 그녀답지 않게 들뜬 목소리로 말을 덧붙였다.

"선배에게 제가 계속 좋아했다고, 사귀어 달라고 했어요."

거짓말은 조금도 섞여 있지 않았다. 그러나 그 대답에 도윤의 눈썹이 치켜 올라갔다. 우진 역시 놀라 말을 내뱉었다.

"거짓말. 진짜?"

우진이 눈을 깜빡였다.

"네가? 하연이 네가 차도윤을 좋아했다고?"

"네."

하연의 뺨에 따끔따끔, 도윤의 시선이 닿았다. 정말인지 아닌지 가늠하는 눈빛이었다. 보지 않아도 그의 시선을 느낄 수 있었다.

"와, 전혀 몰랐어……. 눈치 전혀 못 챘어. 언제부터?"

"아주 오래전부터요."

그녀는 기억할 수도 없을 만큼 아주 오래전부터 그를 좋아해 왔다. 하연의 대답에 우진이 믿기 힘들다는 듯 다시 물었다.

"예전이라면 언제? 혹시 처음 봤던 1학년 때부터 좋아하고 그런 건 아니지? 입부 때부터 도윤이를 노리고 들어왔다든지?"

우진의 질문에 하연은 문득 그를 처음 만났을 때가 떠올랐다. 그 순간부터 그를 좋아했던 것은 아니다. 오히려 싫어했다. 차도윤이 싫어서 견딜 수가 없었다.

* * *

어렸을 때부터 하연은 바이올린을 켰다. 아버지의 사업이 잘 나가던 고등학교 1학년 때까지는 전공을 꿈꿨을 정도로 좋아했다.

그러나 아버지의 사업은 한순간에 망했다. 많은 빚을 진 그녀의 부모님은 이혼했고, 아버지는 파산 신청을 한 뒤 집을 나가서 행방불명. 다행히 어머니의 반찬 가게가 있어 고등학교는 계속 다닐 수 있었지만, 예체능을 지원해 줄 정도의 금전적 여유는 없었다.

그녀는 자의 반, 타의 반으로 바이올린을 구석에 처박아 둔 채 잊고 살았다. 취미로만 혼자 바이올린을 켠다는 선택지도 있었지만, 바이올린은 하연에게 아픈 손가락이었다. 이루지 못한 꿈과, 아버지의 사업 실패와 부재. 그것을 상징하는 것이 바이올린이었다.

그래도 성실하고 공부를 잘하는 편이었던 하연이었기에 자력으로 대학에 가는 것은 문제가 없었다. 입학하고 얼마 되지 않아, 수업에 가기 위해 작은 광장을 지나는데 시끄러운 소리가 하연의 귀에 울렸다.

"관현악부입니다! 오케스트라예요! 악기에 따라 초보자도 가능합니다!"

많은 동아리가 신입생을 모집하기 위해 홍보 중이었다. 수많은 사람들 속, 그중 어째서 관현악부의 안내 소리가 가장 먼저 귀에 꽂힌 걸까. 바이올린은 다시는 손에 들지 않겠다고 생각했는데.

창업 동아리, 개발 동아리 앞에 사람들이 많이 몰려든 것과는 달리, 관현악 동아리 앞은 사람이 거의 없었다. 힘차게 소리를 지르던 남자는 울상이 되어, 심드렁하게 자리에 앉은 남자의 등을 툭 쳤다.

"야! 차도윤! 너도 뭣 좀 해 봐. 이러다가 신입생 한 명도 안 들

어오는 거 아니야?"

그때 하연은 처음으로 도윤을 보았다. 날카로운 콧날, 느른하게 처진 눈, 반듯한 입술. 눈이 가는 얼굴이었지만, 무엇보다 그녀의 시선을 끈 것은 그의 표정이었다. 동아리 홍보를 하러 나와 앉아 있으면서, 그딴 것에는 관심 없다는 듯 흐려진 눈동자.

"야! 차도윤, 듣고 있어? 너 한 곡만 켜. 네 외모발이라도 받자. 어? 제발."
"네가 해."
"아, 나 악기 안 가져왔어. 빨리 네가 해 봐."

도윤을 채근하는 남자의 말에 그가 한숨을 쉬며 바이올린을 손에 들었다. 뭐라 대꾸하기도 싫다는 듯, 단정한 입술을 비틀며 자리에서 일어섰다.

도윤이 손에 바이올린을 들자, 순간 사람들의 시선이 그에게로 쏠렸다. 그는 귀찮다는 듯 혀를 차고는 바이올린을 켜기 시작했다. 시끄러운 동아리 사람들의 홍보 속에 아름다운 선율이 펼쳐졌다.

바흐의 무반주 바이올린 파르티타 2번 D단조의 마지막 악장. 샤콘느.

바이올린의 극적인 선율이 단숨에 모든 소리를 흡수했다. 그러나 무엇보다 하연을 사로잡은 것은 그의 눈동자였다.

바이올린을 잡기 1초 전만 해도 생기가 없던 눈에 강렬한 불꽃이 몰아쳤다. 다른 사람인 것처럼, 여기가 대학 안의 작은 광장이 아닌 것처럼, 그 혼자 어둠 속에서 바이올린을 켜는 것처럼. 그렇게 타올랐다.

그가 바이올린을 내려놓는 순간, 홀린 듯 걸어가 하연은 동아리 입부 신청서를 받아 들었다. 그리고 이름과 주소, 바이올린 지망이라는 정보를 적고는 부장인 듯한 사람에게 건넸다. 부장은 종이를 내려다보고는 웃으며 도윤을 바라보았다.

"오오. 바이올린 했던 사람이네?"

그 말에 바이올린을 내려놓고 어느새 다시 심드렁한 표정으로 다리를 꼬고 의자에 몸을 묻고 있던 도윤이 허리를 세웠다.

"바이올린?"

도윤의 시선이 하연을 훑었다. 정확히 말하면, 그녀의 손을 향했다. 종이를 꽉 쥐고 있는 그녀의 하얗고 가는 손을 찬찬히 훑어본 그는 고개를 저었다.

"안 돼."

도윤의 입에서 나온 싸늘한 말에 순간 놀라 하연의 입술이 반쯤 벌어졌다.

"야, 왜 대뜸 안 된대."

그 말에 당황한 것은 부장도 마찬가지였는지, 사색하며 하연의 눈치를 보았다. 겁을 먹은 듯한 하연에게 미안했는지, 부장이 말을 서둘러 이었다.

"미안 미안, 다른 악기는 여유가 있는데 바이올린은 사람이 많거든. 그래서 바로 입부가 안 되고 오디션을 보게 되어 있어."
"그렇군요……. 죄송합니다."

오디션을 본다는 이야기는 어쨌든 뽑기는 뽑는다는 이야기인데 왜 대뜸 안 된다고 한 것일까. 사과하는 하연에게 부장이 말을 이었다.

"아냐, 네가 죄송할 일은 아니지. 와 줘서 내가 너무 고맙지. 도윤이 이 자식이 좀 사회성이 없거든. 오디션 날 올래? 3월 25일이야. 꼭 와 줘. 응?"

부장의 말에 도윤이 고개를 기울이며 입을 열었다.

"힘쓰지 말고 오디션도 보지 마."
"왜요?"

평소 얌전한 하연이었지만, 무조건 안 된다는 도윤의 말에 퍼뜩 말이 입에서 나갔다.

"왜 저는 안 되는 건가요?"

도윤이 귀찮다는 듯 앞머리를 쓸어 올리며 한숨을 쉬었다.

"손. 굳은살 하나도 없잖아. 한참 동안 바이올린 잡지도 않았지? 바이올린은 지망자가 많아서 그렇게 해서는 안 돼. 네 수고 덜어 주려고 그러는 거야. 괜히 연습하고 그러지 말라고."

마치 자비를 베풀어 주기라도 하는 양 말하는 도윤 때문에 하연의 얼굴은 새빨갛게 달아올랐다. 그것을 보고 부장은 사색이 되어 오디션 날짜와 장소, 그리고 연습곡을 말해 주었다.

"꼭 와."

부장이 신신당부했다.

"저 새끼는 원래 저래. 신경 쓰지 말고. 응?"

신경 쓰지 말라고는 했지만, 신경이 쓰였다. 당신이 뭘 알아? 물론 바이올린을 그만두긴 했다. 다시 하지 않겠다고 하긴 했다. 손에 잡지 않은 지 1년도 넘어서 손끝의 굳은살은커녕, 잡았던 기억이 희미하기는 해도……

그래도, 그래도!

사랑했다. 바이올린을 사랑해서 돌아가고 싶었다. 도윤의 연주에, 그가 하연을 무시하는 말에, 오랫동안 억지로 닫아 놨던 마음이 튀어나왔다.

하연은 정신없이 지정곡을 연습했다. 오랜만의 연주라 예전 같지 않았다. 그래도 평생 했던 바이올린인지라 연습곡 정도는 어렵지 않게 켤 수 있었다.

어느 정도 완성된 이후에도 완벽을 가하기 위해 오디션 날까지 연습하고 또 연습했다. 조금 흐트러질 만하면, 그가 내뱉었던 "안 돼."라는 말이 귓가에 맴돌아 다시 바이올린을 잡았다.

오디션 당일. 동아리 방으로 향하는 복도를 걸어가며 하연은 바이올린 케이스를 꼭 끌어안았다. 고작 동아리의 오디션일 뿐인데 왜 이렇게 긴장될까. 문을 열고 들어가려는데, 안에서 남자 하나가 나왔다. 그녀보다 20cm는 더 큰 남자의 어깨에 몸을 부딪쳐 하연이 살짝 비틀거리자, 그가 쓰러지는 하연의 손목을 잡았다.

얇은 손목에 큰 남자의 손이 얽혔다.

"앗."

하연이 올려다보자, 익숙한 얼굴이 그녀를 내려다보고 있었다. 도윤이었다. 그는 하연의 얼굴을 보고 한쪽 눈썹을 끌어 올렸다.

'또 너냐.'라는 얼굴. 그리고 그의 시선이 천천히 내려와 제 손에 갇힌 그녀의 손을 향했다. 얇은 손가락 끝에는 빨간 물집들이 여기 저기 잡혀 있었다.

"아……."

그가 낮은 목소리로 중얼거렸다.

"생각보다 근성 있네."

그렇게 말하고는 픽, 웃었다.

그 웃음이 얼마나 얄밉던지. 정말 재수 없어.

그러니까 그때는 아니다. 그와 만난 모든 것이 생생히 기억나지만……. 절대 그를 처음 본 그때 사랑에 빠진 건 아니다.

* * *

"처음부터는 아니었어요. 잘 생각이 안 나요. 그래도 1학년 때부터 좋아했던 것 같아요."

하연은 제 대답을 기다리는 우진에게 그렇게 답했다. 그러자 그가 무심코 놀라 되물었다.

"1학년 때부터 도윤이를 좋아했어? 와, 그래서 너 성준이가 고백한 것도 거절한 거야?"

우진의 말에 도윤의 미간에 깊은 주름이 잡혔다.

"최성준이 신하연을 좋아했어?"

도윤의 질문에 하연은 눈을 동그랗게 떴다.

성준은 같은 관현악부의 동기로 하연과 친한 사이였다. 우진의 말대로 그에게 고백받은 적이 있었지만, 정말 오래전 일이다. 고백받은 것은 대학교 2학년 합숙 때 즈음이었다. 하연조차 기억도 잘나지 않을 만큼 오래되고 흐릿한 기억이었다.

"좋아하긴요. 그냥…… 예전에…….."

장난처럼 그냥 그런 거예요. 그렇게 말하려다가 아무리 오래된 일이라고 해도 그건 자신에게 고백했던 성준에게 예의가 아닌 것 같아 하연은 입을 다물었다. 뭐라 설명해야 할지 생각이 나지 않았다.

당황한 하연의 속눈썹이 파르르 떨리자 도윤이 입술을 비틀었다. 그 모습을 보고는 우진이 눈을 동그랗게 떴다.

"야, 차도윤이 지금 질투하는 거냐? 나 참, 진짜 어이없네. 네가 질투를 하는 걸 다 보고."

우진은 오래 알고 지낸 친구의 낯선 모습에 고개를 들이밀고 계속 이리저리 도윤을 살펴보았다. 한참 도윤을 관찰하던 그가 너털웃음을 지었다.

"그래도 보기 좋다, 야. 이거 다른 애들한테 비밀이야? 말해도 돼? 단체 톡방에 올리면 난리 날 것 같은데."

우진의 말에 도윤이 고개를 비스듬히 숙였다.

"그래, 어차피 말해야 하는데 뭐. 네가 먼저 말하든지."

다른 동아리 사람들이 곧 알게 된다. 하연은 우진에게 말하는 것도 쑥스러웠는데, 모두 다 알게 되면 어떤 반응을 보일지 걱정이 됐다. 그래도 결혼을 하는 이상, 언제까지 숨길 수는 없겠지. 그의 이모는 여전히 많이 아프시니, 결혼식까지 시간을 오래 잡을 수 있는 것도 아니고.

그 순간 하연의 머릿속에 퍼뜩 떠오른 사람이 있었다.

성준이한테 먼저 말해야 해. 동아리에서 하연이 도윤을 좋아하는 것을 아는 것은 성준뿐이었다. 단체 대화창에 우진이 둘이 사귄다는 것을 밝혔을 때, 만약 성준이 '그렇게 오랜 시간 동안 선배 좋아하더니 잘됐네.'라는 말을 거기서 하기라도 하면, 모든 것이 끝이다.

하연 자신이 도윤에 대한 마음을 드러내는 것은 상관없었다. 자연스러운 연기라고 도윤이 받아들일 터였다. 그러나 도윤이 성준이 그렇게 말하는 것을 본다면? 뭔가 수상하다고 생각할 게 분명했다.

"우진 오빠!"

하연의 입에서 순간 절박한 소리가 튀어나왔다.

"저, 저…… 밝히는 건 조금만 더 있다가 하시면 안 돼요? 다음 모임까지라도. 아니면 오늘 밤까지라도."

급박한 마음에 하연의 목소리가 달달 떨렸다. 절박함이 고스란히 얼굴에 드러났다. 고개를 삐딱하게 돌리고 있던 도윤의 시선이 그녀에게 닿았다.

우진이 입을 열었다.

"왜? 곤란해?"

"아, 아뇨. 그냥, 너무 갑작스럽고……. 그 전에 알려야 할 사람도 있고요."

그렇게 더듬더듬 말하는 하연의 말을 도윤이 끊었다.

"누구?"

그가 삐딱한 목소리로 물었다.

"최성준한테 먼저 알려야 하나?"

설마 콕 짚어 말할 줄은 몰랐던지라 거짓말을 채 준비 못 한 하연이 고개를 끄덕였다.

"아, 네."

도윤이 어깨를 살짝 으쓱했다.

"우진이 너 들었지? 그렇단다. 하연이가 괜찮다 할 때까지 기다려."

"아, 그래. 그렇게. 아, 입 간지러워서 어쩐담."

그렇게 말하면서도 우진은 오히려 혼자만의 비밀을 간직했다는 것이 즐거워 보였다. 입꼬리에 웃음이 걸렸다.

백화점에서의 쇼핑은 끝도 없었다. 이렇게 많은 옷을 산 건 처음이었다. 아니, 태어나서 하연이 산 모든 옷보다 오늘 산 게 더 많다고 해도 과언이 아니었다. 탈의실에서 하연이 옷을 갈아입고 나오면, 우진이 눈을 빛냈다.

"예쁘다."

그러나 하연의 시선은 도윤에게 향했다. 원피스를 입은 하연의 모습을 보고 도윤이 점원을 쳐다보았다.

"괜찮네."

그러자 직원은 그 옷을 계산대로 들고 갔다. 곧 다른 직원이 새 옷을 들고 나타나 하연에게 입혔다. 그런 작업이 끝도 없이 되풀이되었다. 심지어 하연이 입어 보기도 전에 계산대로 직행한 옷도 있었다. 외국의 명품 브랜드였다.

신나기보다는 이 돈을 다 어떻게 해야 하나 걱정이 되어 하연은 옷을 입으면서도 마음이 편치 않았다. 도윤은 결혼 준비에 쓰라며 하연이 요구한 돈을 훌쩍 넘기는 금액을 그녀에게 입금했다. 하지만 그 돈은 쓸 수 없었다.

어떤 일이 일어난다 해도 손대고 싶지 않았다. 그래서 그녀의 월급으로 해결하고 싶었는데, 지금 쌓인 옷들을 보니 몇백만 원으로는 끝날 것 같지 않았다.

카드 한도가 얼마더라. 하연은 정신이 아득했다. 아니나 다를까, 구매하기로 한 옷의 총금액은 상상 이상이었다.

"어⋯⋯."

역시 한두 벌만 사야겠어. 그 정도라면 지불할 수 있을 것이다. 당황하여 하연이 입술을 달싹이는데, 도윤이 지갑에서 카드를 꺼내 직원에게 건넸다.

"계산해 줘요."

"저, 선배⋯⋯. 도윤 씨. 제가 낼게요."

낼 방도를 잠시 생각해 보아야겠지만 그에게 다 부담하게 할 수는 없었다. 하연의 말에 도윤의 미간에 주름이 잡혔다.

"괜찮아."

"하지만, 제 옷인데."

"내가 사 주고 싶어서 사는 거야."

"그래도."

물러서지 않는 하연을 보고 도윤이 얕게 한숨을 쉬었다. 그가 슬쩍 우진을 바라보았다.

"차우진, 어쩌지? 내 '여자 친구'가 나한테 선물 받기도 싫다는데."

그 말에 뼈가 들어 있었다. 우진의 앞에서 여자 친구 행세를 하고 있으니, 이 정도는 그냥 받으라는 말. 다 연기를 위해서니까.

도윤의 말에 우진의 눈이 커졌다.

"하연아, 뭘 그래. 차도윤 돈 썩어 문드러질 정도로 많은 거 알면서."

우진이 끌끌 웃었다.

"그냥 받아. 우리 백화점 매상도 좀 올려 주고. 옷 다 너무 예쁘다. 여기, 얼른 계산해 주세요."

우진이 지시하자, 직원이 카드를 일시불로 계산했다. 이 정도는 그냥 받아야 하는 걸까.

우진 오빠에게 이상한 모습을 보일 수는 없고, 결국 한두 벌만 입고 나머지는 바로 환불해야겠다는 생각에 하연이 고개를 꾸벅 숙였다.

"잘 입겠습니다. 감사합니다."

"도윤이 너, 하연이한테 얼마나 잔소리를 했으면 얘가 이렇게 예의 발라."

우진의 타박에 하연이 손을 저었다.

"아니에요. 그런 거. 오랜 선후배 사이여서 제가 아직…… 익숙하지가 않아서요."

자꾸만 허점이 보인다. 그러면 안 되는데.

＊ ＊ ＊

옷은 집으로 배달된다고 했다. 하연과 도윤은 빈손으로 다시 차에 올라탔다. 우진은 일이 있다며 인사를 하고 들어갔다. 백화점에 온 지 서너 시간밖에 안 됐는데 하연은 정신이 쏙 빠졌다.

"힘들다."

한숨처럼 말이 흘러나왔다.

"점심 먹을래?"

시간이 벌써 3시를 훌쩍 넘기고 있었다. 도윤의 말에 하연이 고개를 끄덕였다.

"아, 네."

"뭐가 좋아?"

"저는 뭐든."

"뭐든지라는 말 하지 말고. 너에 대해 더 잘 알아야 하니 말해 줘."

그 말에 하연은 입술을 달싹였다. 뭐가 좋다고 말해야 하지. 그에게 평가받을 것만 같아 말 한마디 한마디가 조심스러웠다.

"저는……."

그와 앉아서 밥을 먹었다간 체할 것 같았다. 하연은 최대한 간단한 음식을 떠올리려고 노력했다. 간단한 거, 간단한 거.

"딤섬이요."

그렇게 말하고는 제 입에서 튀어나온 말에 놀라 하연은 숨을 들이켰다.

"딤섬이라니."

엉뚱하게 딤섬이란 말이 튀어나왔다. 세상에 그 하고많은 음식 중에 왜 딤섬을 말한 걸까. 하얀 피 속에 감긴 새우가 보석처럼 빛나던 것을 며칠 전 티브이에서 보았던 영향인가.

하연의 입술이 반쯤 벌어졌다. 창의적이다 못해 황당한 대답이다. 특이하고, 흔하지도 않은 음식을.

"딤섬? 의외네."

운전대를 잡은 도윤이 낮게 중얼거렸다.

네, 저도 의외예요. 심지어 딤섬을 먹어 본 적도 없었다.

"자주 가는 집 있어?"

도윤의 질문에 하연이 고개를 흔들었다. 애초에 딤섬을 먹어 본 적도 없는데, 가 본 집이 있을 리가 없다.

"그럼 내가 아는 곳 있는데 거기로 갈래?"

"네."

하연의 대답이 떨어지자마자, 도윤은 부드럽게 차를 출발시켰다.

＊　＊　＊

하연과 도윤은 중식 레스토랑의 작은 개인 룸에 마주 앉았다.

[딤섬은 중국 광둥 지방의 점심에서 비롯된 간단한 음식들이다. 만두와 중국식 패스츄리가 있고 그중에서도 우리나라 사람들이 선호하는 것은…….]

메뉴판을 열고 하연의 눈이 바쁘게 설명을 읽어 내려갔다. 딤섬이 처음인 것을 들키고 싶지 않아 필사적이었다. 왜 선배 앞에서는 늘 바보가 되는 걸까.

하연은 그에게 미움받고 싶지 않아 자꾸만 움츠러들고, 그에게 좋은 인상을 주고 싶어서 불안했다.

의자에 등을 붙이고 앉아 있던 도윤이 몸을 앞으로 내밀었다. 잔뜩 긴장한 채 메뉴판을 읽어 나가는 하연을 바라보며 입을 열었다.

"뭐 먹을래?"

"아, 저."

아직 다 못 읽었는데. 딤섬은 종류가 많았다. 하가우, 소룡포, 창 펀……. 흔하지 않은 이름들이 메뉴판에 주르륵 나열되어 있었다. 각각의 메뉴 아래 작은 글씨로 설명이 되어 있었으나 다 읽고 결정 하기에는 시간이 한참 걸릴 것 같았다.

도윤이 손으로 턱을 괴고 망설이는 그녀를 바라보았다. 그의 시선이 닿을 때마다 하연은 심장이 콕콕거리고 등 뒤로 땀이 흘 러 도저히 메뉴판에 집중할 수가 없었다. 그러던 하연의 눈에 세 트 메뉴가 보였다.

그래, 세트를 먹자고 하자.

"저는 세트 메뉴로 먹을까 봐요."

"그래?"

"선배……. 도윤 씨는요?"

아직도 입에 호칭이 제대로 붙지 않았다.

"나는."

그가 몸을 더 구부렸다. 하연이 손에 들고 있던 메뉴판 위에 그 가 손을 얹었다. 하연의 손끝에 그의 손등이 살짝 닿았다. 아무것도 하지 않았는데 얼굴이 달아올랐다.

"편히 보세요."

결국 하연은 그에게 메뉴판을 던지듯 밀어 버리고 말았다. 도윤이 한쪽 눈썹을 끌어 올렸다.

"하연이 너 말이야."

"네?"

"왜 자꾸……."

그가 말을 하려는 순간, 테이블 위에 올려놓았던 하연의 핸드폰이 부르르 몸을 떨었다. 깜빡이는 화면 위에, [성준]이라는 글자가 떠올랐다. 말을 건네려던 도윤의 눈꼬리가 날카로워졌다. 눈썹을 살짝 들어 올리며 말했다.

"전화 왔네, 최성준한테."

"아, 네."

성준이 무슨 일일까. 혹시 우진 오빠에게 말이라도 들었나? 조금 전 단체 채팅방에는 아무 말 없었는데. 하연의 등 뒤로 식은땀이 흘렀다.

"선배, 저 전화 좀 받고 와도 될까요."

"그래."

하연은 핸드폰을 들고 서둘러 룸을 빠져나왔다. 그리고 문이 닫히자마자 급히 전화를 받았다.

"어, 성준아."

-하연아, 뭐 해?

"나, 지금 잠깐 밖에서 밥 먹는데."

하연이 복도 끝 쪽으로 걸어가며 속삭였다.

-아, 그래? 바빠?

"어, 아니……. 바쁘다기보단 오래 통화는 못 해. 근데 무슨 일이야?"

-아니. 너 아는 사람 중에 러시아어 쓰는 사람 있다고 했지?

생각과는 다른 성준의 질문에 하연이 고개를 기울였다.

"러시아어?"

-아, 응. 휴일에 미안한데, 우리 회사에서 러시아 회사랑 앞으로 일이 좀 생길 것 같아서, 통역해 줄 사람을 찾고 있어. 그 사람 번역만 한다고 했나?

하연의 고등학교 친구 중에 러시아어 전공이 있었다.

"아냐, 통번역 다 해."

-오, 그럼 나 연락처 좀 주면 안 돼?

"아, 응. 그래."

-땡큐, 땡큐.

"그게 다야?"

-어, 다지.

일에 관한 이야기였구나. 그랬겠지. 우진에게 단단히 약속을 받아 놓은 참이었다. 설마 이렇게 빨리 말했을 리는 없었다. 조금 전까지 빠르게 뛰었던 하연의 심장 박동이 천천히 가라앉았다.

"어, 그럼 내가 바로 연락처 쏴 줄게."

-응. 고마워.

"그리고 성준아, 할 말이 있는데 내일 만날 수 있을까?"

결혼에 관해서는 성준과 직접 만나서 이야기해야 했다. 그래야 입막음이 되겠지.

-어, 그래. 저녁에 볼까?

"너 편할 때 보자."

-그럼 내가 너희 회사 쪽으로 갈게.

"응, 그럼 내일 연락해."

전화를 끊은 하연은 룸으로 서둘러 돌아갔다. 바보같이 성준이 먼저 이야기를 듣기라도 한 줄 알고 긴장해 버렸다. 잔뜩 움츠러들 었던 어깨가 오해였다는 것을 알고 다시 원래대로 돌아왔다.

룸으로 들어선 하연을 도윤이 바라보았다. 그녀의 입꼬리에는 미 소가 걸려 있었다. 한쪽 눈썹을 끌어 올리며 그가 입을 열었다.

"전화 잘했어?"

"아, 네."

"흠……."

하연은 그의 반대편에 앉아 흘러내린 머리를 쓸어 올렸다. 조금 전까지 도윤 때문에 붉게 달아올랐던 뺨은 어느새 긴장이 풀려 평 소대로 보기 좋은 하얀 피부로 돌아와 있었다.

"러시아어 통역이 필요한데, 제 친구가 러시아어 전공이거든요. 그래서 소개 좀 해 달라고."

그가 전화 내용을 물은 것도 아닌데, 주절주절 말하면서 웃었다. 그때, 머리를 쓸어내리던 하연의 손끝에 머리에 꽂아 놓았던 작은 리본 핀이 풀려 툭, 테이블 위로 떨어져 내렸다.

"앗."

칠칠치 못하게. 하연이 손을 뻗어 줍기 전, 도윤이 먼저 핀을 집 었다. 그러고는 핀을 벌려 하연의 머리에 직접 꽂아 주었다.

반듯한 이마에 그의 손끝이 쓸린다. 핀을 꽂아 주고도 그는 손을 떼지 않은 채 그녀를 물끄러미 바라보았다.

"최성준이랑 친하네?"

"아, 그냥…… 동기니까요."

그의 시선이 따가웠다. 왜 이렇게 쳐다보는 걸까.

"우진이랑도 친하고."

"……."

그의 손가락이 그녀의 잔머리를 살짝살짝 스친다. 많이 닿은 것도 아닌데 얼굴이 타오르는 것 같았다. 숨을 뱉는 것도 잊고 멍하니 눈앞의 그를 바라보았다.

"근데 나는?"

그의 입술이 못마땅한 듯 비틀려 있었다.

"내가 잡아먹을까 봐 겁나?"

그 목소리에는 묘하게 웃음이 섞여 있었다.

도윤의 말에 또다시 하연의 얼굴이 붉게 물들었다. 성준과 전화를 마치고 조금 전까지 미소를 띠고 있었던 입술이 어느새 웃음을 잃은 채 파르르 떨렸다. 그런 그녀를 바라보며 도윤은 속으로 혀를 찼다. 신경이 쓰였다. 짜증이 났다.

도대체 신하연, 넌 무슨 생각인 거야? 우진과 성준 앞에서는 헤실헤실 잘도 웃으면서, 도윤의 앞에서는 딱딱하게 굳은 얼굴로 몸을 움츠린다. 그래서 자신을 싫어하나, 하고 생각했었다. 그러나.

"제가 계속 좋아했다고, 사귀어 달라고 했어요. 아주 예전부터요."

아까 우진의 앞에서 하연이 한 거짓말. 그녀가 너무도 자연스럽게 말한 탓에 사정을 다 아는 자신조차 순간, 진심인가. 나를 좋아하나. 그렇게 착각해 버렸다. 잠시 잠깐 심장이 멈출 정도로 그녀의 연기는 능숙했다. 아무리 돈 때문에, 가족 때문에라도 그런 거짓말을 이렇게 잘할 수 있던 애였던가.

하연의 속이 보이지 않았다. 예전부터 그랬다. 도대체 무엇을 생각하는 건지 알 수 없었다. 그때가 언제더라. 까마득하게 옛날 일이라 정확히 몇 년 전인지는 떠오르지 않았지만, 분명 더운 여름날이었다.

* * *

여름 방학이 되기 전. 초여름의 입구에 들어선 어느 날이었다. 밤 9시가 다 되어 가는 시간인데, 무더운 날씨와 저녁 무렵부터 내리기 시작한 폭우 때문에 도윤은 불쾌감에 휩싸였다.

"과제나 해야겠군."

내일 아침까지 보내야 하는 과제가 있었다. 모아 놓은 자료를 열어 보려 가방을 뒤지던 그는 USB가 없는 것을 발견했다. 필통에 넣었었다. 그리고 필통은 동아리 방에 놓았고.

"하…… 미치겠네."

솨아아아아.

창문을 열었다. 쏟아지는 비는 그칠 생각이 없는 듯했다. 잠시 고민하던 도윤은 결국 접이식 우산 하나를 들고 학교로 향했다.

철퍽철퍽, 빗물이 운동화에 스며들었다. 이래서 여름이 싫다. 이래서 비가 싫다. 싫은 기억이 마치 종이에 물이 스며들 듯 천천히 퍼져 나갔다. 끔찍한 기분에 휩싸일 때 즈음 동아리 방에 도착했다.

시험 기간의 동아리 방. 10시가 가까운 시간이라 당연히 아무도 없을 줄 알았는데, 안에서 은은하게 빛이 새어 나왔다.

누구지. 도윤이 반쯤 열려 있는 문을 살짝 열고 들어가자, 창가에 앉아 있는 여자가 보였다. 창밖을 바라보는 굽은 어깨. 신하연이다.

두 학년 아래인 하연은 도윤을 어려워했다. 도윤이 같은 바이올린을 하는 파트장이어서인지, 아니면 그의 깐깐한 성격 때문인지 거리를 유난히 두었다.

다른 후배들은 그렇게 그가 선을 쳐도 막무가내로 밀고 들어오는데, 하연만큼은 눈에 띄게 그를 멀리했다. 어려워하는 게 아니라, 싫어하는 것처럼도 보였다.

창밖으로 휘몰아치는 빗소리에 문이 열리는 소리를 듣지 못했는지, 하연의 눈길은 여전히 창밖을 향해 있었다. 갈색 머리카락을 위로 동그랗게 말아 올려 쭉 뻗은 목선이 드러났다. 고개를 살짝 기울이며 창밖을 보던 그녀는 곤란한 듯 한숨을 쉬었다.

"안 그치네……. 어쩌지."

그 말에 도윤이 입을 열었다.

"오늘 밤 내내 계속 온다고 하던데."

남자의 목소리에 놀랐는지 하연이 고개를 퍼뜩 돌렸다. 문가에 삐딱하게 서 있는 도윤을 보고 그녀가 주먹을 쥐었다. 작은 손에 관절이 뚜렷하게 떠오를 정도로 꽉.

"선배, 들어오신 줄 몰랐어요."
"아, 놓고 간 게 좀 있어서."
"필통이요?"

하연의 질문에 도윤이 고개를 기울였다.

"내가 필통을 놓고 간지 어떻게 알았어?"

도윤이 살짝 눈썹을 끌어 올리자, 하연이 눈을 깜빡였다.

"어, 그게……."

그리고 그녀는 말을 잊었다. 고개를 살짝 숙이고 말이 없다. 어색한 분위기가 감돌았다. 내가 또 뭔가 잘못 말했나 보군. 도윤과 하연의 첫 만남은 썩 좋지 못했다. 파트장으로서 그녀에게 깐깐하던 도윤이었기에 그녀는 늘 그 앞에서 잔뜩 작아졌다.

도윤은 돌아오지 않을 그녀의 대답을 기다리지 않고 뚜벅뚜벅 걸어가, 테이블 위에 올려져 있던 필통을 집어 들었다. 여전히 창문 밖으로 쏟아지는 빗줄기가 눈에 들어왔다.

지금 시간 밤 10시. 이 시간에 동아리 방에 올 사람은 없다. 도윤은 미간을 찌푸리며 입을 열었다.

"신하연."
"네?"
"가자. 역까지 데려다줄게."
"네? 저……."

의외의 제안이었던 듯, 그녀의 속눈썹이 파들파들 흔들렸다.

"비 그치기 기다리고 있었던 거 아냐? 오늘 밤새워 온대. 그러니까 가자고. 역까지는 데려다줄게."

도윤의 말에 그녀의 시선이 그의 손에 잡힌 작은 우산으로 향했다. 하지만 그녀는 고개를 저었다.

"아, 아니에요. 뭐 하는 중이었어요."

싫다는 이야기군.

"뭐 하는 중이었는데?"

도윤의 날카로운 질문에 하연이 더듬더듬 대답했다.

"연습을 좀 하려고요."
"그 연습, 나중에 해. 너 지금 우산 없잖아. 비 맞으면서 집에 가지 말고."
"아뇨, 우산 있어요."
"어디에 있는데."

날카로운 질문에 그녀는 입을 다물었다. 또 대답이 없다. 또.
도윤 역시 그 나름대로 사람에게 벽을 치고 거리를 두고 살아왔다. 그러나 하연의 벽은 더 높았다. 그리고 이 시간 도윤을 짜증 나게 하는 것은, 그녀의 벽이 그만을 향해 있는 것 같다는 점.

"알았어. 그럼 연습 잘해."

비를 맞든지 말든지. 가여운 후배를 위해 한 번 권했으면 선배로서의 소임은 다 한 거지. 도윤은 한 번 더 묻지 않고 몸을 돌려 나갔다.

터벅터벅. 텅 빈 복도를 걸어가면서 괜히 부아가 치밀었다. 내가 뭘 했다고 저러는 것인가. 물론 연습하면서 혼낸 적도 있었지만, 다른 파트장들처럼 큰 소리로 다그친 것도 아니다. 도윤은 곧잘 여자 후배들에게 거리를 두곤 했지만, 하연은 도윤이 먼저 거리를 두기도 전에 도망갔다.

건물의 현관에 다다른 도윤은 우산을 펴려 했다. 빗줄기는 올 때보다 더 굵어져 있었다.

신하연 아까 무슨 옷 입고 있었더라. 하얀 셔츠에 까만 치마. 셔츠가 얼마나 얇은지, 바람결에 하늘거리던 것을 기억한다. 비에 맞으면 다 비쳐 보이려나. 신하연 집이 어디라고 그랬지. 전철로 2시간은 가야 한다고 들었던 것 같은데.

"하아……"

깊은 한숨이 샜다.

쏴아아아.

빗줄기는 여전히 쏟아지고 있었다. 아스팔트 길 한복판에는 물이 고여 큰 웅덩이를 만들었다.

"젠장, 신경 쓰기 싫은데."

도윤은 몸을 돌려 다시 복도를 빠르게 걸어갔다. 현관으로 향할 때 느릿느릿했던 발걸음과 달리 잔걸음으로 동아리 방으로 향했다.

문을 벌컥 열자, 하연은 여전히 창가에 앉아 있었다. 아까보다 조금 더 몸을 일으키고 고개를 빼서 창문 밖을 바라보고 있었다.

"야! 너 이거 써."

늘 담담했던 도윤의 목소리에 짜증이 스며들어 있었다. 도윤은 테이블 위에 검은 우산을 툭 던졌다. 그리고 그녀가 또 뭐라고 듣기 싫은 말을 하기 전에 말을 이었다.

"나, 우진이 만났어. 차 태워 준다고 하니까 그거 너 써. 연습 아주 실컷 하다가 가."

비꼬는 말을 내뱉고는 답도 듣지 않고 몸을 돌려 도윤은 동아리방을 빠져나갔다. 뒤에서 뭐라 웅얼거리는 소리가 들렸지만, 돌아보지 않은 채 복도를 뛰어갔다.

비는 여전히 쏟아지고 있었다. 따로 빗줄기를 막을 방법도 없어 도윤은 그냥 빗속으로 뛰어들었다. 아플 정도로 피부를 때리는 폭우를 뚫고 달렸다.

제기랄, 이래서 비 오는 날은 싫어.

* * *

그로부터 이틀 후.

"더워."

자신도 모르게 스르르 말이 튀어나왔다. 폭우가 내리던 날, 속옷까지 다 젖을 정도로 도윤은 비를 맞았다. 그 탓인가, 결국 감기에 걸렸다. 합주 연습 내내 집중이 되지 않았고, 움직이는 손도 느려졌다. 집으로 돌아가는 길, 도윤이 열 때문에 붉어진 얼굴을 손으로 부채질하며 밖으로 나서자 뒤에서 우진이 뛰어나왔다.

"도윤아!"
"왜?"

빨리 집에 가서 눕고 싶은 마음에 도윤은 갑자기 등장한 우진에게 약간 날카로운 음성으로 답했다. 그러나 둥글둥글한 성격의 우진은 그런 도윤의 반응에는 눈 하나 깜빡하지도 않고 손에 들고 있던 종이봉투를 건넸다.

"자."
"그게 뭐야?"
"나도 몰라."
"네가 손에 들고 있으면서 네가 그게 뭔지 모르면 어떡해?"

도윤의 타박에 우진이 어깨를 으쓱했다.

"하연이가 전해 달라고 해서 전해 주는 거야."
"신하연이?"

도윤은 손을 뻗어 봉투를 받아 들었다.

"뭐지?"

안을 열어 보니 그가 하연에게 빌려줬던 우산과 작은 카드 하나
가 들어 있었다. 파란 카드를 펴 보았다.

[선배. 그날 우산 빌려주셔서 감사했습니다.]

동글동글 귀여운 글씨. 신하연……

우산은 마치 다리미질을 한 것처럼 깨끗하고 깔끔하게 접혀 있
었다. 그 아래로 감기약과 영양제 병이 보였다.

도윤처럼 바이올린 파트인 하연은 어제오늘 그와 멀지 않은 자
리에서 연습했다. 직접 전해 줄 시간과 기회가 충분히 있었다. 그
런데도 굳이 말을 섞고 싶지 않았는지 우진을 통해 주었다. 감기
약까지.

그날 우진이 태워 준다고 했던 도윤의 거짓말도, 그 때문에 비를
쫄딱 맞아 감기에 걸렸다는 것도 그녀의 눈에는 다 보였다는 소리.

짜증이 치솟았다. 온몸에 미열이 돌았다. 아마도 그것은 감기 때
문이겠지만, 불쾌한 감정에 도윤은 입술을 비틀었다.

＊　＊　＊

중식 레스토랑의 작은 룸 안에서 하연의 얼굴을 도윤이 쓸어내
렸다. 도윤은 웬만한 감정이란 것에는 무뎠다. 감정에 메말랐다고
회사 직원들 사이에서는 몰래 '완벽한 로봇 같다'라는 평까지 들을
정도였다. 그러나 그녀 앞에서는 때때로 흔들렸다.

하연과 처음 만나고 여러 해가 지났다. 더 이상 대학생도, 더 이
상 어린 나이도 아니다. 그러나 지금, 그가 손을 대자 당황하여 떠

는 하연의 모습에 도윤은 마치 대학 시절로 다시 돌아간 듯한 기분이 들었다. 뜨거워진 손가락으로 그녀의 뺨을 훑었다. 간지러워서인지, 싫어서인지 몸을 움츠리는 그녀를 보고 도윤이 중얼거렸다.

"내가 너 잡아먹을까 무서워?"

하연의 붉은 입술이 달싹였다.

"무섭지 않아요. 잡아먹으실 생각도 없으시잖아요."

떨리는 입술치고는 당돌한 대답이 그녀의 입에서 흘러나왔다.

"근데 왜…….."

내 앞에서만 이렇게 벌벌 떨까. 넌.

네가 그러니…… 정말 잡아먹고 싶어지잖아.

그녀를 건드려서는 안 된다고 속삭이는 이성과는 반대로 본능이 뒤틀렸다.

똑똑.

도윤이 그녀의 피부 위에 얹은 손을 움직이려던 그때, 직원이 노크를 하고 룸 안으로 들어왔다. 방해꾼의 등장에 도윤은 그녀의 얼굴을 놓아주었다.

"여기에 놔 드릴까요?"

"네."

도윤은 직원의 질문에 대충 대꾸하며 하연을 훑어보았다. 하연은 손가락으로 긴 젓가락을 쥐었다 폈다 하고 있었다. 긴장돼서 미치겠다는 듯. 그녀의 긴장이 옮았는지, 도윤의 손끝도 짜르르 저려 왔다.

＊ ＊ ＊

레스토랑에서 나와 도윤이 하연을 집까지 데려다주겠다고 했다.

밥을 먹고 운전하는 내내 그는 말이 없었다. 하연은 자동차 조수석에서 그의 옆모습을 바라보며 고개를 갸웃했다.

얼굴이 굳어 있어 평소보다 더 딱딱해 보였다. 화가 난 것 같기도 하고, 불편해 보이기도 했다. 하연은 혹시 아까 백화점에서 옷을 너무 많이 사서 그런 건 아닌지 걱정이 됐다.

"아까 산 옷, 돈 다 돌려 드릴게요."

하연이 어색하게 웃으며 말을 이었다.

"뭐?"

"너무 많이 산 것 같아서, 죄송해서요."

우진의 말대로 도윤은 돈이 썩어 문드러질 정도로 많았지만, 그건 그의 돈이었다. 하연은 받는 것을 당연하게 생각하고 싶진 않았다. 그 말에 도윤이 고개를 흔들었다.

"신경 쓰지 마."

"하지만."

"너 나랑 결혼할 거 아니야? 이유는 어떻든 간에, 법적으로 도장 찍고 결혼하는 거 맞잖아."

하연은 고개를 끄덕였다. 이유가 사랑이라면 좋겠지만, 어쨌든 우리는 결혼을 하게 된다. 하연의 긍정에 도윤이 말을 이었다.

"결혼하면 공동 재산이야. 내 돈이 네 돈이고, 네 돈이 내 돈이야."

헤어질 때까진 말이죠……? 하연은 문득 떠오른 생각에 가슴이 아렸다. 하연이 도윤을 바라만 보자, 그가 말을 이었다.

"신경 쓰지 말고 써."

"제가 놀랄 만큼 쓰면 어쩌시려고요."

"놀라게 해 봐."

픽, 도윤이 웃었다.

"기대하지."

그리고 그는 다시 운전에 집중했다. 반응을 보니 백화점에서 있었던 일 때문에 화가 난 것은 아닌 것 같았다. 그럼 왜일까? 하연이 계속 그의 안색을 살피자 그가 눈썹을 치켜올렸다.

"이번 주 토요일 이모 병원에 갈 예정이야. 같이 갈 수 있나?"

도윤의 질문에 하연은 고개를 끄덕였다.

"네, 물론이죠. 병원이 어딘가요?"

"세종대학 병원."

"그럼 몇 시까지 가면 될까요?"

"오늘처럼 데리러 갈게."

"아니에요. 번거로우시잖아요. 제가 택시 타고……."

"사귀는 사람들은 다 그렇게 해. 이제 내가 뭐 해 준다고 해도 부담스러워하지 마. 연인이라면, 부부라면 마땅히 하는 일이야."

단호한 도윤의 말에 하연은 잠시 말을 잃었다. 턱턱, 막혀 버리는 두 사람 관계와 달리 차는 한 번도 막히지 않고 부드럽게 흘러 갔다. 창밖으로 혼잡한 도심이 스쳐 지나간다. 하연은 그 모습을 물끄러미 바라보다가 고개를 끄덕였다.

"네. 그럴게요."

그녀가 고개를 들었다. 아까 도윤의 손이 닿아 있던 곳이 붉게 물들어 있었다.

"제가 너무 어렵게만 생각했나 봐요. 연인처럼 할게요. 이제 선물을 받을 때도, 평소의 행동거지도 조심할게요."

하연이 크게 숨을 들이쉬었다. 그녀의 봉긋한 가슴이 들썩였다.

"선배를 다른 사람보다 더 어려워하거나 싫어하는 건 아니었어요. 선배가 절 잡아먹을 거라는 생각도 안 하고요. 그냥…… 갑자기 상황이 너무 급격하게 바뀌어서, 선배에게 죄송하기도 하고 그래서."

"그럴 필요 없어. 우리는 서로 필요한 것을 채워 주는 사이니까."

"네……. 그렇죠."

"둘이 있을 때도 자연스러웠으면 해."

왜 그래야 하나면. 도윤이 급히 이유를 찾았다.

"이모는 눈치가 빠르시니까. 서툰 연기는 통하지도 않을 거야."

"잘할게요."

"그래."

"정말이에요."

차가 부드럽게 하연의 집 앞에 멈춰 섰다. 하연이 손을 뻗어 차의 기어를 잡고 있던 도윤의 손 위에 얹었다. 얇고 가는 손가락이 마디마디 툭툭 튀어나온 도윤의 손가락에 얽힌다.

도윤의 손가락 사이의 부드러운 속살을 매니큐어를 바르지 않은 단정하게 정리된 하연의 손톱이 스쳤다. 살과 살이 비벼질 때마다 전기가 오른 것처럼 전율이 피부 위를 흐른다. 하연의 속셈을 알 수 없어 도윤은 그녀가 하는 대로 그대로 내버려 두었다. 손가락을 겹친 그녀가 꼭 손을 쥐었다.

"그렇게 이모님 걱정을 하시는데, 이렇게 상황이 어려운데."

그녀가 숨을 크게 들이마시고 말을 이었다.

"제가 연기가 서툴러서 죄송해요. 하지만 이젠 정말 열심히 할게요. 어려워도 하지 않고."

그저 손을 잡은 것뿐인데, 도윤은 그녀가 심장을 꽉 움켜쥔 것같이 가슴이 답답해졌다.

"우린 이제 연인이니까요."

"……."

"부부도 될 거고."

그러니까…….

"잘할게요."

그녀의 말에 도윤은 한쪽 눈썹을 끌어 올렸다.

"그래."

하연이 생긋 웃었다.

"데려다주셔서 감사합니다."

그녀가 손을 놓고 차에서 내리려고 했다. 그러나 도윤은 손을 놓아주지 않았다. 멀어지려 하는 그녀의 손을 움켜쥐었다.

"조금만 더 있다가 들어가."

"네?"

"연인이니까."

이 정도 스킨십은 해야지. 하연의 손과 도윤의 손 사이에 미열이 갇혔다. 그 열기는 쉽게 떨어지지 않았다. 도윤의 손안에 갇힌 작은 손이 꼬물꼬물 움직인다. 어색한 듯 하연의 눈동자가 이리저리 움직이다가 결국 그의 눈동자로 향했다.

까맣고 짙은 눈동자. 빨려 들어갈 것 같은 어두운색을 도윤은 말없이 바라보았다. 지금 너는 무슨 생각을 하고 있을까. 이렇게 손잡는 게 불쾌한가. 아니면 너도 나처럼 지금…….

긴장 때문인지 파들파들 떨리던 그녀의 몸이 천천히 가라앉는다. 어쩔 줄 몰라 몇 번인가 앞으로 잘근잘근 씹었던 붉은 입술도 살짝 부풀어 오른 채 원래의 모습을 되찾았다.

그 입술을 바라보며 자신도 모르게 도윤은 마른침을 삼켰다. 고작 손을 잡은 것뿐인데, 야릇한 감각이 퍼져 나갔다. 마른 손등이 그의 손바닥에 쓸릴 때마다 뭉근한 흥분이 맺혔다.

차 안이라 그녀와의 거리는 30cm 남짓. 손을 잡아당기면 쉽게 자신의 가슴에 가녀린 그녀의 몸이 갇힐 정도로 가까웠다. 하연은 참 작았다. 사실 그녀의 키가 아주 작은 키는 아니었다. 160cm 조금 넘을까. 하지만 이상하게 작게 느껴졌다.

도윤의 앞에 설 때면 동그랗게 말리는 어깨 때문인지, 아니면 머리를 반쯤 숙이고 있어서 그런지. 가끔 자리 때문에 그녀의 뒤에서 연주할 때면 그 구부정한 자세가 신경 쓰였다. 저 어깨에 손을 뻗어 쫙 펴 주고 싶었다.

도윤은 매일 아래를 내려다보는 그녀의 얼굴을 들어 올려, 지금처럼 그녀의 까만 눈동자를, 맨날 짓씹어서 살짝 부어 있는 그녀의 입술을 보고 싶었다.

그 감정은 짜증과 똑 닮아 있었다. 왜 신하연만 보면 짜증이 나는 것일까. 이렇게 손을 잡고 있으니 목이 마르고 갑갑했다. 느껴본 적 없는 갈증이었다.

"얼마나 이렇게 있어야 하는 걸까요?"

들릴까 말까 한 작은 목소리로 하연이 속삭였다. 그녀의 눈가가 발그레 달아올라 있었다. 신하연은 피부가 얇다.

조금만 화가 나거나, 조금만 창피해도 저렇게 금세 얼굴이 붉어진다. 얼마나 살결이 투명한지, 목을 따라 내려가는 핏줄이 그대로 비쳐 보인다. 그 혈관은 쇄골을 건너 그 아래까지 이어진다.

그리고 혈관을 좇아 움직이던 도윤의 시선이, 자연스레 3분의 1쯤 드러난 가슴께에 닿았다. 탐스럽게 부풀어 더욱 얇은 피부 아래로 떠오른 정맥을 보고, 저도 모르게 도윤은 하연의 손을 꽉 움켜쥐었다.

다시 한번 마른침을 삼켰다. 눈길을 위로 올리며 그가 읊조리듯 말했다.

"왜, 싫어?"

"아뇨."

하연이 고개를 저었다.

"그런 게 아니라, 연인 사이에 적절한 행동을 잘 몰라서요."

"……."

"어떤 게 맞고, 어떤 게 틀린지 잘 몰라서."

그렇게 나지막하게 하연이 속삭였다.

정답이라는 게 있을까. 도윤 역시 정답을 알지 못했다. 애초에 그녀와는 정략적으로 결혼을 하는 것뿐이다. 이렇게 손을 잡고, 그녀의 얼굴을 바라볼 필요는 사실 없다.

아파서 자꾸만 마음이 쓰이는 이모 앞에서 그저 늘 그랬듯 행복을 연기하면 되는 건데. 언제부터인가 무언가 다른 마음이 들기 시작했다. 어떻게 해야 할지 도윤도 답을 알지 못했다.

"그냥, 하고 싶은 대로 하면 되는 거 아닌가."

"그런가요."

하연이 살짝 웃었다. 도윤을 바라보던 시선이 살짝 아래로 떨어졌다.

"뭐든, 제가 원하는 대로 해도 된다는 말씀이시죠?"

그렇게 중얼거린 하연의 몸이 불쑥 기어를 넘어 운전석까지 넘어왔다.

작은 몸에 어디서 그런 힘이 있었을까. 하연이 손을 확 잡아당겨 등받이에 닿아 있던 도윤의 몸이 저절로 그녀 쪽으로 쏠렸다. 갑자기 가까워진 거리에 심장이 빠르게 박동할 때 즈음.

"그럼…… 지금 키스하는 건 연인 사이에 적절한 일일까요?"

"뭐?"

도윤이 하연의 의중을 제대로 이해하기도 전. 그녀는 부드러운 입술을 그의 입술에 댔다. 립글로스를 발라서 쫀득한 입술이, 갈증에 마른 도윤의 입술에 얽혔다.

생생하게 닿는 입술에 순간 도윤의 말문이 막혔다. 봄의 끝자락, 해가 길어져 아직 채 어둠이 찾아오기도 전. 밝은 대낮이었다. 차창으로 흘러 들어오는 햇빛이 그녀의 속눈썹에 맺혔다.

맨정신이기 때문에 제 입술에 닿아 오물거리는 그녀의 입술이 더욱 자극적이었다. 말랑하고 생생한 감촉. 뾰족한 혀끝이 입술을 벌린다. 퍼져 가는 쾌락에 도윤은 왼손으로 그녀의 굽은 어깨를 끌어안았다.

"으음."

작은 숨소리가 귓가를 스친다. 하연의 안으로 들어간 그의 혀가 떨리는 그녀의 살덩이를 맛보았다. 고여 있는 타액도, 그녀의 점막도 모두 달콤했다. 조금이라도 더 안으로 들어가려 도윤은 그녀의 턱을 들어 올렸다.

"흐읏……."

축축하게 젖어 있는 그녀의 목소리에 도윤은 깜빡 자신을 잃어버렸다. 미칠 듯이 탐했다. 손가락으로 그녀의 어깨에서부터 등을 훑어 내렸다. 오목한 허리를 안으며 작은 몸을 저에게로 끌어당겼다. 하연의 가슴이 도윤의 단단한 가슴팍에 짓이겨졌다. 탐스러운 그것의 감촉이 생생했다.

"하아."

달뜬 숨만 내쉴 뿐, 하연 역시 거부하지 않았다. 그녀는 오른손을 들어 도윤의 머리를 끌어안았다. 단정하게 정리된 도윤의 머리카락 속에 하연이 손을 박았다.

키스가 진해지면 진해질수록, 머리가 흐트러져 그의 눈가를 자꾸만 가렸다. 미치겠어. 도윤의 머릿속 어딘가에서 키스를 멈추라는 소리가 들려왔다.

지금 하는 키스는 더 이상 장난이 아니었다. 지금 여기가 어딘지, 내가 누구인지 까마득히 잊을 정도의 쾌락이었다. 눈앞에 있는 하연만이 시야에 가득 찼다.

여자를 멀리하려 했던, 누구에게도 빠져들지 않으려 했던 결심이 와르르 무너질 것만 같은 느낌이었다. 고작 키스 한 번에. 아니, 고작 손 한 번 잡았다고 모든 것이 무너져 내린다.

안 돼.

안 돼.

살과 살이 엉키고, 뾰족한 쾌락이 척추를 타고 온몸으로 퍼져나간다. 점점 올라가는 흥분 강도에 그의 귓가에서 경고가 울렸다. 도윤은 그녀의 부드러운 곳을 훑던 입술을 천천히 뗐다.

더 알고 싶다. 다른 곳도 이만큼이나 부드러운지. 하지만 도윤은 떨어져야 했다. 이대로라면 자신을 제어할 수 없을 것 같았다. 그의 입술이 떨어진 그녀의 입술이 둘의 타액이 섞여 투명하게 빛났다. 립글로스 때문이 아니었다.

여전히 손을 꽉 쥔 채 그녀가 아랫입술을 할짝 핥았다. 붉은 입술 사이로 얼핏 보이는 혀가 더없이 야릇했다. 눈앞이 흐려진 도윤에게 하연이 속삭였다. 그 목소리는 흥분에 탁해져 있었다.

"결혼하려면 키스도 배워 오라 하셨죠."

그녀가 술에 취해 키스한 밤, 도윤이 그렇게 말했던 것도 같다.

하연은 한쪽 입술을 끌어 올리며 웃었다.

"이제 다른 데서 배워 올 수는 없겠지만, 열심히 노력해 볼게요. 잘할 수 있도록."

서투른 키스에도 이성이 이 정도로 흐려졌는데, 다시 한번 닿게 된다면 다음에는 이렇게 멈출 수 있을까. 도윤은 자신이 없었다.

3. 프러포즈

    조용한 사무실 안. 하연은 모니터를 바라보며 타자를 치다가 5분도 지나지 않아 손을 멈췄다. 그녀는 고개를 떨어뜨리고 멍하니 자신의 손을 바라보았다.

"조금만 더 있다 들어가. 연인이니까."

    도윤은 그렇게 말하며 그녀의 손을 꽉 쥐었었다. 손이 얼얼해질 정도로 그가 꽉 움켜쥐지 않았더라면, 하마터면 모든 게 꿈이라고 생각할 정도로 생경한 일이었다.

    그가 먼저 손을 잡아 줬다. 익숙해져야 한다고, 그의 이모는 감이 좋으니 완벽하게 합을 맞춰야 한다는 이유에서. 그러나 하연은 그런 이유 따위는 까맣게 잊어버렸다.

선배와 손을 잡고. 선배와 키스를 했다. 그것만이 중요했다.

하연은 내려다보던 손을 들어 자신의 부르튼 입술을 쓸어내렸다. 얼마나 거칠게 빨아 댔으면. 어제 그가 얼마나 급하게 짓씹었는지 그녀의 입술에 작은 상처가 났다. 하연은 그 상처가 얼마나 고마운지 몰랐다. 물을 마실 때마다 그 상처가 아릿하게 아팠다. 그럴 때마다 어제 일을 다시 반추했다.

"……하연 씨."

추억에 젖어 입술을 쓸어내리던 하연은 뒤에서 부르는 여성의 목소리에 화들짝 놀라 손을 내려놓았다. 같은 사무실을 쓰는 이 대리였다.

"네?"

"무슨 생각을 하길래 불러도 답이 없어."

하연이 어색하게 웃으며 고개를 저었다.

"아무것도 아녜요. 오늘 집중이 잘 안되네요."

"퇴근 안 해? 벌써 6시인데."

"아, 네. 해야죠."

"난 먼저 갈게. 오늘 약속이 있어서. 하연 씨는 집에 가?"

"아뇨, 저도 약속이 있어요."

오늘 저녁에는 성준을 만나기로 했다. 하연보다 30분 먼저 퇴근하는 성준이 그녀의 회사 앞으로 오기로 했다.

"그래? 그럼 일 마무리하고 빨리 가 봐. 어쨌든 나 먼저 들어갈게. 내일 봐."

"들어가세요."

이 대리가 사무실을 나가자마자, 아니나 다를까 책상 위에 올려둔 핸드폰이 바르르 몸을 떨었다. 성준에게서 온 메시지였다.

[너희 회사 로비에 도착했어.]

하연은 서둘러 가방을 챙겨 로비로 내려갔다. 널찍한 로비의 한편, 의자가 놓여 있는 곳에 한 남자가 앉아 있었다. 깔끔한 정장을 입은 사람들 사이, 이질적으로 티셔츠에 면바지를 입고 앉아 있는 성준이 보였다. 몸을 일으키는 성준을 향해 하연이 손을 흔들었다.

"미안, 오래 기다렸어?"

"아니, 지금 왔어."

"가자. 맛있는 거 사 줄게."

하연의 말에 성준이 해맑게 웃었다.

"내가 하연이 너 맛있는 식사 사 주려고 왔는데."

"네가 왜? 만나자고 한 건 난데."

하연은 오늘 도윤과 결혼하게 되었다는 이야기를 성준에게 할 계획이었다. 그리고 무엇보다 중요한 건, 오랜 시간 동안 자신이 도윤을 좋아해 왔던 걸 입막음하는 일이었다. 비싼 술이라도 사 주고, 잘 막아 봐야지. 그렇게 다짐하는 하연의 옆을 성준이 걸어가며 농담처럼 말을 뱉었다.

"아니, 그 고고한 신하연이 감히 나 따위와 둘이 술을 마셔 주신다는데 내가 술값 정도는 내야 하는 거 아니겠어?"

성준은 늘 성격이 밝은 분위기 메이커라 이런 류의 농담을 즐겨 했다.

"무슨 실없는 소리야."

툭, 성준의 어깨를 치며 하연이 웃었다.

＊ ＊ ＊

하연의 회사 앞 작은 술집. 회사 사람들이 자주 오는 술집으로 안주가 맛있는 곳이라 그를 데리고 왔다. 자리에 앉자마자 주변을 둘러보며 성준이 혀를 내둘렀다.

"와, 여기도 다 남자들은 정장 차림이네. 나만 캐주얼 입고 있는 거 알아?"

"주변이 다 회사들이니까 그렇지 뭐."

성준은 몇 년 전 게임 회사를 창업했다. 복장에 관한 규정이 있는 하연의 회사와 달리, 그의 회사는 자유 복장이라 늘 이렇게 편한 옷을 입곤 했다.

"그래도 정장이 멋있긴 멋있지?"

성준의 말에 하연이 어깨를 으쓱였다.

"맨날 보면 특별하지도 않아. 넌 옷도 잘 입으니 오히려 정장 입는 게 아까워. 지금 옷도 잘 어울리고."

센스 있는 그래픽의 반소매 티를 가리키며 하연이 말하자, 성준이 조금 몸을 뒤로 젖혔다.

"웬일이야. 오늘 신하연이 술도 산다 하고, 내 칭찬까지 하고, 내일 지구라도 멸망하나? 오늘 무슨 이야기를 하려고 이렇게 띄워 줘?"

"띄워 주기는 뭘⋯⋯."

하연이 점원이 가져다준 맥주를 한 모금 마시고는 고개를 흔들었다.

"별일은 아니야. 좀 하고 싶은 말이 있어서."

"뭔데 그래. 빨리 말해. 나 막 무서워서 심장 두근두근하는 거 알지."

그의 너스레에 하연이 숨을 크게 들이마셨다가 내뱉듯 말을 했다.

"저기, 나 있잖아. 결혼하게 됐어."

장난스럽게 자신의 가슴 위에 손을 올리고 있던 성준이 행동을 그대로 멈추고 눈을 동그랗게 떴다.

"뭐라고?"

"나, 결혼해. 아마…… 금방."

성준이 미간에 살짝 주름을 잡고 되물었다.

"누구랑?"

"그게 있잖아."

"너 남자 친구 없잖아."

하연은 남자와 사귀어 본 적이 없었다. 중학생 때까지는 바이올린 삼매경이었고, 고등학생 때는 어려운 집안 형편에 좋은 대학을 가려고 공부에 매달렸었다. 대학에 오고 나서는 오직 도윤뿐이었고. 다른 사람을 만날 여유는 그녀에게 없었다. 성준은 그런 하연의 상황을 누구보다도 잘 알고 있는 사람이었다.

"너, 남자 친구 없었잖아."

성준의 말이 과거형으로 바뀌었다.

당황스럽겠지. 백화점에서 만났던 우진 역시 너무 놀라 백화점 1층에서 크게 소리를 지르지 않았던가. 상황을 잘 모르던 우진이 그러한데, 사정을 잘 아는 성준은 더더욱 놀랄 수밖에 없다.

"어, 그랬지……."

"남자 친구도 없었는데, 누구랑 결혼해? 아니, 너 지난번 술자리만 해도 도윤 형이……."

그렇게 말하던 성준의 입이 멈췄다.

"도윤 형이 선봐서 결혼한다고 하니 네가……."

그가 퍼즐을 맞추는 것처럼 말을 더듬더듬 이어 나갔다.

"하연이 네가 우울해했었잖아."

"응, 그랬지."

"그래서 선이라도 본 거야?"

"아니."

하연이 고개를 흔들었다.

"저……. 도윤 선배랑 결혼하기로 했어."

하연이 살짝 웃으며 앞으로 흐트러진 머리카락을 쓸어 올렸다. 도윤을 생각하자 저절로 뺨이 붉게 달아올랐다.

"차도윤?"

"어."

"내가 아는 그…… 우리 동아리의 차도윤 말이지?"

"어."

몇 번이고 되묻는 성준의 말에 하연이 몇 번이고 답했다.

"왜? 어떻게? 아니……."

"도윤 선배가 결혼할 사람을 찾는다고 해서, 내가 하자고 했어."

"……."

"다 말하자면 사정이 복잡해. 하여튼 그래서 말인데 성준아."

도윤 선배에게 내가 좋아했던 거, 내가 지금도 좋아하는 거 잠시만 숨겨 주면 안 될까? 그와 결혼해서 그가 나에게 사랑에 빠질 때까지. 우리가 연극을 끝을 낼 때까지만. 선녀 옷을 잠시만 숨겨 줬으면 좋겠어.

그렇게 말하려고 입술을 달싹이는데, 하연보다 성준의 입이 더 빨랐다.

성준이 단호하게 말을 내뱉었다.

"안 돼. 하지 마. 그 결혼."

"어?"

"차도윤이랑 결혼하지 말라고."

"뭐?"

생각지도 못한 성준의 단호한 말에 놀라 하연이 말을 멈췄다.

"결혼하는 이유가 뭐야?"

앞에 앉은 성준이 답답한 듯 맥주를 꿀꺽꿀꺽 들이켰다. 깊이 한숨을 쉬고는 젖은 입술을 손등으로 쓱 훔쳤다.

"서로 좋아해서 하는 결혼은 아닐 거 아니야."

도윤이 선을 봐서 결혼하겠다고 하고, 그리고 그 때문에 하연이 마음고생을 한 것은 얼마 되지도 않은 일.

"그사이에 설마 몇 년 동안 너한테 관심도 없었던 형이 갑자기 하연이 너한테 사랑에 빠져서 결혼하자 하는 것도 아닐 거고."

그가 너무 잘 알고 있어서 하연은 할 말이 없었다. 성준은 예전부터 하연의 짝사랑에 대해 누구보다 잘 알고 있던 사람이었다. 대학교 2학년, 몰래 그늘 속에 숨어 자신도 모르게 도윤을 눈으로 좇던 것을 들킨 이후로 하연이 어떤 길을 걸어왔는지 그는 너무 잘 알고 있었다.

성준이 그런 하연이 여전히 이해가 가지 않는다는 듯 눈가를 찌푸리며 읊조리듯 말했다.

"왜 도윤 형이랑 결혼하는 거야?"

"왜 결혼하냐고? 좋아하니까."

"도윤 형은 널 안 좋아하는데도 괜찮아?"

"응."

난 정말 괜찮아. 하연이 크게 숨을 들이켰다가 탁, 호흡을 뱉었다.

"나 있잖아. 고백할 생각도 못 하고 다른 사람을 좋아할 생각도 못 하고 그냥 계속 바보같이……."

술에 젖어서인지, 감정에 젖어서인지 하연의 목소리가 흐려졌다.

"바라만 봤잖아. 이 자리에 그냥 서서. 이대로라면 정말 후회할 것 같아서, 내가 용기 내 봤어."

"하지만……."

"네가 이해해 줄 거라고 생각은 안 했어."

아마 이해하기 어려운 사람들이 더 많을 것이다. 바보같이 한 사람만 좋아하고, 그 사람이 자신을 바라봐 줄 것도 아닌데 기다리고. 하연조차 그런 자신이 이해가 되지 않았으니까.

하지만 다른 사람의 이해를 얻기 위해 이 사랑을 포기할 수는 없었다. 그럴 용기도, 여유도 없었다. 누구의 동의도 필요 없었다. 오직 차도윤만이 필요했다.

"그냥 난 최선을 다하고 싶어. 네가 이해 못 해도 그건 내가 어쩔 수 없는 일이고."

하연의 말은 단호했다. 조금의 흔들림도 없었다. 성준은 말을 잃고 하연을 가만히 바라보았다. 그녀의 생각을 헤아리려는 듯 한참을 망설이다가 한숨을 쉬며 입을 열었다.

"이해 못 하겠다는 건 아니야. 네가 얼마나 오래 형을 좋아했는지 아는데. 이해는 하지."

"고마워. 이해해 줘서. 그래서 말인데……."

하연이 앞으로 쏟아져 내린 머리카락을 쓸어 올렸다. 술을 마셨는데도 투명하게 느껴질 정도로 하얀 뺨이 드러났다.

"도윤 선배한테는 내가 좋아했다는 거 비밀로 해 줄래?"

"형은 몰라?"

성준의 질문에 하연이 고개를 끄덕였다.

"선배 그런 질척이는 거 싫어하잖아. 내가 좋아한다고 하면, 절대 결혼 안 할걸."

그 말에 성준의 얼굴이 굳었다.

"네 마음이 질척이는 거라니……."

그가 한숨처럼 말을 내뱉고는 인상을 찌푸렸다.

"어떻게 숨기게?"

"잘."

하연은 쓸쓸하게 웃었다.

"영원히 비밀로 할 셈은 아니야. 그냥, 선배가 나에게 관심 가질 때까지만 숨길 거야. 선배 마음이 좀 열리면 제대로 고백하고, 차이 더라도 제대로 차일 거야."

하연이 입술을 달싹였다. 초조함에 입술이 바싹 말랐다.

"내가 선배를 좋아하는 걸 아는 사람은 너밖에 없어. 네가 말만 안 하면 돼. 그것만, 딱 그것만 부탁할게. 응?"

하연의 간절한 부탁에 성준이 술잔을 손끝으로 문지르며 쓸쓸한 미소를 지었다.

"나야 늘…… 하연이 네 편이니까."

걱정 마. 그렇게 성준이 말하고 나서야 하연의 파리한 얼굴에 떠 올랐던 초조한 기색이 사라졌다. 결혼 이야기를 하고 나서는 성준 과 하연은 굳이 도윤의 이야기를 꺼내지 않았다.

성준의 회사가 개발한 출시 예정인 게임 이야기, 그에게 소개해 주기로 했던 러시아어 통역가 이야기, 그리고 동아리에 관한 이야기 등등을 입에 올리며 신나게 맥주잔을 기울였다.

한참 이야기를 하다가 마지막으로 남은 맥주를 들이켜고 둘은 술 집을 나왔다.

"택시 타고 갈 거야?"

"아니. 지하철 타고 가게."

둘이 술을 마신 곳은 하연의 회사 근처 술집이었다. 조금 멀기는 했지만, 지하철 한 번에 하연은 집으로 갈 수 있었다.

"택시로 데려다줄게."

성준의 말에 하연이 피식, 웃음을 내뱉었다.

"에이. 너 집 멀잖아."

"지하철 타고 가면 오래 걸리기도 하고."

"택시 탈 거였으면 혼자 탔지."

"늦은 시간에 택시 혼자 타면 위험하잖아."

성준의 말에 하연은 핸드폰을 들어 시간을 확인했다.

"아직 10시밖에 안 됐어. 뭐가 위험해. 그냥 지하철 타면 되니까 성준이 넌 얼른 들어가 봐. 오늘 내가 무리해서 불러냈는데."

성준이 머뭇거리자 하연이 두 손으로 그를 밀었다.

"어서 가. 난 괜찮으니까!"

늘 그렇듯, 단호한 하연의 말에 성준은 결국 지하철역까지만 그녀를 데려다주었다. 집 근처 지하철역을 빠져나와 집으로 향하는 하연의 발걸음이 평소와 다르게 가볍고 경쾌했다.

"하아."

하연은 고개를 숙여 자신의 발을 바라보았다. 키에 비해 커서 평소에는 밉상스럽다고 생각되던 발이었는데, 오늘 그녀의 발은 까맣고 고급스러운 가죽 신발 안에 갇혀 퍽 갸름하고 예뻐 보였다.

도윤과 같이 백화점에 가서 고른 신발. 신발이 비싸거나, 고급스러워서 좋은 게 아니었다. 그와 함께 신발을 고르던 행복했던 시간이 생각나서, 그 이후에 집에 돌아와 키스했던 그 순간이 떠올라서 자꾸만 기분이 둥둥 하늘로 떠올랐다.

"아이, 나도 참."

도윤을 생각하자, 하연의 얼굴이 다시 발그레 달아올랐다. 기분이 설레 어쩔 수가 없었다.

선배는 지금 뭐 할까. 오늘도 일 때문에 바쁘겠지. 토요일에 선배의 이모님을 보러 가기로 했는데, 무슨 옷을 입고 가지.

너무 들뜨지 말자고 생각하면서도 술기운 탓인지, 아니면 도윤이 사 준 신발 탓인지 떨리는 마음을 주체할 수가 없었다. 즐거운 발걸음으로 골목길을 걸어가다 보니 자신이 사는 원룸 건물이 저 멀리 보였다.

"집에 가면 선배에게 뭐 하고 있느냐고 연락 한번 해 볼까."

갑자기 전화는 너무 뻔뻔한가? 문자로 물어보고, 한가하다 하면 전화해 볼까. 그렇게 마음이 부푼 하연의 시선 끝에 까만 차가 보였다. 익숙한 차. 어제도 백화점에 타고 갔던 차였다.

3327. 도윤의 차 번호.

"내가 헛것을 보고 있나?"

하연이 몇 번인가 눈을 깜박이자, 어두워서 잘 보이지 않던 그림자 속에 남자 하나가 서 있는 것이 보였다. 깔끔한 정장을 입고, 비스듬히 차에 기대서 있던 남자는 골목길에서 걸어오는 하연을 발견하고 몸을 일으켰다.

그림자에 가려져 있던 얼굴이 쏟아지는 전봇대의 빛에 드러났다. 날카로운 콧날에 빛이 닿아 길게 그림자가 졌다. 웃고 있는지, 아니면 찌푸리고 있는지 알 수 없는 삐뚜름한 입술도 보였다.

부지런히 집으로 향하던 하연의 발걸음이 남자의 모습에 문득 멈췄다. 그런 그녀를 보고 남자가 한쪽 눈썹을 끌어 올렸다.

"신하연, 기분 좋아 보이네."

낮은 목소리가 좁은 골목길을 울렸다.

"누굴 만나고 왔는지."

하연이 그렇게 보고 싶어 했던 도윤이었다.

＊　＊　＊

"도윤…… 씨."

생각지도 못한 도윤의 등장에 술에 취해 반쯤 풀린 하연의 눈
에 웃음이 걸렸다. 꿈을 꾸는 중인가? 선배 생각을 했는데, 선배가
눈앞에 나타나다니.

"웬일이세요? 무슨 급한 일이 있나요?"

"오면 곤란한 거였나?"

하연의 말에 도윤이 고개를 살짝 기울여 하연의 뒤를 바라보았
다. 주택가의 골목길에는 오늘따라 인적이 없었다.

"누구랑 같이 오는 길은 아니고?"

도윤의 질문에 하연이 고개를 저었다.

"약속 때문에 사람 좀 만나고 오는 길이었어요."

"약속……. 그러게."

도윤이 한 발자국 더 하연에게로 다가왔다. 거리가 좁혀 들자,
혹여 술 냄새가 드러날까 봐 하연이 고개를 움츠렸다. 맥주를 몇
잔이나 마시고, 머리카락도 흐트러진 하연과는 달리 그는 한 점 흐
트러짐 없는 상태였다. 넥타이도 단정하게 조여 매고, 정장에는 구
김 하나 없었다.

일하다 온 걸까. 어두운 골목길이라 다행이다. 아니었으면 술김
에 문질러 번진 눈화장, 연거푸 술잔에 닿아 립스틱이 지워져서 옅
어진 입술도 다 들킬 텐데.

도윤이 삐뚜름한 표정으로 입을 열었다.

"그래. 너 약속 있는 거 들었어. 우연히 하 비서가 널 봤다고 하
더라."

하 비서는 도윤의 업무 담당 비서로, 하연 역시 얼굴을 알고 있었다.

"퇴근 시간에 로비에서 캐주얼 입은 남자랑 나가더라며."

"아……. 네."

"성준이랑 술 한잔했어요."

"아, 최성준."

"네. 성준이는 회사가 게임 회사라서 늘 캐주얼만 입고 다녀서요. 그래서 로비에서 눈에 띄었나 봐요."

늘 긴장해서 그의 앞에서 바들바들 떨기만 하던 하연의 입이 술기운에 약간의 용기를 얻어 빠르게 움직였다.

"회사 앞에서 그냥 맥주 한잔한 건데, 그런데 선배는……."

왜 오신 거예요? 그렇게 말하려던 하연의 입이 순간 멎었다.

남자의 큰 손이 하연의 이마에 닿았다. 꼬불꼬불 흐트러진 잔머리를 도윤이 손끝으로 비볐고, 그럴 때마다 그의 손끝이 하연의 관자놀이 쪽에 슬쩍슬쩍 스쳤다. 마치 감전이라도 된 것처럼, 그와 닿을 때마다 저릿한 감각이 목덜미를 타고 흘러 내려갔다.

말을 잊은 하연을 보고 도윤이 읊조리듯 말했다.

"최성준은 왜 만난 거야? 늘 이렇게 둘이 술 한잔하고 그래?"

"아뇨. 그런 건 아닌데, 결혼한다는 이야기를 하려고……. 갑자기 들으면 놀랄 것 같아서 먼저 이야기해 주려고요."

"아아. 그래……. 최성준한테는 먼저 말해 줘야 한다고 했었지."

계속 말해 보라는 듯, 그가 눈썹을 끌어 올리고 그녀에게 추임새를 넣었다. 그러나 하연의 입술은 멈춘 채 움직일 줄 몰랐다.

지금 성준의 이야기 따위는 어찌 되어도 좋았다. 도윤의 손끝이 하연의 관자놀이에서 귓불, 그리고 목선을 타고 내려와 종일 일을 해서 단단하게 굳은 어깨에까지 내려왔다. 셔츠 단추를 하나 풀어 드러난 하연의 오목한 쇄골을 그가 지분거리자, 화염과도 같은 뜨거운 기운이 그녀의 몸에 퍼져 나갔다. 무슨 말을 하려고 했더라.

"저, 저……."

"말해."

"저기……."

너무 가까워. 이대로라면 술 냄새가 날 텐데. 숨을 쉴 때마다 아까 마신 맥주의 향기가 풍겨 그에게 닿을까 하연은 못내 조심스러웠다. 골목길을 스치는 바람결에 그의 은은한 화장품 냄새가 코를 스쳤다. 그렇다면 마찬가지로 그도 그녀의 냄새를 맡을 수 있다는 거다.

하연이 멈칫거리는 사이 도윤이 몸을 아래로 숙여 입술을 겹쳤다. 입술에서부터 짜릿한 감각이 온몸으로 퍼졌다. 젖어서 번진 입술을 그가 뜨거운 입술로 탐했다. 부드럽고, 달큼한 그의 몸이 닿았다.

"흡."

도망갈 새도 없이, 도윤이 얇은 하연의 허리를 낚아챘다. 그녀의 몸이 공중으로 뜰 만큼 강렬하게 끌어당겼다. 술에 젖은 몸이 그의 단정한 가슴에 안겼다. 닿을 때마다 뜨거운 열기에 발끝이 곱아든다.

하연은 정신이 나갈 것 같았다. 아니, 이미 나갔는지도 모른다. 그의 딱딱한 몸이 자신의 몸에 닿을 때마다 화끈거려 참을 수가 없었다.

그는 거기서 멈추지 않았다. 순간적으로 벌어진 입술 사이로 비집고 들어온 부드럽고 격렬한 혀가 하연의 고른 치열을 핥았다. 하연은 정신이 번쩍 들었다.

"하읏."

기분 나쁘진 않을까? 그가 그녀와 키스를 하는 것은 욕망 때문이 아니다. 그저 익숙해지기 위해서. 더 자연스러운 부부를 연기하기 위해서인데. 술에 취한 입술이 맨정신인 그에게 얼마나 거슬릴까. 내가 싫어지지는 않을까.

그의 입술이 하연의 입술을 반쯤 벌리고 부드러운 점막을 헤집어 놓았다. 그의 혀끝이 그녀의 입 안에 고인 말간 타액을 맛보려고 하는 그 순간. 하연은 두 팔로 그를 밀어냈다.

처음에는 그는 나가려 하지 않았다. 또다시 뜨거운 혀와 혀가 얽히고 연한 살들이 그녀를 휩쓸었다. 그러나 하연이 몇 번이나 그의 어깨를 밀자, 그제야 아쉽다는 듯 천천히 안에서 빠져나갔다.

"하, 하아. 선배."

조금 전까지 멀끔하던 그의 앞머리가 조금 흐트러져 있다. 도윤은 날카로운 눈초리로 하연을 바라보기만 했다. 하연은 손등으로 얼른 벌어진 입술을 훔치고는 말을 이었다.

"제가 술을, 하아……. 마셔서요……."

이런 모습 보여 주고 싶지 않아. 하연은 자신의 모습이 완벽할 때만 그와 접촉하고 싶었다. 그가 그녀를 싫어하지 않았으면 했다.

"그래서 저……."

뭐라 해야 할까. 제가 술을 마셔서 기분 나쁘지 않으셨어요?

그렇게 물으면 이상하겠지. 하연이 입술을 더듬으며 곤란해하자 도윤이 한 걸음 뒤로 물러섰다. 그러면서 손끝으로는 아쉬운 듯 그녀의 턱선을 훑었다. 그가 멀어지고 나서 하연은 아까부터 그에게 닿을까 봐 내쉬지 못했던 숨을 내뱉었다.

"하아."

그 모습에 다시 한번 도윤의 눈꼬리가 파르르 떨렸다. 물러선 채 한참 말이 없던 도윤이 몇 번인가 구두 굽으로 툭툭 바닥을 찼다.

"⋯⋯."

뭐라고 웅얼거리듯 혼잣말을 한 것도 같았으나, 하연에게 정확히 닿지는 않았다. 하연의 들뜬 몸이 밤바람에 조금씩 식어 갈 때 즈음 도윤이 주머니에 손을 찔러 넣고는 입을 열었다.

"오늘 네 옷 가져다주러 온 거야."

"네?"

"성도 백화점에서 주문한 옷."

그가 뒤를 돌아보며 차 쪽을 턱으로 가리켰다.

"아무 생각 없이 주문했더니, 우리 집으로 왔더라고. 그래서 가져왔어."

"연락하시죠. 아니면 제가 가지러 갔을 텐데."

하연의 말에 도윤이 잠시 입을 달싹이다가 어깨를 으쓱했다.

"그냥, 생각난 길에 가져온 거야."

옷 양이 꽤 많을 터였다. 그걸 다 일부러 들고 왔다니.

"귀찮지 않으셨어요?"

"어, 그래. 귀찮더라."

도윤이 미간을 찌푸렸다.

"그래서 말인데."

그가 별일 아니라는 듯 말을 툭 내뱉었다.

"우리 같이 살까."

도윤이 아무렇지 않게 내뱉은 말은 천둥처럼 하연의 귀에 들려왔다. 큰 변화를 예고하는 소리인데도, 너무 비현실적으로 들려서 순간 그 말뜻을 제대로 이해하지 못했다.

"같이…… 살아요?"

"그럼, 넌 나랑 같이 살 생각 아니었어?"

도윤의 시선이 아까 거칠게 키스했던 하연의 부르튼 입술에 닿아 있었다. 하연이 손등으로 한 번 훔쳤는데도 불구하고 아직 그곳에는 도윤의 타액이 남아 반짝거리고 있었다. 말문이 막힌 하연에게 도윤이 다시 물었다.

"결혼하고, 따로 살 줄 알았나? 그걸 바랐어?"

그의 목소리가 둔탁했다. 하연은 서둘러 고개를 저었다.

"아뇨. 결혼하고는 같이 살 줄 알았는데."

결혼식은 도윤의 이모를 만나고 나서 잡기로 했었다. 사정이 있어 아무리 빨리 준비한다고 해도 한 달 뒤쯤? 마음의 준비를 할 시간이 있을 줄 알았다.

"어차피 이르거나 늦거나의 차이지 같이 사는 게 준비하는 데 편하잖아. 이렇게 왔다 갔다 하기도 귀찮고."

도윤이 고개를 기울이며 말을 이었다.

"우리 사무실 직원들 보면 결혼 전에 먼저 집에 들어가고 그러기도 하던데."

"아, 그렇군요."

현실이라기엔 너무 꿈같은 이야기에 하연은 받아들이기가 힘들었다. 그 모습에 도윤이 말을 내뱉었다.

"싫으면 말아. 결혼식까지 따로 살든가."

퉁명스러운 목소리에 하연은 다급해져 한 발짝 앞으로 나아가 그의 소매를 잡았다.

"아니요!"

선배랑 같이 산다? 매일 아침밥도 같이 먹고, 같이 출근하고, 같이 저녁 시간도 보내고, 그리고 같이 침대에서…….

순간, 붉은 밤이 하연의 눈앞에 펼쳐졌다. 도윤의 심장을 움켜쥘 기회. 그런 기회를 놓칠 수는 없었다.

하연은 절박한 마음으로 말을 내뱉었다.

"좋아요. 왔다 갔다 하는 건 도윤 씨도 불편하실 것 같고, 저도 그게 좋은 것 같아요."

술 때문에 평소보다 조금 덜 긴장한 하연의 입꼬리가 배시시 풀려 미소를 지었다. 생각만 해도 너무 좋았다. 조금 전까지 같이 살자는 말에 대답하지 않는 하연을 보고 서늘하게 내려앉았던 도윤의 입가에서 슬며시 긴장이 풀렸다.

"좋아?"

"네!"

"그럼…… 집은 어디가 좋아?"

"아, 전 아무 데나 좋은데."

선배랑 있으면 어디든 좋아요. 그러자 도윤이 한쪽 눈썹을 추켜세웠다.

"네가 사는 집은 원룸이지?"

"네."

"그럼, 내가 사는 집이 평수가 여유가 있으니 거기에 신혼집을 꾸미든지……."

도윤이 생각을 하는 듯 눈을 데굴데굴 굴렸다. 그동안 하연은 그 부드러운 어감을 즐기고 있었다.

신혼집 말이지. 좋다. 신혼집이라는 말.

"그게 싫으면, 집 보러 가자."

"네."

"그럼, 토요일 이모 병원에 면회 갔다가 돌아오는 길에 부동산에 들를까?"

하연이 고개를 끄덕였다.

"그럼 그렇게 하기로 해. 아, 난 너에게 소개해 줄 가족이 이모밖에 없어. 그런데."

도윤이 아까 키스 때문에 흐트러진 앞머리를 쓸어 올리며 말을 이었다. 늦은 밤이라 그런지 하연을 바라보는 그의 눈동자가 치명적일 정도로 빛나고 있었다.

"너는 결혼하는 거 알려야 하는 사람 없어?"

도윤의 이야기에 하연이 눈을 깜빡였다. 그러고 보니 그와 결혼하기로 하고 나서 모든 것이 롤러코스터 같아서 진짜 결혼 준비를 생각도 못 했다. 보통은 결혼할 때 주변에 알리고, 인사도 하러 다니고 할 텐데, 눈앞의 남자 때문에 다른 것은 다 잊어버렸다.

"친구들이라면 동아리 애들에게만 말하면 되어요."

"걔네들은 대충 나중에 다 불러 모아서 말하면 되지. 그런 거 말고⋯⋯. 가족 말이야."

"아."

그렇다. 결혼이라는 건, 가족과 가족의 만남이었다.

"사업하신다는 아버님이라든지."

도윤답지 않게 조심스럽게 물었다. 딸에게 돈을 빌리러 온 것으로 되어 있는 하연의 아버지를 직접 말하는 것이 곤란한 듯.

"아, 아버지는⋯⋯."

하연은 도윤에게 아버지가 사업 때문에 빚을 졌다고 했다. 그것을 그녀가 갚아야 한다고. 반은 사실이고, 반은 거짓말이었다. 고등학교 때, 사업이 망한 그녀의 아버지는 집을 나갔다. 빚 때문에 이혼을 하고, 그러고는 영영 행방불명이 되어 버렸다.

집을 떠난 이후로 그는 한 번도 집으로 돌아오지도, 그녀를 찾지도 않았다. 아직 연락이 온 적은 없기에 하연은 막연히 아버지가 돌아가신 것은 아닐 거라고 생각하고 있을 뿐이었다.

"아버지는 당분간 못 돌아오세요."

"아."

도윤의 미간이 살짝 찌푸려졌다.

"엄마만……. 엄마께만 말씀드리면 될 것 같아요."

하연은 혼자서 반찬 가게를 하며 살아가는 어머니를 떠올렸다. 얼마 전, 전화했을 때도 슬슬 결혼할 때가 되지 않았냐며 귀가 따갑도록 그녀에게 잔소리를 하곤 했었다. 이런 큰일을 벌인 줄은 어머니는 꿈에도 모르겠지.

하연은 말없이 도윤을 바라보았다. 멀끔한 키에 단정한 얼굴, 그녀의 집과는 한참 차이 나는 집안. 이런 걸 어머니가 알면, 뒤로 넘어갈지도 모른다. 그래도 결혼하기로 한 이상, 말하지 않을 순 없었다.

"그래, 그럼 언제가 괜찮으시냐고 여쭤봐 줄래?"

"아……."

"인사드리러 가게."

선배와 어머니가 만난다니, 하연은 기묘한 기분이었다.

"네. 감사합니다."

저도 모르게 하연이 고개를 푹 숙이자, 도윤이 쓰게 웃었다.

"뭐가 감사해? 결혼하니 상대방 부모님에게 인사드리러 가는 건 당연한데."

"그래도요."

"어떤 음식 좋아하시는지 알려 주면 내가 적당한 곳으로 예약할게."

적당한 곳. 왠지 도윤이 예약하는 곳에 가면 어머니가 뒤로 넘어가는 정도가 아니라 쓰러지는 것 아닌지. 그런 걱정을 하며 하연은 다시 고개를 끄덕였다. 거기까지 이야기를 마치자, 도윤이 토요일의 약속을 재확인했다.

"그럼 10시쯤에 여기로 올게. 병원 갔다가, 집 보러 다니자."

"네."

고개를 끄덕이던 하연이 문득 입을 열었다.

"저…… 도윤 씨."

"어?"

차로 돌아가 옷을 꺼내 주려던 도윤의 발걸음을 하연이 잡았다.

"새집 안 구해도, 선배가…… 도윤 씨가 지금 사시는 집도 좋아요."

하연이 가 본 적은 없지만, 그는 졸업하고 계속 같은 곳에 산다고 했다. 둘이서 새로운 공간을 꾸며 나가는 것도 좋지만, 그의 손길이 묻어 있는 집, 도윤의 취향이 스며들어 있는 공간도 좋았다. 그의 집에서는 어떤 향기가 날까.

하연의 말에 도윤이 어깨를 으쓱였다.

"그래? 그럼 토요일에 직접 보고 결정해. 새집으로 할지, 지금 사는 내 집으로 할지."

그러고는 속삭이듯 말을 덧붙였다.

"다 끝나고, 밤에 와. 우리 집에."

갑작스러운 초대에 하연이 눈을 깜빡였다. '밤에'라는 말이 너무 크게 강조돼서 들렸다. 내 귀에 음란한 마귀라도 씐 걸까. 내가 술에 취해서겠지. 그냥 방만, 집만 보러 오라는 거겠지. 그냥 말이 그렇다는 거겠지.

하연이 큰 눈만 껌뻑껌뻑하며 아무 말도 하지 않자, 도윤이 비스듬히 서더니 물었다.

"싫어?"

"……."

좋아요. 너무 좋지요. 밤에 가고 싶어요. 그러나 놀라 멈춘 그녀의 입술은 마음처럼 움직이지 않았다. 그가 재차 물었다.

"바빠?"

"아뇨!"

옆 골목에 사는 사람까지 다 들릴 정도로 큰 소리가 하연의 입에서 튀어나왔다. 크게 터져 나온 제 소리에 놀라 하연의 입이 반쯤 벌어진 것을 보고 도윤이 피식 웃었다.

"그럼 그날 그렇게 하자."

흥분한 하연의 목소리와는 달리 퍽 담담한 소리가 골목길에 나지막하게 깔렸다.

＊ ＊ ＊

토요일 아침 10시. 도윤이 집으로 놀러 오라는 이야기를 한 뒤, 어떻게 시간이 지나갔는지 모를 정도로 하연은 마음이 반쯤 둥둥 떠 있었다. 심지어 오늘은 도윤의 이모와 만나는 날이었다.

아침에 하연은 밥 한술도 뜨지 못한 채 물만 꼴깍꼴깍 삼켰다. 얌전한 고양이가 부뚜막에 먼저 올라간다고, 이상하게 속옷을 고를 때 잠시 그녀의 손이 멈췄다.

늘 입는 데일리 속옷이 아닌 언젠가 사 놓은 예쁜 속옷을 손에 들었다. 그랬다가 하연은 서둘러 고개를 흔들었다.

"무슨 생각을 하는 거야, 정신 차려."

일부러 소리를 내 허튼 생각을 하는 자신을 꾸짖었다. 그리고 도윤과 함께 쇼핑한 옷 중 가장 단정한 옷을 골라 입었다.

그와 만나기로 한 약속 장소, 집 앞 도로로 나갔다. 얼마나 기다렸을까. 검은 차가 스르륵, 그녀의 앞에 섰다.

"안녕하세요."

"잘 잤어?"

"네."

"그럼, 병원으로 출발할까?"

하연이 고개를 끄덕였다. 병원이란 말에 심장이 떨려 왔지만, 주먹을 꽉 움켜쥐며 마음을 다잡았다. 도윤이 차를 출발시키며 하연의 긴장이 스며든 작은 주먹을 슬쩍 바라보았다.

"너무 긴장할 필요 없어. 그렇게 무서운 분 아니야."

"이모님은 어떤 분이신가요?"

"이모?"

"네."

그의 이모, 이연진 여사는 PQ그룹 회장의 둘째 딸로 태어났다. 우리나라의 최고 대학인 한국 대학을 나와, 미국 뉴햄프셔에서 대학원을 우수한 성적으로 졸업. 그 후에는 PQ그룹에 입사했고, 현재는 PQ그룹의 부회장 겸 PQ케미컬의 대표 이사로 재직 중이다. 병가로 오랫동안 자리를 비우고 있다. ……라고 인터넷에는 나와 있었다.

회사 내에서 그녀의 평판은 매우 좋았다. 유능하고, 시장의 트렌드를 매우 빨리 읽으면서도 필요한 일이 있으면 불도저처럼 잘 밀고 나간다고 했다. 결혼은 오래전에 한 번 했다가 돌아왔고, 자식은 없다. 그것이 표면적으로 하연이 알아봐서 얻을 수 있는 정보였다.

하지만 그곳에는, 이연진 여사가 어떤 사람을 좋아하는지에 대한 내용은 없었다. 아직은 껍데기 같은 결혼일지라도 그가 '유일한 가족'이라 부르는 이모에게 사랑받고 싶었다.

"사진으로 뵌 이모님은 굉장히 커리어우먼 같으시던데요."

"맞아. 일을 좋아하시지."

도윤이 운전을 하며 눈썹을 치켜들었다.

"근데, 그냥 평범한 사람이야. 세상에서 가장 좋아하는 게 일이고, 먹는 거에 관심 없고, 클래식 음악을 좋아하고. 업무 관련이나 과학 관련 책을 좋아하고."

어깨를 으쓱하며 도윤이 말을 이었다.

"기본적으로 나랑 취향이 비슷해."

자꾸 흐트러져 앞으로 쏟아져 내리는 머리를 도윤이 쓸어 올렸다.

"그렇군요."

어떤 분일까 궁금했다. 점점 긴장감이 고조됐다. 그래서 하연은 손을 몇 번이나 쥐락펴락했다. 그 모습을 운전 중에 힐끗 본 도윤이 말했다.

"긴장하지 마. 오늘 예쁘니까."

"네?"

뭐가 예쁘다는 거지. 하연이 그의 시선이 향한 곳을 좇아 바라보았지만, 딱히 예쁘다고 표현할 만한 게 없었다. 어리둥절 눈동자를 굴리는 하연을 보고 그가 피식 웃었다.

"너 말이야. 신하연."

"네?"

그 말밖에 말하지 못하는 앵무새가 된 것처럼 하연이 되묻자, 도윤이 찌푸리듯 입술을 비틀었다.

"오늘 예쁘다고."

"아, 음……."

뭐지. 지금 차 안에는 둘 외에는 아무도 없었다. 둘 사이를 의심할 사람이 없는데 그의 입에서 나온 낯선 칭찬에 하연은 몸 둘 바를 몰랐다.

"그렇게 정색하지 마. 그냥 칭찬한 거니까."

"아, 저……. 감사합니다."

"지난번에 카페에서 만났을 때는 죽을상을 하고 까만 정장을 입고 앉아 있어서 누구 장례식이라도 다녀온 줄 알았는데, 오늘은 훨씬 낫네."

오늘의 들뜬 기분을 들킨 것 같아 하연의 얼굴이 살짝 붉어졌다. 칭찬을 받으면 칭찬으로 돌려줘야 하나.

"선배도…… 오늘 멋지세요."

늘 그랬듯 멋져요. 그렇게 속삭이듯 말을 내뱉자, 도윤이 그녀를 흘깃 바라보았다.

"돌려받자고 한 말 아니야. 생각에도 없는 말 하면서 그렇게 어려워하지 말고."

"생각에도 없는 말 아니에요."

하연의 얼굴이 달아오르자, 도윤이 시선을 저 멀리 보냈다.

"그래, 그럼 그런 거로 하든지."

그 말에 하연은 입술을 꾹 다물었다. 어찌 말해야 할지 몰라 늘 이렇게 말을 아끼게 된다. 밖을 바라보며 초조해져 저도 모르게 하연은 손가락으로 톡톡 손잡이를 쳤다.

병원에 입원한 아픈 사람 같지 않게 도윤의 이모, 이연진 여사의
자태는 참 고왔다. 꽤 넓고 호화로운 병실 한쪽에 60을 갓 넘긴 여인이
앉아 있었다. 화장기가 없는 얼굴에 긴 머리카락을 느슨하게 틀어
올린 꼿꼿한 자세의 그녀는 환한 미소로 그들을 맞이했다.

"어머, 어서 와요."

도윤이 먼저 들어섰지만, 연진의 시선은 그 뒤에 따라 들어오는
하연에게 꽂혔다. 안에 있던 간병인이 웃으며 자리를 피하자, 하연
이 꾸벅 고개를 숙였다.

"안녕하세요. 저……."

하연은 침을 꼴깍 삼켰다. 뭐라고 소개를 해야 할까. 조카님이랑
결혼하기로 한, 신하연입니다? 이건 너무 뻔뻔한 것 같고. PQ케미
칼에 다니는 신하연입니다? 이건 너무 업무용 같다. 결국, 제 이름
앞에 붙일 말이 없어 하연은 단순하게 제 소개를 했다.

"신하연입니다."

서투른 인사에도 연진은 기분이 좋은지, 목소리에 즐거움이 흠뻑
스며들어 있었다.

"그래요. 반가워요. 이야기 많이 들었어요, 하연 씨."

이야기를 많이 들었다니……. 연진의 말에 하연은 힐끗 도윤을 쳐
다보았다. 설마 선배가 내 이야기를 했을 리 없는데. 그렇게 하연의
눈동자가 살짝 도윤을 향하자, 앉아 있던 연진이 크게 웃었다.

"하하. 그래요. 내가 입에 발린 말을 했네. 도윤이가 아무 말도
해 주지 않았어요. 결혼할 여자가 생겼다고 데려오겠다고만 했지.
대학 후배라고만 하고 아무 말도 안 해 주는 것 있죠."

연진의 말에 하연이 어색한 듯 웃으며 대답했다.

"말씀 편히 하세요, 이모님."

"아, 그럴까요?"

연진이 도윤을 올려다보았다.

"그래도 되지? 어차피 이제 가족이 될 건데."

"언제 이모가 내 말 들었어요?"

"얘는. 오해하겠다."

연진에게 가벼운 핀잔을 던지는 도윤의 얼굴은 말과는 다르게 놀라울 정도로 부드러웠다. 늘 딱딱하게 굳어 있던 미간 사이도 주름 하나 없었고, 입가에도 느른한 미소를 띠고 있었다. 그리고 이모를 바라보는 그의 눈동자는 뭐라고 표현하기 힘들 정도로…….

애정을 띠고 있으면서도 동시에 아파하는 듯한 느낌. 찰나의 반짝임이었지만 오랫동안 숨어서 도윤을 바라본 하연은 알 수 있었다. 눈앞에 있는 연진이 그에게 어떠한 존재인지. 그리고 그녀의 투병이 도윤에게 얼마나 힘든 일인지. 평소 소극적이고 뒤로 물러서기만 했던 하연은, 연진에게 한 발자국 앞으로 다가섰다.

"그럼요. 도윤 씨 이모님이면 제 이모님인데요. 말 편하게 하세요. 필요한 거 있으시면 언제든지 부르세요."

"어머나."

"저 그리고……."

하연이 가방에서 작은 선물 상자를 꺼냈다.

"이거 별건 아닌데."

하연은 도윤에게 이모를 만나러 가는 길에 무엇을 준비하는 게 좋겠냐고 물은 적이 있었다. 그러나 도윤은 '거긴 뭐든 다 있어. 그냥 몸만 가도 돼.'라며 단칼에 그녀의 제안을 거절했다.

하지만 하연은 마음이 편치 않았다. 만약 연진이 아프지 않았더라면 꽃이라도, 맛있는 간식이라도 해 갔을 것이다. 아프지 않았더라면 이렇게 만날 일이 없었겠지만.

정확한 연진의 상태를 알 수가 없으니, 무엇이 필요한지 알 수 없었다. 열심히 인터넷을 뒤져 본 하연은 화장품이 좋겠다는 결론을 내리고 바로 주문했다.

"정말 큰 건 아니에요. 유기농 화장품이에요. 병실 안은 건조하다고 그래서요. 손발에 그냥 편할 때 바르시면 된다고 하더라고요."

"아, 뭘 이런 걸 사 왔어."

"다른 좋은 게 많으시겠지만……."

이연진 여사는 고개를 흔들었다.

"아니야. 그러고 보니 피부가 건조해서 이것저것 발라 봤는데, 잘 안 나아지더라고. 그리고 이 브랜드. 프랑스 거지?"

그녀가 신기한 듯 화장품 패키지를 꼼꼼히 읽었다.

"이번에 한국에 론칭 한다고 해서 한번 써 보고 싶었는데. 마침 잘됐어."

"네."

"역시 여자애가 최고야. 도윤이는 맨날 뭐만 있으면 필요한 거 다 사세요, 하면서도 이런 섬세한 부분이 부족하거든."

연진은 손을 휘이휘이 저어 도윤에게 의자를 가져오라 일렀다.

"앉아요. 그리고 이야기 다 들려줘요. 응? 도윤이랑 어떻게 만났는지, 언제부터 사귀었는지."

그녀는 그렇게 말하며 도윤을 향해 고개를 들었다.

"도윤아, 아가씨 마실 음료 좀 사 와라."

"음료요? 저는 괜찮은데……."

하연의 말에 연진이 고개를 저었다.

"아냐, 아냐. 마시면서 우리 천천히 이야기 좀 해요. 응?"

연진과 하연만을 남기고 가는 것이 불안한 듯 도윤은 살짝 인상을 찌푸리며 말했다.

"사람 시켜서 사 오라고 하죠. 하연아, 뭐 먹을래?"

"도윤이 얘는 눈치가 이렇게 없니. 사람을 시키기만 해서는 안 되는 거야. 네 발 좀 움직이렴. 부지런해져야지. 그러다가 살찐다. 응?"

단호한 이모의 말에 도윤은 결국 입도 벙긋 못 하고 병실을 나설 수밖에 없었다.

✳ ✳ ✳

"그래서, 그래서?"

"그래서 합주에서 다른 선배가 자꾸 틀리니까 도윤 씨가 탁, 악기를 놓고 나가는 거예요. 어디 가나 다들 멍하니 바라보는데, 물을 사 와서는 그 선배한테 내밀면서 '힘드신가 본데, 이거 마시고 정신 차리세요.' 이러는데."

"어머, 냉수 마시고 정신 차리라고 한 거야?"

"네, 그런 거죠. 근데 그 선배가 화가 나서는……."

도윤과의 첫 만남부터 그의 대학 생활까지. 하연의 입에서는 에피소드가 끊임없이 나왔다. 어려울 것도 없었다. 도윤에 관한 것은 하나도 잊을 수 없었으니까. 켜켜이 쌓아 놓은 도윤에 관한 기억을 풀어놓는 것은 하연에게도 기쁜 일이었다.

누구에게도 말하지 못해서 아직도 기억의 서랍 속에 남은 추억들이 한가득이었다. 생동감이 넘치는 하연의 이야기에 연진은 정말 기쁜 듯 손뼉을 치며 웃었다.

"어머. 너무 웃기다. 도윤이는 대학 다닐 때 '학교생활 어때?' 하고 물으면, 늘 그냥 '잘 지내요.' 하고 끝났거든. 난 그래서 도윤이가 친구가 한 명이라도 있나 늘 걱정이었어. 애가 말이 짧잖아."

"네."

"이렇게 이야기 들으니 너무 좋네. 근데 그런 식으로 말하고 다니니 동아리 사람들이 도윤이 다 미워했겠다."

연진의 걱정에 하연은 고개를 저었다.

"아뇨, 전혀요."

"말이 그렇게 서툰데 괜찮았어?"

"네. 입만 거칠지, 궂은일은 가장 먼저 하고, 제일 노력하는 사람이었으니까요."

도윤은 첫인상이 썩 좋은 편은 아니었다. 하지만 오래 그를 바라보니 알 수 있었다. 사실은 성실하고 바른 사람이란 걸.

"모두 다 선배를 좋아했어요. 아니, 사랑하죠."

하연이 시선을 떨구고 조용히 읊조리듯 말했다.

"저도 그렇고요."

그 순간, 드르륵 병실 문이 열렸다. 음료 두 개를 손에 든 도윤이 열린 문 너머에 서 있었다.

"하연이 너, 무슨 이야기해?"

도윤의 목소리에 다급함이 서려 있었다. 급하게 카페테리아까지 달려갔다 온 걸까. 그의 손에 들린 음료수 잔에 가득 찬 커피와 주스가 찰랑찰랑 흔들렸다.

들린 걸까.

"아무 이야기도 안 했어요."

도윤의 질문에 하연은 얼른 입을 닫고 시치미를 뚝 떼고 눈만 깜박였다. 어디까지 들은 걸까? 사랑한다고 한 말이 들렸을까?

병실로 들어오던 도윤이 입술을 찡그리고 연진을 바라보았다.

"이모, 이상한 이야기 하고 그런 건 아니죠?"

그러나 도윤의 의심의 눈길은 하연이 아닌, 병상에 누워 있는 이모에게 향했다. 하연은 겨우 안도의 한숨을 내쉬었다. 못 들었나 보네.

연진이 입술을 삐죽였다.

"무슨 이상한 이야기? 네가 13살 때까지 울었단 이야기?"

"이모."

도윤이 인상을 썼다. 그러나 연진은 전혀 무섭지 않다는 듯 말을 이었다.

"도윤이 쟤는 저렇게 보여도 마음이 여려서, 어렸을 때 자주 울었거든."

"왜요?"

"그 이유도 아주 웃겨. 바이올린을 너무 좋아해서 밤마다 바이올린을 켜는 거야. 집에 연주실이 있어서 딱히 시끄럽지는 않았지만, 손가락에 굳은살이 잡히다 못해 짓무를 때까지 매일 밤 연주를 했어."

연진이 그때가 지금도 생생하다는 듯 한숨을 쉬었다.

"잠도 안 자고 켜는데. 당연히 그 정도로 하면 몸이 상할 것 같아서 못 하게 하면 억울한 듯 고개를 숙이고 뚝뚝."

"이모, 그만 해요."

도윤이 서둘러 그녀를 말렸다. 신기했다. 좀처럼 당황하는 일이 없는 도윤이 저렇게 얼굴을 붉히며 당황하는 것이 놀라웠다. 늘 단단하고 강해 보이던 그의 얼굴에서 가면이 스르륵, 떨어져 내린다.

"나중에 보고 싶어요. 어렸을 때 도윤 씨 사진."

귀엽겠지. 뚝뚝 우는 도윤 선배를 보고 싶다. 그럼 안아 줄 텐데. 울지 말라고 할 텐데.

"보여 줘야지. 당연히 보여 줘야지. 나한테 사진이 많아요. 오랜만에 나도 보고 싶다. 나중에 사람 시켜서 병원으로 가지고 와 달라고 해야겠어."

연진이 환히 웃으며 답했다. 그렇게 웃고 떠들다 보니 어느새 하연의 긴장도 풀렸다. 즐거운 시간이었다. 도윤이 자리에서 일어서며 말했다.

"오늘 너무 무리했네요. 이모, 이제 가 볼게."

"응. 그래."

연진이 인사를 하고 자리에서 일어나는 하연의 손을 꼭 잡았다.

"고마워요."

"아니에요."

연진은 잡은 손에 힘을 주며 말했다.

"아니, 정말 고마워."

그 목소리에는 진심이 어려 있었다. 하연도 힘 있게 그녀의 손을 움켜쥐었다.

"또 올게요."

"응……. 이제 곧 퇴원이야. 강릉으로 내려가려고 해."

"강릉이요?"

"응."

연진이 희미하게 웃었다.

"강릉에 별장이 있거든. 내가 살고 싶은 대로 한번 살아 보려고 퇴원하고 내려간다 했어."

병원에서 퇴원해도 되는 걸까. 하연이 걱정스럽게 쳐다보자 연진이 말을 이었다.

"물론, 치료 계속해야 한다고 도윤이는 잔소리가 많지만, 내가 그러고 싶어. 그래서 그런데 한번 놀러 와 줄래?"

"네. 물론이죠."

숨도 쉬지 않고 바로 대답하는 하연을 보고, 연진의 얼굴에 웃음이 더 환하게 퍼져 나갔다.

"강릉도 가고, 퇴원하시기 전에 다시 올게요. 물론 이모님만 괜찮으시면."

"나야 괜찮지. 언제든 와요."

연진의 말에 하연이 힘차게 고개를 끄덕였다.

＊　＊　＊

차에 타 운전대를 잡은 도윤이 한숨을 훅 내쉬었다. 긴장한 것은 하연뿐만은 아니었나 보다.

"도윤 씨, 괜찮아요?"

"응."

"긴장했나 봐요."

"그건 아닌데."

툭 말을 내뱉었던 그가 금세 정정했다.

"그래, 그랬나 보지. 혹시나 이모가 눈치챌까 봐. 너도 긴장했었어?"

"아뇨. 아니, 사실 아까는 조금 긴장했는데…….."

생각과는 달리, 도윤의 이모는 따뜻하면서도 재치 있는 분이었다. 아까까지만 해도 잔뜩 굳어 딱딱해져 있던 하연의 어깨가 어느새 가벼워졌다.

"지금은 괜찮아요. 이모님이 워낙 편하게 해 주셔서 그런가."

주차장을 빠져나가며, 내비게이션을 바라보던 도윤이 입을 열었다.

"오늘 부동산 가기로 했었지? 그런데 그 전에 먼저 점심 식사 하러 가자. 괜찮아?"

"아, 네. 물론이죠."

"네가 좋아할진 모르겠지만, 주말이기도 하고 해서 내가 대충."

그가 힐긋 하연의 표정을 살폈다.

"예약해 뒀는데."

"아, 전 뭐든 잘 먹어서 괜찮아요."

"프렌치 레스토랑, 어때?"

"네."

자주 먹는 음식은 아니었지만, 딱히 양식을 싫어하는 것도 아니었다. 그가 일부러 식사를 알아보고 찾아 줬다는 사실이 하연은 그저 기뻤다.

그대로 도윤의 차는 강남의 한 주택가로 향했다. 커다란 저택들이 늘어선 언덕을 올라갔다. 이런 곳에도 레스토랑이 있나. 하연은 신기한 듯 시선을 이리저리 움직이며 창밖을 바라보았다.

그때, 마치 성벽과도 같이 담이 높은 한 저택 앞에 차가 멈춰 섰다. 문이 닫힌 주차장 입구 앞에 차를 대고는, 도윤이 전화를 걸었다. 누구에게 전화하는 거지?

"차도윤입니다. 도착했어요. 아, 그러죠."

전화를 끊은 도윤이 하연을 바라보았다.

"여기서 내리면 돼."

차에서 내리기가 무섭게, 주차장 문이 열리고 안에서 사람이 뛰어나와 도윤의 차를 몰고 들어갔다.

"여기가 어디인가요?"

"프렌치 레스토랑."

그러나 도윤의 말과는 달리, 레스토랑 입구에는 간판 하나 없었다. 건물을 굳이 표현하자면, 고급스러운 개인 주택이었다.

진짜 여기가 레스토랑인가? 그러나 하연의 의심과 달리 끼익, 저택의 대문이 열리고 안에서 정장을 입은 사내 하나가 나왔다.

"차도윤 님, 기다리고 있었습니다."

남자는 손을 안으로 접으며 두 사람을 안내했다. 그를 따라 들어간 곳은 서울 시내에 있을 법하지 않은 넓은 정원이었다.

"와."

순간, 하연의 입에서 감탄이 터져 나왔다. 신록의 나무들이 눈이 시리도록 푸르렀다. 마침 불어오는 시원한 바람결에, 하얀색 캐노피의 천이 팔랑거려 아름다웠다.

"정원에서 드시겠습니까?"

"어디가 좋아?"

정원과 실내를 번갈아 바라보며 도윤이 하연에게 물었다.

오늘은 날이 좋았다. 내리쬐는 햇볕이 따갑지도 않았고, 불어오는 바람도 더 이상 차갑지 않았다. 어느새 봄이 와 정원의 나무에는 꽃들이 흐드러지게 피어 있었다. 산들거리는 바람이 불 때마다 이름 모를 보랏빛 꽃잎들이 팔랑팔랑 흩날렸다.

"정원에서 먹어도 될까요?"

"그래, 그렇게 하지."

도윤이 남자를 바라보자, 직원이 허리를 살짝 숙였다.

"밖으로 준비해 드리겠습니다."

직원은 캐노피 아래 차려진 테이블로 하연과 도윤을 안내했다. 건물 입구에 직원이 한 명 더 서 있었지만, 야외에 세팅된 탁자는 이것뿐이었고, 다른 손님의 흔적도 없었다.

"식전주는 무엇으로 하시겠습니까?"

직원의 질문에 도윤이 하연을 바라보았다.

"맡길게요."

"그럼 그냥 음식에 맞춰서 내와 줘요."

그 지시에 직원은 하연에게는 샴페인, 그리고 운전을 하는 도윤에게는 논 알코올 스파클링 와인을 따라 주었다.

톡톡 터지는 탄산이 투명한 잔 안에서 터진다. 햇살이 내리쬐어서 유리잔이 반짝거리며 빛난다.

"건배할까?"

"네."

짠.

잔과 잔이 부딪치며 청량한 소리가 울려 퍼졌다. 그와 함께 하연의 가슴이 두근두근 고동쳤다. 그녀의 바로 앞, 햇살이 닿는 곳에 투명한 글라스를 든 도윤이 앉아 있다.

회사용 정장이라기보다는 조금 더 캐주얼한 슈트가 그의 몸을 감싸고 있었다. 운동으로 단련된 단단한 몸을 한층 더 매력적으로 보이게 하는 검은빛의 옷 때문에 그는 마치 한 마리의 매력적인 표범처럼 보였다.

언제나 멋있지만, 오늘의 그는 더욱더 멋있다. 하연이 넋을 잃고 그를 바라보자, 도윤이 입을 열었다.

"왜 그렇게 뚫어지게 봐?"

"아, 도윤 씨가 입은 정장이……."

솔직하게 도윤이 멋있다는 말을 하기엔 아직은 어려웠다.

"멋있어서요."

"그래? 중요한 날이라 입어 봤어."

이모님을 만나는 날이어서일까.

"그렇군요."

매일매일이 중요한 날이었으면 좋겠다. 매일 이런 그의 모습을 볼 수 있으니까. 하연이 미소를 띠며 입을 열었다.

"이렇게 멋진 곳 데려와 주셔서 감사해요. 이런 레스토랑은 처음이에요."

"여기라면 사람들 방해 없이 대화할 수 있으니까. 난 중요한 이야기를 할 때 누가 방해하는 건 싫어하거든."

중요한 이야기? 오늘 무슨 이야기할 것이 더 남았던가. 아, 혹시 집 이야기…….

하연이 눈을 깜박이자, 도윤이 어깨를 으쓱했다. 직원은 저 멀리서 있어 방해되지 않았고, 아름다운 정원 안에는 오직 그와 하연뿐이었다.

그가 샴페인 잔을 테이블 위에 올려놓고는 하연 쪽으로 기댔다.

"오늘 같이 살 집을 보러 가기로 했지. 이제 정말 식장도 잡을 거고. 결혼식 날이 코앞이야."

"네."

"정말 많은 게 변하게 될 텐데."

도윤이 말을 잠시 멈췄다가 주머니에서 무언가를 꺼냈다.

"해야 할 말은 해야 할 것 같아서."

"해야 할 말이요?"

그가 손을 뻗어 테이블 위에 있던 하연의 왼손을 잡았다. 얇은 손가락 사이로 마디마디 굵은 그의 손가락이 겹쳐졌다. 굵은 마디가 여린 살을 누를 때마다 하연은 이름 모를 흥분에 숨이 가빠 왔다. 간질간질한 기분이 가슴에 퍼져 나갔다.

왜, 손을 잡지? 심장이 떨린다. 두근거려.

당황한 하연의 눈을 바라보며 도윤이 입을 열었다.

"하연아."

"……."

"신하연."

"네."

긴장이 치솟아 하연은 침을 꿀깍 삼켰다. 무슨 이야기가 나오려나 아슬아슬한 긴장감이 터지기 직전. 그가 속삭였다.

"결혼하자."

도윤이 다른 손에 쥐고 있던 상자를 테이블 위에 올려놓고 하연에게 내밀었다. 달칵 열린 상자 안에는 내리쬐는 햇볕을 받아 눈을 뜨기 힘들 정도로 반짝이는…… 반지가 있었다.

"나와 결혼해 줘."

화창한 날, 도윤의 말이 담담하게 떨어졌다. 그의 손바닥 안에서 반짝거리는 반지의 빛이 눈에 박히지 않았다면 하연은 깜박 꿈으로 착각할 뻔했다.

"도윤 씨……. 이게 뭔가요?"

"약혼반지야."

"이걸 왜……."

하연의 입에서는 말이 제대로 나오지 않았다.

그녀의 주변에도 결혼한 친구가 몇 있었다. 얼마 전, 고등학교 친구인 다정이 결혼하게 되면서 하연은 그 준비를 도왔다. 오래 사귄 남자 친구와 결혼하기로 한 다정은 누가 먼저랄 것도 없이 자연스레 결혼 계획을 세웠다고 했다.

그러나 다정은 여자에게 프러포즈는 꿈이니까, 이미 결혼 계획을 다 세웠어도 프러포즈를 해 줬으면 좋겠다고 남자 친구에게 은근히 표시했다. 엎드려 절 받기였지만, 결국 그녀는 근사한 프러포즈를 받았고, 결혼에 골인했다.

결혼 계획을 세우고 남자가 멋진 프러포즈를 하는 건 흔하디흔한 일이었다. 하지만 도윤과 하연은 그런 흔한 커플이 아니었다. 프러포즈는 필요 없는 관계. 계약으로 이루어진 사이다.

하연은 여전히 행동을 멈춘 채 그의 얼굴과 반지만을 번갈아 보았다.

"마음에 안 들어?"

하연은 고개를 저었다. 그녀의 시선의 끝에 있는 반지는 햇살의 움직임을 따라 영롱하게 빛났다. 꿈에도 본 적 없을 만큼 반지에 박혀 있는 다이아몬드는 크고 아름다웠다.

"난 이런 건 잘 몰라서, 점원에게 추천받은 대로 샀어. 마음에 안 들면 네가 원하는 걸로 바꿔."

하연은 고개를 흔들었다. 바꾸다니. 추천을 받아 샀다고 해도 도윤이 직접 가게에 가서 골라 준 것이다. 그런데 다른 반지로 바꾸다니…… 말도 안 돼.

혹여 도윤이 마음을 바꿀까 하연은 서둘러 입을 열었다.

"너무 예뻐요."

"그래?"

하연이 예쁘다는 말을 하기 전까지 미간에 작은 주름을 잡고 있던 도윤은 그녀의 대답에 그제야 평온하게 표정이 가라앉았다.

"그럼 다행이네. 웨딩 밴드라고 하나? 그건 네가 골라. 뭐든 원하는 거로."

"감사합니다."

다소 사무적인 대답이었지만, 하연은 목이 메어 무슨 말을 할 수가 없었다. 더 세련되고 더 멋진 대답이 있을 텐데.

도윤이 하연의 왼손 네 번째 손가락을 손끝으로 쓰다듬었다. 그럴 때마다 붉은 기운이 서린 저릿한 감각이 하연의 온몸으로 퍼져 나갔다. 기쁘면서도 슬픈 것 같은. 고통에 한없이 가까운 환희가 하연의 폐부를 짓눌렀다.

"껴 보겠어?"

"네."

그는 상자에서 반지를 빼, 하연의 얇은 손가락에 끼워 주었다. 반지는 마치 그녀의 손가락 사이즈를 미리 재고 사 온 것처럼 꼭 맞았다. 하연은 손가락을 폈다가 다시 접었다. 손가락을 몇 번 접었다 폈다 해도 흔들림 없이 아름답게 그 자리 그곳에서 다이아몬드는 빛났다.

"사이즈가 딱 맞아요."

우연일까. 하연의 감탄에 도윤이 어깨를 으쓱였다.

"운이 좋았네."

"아셨어요?"

이것만큼은 회사 직원들도, 동아리 사람들도 알려 줄 수 없는 일이었다.

"아니. 그냥 그 정도였던 것 같아서."

그 정도였다니. 내 손가락을 어떻게 알고?

"손잡았을 때, 그 정도 굵기였던 기억이 나서 그대로 설명했어. 하여튼 다행이야. 뭐, 컸으면 줄여 줬겠지만."

"감사합니다."

틀에 박힌 감사 인사가 아니었다. 하연은 정말로 그에게 고마웠다. 도윤은 자신에게 이런 일을 해 줄 필요가 없었다. 그들의 결혼은 단 한 사람만을 위한 연극이었다.

그러나 이 선물은…… 모양부터 치수까지 다 그가 그녀를 위해 고른 것이다. 관절이 툭툭 튀어나와 못난 손가락조차 그가 선물한 반지를 끼고 있으니 썩 예뻐 보였다.

"정말 예뻐요."

"마음에 든다니 다행이네."

뭐라 표현을 할 수 없을 정도로 기뻐요.

하연은 말을 하지 않은 채 입술만 달싹였다. 둘은 잠시 말이 없었다. 침묵을 깬 것은 도윤이었다.

"이렇게 돼서 유감이라고 생각해. 나는……."

그가 입술이 마르는지, 음료를 한 모금 마시고 말을 이었다.

"남녀 간에 어떠한 관계도 만들고 싶지 않았어. 결혼도, 연애도, 연애로 발전할 가능성이 있는 우정이라도……."

하연이 알고 있던 사실이었다. 그가 그렇게 말하는 것은 몇 번이고 들었다. 그러나 처음으로 무언가 다르게 들렸다.

그동안은 그가 여자가 귀찮아서 연애를 하지 않는 게 아닐까 생각했었다. 그런데 이렇게 밝은 햇살이 내리쬐는 정원의 한가운데에 앉은 도윤의 표정은 어둡게 가라앉아 있었다. 도윤의 말에는 고통이 서려 있다. 자신의 상처에 대한 고백에 가까웠다.

"결혼이라는 것은 내 인생에 절대 있어서는 안 될 일이었어."

있어서는 안 될 일. 도윤은 쓸쓸하게 미소를 지으며 말을 이었다.

"이모가 아니었다면 흉내도 내지 않았을 거야. 없어도 될 일이었어."

"……."

"하지만 다른 사람들에게는 다르잖아. 너는…… 아마 달랐겠지."

그가 하연의 손가락을 놓아주었다. 스르륵, 손가락이 빠져나간다.

"평범하게 연애하고, 평범하게 결혼하고, 평범하게 사랑하고 싶었겠지."

그랬다.

평범하게 연애하고.

평범하게 결혼하고.

평범하게 사랑하고 싶었다.

당신과.

다른 사람이 아닌 차도윤, 당신과 하고 싶었다.

"그런 평범함은 너에게 줄 수 없어. 그런 감정은 너에게 줄 수 없지만. 이렇게라도 감사를 표하고 싶었어. 내 억지에 같이 참여해 줘서 고마워."

"도윤 씨."

도윤이 그녀를 바라보았다.

"처음에 먼저 제안한 건, 저였어요. 선배는 한 번 거절했지만, 제발 하자고 조른 것도 저였고요. 기억 안 나세요?"

하연은 그의 어두운 표정을 밝혀 주고 싶어 그녀답지 않게 조잘거렸다. 하지만 여전히 어두운 표정으로 도윤은 천천히 고개를 저었다.

"글쎄……. 그랬던가."

기억이 나질 않네. 마치 처음부터 그가 애원했던 것처럼 그는 속삭였다.

"이상한 이야기를 했군."

도윤이 고개를 흔들었다.

"이 일을 꾸미고 나서는 내가 나 같지가 않아. 너도 내가 알던 너 같지가 않고."

그랬다. 지금 눈앞에 있는 도윤은 하연이 여태껏 알아 온 그 남자가 아니었다. 하연에게 그는 늘 완벽한 사람으로 보였다. 악기 연습을 별로 하지 않는 것 같은데도, 언제나 완벽하게 곡을 연주했다.

하지만 그 뒤에는 손에서 진물이 흐를 때까지 연습하던 꼬마가 있었다. 누구도 사랑하지 않고, 누구에게 상처받지도 않을 사람으로 알았다. 저 벽 뒤에 정말 감정이 있긴 한 걸까 궁금해하는 이들도 있었다. 하지만…….

"오늘 이모가 즐거워 보였어. 늘 내 걱정만 하면서 한숨만 쉬는 사람인데. 정말 크게 웃고, 기뻐 보이더라. 네 덕분이야."

도윤의 말에 하연의 눈동자가 떨렸다. 그는 누구보다 사람을 사랑하고, 누구보다 따스하고, 다른 사람들을 신경 쓰는 사람이었다. 그녀처럼 아무것도 아닌 존재에게조차.

하연의 눈앞이 뿌옇게 흐려졌다. 샴페인을 입에 대서일까. 반지에 반사되는 빛 때문일까.

"고마워."

그렇게 속삭이는 도윤 때문에 하연의 눈에서 또르르 눈물이 흘러내렸다. 이상했다. 그가 결혼한다 했을 때도 넘치지 않았던 눈물이. 처음 키스를 한 후 그에게 버림받고 난 다음 날에도 흐르지 않던 눈물이 이렇게 쉽게 흐른다.

뚝뚝, 눈물이 하연의 투명한 눈동자를 가득 채운 후, 흘러넘쳐 반지를 낀 손가락에 떨어진다.

"어, 왜 눈물이……."

그렇게 말하면서도 갑자기 터진 하연의 눈물은 쉬이 그칠 줄 몰랐다. 고개를 숙여 우는 그녀를 바라보는 도윤의 마음이 한없이 흐렸다. 한숨이 잇새로 흘러나왔다. 이럴 줄 알았다고 하면 너무 큰 오만인가.

힘들었겠지. 도윤은 하연을 바라보며 생각했다. 하연은 아버지 사업의 도산과 사채로 인해 어려운 선배였던 자신에게 대뜸 결혼하자고 했을 정도로 궁지에 몰렸다.

그 정도로 힘들었다면, 돈, 그냥 빌려줄 것을 그랬다. 도윤에게는 있으나 없으나 한 돈이었다. 신하연이라면 그냥 빌려주고 못 받아도 될 돈. 어쩌자고 하연의 제안을 그냥 받아들였는가. 왜 결혼하자는 말에 고개를 끄덕였는가.

이모의 일로 도윤 역시 물러설 곳이 없었다. 그녀의 건강은 하루하루 나빠져 갔다. 그런 이모가 통증에 잠식당한 몸을 가누지 못하면서도 혼자 남겨질 도윤의 걱정만 하는 모습을 보고 결정한 일이었다. 하지만, 고르고 골라 왜 하필이면 신하연에게 결혼하자고 했을까.

결혼 계약을 했을 때, 하연은 좋아하는 남자가 없다고는 하지 않았다. 어쩌면, 회사에 좋아하는 사람이 있었을 수도 있다. 도윤은 하 비서에게 신하연의 회사 내 정보들을 알아봐 달라고 부탁했었다.

간단하게 조사하라 했는데, 유능한 하 비서답게 가져온 결과물 안에는 온갖 정보가 다 있었다. 하연이 일하는 부서에 결혼하지 않은 미혼 남성이 몇 명인지까지.

6명이 있었다. 너무 많은 정보가 들어 있었다. 사진 속 말끔하고 잘생긴 몇몇 얼굴들이 도윤의 머릿속을 스쳐 지나갔다. 하연이 그중에 한 명을 좋아했을 수도 있고, 아니면 사귀는 중이었을 수도 있다. 그 사람들이 아니라, 그녀가 그렇게 어려워하는, 결혼 소식을 먼저 알리려고 했던 성준과 특별한 사이였을 수도 있다.

궁금했지만, 묻지 않았다. 어차피 알아 봤자 좋을 일이 없다. 결혼한 동안만 다른 한눈을 팔지 않으면 될 문제다. 그 전에, 그 후에 무슨 일이 있건 간에, 누구를 만나건 간에 그것은 도윤의 소관이 아니었다.

하지만……. 도윤은 하얀 손등 위에 알알이 맺힌 그녀의 눈물을 보며 생각했다. 이렇게 반지를 끼니 억지로 돈 때문에 팔려 간다는 생각에 그녀가 우는 건 아닐까.

괜한 짓을 했다. 어디까지나 연극인데. 서로의 가족 때문에 하는 연극일 뿐이다. 그가 직접 가서 반지를 고르고 픽업할 필요는 없었다. 그냥 그녀에게 가서 고르라 할 것을. 어울리지도 않는 짓을 저질렀다. 하연을 바라보던 도윤이 깨끗한 냅킨을 집어 그녀에게 건넸다.

"닦아."

톡톡, 맑은 눈물을 닦아 내며 냅킨에 얼굴을 숨긴 채 하연이 드디어 입을 열었다.

"죄송해요, 울어서. 이렇게 멋진 선물을 받을 줄은 몰랐거든요."

하연이 오른손으로 왼손에 끼워진 반지를 쓰다듬었다.

"선배는 좋은 사람이에요. 왜…… 왜 사랑하고 싶지 않고, 사랑받을 자격이 없다 하셨는지는 모르겠지만."

문득, 하연은 그날의 대화를 다시 입에 담고 있었다.

"선배는 정말 좋은 분이에요. 정말……."

그녀의 목소리가 흐려졌다.

"이런 선물은 처음이에요. 감사합니다. 소중히 할게요."

그 말이 거짓은 아닌 듯, 얼굴은 보이지 않았지만 그녀의 목소리에는 환희가 섞여 있었다.

슬퍼서가 아니었구나. 감동해서. 평소 차갑게만 굴던 선배가 다정하게 마음을 써 주니 감격한 것이다.

다른 남자를 생각한 것도, 갑자기 돈 때문에 하는 결혼을 실감해서, 그런 하연 자신의 신세가 처량해서 눈물이 난 것도 아니었다. 이유 모를 안도감에 도윤은 쓴웃음을 지었다.

4. 첫날밤

하연은 바보같이 한참을 울고 말았다. 못난이네. 정말 보기 싫은 얼굴이야. 거울 속의 자신을 보고 하연은 한숨을 쉬었다. 중간에 파우더 룸에 가 몇 번이고 화장을 고쳐 보려 했지만, 이미 울어서 퉁퉁 부은 눈은 원상 복귀되지 않았다.

그녀가 자리로 돌아가자, 한참이나 울었던 하연을 배려해서인지 도윤은 더 이상 그 이야기는 꺼내지 않았다. 그 이후 식사는 차분하게 진행되었다.

얇게 포를 뜬 새우로 만든 애피타이저, 색색의 채소로 멋을 낸 메인 요리, 디저트로 나온 겹겹이 쌓인 밀푀유. 서빙된 음식은 한눈에 보기에도 아름다웠지만, 긴장한 그녀의 혀로는 무슨 맛인지 잘 알 수가 없었다.

그는 눈을 내리깔고 우아하게 식사를 했다. 하연은 그런 도윤을 한 번 보고, 다시 반지를 한 번 보았다. 식사를 끝낸 그들은 약속대로 신혼집을 알아보러 가기 위해 차에 올라탔다.

"잘 먹었습니다."

"별로 먹지도 않고는."

도윤의 핀잔에 하연은 배시시 웃었다.

"아니에요. 맛있게 먹었어요."

그 말에 도윤은 그저 눈을 살짝 흘기고는 운전대를 잡았다.

"오늘 보러 갈 집 말인데, 우선 회사 근처에 있는 곳으로 알아봤어. 그게 너도, 나도 편할 것 같아서."

"아, 네."

"네가 원하면 내가 지금 사는 집에 들어와서 살아도 되지만, 방이 두 개밖에 없으니 불편할 것 같아서 집 좀 알아보라고 했어."

차를 출발시키며, 아무렇지 않은 듯 도윤이 말했다.

"아무리 우리가 한 침대를 쓰게 된다 해도, 각자 방은 있는 게 편하니까."

도윤의 말에 하연이 눈을 동그랗게 떴다. 각자 방 어쩌고는 제대로 들리지 않았다. 그 앞에 한 말. 그 말만이 하연의 귓가를 윙윙 울렸다.

우리가 '한 침대'를 쓴다. 그러니까 선배랑 내가…… 같이 잔다. 하연이 도윤의 말에 놀라 눈만 깜박이자, 도윤이 한쪽 눈썹을 추켜세웠다.

"왜 그래?"

"아, 아뇨."

그래. 부부니까 한 침대 쓰는 게 당연하지. 당연한 건데, 왜 이렇게 심장이 뛰지. 남자와 닿아 본 경험이라곤 도윤이 전부인 하연에게는 자극이 너무 강한 말이었다.

하연이 말없이 입술만 달싹이자, 그제야 도윤이 그녀의 속내를 들여다보고 눈가를 찌푸렸다.

"무슨 생각을 하는 거야?"

"아무 생각도⋯⋯."

안 했다고 하기엔 너무 많은 망상이 하연의 눈앞을 스쳐 지나갔다. 남자와 닿은 적은 없어도 보고 배운 게 없지는 않았다. 뇌 속은 순진하지는 않았다. 그런 하연을 보고 도윤이 입을 열었다.

"설마. 아니야, 신하연."

그의 입술에서 한숨 같은 웃음이 흘러나왔다.

"내가⋯⋯ 널 어떻게 해 볼 거라고 생각하는 건 아니겠지."

아뇨, 선배. 제가 선배를 어떻게 할까 봐 무서워하셔야 할 텐데.

그러나 생각과는 달리 하연의 단아한 얼굴은 여전히 새초롬히 가라앉아 있었다. 도윤은 그런 음흉한 하연의 속내를 알 길이 없어 타이르듯 그답지 않게 부드럽게 말했다.

"침대를 놓긴 하겠지만, 평소 잠은 거실에서 잘 테니 걱정하지 마. 따로 싱글 침대를 놓을 수 없는 건, 손님이라도 오면 혹시 의심할까 봐."

말을 잇던 도윤이 어깨를 으쓱했다.

"아니면, 아예 손님방을 만들어 놔도 되겠다. 하여튼, 네가 위험할 상황은 없어."

위험하다뇨. 환영인데. 완전 완전 환영입니다.

뻔뻔한 대답이 목구멍까지 치고 올라왔으나, 하연은 겨우 고개를 흔들었다.

"그런 걱정 안 했어요."

"뭘. 한 것 같은데."

도윤의 시선이 흥분에 빨갛게 달아오른 하연의 목선을 훑었다. 그의 눈길이 스칠 때마다 오싹하면서도 짜릿한 기분에 하연의 목부터 쇄골, 가슴께까지 붉어졌다. 정맥이 비쳐 보일 정도로 투명하던 살결이 홍염으로 물들었다.

"정말이에요."

조금 야릇한 생각은 했지만, 걱정은 안 했어요.

"저는 저…… 같은 침대 써도 돼요."

"뭐?"

"도윤 씨랑 같은 침대 써도 된다고요."

지금 확실히 의사를 밝혀야 한다. 하연은 괜히 독수공방 신세가 되고 싶지는 않았다. 그와 한 침대에서 자는 건 어떨까? 하연은 문득 자는 도윤은 어떤 모습일까 상상해 보았다. 곤히 자는 얼굴은 귀여울까? 설마 저렇게 완벽한 얼굴을 하고 코를 골거나 하지는 않을까. 만약 그가 드렁드렁 코를 곤다고 해도, 좋을 것 같다.

"너, 같은 침대 쓴다는 게 무슨 뜻인지 알아?"

"네."

하연은 고개를 끄덕이고는 말을 이었다.

"저는 잠꼬대 안 하고, 잠버릇도 없어요. 가만히 누워서 잔다고, 같이 자 본 친구들은 시체 같다고 그래요. 그래서…… 도윤 씨 불편하실 일은 없을 거예요."

혹시라도 까탈스러운 그가 싫어할까 봐 서둘러 덧붙인 하연의 말에 도윤이 픽, 웃었다.

"내가 걱정하는 건 그게 아닌데."

"……."

그게 아니면 뭔데요? 그러나 도윤은 어깨를 으쓱하며 핸들을 돌렸다.

"하여튼 알았어. 차차 두고 보지."

그 말에 하연은 고개를 꾸벅 숙였다.

＊　＊　＊

"어때?"

부동산 중개업자와 함께 간 첫 집을 나서며 도윤이 물었다. 하연은 어색한 미소만 띠었다. 처음으로 보러 간 집은 40층짜리 고층 주상 복합 건물의 가장 위층에 위치한 펜트 하우스였다.

한강이 오롯이 내려다보이는 복층의 건물. 하얀 대리석 바닥이 커다란 통창 너머로 들어오는 햇살에 반짝 빛나는 멋진 곳이었다. 만약 누군가의 집에 방문한 것이었다면, 너무 멋있다고 손뼉을 치고 사진을 찍었을 그런 집이었다. 하지만 하연의 눈에는 마음을 붙이며 살 곳 같지는 않았다.

"음……."

"솔직하게 말해 봐. 네가 살 집이니까."

"전 괜찮은데."

도윤이 고개를 기울인 채 그녀의 표정을 살폈다.

"마음에 안 드나 보네."

얼핏 보면 기분 나빠 하는 표정 같아 보이지만, 정말 그녀의 의견이 어떤지 궁금해서 도윤이 바라보는 것이라는 걸 하연은 알 수 있었다. 잠시 망설이다가, 제 마음을 엿보는 수고를 덜어 주고 싶어 하연은 확실히 말했다.

"네. 아까 그 집은 너무 크고 화려한 것 같아요."

도윤의 입꼬리가 올라갔다.

"그래, 나도 그래."

다행이었다. 선배도 그렇게 생각했구나.

"그렇게 화려하고 큰 집 말고, 뭔가 따뜻한 느낌의 집으로 보여 드릴까요?"

두 예비부부의 이야기를 듣던 중개업자가 그들을 다음 집으로 안내했다.

두 번째 집은 첫 번째 집과는 다른 느낌의 집이었다. 서울 중심에 있어서 가격이야 하연이 알면 눈 돌아갈 만큼 비싸겠지만, 아까 본 펜트하우스와는 느낌이 사뭇 달랐다.

두꺼운 나무 문을 열고 들어가면 자그마하지만 잘 꾸며진 초록 정원이 있었다. 그 정원을 따라 들어가면 아이보리 색 이층집이 있었다. 큰 창 안으로 햇볕이 쏟아져 들어온다.

"노부부가 사시던 집인데, 귀농하시기로 해서 급매물이 나왔어요. 대지가 넓어서 워낙 가격이 있다 보니 다들 조금 망설이시지만, 집 자체는 참 빼놓을 곳이 없는 물건이에요. 사모님께서 관리도 잘 하셨고요."

하연에게도 그렇게 보였다. 집을 꾸민 원목은 다 세월이 스며들어 있었지만, 흠잡을 곳 없이 단정했다. 반지르르한 나무 기둥을 손으로 쓸어내리며 하연이 중얼거렸다.

"그러게요. 집이 참 좋네요."

"그렇죠? 2층도 가 보시죠. 터가 참 좋아요. 부부가 여기서 오랫동안 잘 사셨거든요. 자녀분들도 잘됐고. 가격이 문제지 사실 신혼 부부들이 애 키우기 좋은 집이죠. 마당도 있고."

중개인의 말처럼 집의 한가운데에는 화목한 가족사진이 걸려 있었다. 사진을 올려다보며 하연이 쓰게 웃었다.

아이를 키우다니. 그때까지 우리는 함께할 수 있을까? 시한부 결혼이었다. 1년……. 운이 나쁘면 더 짧아질 수도 있다.

하지만 언젠가 그가 마음을 열면, 가능할 수도 있지 않을까. 도윤과 하연도 손을 잡고 늙어 갈 수만 있다면…… 지금 잠시의 연극이야 얼마든지 연기할 수 있다.

"좋네."

도윤이 하연을 바라보며 말했다.

"그러게요."

"이 집에서 나랑 둘이 살 수 있겠어?"

"네."

왼손의 반지를 오른손으로 만지며 하연이 굳은 마음으로 입을 열었다.

"이 집의 부부처럼 아이도 낳고 행복하게 살아요."

"아이?"

그 말에 지금까지 중개인 앞에서 능숙하게 다정한 예비 신랑을 연기하던 도윤의 눈동자가 떨렸다. 하연이 말을 이었다.

"우리도 오래오래 행복하게 살아요."

도윤은 마른침을 삼켰다.

그때, 핸드폰에서 전화벨 소리가 크게 울려 순간 집에 내려앉은 침묵을 깼다.

조용히 내려앉은 침묵을 깬 것은 하연의 핸드폰 벨 소리였다. 꺼놓지 않았던가. 핸드폰을 확인한 하연이 화면에 떠 있는 [엄마]라는 글씨에 고개를 갸웃 기울였다.

하연의 어머니인 박이순 여사는 다정하면서도 생활력 있는, 우리네 어머니의 본보기였다.

같은 서울이긴 하지만, 하연의 회사와 정반대인 은평구에 사는 그녀는 웬만해서는 하연에게 방해가 될까 전화를 하지 않았다. 가끔 바쁜 하연이 연락을 오랫동안 하지 못해 걱정이 될 때도 그녀의 어머니는 문자만 가끔 보낼 뿐이었다. 그런 어머니의 전화. 무슨 일일까.

"어머님이네. 받아 봐."

"아, 네."

하연이 서둘러 전화를 받자 어머니의 목소리가 흘러나왔다.

-하연아, 바쁜데 전화한 건 아니지?

약간의 망설임이 있는 말투.

"아냐, 엄마 왜? 무슨 일 있어?"

-아니. 그 저……. 지난번에 너랑 갔던 피부과 있잖아. 거기 이름이 뭐였더라? 아휴, 생각이 안 나네. 나이 드니 정신머리가 이러네.

지난 어머니의 생일에 하연은 큰맘 먹고 집에서 가까운 피부과의 관리권을 어머니께 선물했다. 잘 사는 이모는 자주 피부과에 드나든다는데, 반찬 가게를 하느라 고생만 하는 그녀의 어머니는 아프지 않고서는 병원에 갈 일이 없었다. 하지만 관리권은 다 끝났을 텐데, 무슨 일일까.

"강앤수 피부과? 왜?"

-아니, 오늘 토요일인데 몇 시까지 하나 해서.

"6시까지 할 거야."

-응. 알았다.

어머니가 이유도 말해 주지 않고 끊으려는 분위기를 내자, 하연은 서둘러 물었다. 무언가 수상했다.

"엄마 왜 그래? 어디 다쳤어?"

그녀의 질문에도 망설이는 듯 어머니는 대답이 없었다. 하연은 재차 물었다.

"엄마, 왜 그러는데?"

-별거 아냐. 오늘 국을 하는데 정신을 어디에다 뒀는지 엎어서 허벅지에 좀 쏟았거든.

그 말에 심장이 쿵 떨어졌다.

"국이 허벅지에? 화상 입은 거야?"

-아휴. 별거 아냐. 병원 안 열었으면 약국이나 가려 했는데, 아직 한다니까 혼자 다녀오면 돼. 신경 쓰지 마라. 끊는다.

그리고 툭 전화가 끊겼다. 까맣게 변한 핸드폰 화면을 바라보는 하연의 미간에 주름이 잡혔다. 웬만해서는 병원에 가지 않는 그녀의 어머니가 병원에 간다고 한다.

국을 쏟았다니. 허벅지면 얇은 살인데 크게 다친 건 아닐까. 병원에 제대로 가긴 갈까. 이런저런 걱정에 하연은 순간 이곳이 어딘지조차 잊을 뻔했다. 그런 그녀를 다시 현실로 불러들인 건 도윤의 목소리였다.

"무슨 일 있어?"

"아, 아뇨. 엄마가 좀 다쳤대서."

하연의 말에 도윤이 말했다.

"가 봐야겠네."

정확히 모르지만, 딱 잘라 간다고 말하기가 힘들었다. 눈앞에 있는 도윤과의 하루를 망치기도 싫었지만, 오늘 집을 안내해 주기로 한 중개인과의 약속도 있었다.

중개인은 오늘을 위해 여러 집을 준비해 놨을 것이다. 괜한 폐를 끼치는 것은 아닐까 걱정이 되어서 하연은 차마 간다고 말하기가 껄끄러웠다.

"얼른 가 봐. 데려다줄게."

"괜찮을까요?"

"집은 나중에 봐도 되고, 이 집 마음에 들면 킵 해 놓으라 할게. 어때?"

도윤의 말에 중개인이 얼른 나섰다.

"이 집 인기가 많았는데, 차 이사님이시니까 제가 말을 잘 해 놓겠습니다."

그것 보라는 듯 도윤이 눈을 가늘게 떴다. 하연은 결국 고개를 끄덕였다.

＊ ＊ ＊

"죄송해요. 먼저 가 보겠다고 하고. 여기까지 데려다주셔서……. 죄송해요."

하연의 어머니 집으로 가는 길. 강남에서 은평구까지는 멀고도 멀었다. 토요일이라 나들이객 때문인지 길에 차가 많아 한 시간 반이나 걸려 버렸다.

길거리에서 그의 소중한 시간을 낭비하다니 하연은 마음이 쓰였다. 사과를 하자, 집 앞 골목길에 차를 세운 도윤이 한숨을 내쉬듯 짧게 말을 뱉었다.

"신하연."

"네?"

"내가 무서워?"

뜬금없는 도윤의 질문에 하연은 말없이 그의 단정한 얼굴을 바라보았다. 하지만 그의 얼굴에는 아무런 표정도 떠올라 있지 않아 질문의 진의를 알아채기 힘들었다. 하연이 말을 잇지 못하자 그가 말을 이었다.

"사과 한 번만 더하면 백만 번째야. 내가 아직도 너한테 화내는 바이올린 파트장으로 보이는 건 아니겠지."

"죄……."

송합니다. 라는 말이 튀어나오기 직전, 하연은 붉은 입술을 짓씹었다.

"오늘 우리 결혼하려고 집까지 본 사이야. 더 무서운 동아리 선배도 아니고, 상사도 아닌."

순간 도윤의 시선이 흔들리며 하연을 벗어났다.

"연인 사이……. 그런 거니까, 널 데려다주는 것도 당연한 거야."

"……."

"그러니까 그렇게 미안할 필요 없다고."

그랬다. 하연의 손가락에는 반짝이는 반지가 빛나고 있었다. 프러포즈 반지였다. 우리는 이제 그런 사이. 하연은 고개를 끄덕였다.

"네."

"얼른 가 봐. 어머님 기다리시겠다."

"네, 그럼……."

하연은 손을 뻗어 반지를 낀 왼손으로 핸들 위의 그의 손 위를 쓸었다.

"고마워요, 도윤 씨."

그 말에 도윤의 눈가가 조금 더 깊게 파였다.

＊ ＊ ＊

집으로 돌아오는 길. 도윤은 생각이 많았다. 그는 오늘 있었던 일을 되짚어 보았다. 하연이 반지를 보고 놀라 흘리던 감동의 눈물, 집을 보러 다니면서 반짝거리던 그녀의 눈동자, 헤어지면서 닿았던 손가락에서 느낀 온기까지. 도윤은 이상하게 기분이 불편했다.

마치 정말 결혼하는 것 같군. 아니, 결혼하는 것은 맞지만. 도윤은 하연이 자신에게 벽을 세울 때마다 불쾌했는데, 이제는 그녀의 벽이 무너져 내리는 것 같아 마음이 일렁였다.

도윤을 몇 년이나 그렇게 싫어하던 그녀가 갑자기 자신을 좋아할 거라고 생각하지는 않았다. 하지만, 그저 벽을 허무는 것만으로도 이렇게…….

"생각하지 말자."

혼잣말을 잘 하지 않는 도윤이었지만, 고개를 흔들며 머리가 복잡한 저 자신을 타일렀다. 이 모든 것은 연극인데 왜 이렇게 고민하는 걸까. 그저 자신은 연극을 잘 도와주는 후배에게 친절을 베푸는 것뿐이다. 오늘은 살 집을 구하고, 집에 하연을 데리고 오려고 했었다. 그러나 그녀는 어머니에게 일이 있어 돌아갔다.

쓸쓸하고 어두운 밤이 찾아왔다. 집에 도착한 도윤은 무표정한 얼굴로 키패드를 눌렀다. 오늘 저녁 식사는 하연과 함께 집에서 하려고 했다. 주문해 놓은 음식은 다 버려야겠군. 그 많은 양을 혼자 먹기에는 입맛이 썼다.

머리카락을 흐트러뜨리며 슬리퍼를 신고 거실에 들어가는 순간, 느껴지는 이상한 위화감에 터벅터벅 걸어가던 도윤의 발이 멈췄다. 이상하다. 혼자 사는 집. 밖에서 들어오는 불빛에 의해 누군가의 그림자가 늘어져 있었다.

"차도윤."

도윤이 어둠 속의 사람이 누군지 알아채기도 전에, 익숙하면서도 낯선 목소리가 거실에 울려 퍼졌다.

공기가 서늘했다. 거실 한가운데, 있을 리 없는 휠체어가 서 있었다. 오늘 아침 집을 나설 때까지만 해도 텅 비어 있던 곳이다.

"여긴 어떻게 들어왔죠?"

눈앞의 사람을 보고 내뱉은 도윤의 싸늘한 말에 남자가 끌끌 웃었다. 휠체어의 손잡이를 쓸어내리며 웃는 그는 도윤의 아버지, 한도 그룹 차서형 회장이었다. 한국에서 사는 한, 우리나라에서 가장 큰 그룹을 이끄는 그의 소식을 듣지 않을 방법은 없었다.

원래 있었던 지병이 악화되어 휠체어 없이는 이동이 힘들어졌다는 것, 그러나 그런 것과 상관없이 경영 전선에서는 물러나지 않았다는 것.

알고 싶지 않아도 아버지에 대한 정보는 도윤의 귀에 들어왔다. 하지만 휠체어 위의 아버지를 직접 본 것은 처음이었다. 물론, 동정도 안타까운 감정도 들지 않았다.

"내가 아들 집에 들어오는 게 뭐가 어때서?"

"……."

혐오감이 입 안을 치고 올라왔다. 모든 것이 제 마음대로 되어야 하는 아버지는 몸이 약해졌어도, 그 속은 다를 게 없었다.

"나가요. 어떻게 들어왔는지 몰라도 나가."

그는 대답이 없었다.

"끌고 나가 줄까? 아니면, 경찰이라도 불러요?"

"경찰이 아비가 제 아들 집에 찾아왔다고 날 잡아갈 성싶으냐?"

그렇게 모르냐며 서형은 끌끌 웃어 보였다. 그 뻔뻔한 면상에 도윤은 구역질이 나올 것 같았다. 도윤이 이를 악물자, 턱이 울룩하고 움직였다. 분노를 억눌러 참는 모습을 보며 서형이 입을 열었다.

"결혼한다더구나."

그 소식까지 귀에 들어갔군. 하긴, 집을 알아보고 보석을 사는 시점에 이미 눈치챘겠지. 도윤이 집을 나온 지는 이미 십수 년이 넘었다. 그동안 단 한 번도 도윤 스스로 아버지에게 연락한 적이 없었다. 그래도 서형은 늘 도윤의 일상을 좇고 있었다. 굳이 듣지 않아도 알 수 있었다.

서형이 입술을 찌푸리고는 말을 이었다.

"너답지 않게 형편없는 아이를 골랐더구나."

형편없는 아이. 그것은 신하연을 가리키는 것이었다. 분노가 목구멍을 치고 올라왔다.

"당신이 알 바 아닙니다."

"집안도 별거 없고, 됨됨이도 볼 것 없더구나. 대학 후배? 그런 여자를 선택하다니, 넌 감정에 휩쓸리지 않는 녀석이라고 생각했는데 실망이 크다."

기대해 달라 부탁한 적도 없었다.

"수빈이와 비교하면 외모도 부족하고."

수빈의 이야기에 도윤은 인상을 찌푸렸다. 존재조차 잊고 있었다.

최수빈.

수빈은 도윤의 아버지와 막역한 사이이자 재계 10위의 그룹 회장, 최태후 회장의 무남독녀였다. 그보다 7살이나 어린, 이제 갓 대학을 졸업한 그녀는 도윤에게는 어린아이에 가까웠다.

도윤이 거리를 두는데도, 그 서늘함이 오히려 좋은지 수빈은 어릴 때부터 그를 유난히 따랐다. 그런 둘을 맺어 주기로 한 건 아버지들의 결정이었다. 그다운 선택이었다. 남의 인생을 좌지우지하는 오만방자함. 그게 당연하다는.

　"당신과 상관없는 일입니다."

　"왜 나와 상관없어? 내가 네 아비인데."

　도돌이표처럼 계속되는 이야기. 지겨웠다.

　"됐습니다. 나가지 않는다면 내가 나갈 테니."

　안 그래도 오늘따라 혼자 돌아온 집이 춥고 허전하게 느껴졌다. 그게 하연의 부재 때문인지, 아니면 아버지의 존재 때문인지는 모르겠지만, 속이 비틀려 왔다. 몸을 돌려 도윤이 나가려 하자, 서형이 전동 휠체어를 움직여 그의 앞을 막아섰다.

　"좋다."

　도윤이 눈썹을 치켜올렸다. 서형이 말을 이었다.

　"네가 한도 그룹에 돌아온다면, 집에 들어오면……. 너도 용서하고 그 여자애도 받아들여 주마. 우리 집안의 며느리로."

　그 말에 결국 속에 담아 두었던 분노가 터졌다. 마치 비웃음처럼 도윤의 입에서 말이 튀어나왔다.

　"신하연은……. 그 여자는 당신의 허락도, 용서도 필요 없어."

　서형처럼 최악의 인간이 받아들여 준다는 이야기를 하다니 어이가 없다. 하연은 그 같은 인간보다, 아니 도윤보다 수만 배는 더 나은 사람이었다.

　"왜? 신하연도 한도 그룹에 들어서 말려 죽이게?"

　얼마나 화 때문에 짓씹었는지, 거친 말을 내뱉는 도윤의 입 안에 피비린내가 돌았다.

"어머니처럼."

그 말에 서형은 말을 잃었다. 하지만 도윤의 분노는 끝나지 않았다.

"아니, 한도 그룹은 죄가 없어. 어머니를 죽인 것은 당신이지. 차서형."

서형이 잠시 마른침을 삼키더니, 병자라고는 믿어지지 않을 정도로 강한 손힘으로 앞에 선 도윤의 손목을 잡았다.

"도윤아."

"……."

"네가 지금 있는 PQ그룹에서 외손자에게 경영권을 물려줄 듯싶으냐? 한도로 돌아와야 한다. 결국, 넌 그렇게 되어 있어. 지금이라도 돌아온다면 용서해 주마. 네가 나 다음 경영권을 손에 쥐고 싶다면……."

그와 닿은 피부가 역겹다. 자신의 피부조차 잘라 내고 싶을 정도로 불결하게 느껴졌다. 그의 손을 뿌리치고는 으르렁댔다.

"그딴 경영권. 개나 줘 버려."

그가 가지 않는다면 자신이 떠나면 된다. 더 이상 그와 같은 공기를 마시고 싶지 않았다.

도윤은 휠체어를 지나쳐 집을 빠져나갔다. 잠시 잠깐의 만남이었지만, 마치 누군가가 어깨를 짓누르는 것처럼 극대한 피로감이 도윤의 몸을 휘감았다. 최악이다. 조금 전 그의 손이 닿았던 손목 위를 벌레가 기어 다니는 것 같았다.

그는 이제 아프고 늙었다. 더는 예전의 강인했던 아버지가 아니었다. 그런데도 아버지의 등장에 자신이 흔들린다는 사실이 불쾌했다. 제기랄. 무언가 더 반박할 것을 그랬다. 도윤은 그의 앞에서,

아직도 무력한 8살로 돌아간 것 같았다.

＊ ＊ ＊

도윤은 나이가 들어 세상을 알기 전까지 아버지라는 존재는 응당, 엄하고 무서운 존재라고 생각했다.

우리나라 굴지의 재벌 총수. 대기업의 재벌 2세로 태어난 서형은 그런 운명을 등에 지고 태어났다. 어렸을 때부터 배운 황제교육 때문인지 본래 그렇게 태어난 것인지 그는 오만하고 무서웠다. 그런 아버지의 칼끝이 향한 곳은 도윤의 어머니였다.

철썩.

철썩.

가끔 밤중에 도윤이 침대 위에 누워 있노라면 무언가가 부딪치는 파열음이 조용한 집 안을 울렸다. 그가 손바닥으로 도윤의 어머니의 여린 뺨을 치는 소리.

"또 체통도 지키지 못하고 다른 남자에게 웃음을 짓고⋯⋯."

"그런 게 아니라는 거 아시잖아요, 회장님."

"내가 당신을 얼마나 아끼는데, 어떻게 그럴 수가 있지? 결혼이 후회라도 되는 건가?"

철썩.

다시 잔인한 파열음이 집을 울렸다. 그럴 때면 8살의 어린 도윤은 바들바들 방 안에서 떨기만 했다. 때로는 달려 나가 그런 아버지를 막은 적도 있었지만, 그럴 때면 서형의 손바닥은 도윤을 향했다. 조그

마한 아들의 뺨에 붉은 자국이 떠오를 때면 아무리 맞아도 울지 않던 어미는 굵은 눈물을 뚝뚝 흘리고 무릎을 꿇었다.

"그만 하세요, 회장님."

어머니를 지킬 수 없었다. 아버지의 허리춤을 조금 넘길 정도로 작았던 도윤에게 한창때의 아버지는 거인처럼 느껴질 정도로 단단하고 큰 사람이었다. 그래서……. 어머니를 지킬 수 없었다.

그런데 오늘은? 자신보다 훨씬 작아진 초라한 남자를 왜 밀어내지 못하는가. 그의 연약한 팔목을 왜 꺾어 버리지 못하고, 피해 버렸는가.

그것은…….

습하고 어두운 기운이 현관을 빠져나온 도윤의 발목을 잡아끈다. 깊은 늪에 빨려 들어가는 것처럼 고통스러운 기억이 도윤을 잠식해 갔다. 패배감에 숨도 제대로 쉴 수 없던 그 순간, 도윤의 핸드폰이 부르르 몸을 떨었다.

[하연]이라는 이름이 반짝였다. 마치 구세주처럼. 마치 늪에 빠진 도윤에게 내민 동아줄처럼. 갑자기 그렇게 하연에게서 연락이 왔다.

* * *

집으로 돌아온 하연은 서둘러 어머니와 함께 피부과로 향했다. 허벅지 위에 국이 쏟아져 생긴 손바닥만 한 화상은 다행히 심각하지 않았다.

"범위가 넓은 편이기는 하지만 흉이 남을 것 같지는 않네요."

의사의 말에 안도의 한숨을 내쉬었다. 피부과에서 진료를 마치고, 한달음에 달려온 딸에게 미안한 모양인지 하연의 어머니가 조심스레 입을 열었다.

"별것도 아닌데 내가 놀라서 전화를 해서는. 바쁜 일 있었는데 온 거 아니야?"

"괜찮아. 신혼집 보고 있었는데, 대충 다 봤어."

"집? 사는 거야?"

어머니에게 갑자기 결혼하게 되었다고 전한 지 며칠 되지 않았다. 결혼할 상대와 찾아뵙겠다고 말한 이후, 어머니를 만난 것은 처음이었다. 당연히 하연의 어머니, 박이순 여사는 자세한 사정을 몰랐다.

어머니의 질문에 하연 역시 고개를 기울이며 생각에 젖었다. 집을 사는 건가? 사실 그녀도 잘 몰랐다.

"집, 혼수, 그런 건 신경 쓰지 마. 내가 알아서 준비할게. 특별히 네가 신경 쓰이는 부분만 말해."

도윤이 그렇게 말한 이후, 하연은 모든 것을 그냥 그에게 맡기고 있었다. 그렇지만 결혼하면서 그런 것도 모른다고 하면 수상하겠지. 일반적인 결혼에서는 신부가 더 챙길 테니까.

어머니가 이상하게 여길까 싶어 하연은 말을 흐렸다.

"아마 그럴걸."

"너는 돈 좀 있고? 설마, 신랑이 다 준비하는 건 아니지?"

"맞아. 신랑이……."

신랑이란 단어가 까끌까끌 입 안을 맴돌았다.

"다 준비하기로 했어."

"어쩌면 좋아, 미안해서."

어머니가 걱정스러운 표정으로 하연을 바라보았다.

"보태 줄 돈이 많지 않아서 엄마가 너무 미안하다. 엄마가 더 열심히 살아야 했는데, 우리 딸이 결혼하는데 집도 못 해 주고."

하연의 아버지가 사업이 망해 집을 나간 뒤, 어머니는 시장에 작은 반찬 가게를 얻었다. 야무진 손맛으로 단골이 많아 가게를 얻을 때 진 빚은 다 갚을 수 있었다. 하지만 작은 가계의 수입으로 갑작스러운 결혼에 보탤 만큼의 돈을 모을 수 있었을 리가 없다.

"그런 소리 하지 마, 엄마."

계약 결혼이라 애초에 도윤은 하연에게 그런 것을 바라지 않았다. 그리고 혹시 사랑해서 결혼하는 거라고 해도…….

"그 사람은 그런 사람 아니야."

손가락에 낀 반지를 바라보았다. 무뚝뚝하고 대부분의 시간에 무엇을 생각하는지 알 수 없는 남자였지만, 그는 늘 다른 사람을 먼저 배려하는 사람이었다. 계약 결혼인데도 프러포즈가 없는 것을 서운해할까 봐 먼저 준비해 주는.

"좋은 사람이야."

그렇게 말하며 하연은 엄마에게 웃어 보였다.

＊ ＊ ＊

피부과 진료가 끝나고, 하연은 바로 도윤에게 전화했다. 엄마가 다쳤다고 했으니 그가 걱정할 것 같아 한 것이었지만, 사실은 목소리를 한 번이라도 더 듣고 싶었다. 몇 번의 신호음이 가고 그가 전화를 받았다.

-여보세요?

"저, 하연인데요."

-…….

전화기 건너편에서는 말이 없었다.

"혹시, 바쁘세요?"

-아니, 괜찮아.

"엄마 잘 병원 다녀오셨다고, 크게 다치신 거 아니라고 말해 드리고 싶어서."

-그래? 다행이네.

단답식의 대답이 이어졌다. 평소와 다를 것 없는 말투였지만 이상하게 전화기 건너편 그의 목소리가 무겁게 느껴졌다. 그러고 보니, 오늘 아침부터 하연을 데리러 오느라 도윤도 진이 빠졌을 것 같다. 괜한 전화를 한 걸까.

"피곤하시죠? 오늘 아침부터 뵈어서. 저, 끊을게요. 집 관련해서는 내일 다시……."

연락드릴게요. 그렇게 말을 다 하기도 전.

-하연아.

도윤의 목소리가 하연을 불렀다.

-미안한데.

"네."

-바빠?

"아뇨."

선배랑 전화하는 것보다 더 바쁜 일이 있을 리가요.

-그럼 전화 조금만 더 하자.

옆에 이모님이라도 계신가. 왜 그런지 몰라 하연은 고개를 기울인 채 그의 목소리를 가만히 들었다.

-그냥……. 아무 이야기나 좀 해 줄래?

그냥 아무 이야기. 그렇게 말하는 도윤의 목소리에는 평소와 달리 약간의 망설임이 있었다. 무슨 일이 있는 걸까. 그러나 굳이 캐묻지 않았다.

"어떤 이야기를…… 할까요?"

-아무거나. 오늘 피부과에서 어땠는지도 괜찮고, 회사 생활 관련도 괜찮아. 뭐든 좋으니…….

또 그가 말을 멈췄다. 이상한 기분이 들었다. 이유도 없이, 이모님 때문도 아니고 그냥 전화하자고 하는 도윤이 낯설었다. 하지만 전화를 오래 하고 싶은 하연으로서는 거절하고 싶지 않은 제안이었다. 결국, 그와 자신의 가장 확실한 관심사를 꺼내 들었다.

"요즘 샤콘느를 연습할까 생각 중이에요. 바흐의."

최근 하연은 정신이 없어 한참이나 바이올린을 잡지 못했다.

-왜 샤콘느?

"좋아하기도 하고, 또…… 오랫동안 못 들어서요. 갑자기 듣고 싶네요."

바흐의 샤콘느는 도윤과 처음 만났을 때 그가 연주했던 곡이었다. 그리고 도윤은 그 이후 단 한 번도 하연의 앞에서 샤콘느를 연주한 적이 없다. 문득 그때의 기억이 떠올라서, 듣고 싶어졌다.

-원래 좋아했던가? 넌 조금 더 잔잔한 곡을 좋아할 줄 알았는데.

"아……."

하연은 그가 연주한 기억 때문에 좋았다고 말은 할 수 없어, 서둘러 말을 돌렸다.

"저, 혹시, 새로 나온 에드리안 무터의 음반, 들어 보셨어요?"

-아니, 아직. 어떤데?

하연은 자신이 잘 아는 바이올린 이야기를 꺼냈다. 좋아하던 바이올리니스트의 앨범. 바이올린을 사랑하는 도윤 역시 관심 있을 만한 것이었다.

"뭐라고 해야 하지? 조금 스타일이 바뀌었더라고요. 근데 저는 바뀐 스타일도 싫지 않아요. 그 나이가 돼서 변화한다는 게 신기하기도 하고."

-CD로 산 거야?

"네."

바이올린 이야기에 상대방의 목소리도 살짝 가벼워졌다. 그와의 전화라면 평생이라도 할 수 있을 것 같아. 때로 들려오는 그의 나지막한 목소리에 힘입어 하연은 즐겁게 입을 움직였다.

＊ ＊ ＊

좋은 하루였다. 원룸으로 돌아와 침대 위에 누운 하연은 길었던 하루를 되돌아보았다. 어머니가 다치기는 했지만 큰 상처도 아니었고, 도윤의 이모님이랑 잘 만났고, 도윤의 프러포즈도 받았다. 특별한 용건이 없이 하는 그와의 긴 통화까지. 이상한 일투성이였다. 정말 그와 연인이 된 것 같은, 그런 착각에 빠져든다.

하연은 아무것도 없는 하얀 천장을 바라보았다. 몸은 피곤한데, 마음이 벅차올라 좀처럼 잠이 오지 않았다.

"에이, 자자. 쓸데없는 생각 하지 말고."

몸을 뒹굴 구르면서 큰 쿠션을 끌어안으며 자신을 타이르는 순간. 전화가 울렸다. 밤 1시. 늦은 시간의 전화. 무슨 일이지? 서둘러 일어나 핸드폰을 들었다. 그녀의 선배이자, 도윤의 친구인 우진이었다.

"여보세요?"

-어, 하연아. 밤늦게 미안하다.

이렇게 늦은 시간에 우진으로부터 전화가 온 것은 처음이었다. 예사롭지 않은 일이었다.

"아뇨, 오빠. 괜찮아요. 무슨 일 있으신 거예요?"

-어, 지금 도윤이가 좀 이상해서 말이야.

"도윤 씨가요?"

-여자 친구인 너에게 알려 줘야 할 것 같아서.

그 말에 조금 전까지 푹신하게 제 몸을 감싸고 있던 침대를 박차고 나왔다. 선배가 무슨 일이지. 아프기라도 한 걸까. 하연은 초조하게 우진의 목소리를 기다렸다.

-이렇게 많이 마신 거 처음 봐. 술에 완전히 취해서 쓰러졌는데, 집 주소를 내가 정확하게 몰라서 말이야. 뭐, 우리 집에서 재워도 되지만.

"제, 제가 갈게요. 어디에 계세요?"

전화를 끊은 하연은 정신없이 옷을 갈아입고 택시를 타고 우진이 말한 곳으로 갔다. 다행히 집에서 멀지 않은 호텔이었다. 단출하게 입고 나온 티셔츠를 하연은 얇은 카디건으로 가리며 호텔의 바에 들어섰다.

늦은 시간. 사람은 거의 없었다. 바 한쪽에 앉아 있던 우진이 손을 들었다.

"어어! 하연아. 여기야."

"우진 오빠."

"늦은 시간에 고생이 많다."

하연이 서둘러 다가가자, 우진의 뒤에 고개를 숙이고 있는 남자가 보였다. 도윤이었다. 낮에 입은 정장 차림이었지만, 단정한 머리는 흐트러져 앞으로 흘러내렸다. 헝클어진 모습이 평소의 그가 아니었다.

"도윤 씨."

다가가 그의 어깨에 손을 댔다. 그러자, 고개를 쳐든 도윤이 술에 젖은 눈동자로 그녀를 바라보았다.

"이게 누구야. 신하연이네."

한참이나 그녀를 바라보던 도윤이 천천히 자리에서 일어섰다. 얼마나 술을 마신 건지 쓰러지듯 몇 발자국 걷지도 못하고 그의 몸이 하연을 덮쳤다. 근육으로 단단한 가슴이 하연의 부드러운 가슴을 짓이길 정도로 바싹 가까워졌다. 도윤이 취해서 무거워진 머리를 그녀의 어깨 위에 올리고는 뜨거운 숨을 불어 넣었다. 간신히 그의 몸을 버텨 내며 속삭였다.

"괜…… 괜찮으세요?"

하연의 걱정에 도윤이 수염이 자라 까칠한 턱을 그녀의 부드러운 살결에 비비며 속삭였다.

"응."

그토록 오래 알았는데 하연은 이렇게 그가 취한 건 처음 보았다.

"정말요?"

"안 괜찮았는데……."

"……."

"너 보니 괜찮아졌어."

낮은 목소리가 하연을 울렸다.

"아이고, 차도윤. 술 진짜 많이 취했나 보네."

우진이 뒤에서 손으로 입을 가린 채 쓴웃음을 짓고 있었다. 나타난 하연을 갑자기 끌어안는 도윤의 모습은 오랜 친구에게도 낯선 모양이었다. 우진이 눈짓을 하면서 하연에게 속삭였다.

"쟤답지 않게 많이 먹었어. 술이 약하지 않아도, 저 정도를 거의 혼자 먹었으니 어쩔 수가 없지."

우진의 시선이 바 테이블 위에 올려진 반 이상 비어 있는 위스키 병으로 향했다. 저렇게 많이 마셨구나. 자신을 안고 있는 그의 무게가 평소와 달리 더욱 무겁게 느껴졌다. 도윤의 피부가 마치 감기에 걸린 것처럼 뜨거웠다.

축 처진 모습. 무슨 일이 있던 걸까. 저도 모르게 하연은 손을 들어 그의 단단한 등을 끌어안았다.

"도윤이 집으로 데려다줄까?"

"네?"

"주소 알지? 내가 집 위치를 자세히는 모르거든. 물어봐도 대답도 안 하고."

우진의 사심 없는 질문에 침을 꼴깍 삼켰다. 그러고 보니 아직 그의 집에 간 적이 없다. 무작정 뛰쳐나오긴 했지만, 연인이라면 집이 어딘지 아는 게 당연한 건데, 우진에게 집을 안내할 수가 없다.

하연은 눈을 깜빡이며 우진을 바라보았다. 그가 난감해하는 그녀를 바라보며 말을 이었다.

"너무 취해서 집까지 가는 건 어려울까? 내가 도와줘도 되긴 하는데."

"조, 조금 힘들 것 같아요. 무겁기도 하고."

"그럴 것 같았어."

우진이 환히 웃었다.

"그래서 내가 위에 방 하나 잡아 놨어. 너 연락 안 되면 도윤이 혼자 넣어 두고 가려고 했는데, 혹시 무슨 일이 생길까 봐 걱정이 돼서 말이야. 네가 와 줘서 다행이야."

우진이 한쪽 눈으로 윙크했다.

"약혼 선물이라고 생각하고 받아."

＊ ＊ ＊

약혼 선물이라는 이름답게, 우진이 준비해 준 방은 주니어 스위트, 꽤 좋은 방이었다. 서울 시내의 야경이 아름답게 내려다보이는 큰 창, 널찍하고 고급스러운 실내.

하연은 비즈니스호텔 말고 이런 고급 호텔에 묵을 기회가 거의 없었다. 평소였다면 이런 호텔 방이 신기해서 이리저리 구경했을 터. 하지만, 지금은 도윤 때문에 정신이 없었다.

우진이 반쯤 몽롱한 상태의 도윤을 부축해서 방 안의 킹사이즈 침대 위에 던지고 갔다. 푹신한 침대에 쓰러진 도윤의 눈꺼풀은 꼭 닫혀 있었다.

하연은 그에게서 떨어진, 침대 가장자리에 앉아 그를 바라보았다. 아까 통화할 때부터 도윤의 상태가 심상치 않았다.

-뭐든 좋으니까 이야기해 봐.

도윤은 전화를 그다지 선호하지 않는 남자다. 평소에 말수가 적은 그였는데, 오히려 전화를 끊기 싫어하며, 더 이야기를 하자고 했다. 지금 그는 무슨 생각을 하는 걸까. 흐트러진 머리가 덮고 있는 그의 이마에는 작은 주름이 잡혀 있다.

"선배, 무슨 힘든 일이 있었어요?"

도윤을 굽어보며 작은 목소리로 속삭였다. 그러나 그는 미동도 없었다. 덕분에 그녀는 한참 그의 얼굴을 바라볼 수 있었다. 날렵한 콧날, 부드러운 눈두덩이, 붉은 입술. 단정하고 예쁜 얼굴이다. 미간에 잡힌 인상이 안타까울 정도로.

손가락으로 도윤의 눈과 눈 사이를 쓱쓱 펴 보았다. 안 좋은 꿈을 꾸는 걸까. 이 인상을 펴 주면 그 나쁜 꿈도 사라질까…… 싶어.

그러나 도윤은 여전히 움직임이 없었다. 술에 젖은 입술이 뜨거운 숨을 토해 낼 뿐이었다. 꿈속을 거니는 걸까. 아무 소리도 안 들리겠지. 지금이라면 내 마음을 고백해도 못 듣지 않을까.

"선배."

손을 떼고 그를 굽어보며 진심을 말해 보았다.

"도윤 선배."

늘어진 하연의 머리카락이 그의 이마를 간지럽힌다.

"좋아해요."

선배는 모를 거예요. 내가 마음을 너무 숨겼나 봐요. 오빠라고도 부를 수 없을 정도로 마음이 어려웠어요. 내가 차마 탐내면 안 되는 사람이라고 생각해서, 어차피 절대로 내 손에 들어올 수 없는 사람이라 생각해서 비겁하게 마음을 숨겼어요.

근데 당신이 너무 좋아요. 이렇게 바로 옆에 닿아 있으니 더욱 그래. 당신이 상냥해질 때마다 나는 혹시나, 혹시나 하며 마음을 졸여요. 선배는 모르겠지만.

"후……."

하연의 고백에도 도윤은 깊은 한숨을 쉴 뿐이었다. 그런데 그때 그가 고개를 이리저리 휘저으며 무언가를 쫓아내려 했다.

"답답해요?"

"……."

도윤은 여전히 말이 없었다. 하연은 손을 뻗어, 그의 목을 꽉 조이는 셔츠의 단추를 툭, 하나 풀었다.

단단한 그의 목 근육이 드러났다. 도윤의 심장이 뛸 때마다 목에 서 있는 핏줄이 툭툭 튄다. 그 모습을 보던 하연의 몸이 이유 없이 달아올랐다. 단추를 다시 하나 툭, 풀자 그의 너른 가슴이 조금 드러났다. 그 가슴 아래 아래는 어떤 모습일까.

발칙하게도 그녀의 생각은 거기서 끝나지 않았다. 자신도 모르게 움푹 파인 그의 쇄골을 손끝으로 쓸었다. 딱딱한 뼈를 깊이 아로새기던 그때. 도윤의 속눈썹이 파르르 떨렸다. 꽉 닫혀 있던 눈꺼풀이 열리고, 흐려진 까만 눈동자가 드러났다.

들켰다. 단추를 푸는 것까지는 그를 위해서였지만, 그 이후는……. 그의 쇄골과 근육을 손으로 만지작거리고 있던 것을 눈치챈 것 같아 하연은 화들짝 손을 뗐다. 천장을 바라보던 도윤의 눈동자가 천천히 옆에 앉아 있는 하연을 향했다.

"선……. 아니, 도윤 씨. 깨셨어요?"

그는 말없이 눈꺼풀을 느리게 깜빡였다.

"저, 도윤 씨가 술에 취해서……. 여기 호텔이에요. 술 드시던 바 가 있는 호텔. 우진 오빠가 불러서 왔거든요."

자신이 저지른 일에 대한 변명이 주절주절 이어졌다. 심장이 두근두근 뛰었다. 그러나 하연의 설명에도 도윤은 여전히 흐린 눈빛으로 그녀를 바라만 보고 있었다.

그의 입술이 달싹였다. 무슨 말을 하고 싶은 건가? 그러나 소리는 들리지 않았다. 아니면 목이 마른가?

"물 드릴까요?"

도윤은 고개를 도리도리 저었다. 그럴 때마다 가는 머리카락 역시 함께 하늘하늘 흔들렸다.

"필요하신 거 없으세요?"

"……."

"없으시면, 갈게요. 술에 너무 취하셔서 걱정돼서 못 가고 있었는데, 정신을 차리셨으니……. 내일 다시 연락드릴게요."

아쉽지만 가는 게 나을 것 같았다. 여기서 더 있으면 자신이 어떻게 될지 무서웠다. 하연은 자리에서 일어나 가방을 들었다. 고개를 꾸벅 숙이는 순간, 지금까지 멈춰 있던 도윤의 입술이 움직였다. 조용한 방을 그의 가슬가슬한 목소리가 가른다.

"필요한 거……."

"네?"

"필요한 거 있어."

"뭐요? 술 깨는 약이라도 사다 드릴까요?"

도윤이 고개를 저었다. 침대 위에 늘어져 있던 몸을 일으키며 그녀를 바라보았다.

"그럼요? 꿀물이나 커피. 아, 우선 편의점에 다녀올게요. 아니면 룸서비스를 부를까요?"

하연이 몸을 돌려 가려고 하는 순간, 단단한 손가락이 그녀의 손목을 낚아챘다. 하연이 놀라 뒤를 돌아보자, 몸을 반쯤 일으킨 도윤이 다시 한번 느릿하게 눈을 감았다 떴다. 조금 전까지 흐려져 있던 눈동자에 어느새 총기가 돌아와 있었다.

"네가 필요해."

"……."

"나, 지금…… 네가 필요한 것 같아. 신하연."

그는 손을 끌어당겼다. 순간, 당황해서 몸에 힘이 빠진 하연이 침대 쪽으로 쓰러졌다. 도윤의 품으로 그대로 빨려 들어간다. 단단한 몸에 부딪혔는데도, 어찌 된 일인지 하연은 아프지 않았다.

근육질의 팔이 그녀를 끌어안았다. 무슨 일이 일어나는지 채 알아채지도 못한 그때, 그의 입술이 그녀의 귓가를 스쳤다.

"하……."

얇은 피부를 스치고 지나가는 그의 숨결에 하연의 발에 힘이 풀렸다. 몸과 몸이, 살과 살이 더 밀착된다. 도윤은 그녀의 귓바퀴를 입술로 훑었다. 사그락사그락 하는 소리가 그녀의 귀를 간지럽힌다.

"읏……."

붉은 불길이 온몸에 뻗어 나간다. 그의 입술이 달아오른 뺨을 스쳐 놀라 벌어진 하연의 입술에 닿았다. 뜨겁고 말캉한 것이 살짝 닿았다가 떨어졌다. 하연은 그것만으로도 열기에 숨이 막혔다.

"가지 마, 제발."

그리고 쏟아진 그의 말에 하연은 모든 걸 잊었다. 차도윤 외에는 모든 것을 다.

도윤의 이마에 땀이 송골송골 맺혀 있었다. 악몽을 꾼 것처럼, 표정이 일그러져 있었다. 바싹 말라 버린 하연의 입술이 무겁게 움직였다.

"안 갈게요."

"가지 말고 여기 있어."

"……."

하연은 말없이 그를 바라보았다. 무슨 일이 있던 걸까. 이런 그를 본 것은 처음이었다. 첫 키스 때처럼 자신을 조롱하는 것도 아니었고, 두 번째 키스 때처럼 열에 들뜬 것도 아니었다.

아니……. 아니, 아주 오래전.

이런 그를 본 적이 있다. 뇌리에서 떠오르는 희미한 기억. 방학의 어느 날, 하연은 자율 연습을 하기 위해 학교로 갔다.

아무도 없는 동아리 연습실. 그곳에 도윤이 있었다.

빗소리를 가르는 바이올린 소리. 도윤은 미친 듯이 바이올린을 켜고 있었다. 늘 단정하고 흠이 없던 얼굴에 필사적인 고통이 서려 있었다.

그날처럼. 오늘 도윤은 조각조각 나 있었다. 하연에 닿는 도윤의 입술은 뜨겁지 않고 서늘하게 식었다.

"가지 않아요."

하연의 굳센 말에, 도윤의 손가락이 그녀의 목덜미를 더듬었다. 그와의 접촉 때문에 뜨겁게 달아올라 있던 하연의 살결과 달리 그의 손끝은 차가웠다.

틈을 보이지 않는 완벽한 남자였다. 흠이 없어 다들 질려 할 정도였다. 약한 모습도, 취한 모습도, 아픈 모습도 본 적이 없다. 늘 단단하게 서서 사람들을 내려보는 남자였다.

그런 도윤이 왜 무너진 걸까. 어떤 일이 있었길래 나 따위가 필요할 정도로 절박해진 걸까. 그날, 그리고 오늘, 무슨 일이 있었던 걸까.

하연은 가슴이 에였다. 이유는 몰라도 닿은 살결을 통해 아픔이 전해져 온다.

"여기 있어요."

나라도 괜찮다면, 옆에 있을게요.

"계속 여기 있을게요."

떠나지 않을게요. 떠나고 싶지 않아요.

하연의 목소리에 파들파들 흔들리던 도윤의 눈동자가 가라앉았다. 여전히 그의 숨이 하연의 코끝을 간지럽힐 정도로 둘은 가까웠다. 가슴이 아프고 저린 것만큼이나 그와의 접촉 때문에 몸이 달아오른다. 하연은 더는 본능을 이길 수 없었다. 입술을 그의 입술에 대자, 그가 그녀의 뒤통수를 끌어당겼다.

"흡."

물컹하고 뜨거운 혀가 얽힌다. 하연은 정신없이 도윤을 탐했다. 그의 움직임은 술에 취해 거칠고 서툴렀으나, 상관없었다. 하연은 오히려 그의 머리칼에 손을 박고 그에게 매달렸다.

"하아……."

입술과 입술이 떨어질 때마다 뜨거운 숨이 쏟아졌다. 알싸한 위스키의 향과 놀랍도록 매혹적인 그의 맛이 하연의 혀끝을 간지럽혔다. 그의 손은 조금 전까지 취해서 정신을 잃었던 사람이라고 믿기 힘들 정도로 거칠게 그녀의 살을 스쳤다. 도윤과 닿는 모든 곳이 뜨거웠다. 화상을 입을 것만 같았다.

그래도 더 닿고 싶었다. 너무 뜨거워진 나머지 불타올라, 재가 된다 해도. 오늘 밤을 후회해서 눈물짓는 날이 온다 해도……. 평생 기다려 온 이 기회를 놓칠 수 없었다.

"선, 선배……."

하연의 얇디얇은 티셔츠를 그가 끌어 올렸다. 하연 역시 급한 손길로 그의 단추를 풀었다. 마음만 앞서, 자꾸만 손가락이 미끄러졌다.

입술을 비비면서도 혀를 얽으면서도 손은 멈추지 않았다. 꿈속에서만 꿈꾸던 도윤의 몸은 생각보다도 근사했다. 갈라진 복근에 손가락이 미끄러졌다.

두꺼운 팔은 연약한 제 것과는 너무 달라, 경외감마저 들었다. 그런 완벽한 남자가 부족한 제 몸을, 밝은 호텔 방 안에서 바라보는 것이 창피했다.

조금이라도 시선을 피하려 하연이 이리저리 몸을 비틀 때마다 오히려 부드러운 살결이 물결치고, 도윤의 시선이 핥듯이 그녀를 탐했다.

"신하연."

"네."

"하연아."

마치 주문처럼 그가 그녀의 이름을 불렀다. 술에 취한 그의 목소리는 평소보다 조금 더 높고 들떠 있었다. 손끝이 하연의 목부터 잔뜩 굽은 등, 그리고 오목한 허리까지 쓸고 내려갔다. 그의 몸이 스칠 때마다 오소소 소름이 돋아 발끝이 비쭉 섰다.

끌어 올린 티셔츠 위로 봉긋한 가슴이 드러났다. 흐릿한 호텔 방의 불빛에 하연의 하얀 살결이 빛나자, 술에 젖은 그의 입술이 그곳을 머금었다. 하연에 입에서 급한 숨이 튀어나왔다.

"흣."

그의 입술은 부르터 있었다. 가슬가슬 일어난 입술이 하연의 살결을 베어 물었다.

"선, 선배."

급한 마음에 하연은 그의 머리를 끌어안았다. 밀어내려 한 것인지, 아니면 당기려 한 것인지 하연 자신조차 알지 못했다. 그러나 망설이는 하연과 달리 그는 거침이 없었다.

처음에는 느리게, 그러나 점점 속도를 내 하연의 몸을 탐했다. 입술이 탐욕스럽게 온몸에 붉은 꽃을 새겼다. 그의 입술이 닿을 때마다 눈앞이 아찔해졌다. 다리 사이가 간지러워지고, 기분이 부풀어 올라 어쩔 줄 몰랐다.

"음."

늘 서늘했던 그의 눈 안에서는 취기 때문인지, 아니면 흥분 때문인지 화염이 어른거렸다. 도윤의 손가락은 그의 몸만큼이나 단단했다.

하연의 옷을 천천히 끌어 내리자, 은밀한 곳이 공기 중에 드러났다. 창피했다. 이런 자세로, 이렇게 그의 앞에서 모든 것을 보이다니. 도망가려 엉덩이를 끌었지만, 그는 하연을 놓치지 않았다. 그녀를 그러쥐고 하나씩 옷을 벗어 던졌다.

그는 술에 취해 다소 급하고 거칠었지만, 하연은 맨정신이었다. 이런 기회가 올지도 모른다고 생각하긴 했지만 이렇게 빨리 올 줄 몰랐다.

당황스러웠지만, 다시 오지 않을지도 모를 밤이었다. 하나도 놓치고 싶지 않았다. 그래서 다소 뻔뻔하게 그의 움직임 하나하나를 바라보았다.

도윤이 옷을 벗어 던지자 운동으로 다져진 그의 몸이 드러났다. 하연의 시선을 눈치채고, 도윤이 그녀를 바라보았다. 사나워진 그의 근육을 보던 하연이 침을 꼴깍 삼켰다.

"왜 그렇게 봐?"

좋아서요. 조금이라도 비이성적이었다면 그렇게 말했겠지만, 하연은 그저 붉어진 입술을 깨물기만 했다. 하연이 말이 없자, 도윤이 그녀의 골반을 그러쥐었다.

"네 시선 때문에 돌아 버릴 것 같아."

그리고 그의 몸이 하연의 다리 사이에 닿았다.

너무 뜨겁고. 너무 딱딱하고. 그리고.

"내가 미친 것 같아. 네 앞에 있으면."

"……."

"이러면 안 되는 건데."

"……."

"말해 봐. 이러지 말라고."

"……."

"어서, 신하연."

하연은 모든 것이 처음이었다. 그의 몸이 당장이라도 자신을 꿰
뚫을 것 같다. 무서웠다. 겪어 보지 못한 미지의 세계에 대해 두려
움이 있었다. 어떻게 변할지 몰랐다.

그러나. 도윤과 하나가 되고 싶다. 그 바람이 그 공포보다도 더
컸다. 마음뿐만 아니라 몸도 차도윤을 원하고 있었다.

"선배."

하연이 달뜬 입술로 속삭였다.

"제발……."

느리고도 확실하게 애원했다.

"들어와요."

선배가 나에게 미쳤으면 좋겠어. 당신이 날 원한다는 게 얼마나
짜릿한 쾌감인지 선배는 몰라.

제발 날 망가뜨려 줘요. 일부러는 아니었지만, 본능적으로 그를
유혹하기 위해 하연의 몸이 흔들렸다.

"어떻게 감당하려고 그래."

도윤의 목소리가 더 이상 술기운이 아닌 흥분에 젖어 있었다. 그는 입술을 비틀고 뭐라고 중얼거렸다. 하연은 제대로 듣지는 못했지만 거친 욕 같았다. 그리고 도윤의 목소리가, 도윤의 몸이 하연을 가르고 들어왔다.

"웃."

아팠다. 고통스러웠다. 각오하고 있었지만 상상과는 다른 느낌이었다. 하지만, 신음을 내지 않기 위해 입술이 찢어질 때까지 깨물었다. 만약 소리를 낸다면……. 혹시라도 그가 나갈까 봐 두려웠다.

"아파?"

그가 손바닥으로 하연의 턱을 받쳐 들었다. 하연은 고개를 흔들었다.

"괜…… 괜찮아요."

"제길."

다시 한번 도윤은 욕을 내뱉었다. 반듯한 이마에 두꺼운 혈관이 툭 튀어 올라 당장이라도 터질 것 같았다. 아주 끝까지 밀려들어와 온몸을 그가 다 채우고 나서야 하연은 참았던 숨을 내쉴 수 있었다.

"하, 하아."

처음에는 아팠지만, 몸이 점점 익숙해졌다. 어느새 입술이 터졌는지 쇳내가 혀끝에 감돌았다. 피가 맺힌 그녀의 입술을 도윤이 손가락으로 쓸어내리며 중얼거렸다.

"미안해."

무엇을 사과한 것일까. 이해하지 못해 하연은 그를 멍하니 바라보았다. 그의 이마에서 땀이 뚝, 떨어져 하연의 입술을 적셨다. 그가 몸을 움직였다.

"서, 선배."

정신이 나갈 정도의 쾌감과 고통이 동시에 밀려들어 왔다. 하연의 다리가 바르작거리고, 잡을 곳이 없는 손이 그의 어깨를 끌어안았다. 급하던 그였지만, 천천히 원래의 흐름을 찾아 느려졌다.

"도윤 씨……."

입에서 나오는 소리를 참으려고 하연은 입술을 깨물었지만, 도윤의 움직임이 너무 거칠어 신음이 잇새로 흘러나왔다.

우진이 오늘 밤을 즐기라 준비해 준 침대는 넓기도 넓었다. 하지만, 침대 한구석에 몸을 겹친 둘에게는 상관없었다. 좁으면 좁을수록 좋을지도 몰랐다.

그 밤은 붉게 물들었다. 고통과 쾌락이 이리저리 뒤섞인 밤, 몇 번이고 도윤과 하연은 서로를 탐했다. 앞머리가 땀에 젖을 때까지 격렬하게 움직였다.

첫날밤이었다. 이런 식으로 그와 몸을 겹치게 될 거라고는 생각하지 못했지만, 그래도 좋았다. 도윤과 함께라면, 무어라도 좋았다.

* * *

아주 오래전 이야기다. 그날은 비가 왔다. 도윤의 어머니가 세상을 떠났던 그날처럼 비는 정신마저 흐릿하게 할 정도로 쏟아졌다.

늦여름이 저물던 날. 후덥지근하더니 결국은 소나기가 내렸다. 그래도 산에 가지 않을 수는 없었다. 어머니의 기일이었다.

이즈음이 되면 도윤은 늘 몸이 축 처졌지만, 오늘은 더욱 입 안이 썼다. 평소 같으면 혹여 아버지와 마주칠까 봐, 도윤은 새벽에 산소에 다녀온다.

하지만 오늘은 비 때문에 늦게 산소를 찾았고, 그를 멀찍이서 보고 말았다. 서형은 표정 없는 얼굴로 말없이 산소를 내려다보고 있었다. 도윤은 그 모습을 발견하고 이를 악물었다.

여기가 어디라고 온 거야. 분노가 치밀어 올랐다. 붉은 화염이 눈앞을 흐렸다. 아버지와 마주쳤다가는 어떻게 될지 몰라 도윤은 그를 피해 묘지공원에서 서둘러 내려왔다. 그러고는 바로, 학교의 동아리 연습실로 향했다.

여름 방학이 한창이었다. 합숙도 끝난 터라 동아리 연습실에는 사람이 없었다. 오히려 좋았다. 지금 누군가에게 제 모습을 드러내고 싶지 않았다. 그는 바이올린을 손에 들어 연주를 시작했다.

"여름날의 마지막 장미."

어머니가 돌아가시던 날, 그가 연주했던 곡이었다. 어머니가 좋아하던 곡. 그리고 어머니의 울음소리를 지우기 위해 연주하던 곡.

징글징글한 귓가의 빗소리를 덮어 버리기 위해, 아버지에 대한 분노를 지우기 위해, 그리고 머릿속에 울려 퍼지는 자책의 소리를 없애기 위해.

미친 듯이 연주를 했다. 하지만 끼깅거리는 바이올린 소리가 요동치는 마음을 가라앉히기에는 역부족이었다. 현이 하나 끊어지고 나서야 도윤의 손이 멈췄다.

"하, 하아. 하아."

숨이 턱 끝까지 차올랐다. 그때.

"괜찮으세요?"

갑자기 인기척이 났다. 누가 있는지도 몰랐다. 놀란 도윤이 소리가 나는 쪽으로 몸을 돌리자, 연습실 문을 열고 들어온 하연이 보였다. 까만 생머리를 늘어뜨리고는 한 손으로 문을 짚고 가만히 서서 그를 바라보고 있었다.

"언제부터 거기 있었어?"
"조금 전에……. 선배가 연습하셔서 말을 못 걸었어요. 죄송해요."

그녀가 작게 중얼거렸다. 오롯이 혼자인 줄 알았다. 그래서 도윤은 자신의 깊이 파인 상처를 드러낸 채 연주할 수 있었다. 눈꼬리에는 눈물까지 맺혀 있었다.

평소의 자신답지 않다. 아무리 친하지 않은 후배라도 금세 알 터였다. 위로받고 싶지 않아. 그냥 자신을 여기 두고 갔으면 했다. 들킨 상대가 다른 이도 아닌 신하연인 것은 더더욱 싫었다.

하지만 생각과는 달리 그녀는 떠나가지도, 위로하지도 않았다. 그녀는 가방을 열더니 안을 뒤적였다.

"현이……. 현이 끊어지셨죠? 저 하나 가지고 있어요."
"……."
"갈아 드릴게요."

하연은 도윤이 왜 그렇게 미친 듯이 연주를 했는지, 왜 울고 있었는지 묻지 않고 담담하게 도윤의 바이올린을 가져갔다. 그녀를 말리지도 않고 도윤은 그대로 바라만 보았다.

익숙한 손놀림으로 현을 갈고는 하연이 바이올린을 다시 도윤에게 건넸다.

"여기요."
"……고마워."
"…….."

인사에 하연은 잠시 망설이다가, 손을 뻗어 도윤의 손을 잡았다. 따뜻한 체온이 싸늘하게 식은 도윤의 손에 스며들었다. 놀라 그가 손을 움츠리자, 하연은 망설이지 않고 가방에서 약을 꺼내 부르튼 손끝에 발라 주었다.

"손가락이…… 다 해지셨어요. 이러면 나중에 연주를 못 하게 되잖아요."

하연은 평소 같지 않았다. 평소라면 한껏 움츠러들어 도윤을 제대로 보지도 못하는데. 하지만 지금은 다정하면서도 단호하게 그를 꾸짖고 있었다.

"약 바르고, 밴드 붙일게요."
"괜찮아."
"안 괜찮아요."
"…….."
"괜찮을 리가 없잖아요. 이렇게 피가 나는데요."

그녀는 손가락에 약을 바르고, 밴드를 붙였다.

빗줄기가 거세게 창문을 두들겼다. 비가 싫었다. 이런 날은 머릿속을 헤집는 자책의 목소리가 가득 채웠다.

하지만 지금……. 신하연이 그의 손을 잡은 지금, 귓가에는 오직 심장이 뛰는 소리만이 울려 퍼지고 있었다. 마치 손끝에서 심장이 뛰는 것처럼.

✳　✳　✳

도윤은 빗소리에 눈을 떴다. 비가 오고 있었다. 깊은숨을 내쉬며 여기가 어딘지 파악하려 인상을 쓰고 정신을 모았다.

숙취에 눈앞이 흐렸다. 두통이 찾아오기도 전, 흐려진 시야를 단정한 얼굴 하나가 꽉 채웠다. 그 모습에 도윤의 숨이 막혔다.

"하연아……."

누군가와 함께 밤을 보낸 건 처음이었다. 눈을 떴을 때 누군가가 바로 눈앞에 있는 것도 처음이었다. 신하연이, 처음이었다.

"하."

놀라 한숨을 내뱉은 도윤의 눈에 하연이 보였다.

꼭 감은 두 눈. 숨을 내쉴 때마다 파르르 떨리는 속눈썹. 부풀어 붉게 달아오른 입술. 그 입술에서 어른거리며 보이는 속살이 찢어져 굳은 피가 맺혀 있다.

그 모습은 놀랍도록 생생했다. 꿈이 아니다. 그의 시야를 가득 채우고 있는 것은 다름 아닌 하연이었다. 그녀의 벌어진 입술 사이로 새어 나오는 숨결이 도윤의 코끝을 스쳤다. 미치도록 단 숨이 정신을 흐트러뜨린다.

여기가 어디지. 도윤은 몸을 반쯤 일으켜 주변을 돌아보았다. 흐트러진 머리를 손으로 쓸어 올리자 펼쳐진 시야에 낯선 호텔 룸이 보였다. 성도 그랜드 호텔. 메모지에 적힌 호텔 이름을 보고 나서야 도윤은 전날의 흔적을 떠올렸다.

우진과 호텔 라운지에서 만난 것이 마지막 기억이었다. 혼자 술을 마시던 도윤은 마침 우진에게 전화가 오자 그와 만났다. 그리고 함께 술병을 기울였다. 처음에는 잘 상대해 주던 우진도 평소 같지 않은 도윤의 모습을 보고 말렸다.

"야, 그만 마셔. 너 이러다가 큰일 나겠다."

하지만 멈출 수가 없었다. 아버지를 만나고 온 날은 늘 이렇게 무너져 내렸다. 이제 완전한 성인이다. 더 이상 8살의 어린아이가 아닌데도. 한심하게.

도윤은 입술을 비틀며 술에 젖은 뇌리에서 조각난 기억을 끄집어냈다. 한참 술을 마시고, 뱉을 한숨도 바닥이 날 무렵 하연이 왔던 것 같다. 하연이 자신을 부축했고, 그녀가 손끝에 닿았다.

여성스러운 선의 손목이 그의 손에 감겼다. 바닥을 가늠하지 못할 정도로 깊은 늪에 빠진 도윤에게는 그녀의 손이 구명줄과도 같았다.

"가지 마, 신하연."

두고 가지 마. 나만 이곳에 버리지 마. 제발 곁에 있어 줘.

애원했다. 사적인 감정은 가지지 않겠다는 결심은 독한 위스키에 녹아내렸고, 그저 욕망만 남았다. 그녀의 입술을 탐했다. 뜨겁고 부드러운 입술이 제 것에 감기고, 그 안의 말캉거리는 혀에 제 혀를 거칠게 감았다. 타액이 뚝뚝 떨어져 내렸다.

서투르게, 급하게, 절박하게 그녀를 원했다.

도윤은 전날 밤의 하연의 표정이 기억나지 않았다. 거부했는지, 아니면 늘 그렇듯 그저 담담하게 받아들였을지. 뭐라고 속삭인 것도 같았다.

"선배, 제발."

그러나 그 뒤는 떠오르지 않았다. 그녀의 절박한 목소리만이 귀를 울린다.

"신하연이 날 받아들일 리가 없잖아."

기억을 더듬던 도윤의 입에서 쓴 소리가 흘러나왔다. 그럴 리가 없다. 신하연이다. 나를 좋아하지도 않고 늘 거리를 두던 그녀. 돈 때문에, 가족 때문에 나와 결혼을 하게 된 신하연.

둘의 사이가 좁아졌다고는 해도 필요에 의해서다. 어느 정도 동지애도 있었을 거고. 이모를 봤으니 동정도 섞였겠지. 그녀는 착하니까.

그래도 받아들인 것은 아니다. 사랑하는 것은 아니다. 그저 곁에 있어 준 것뿐. 그런 것뿐.

"으음……."

잠에 푹 빠져 있던 하연이 도윤의 인기척에 몸을 뒤집었다. 고운 이마 위에 잔머리가 흘러내리고, 시트가 내려가 탐스러운 가슴이 드러났다.

가슴골 사이에는 누군가가 입술로 빨아들인 듯, 붉은 자국이 남아 있었다. 쇄골에도, 어깨에도…… 욕망의 흔적이 서려 있다.

순간 뜨거웠던 밤의 기억이 뚜렷이 떠올랐다. 도윤의 단단한 손가락과는 달리 하연의 몸은 부드러웠다. 어디를 만져도 몽글몽글하고 손에 꽉 차는 느낌이 들어 만지는 것을 멈출 수 없었다.

그뿐인가. 그녀의 몸은……. 뜨겁게 제 허리를 감싸던 그녀의 다리, 붉게 물든 그녀의 뺨, 제 입술에 얽히던 부드러운 입술. 어제의 일을 되짚던 도윤의 눈이 뜨겁게 달아올랐다. 그 열망은 온몸을 스치고 지나가 허벅지 사이에 뭉근하게 맺혔다.

제기랄.

제기랄.

더러운 욕망에 몇 번이고 도윤은 욕을 삼켰다. 그녀에게 닿지 않도록 조심스레 시트를 끌어 올리고 드러난 살결을 감췄다.

도윤은 침대에서 일어나 그녀와 멀어졌다. 더는 그녀를 상처 입히지 않도록.

＊ ＊ ＊

"아야……."

하연이 눈을 뜬 것은, 해가 중천에 뜨고서였다.

몸을 뒤집은 것뿐인데, 입에서 옅은 신음이 흘러나왔다. 온몸이 마라톤이라도 달린 것처럼 욱신거렸다. 그녀는 잠에서 깨서 몽롱한 정신으로 멍하니 생각했다.

과격했어. 어젯밤은. 어젯밤이 얼마나 격렬했는지 정도는 처음인 하연조차 알 수 있었다. 아마 이런 걸 매일 하면 제대로 생활이 불가능할 거야. 그렇게 생각하며 손을 뻗었다.

눈을 뜨자마자 그녀는 전날 자신에게서 좀처럼 떨어져 나가지 않던 남자를 찾았다. 그러나 큰 사이즈의 침대에는 사람의 인기척이 없었다. 구겨진 침대 시트만이 손에 잡혔다. 온기 없는 텅 빈 공간.

"선배……."

어제 쾌락과 고통에 울부짖어 까끌까끌해진 목소리로 그를 불렀다. 그러나 그렇게 찾던 도윤의 목소리는 자신의 옆이 아닌, 방 한 구석에서 들려왔다.

"깼어?"

"아, 네."

하연은 도윤이 있는 곳으로 눈을 돌렸다. 분명 마지막으로 봤을 때는 전라였던 단단한 몸은 어느새 단정하게 옷을 입고 있었다. 클리닝을 맡긴 걸까. 어제 엉망진창으로 구겨졌던 셔츠는 주름 하나 없었다. 어쩌면 새것일지도 모른다. 멍하니 그런 생각을 하는 하연에게 자리에 앉아 있던 그가 몸을 일으켜 다가오며 입을 열었다.

"아프지는."

그가 마른침을 삼켰다. 그리고 말을 다시 이었다.

"아프지는 않아?"

그는 어디까지 기억하고 있을까? 차분하게 가라앉은 그의 눈동자에서는 아무런 감정도 읽어 낼 수가 없었다.

"조금."

처음이라 모든 것이 서툴렀다. 몸이 욱신욱신 쑤셔 왔지만 그래도 생각보다 참을 만했다. 그는 말없이 그녀를 바라보았다. 어젯밤의 고통스러워 보이는 얼굴과는 또 다른 통증이 도윤의 얼굴 위로 일순간 스쳐 지나간다.

하연은 그가 오해할까 싶어 서둘러 고개를 흔들며 몸을 일으켰다.

시트를 꼭 쥔 채 햇살 속에 드러난 몸을 감추면서 말을 이었다.

"근육통이에요."

"……."

"큰일은 아니에요."

그러나 그는 여전히 말이 없었다. 침대 곁에 다가온 그가 옷걸이에 걸려 있는 옷을 하연에게 내밀었다. 약간 멀찍이 떨어진 채.

"세탁해 오라 했어. 지금 입겠어?"

그의 말투가 평소와 달리 부드럽고 노곤했다.

"네."

"아침은? 뭐 좀 시키는 게 좋을까."

선배랑 아침 식사. 그것도 좋았다. 하연은 그와 함께 시간을 보내고 싶어 고개를 끄덕였다.

"아무거나 괜찮아요. 대충 시켜 주세요."

그가 전화를 들어 음식을 주문했다. 그의 시선이 자신의 몸에서 살짝 비껴간 동안, 우선 급하게 티셔츠를 맨몸에 걸쳤다. 전화를 끝낸 도윤이 고개를 돌려 뒤에서 바스락거리는 하연을 확인한 뒤, 눈을 돌렸다.

"천천히 입어. 난 나갈 테니."

"아, 아니에요."

어제는 그렇게 그녀의 맨살을 탐하던 그가 이제는 슬쩍 보인 속살에도 거북해하고 있었다. 어젯밤은 1mm의 틈도 없이 밀착되어 있었는데. 그와의 거리가 꽤 멀게 느껴졌다. 어제는 그렇게 뜨겁던 그의 목소리도 서늘하게 식었고.

혹시 기억이 나지 않는 걸까. 아니면, 모든 게 기억이 나고 후회하는 걸까. 나랑 그런 일을 해 버린 것을. 술에 취해 안았지만, 모든 것이 싫어졌는지도 모른다.

하연은 서둘러 옷을 갈아입었다. 어떻게 이렇게 빨리 세탁이 끝난 것인지, 그녀의 옷은 빳빳하게 풀까지 먹혀 있었다. 옷을 갈아입고 나서야, 그의 눈길이 다시 하연을 향했다.

미간에 깊은 주름이 보인다.

"선배."

하연은 입술을 달싹였다. 진실을 알아보기 위해 더듬더듬 말을 내뱉었다.

"어제…… 기억 안 나세요? 너무 취하셔서."

매도 먼저 맞는 게 낫다고, 생각만 하다가 불안감에 잠식될 것 같아 질문을 던졌다. 하연의 질문에 도윤은 고개를 저었다.

"확실하진 않지만, 기억나. 어제 우진이가 너를 불렀지?"

고개를 끄덕이자, 도윤이 낮은 목소리로 중얼거렸다.

"우진이가 쓸데없는 짓을 했네."

"우진 오빠가 걱정해서요."

혹시 불똥이 우진에게 튈까 봐 하연은 서둘러 말을 이었다.

"이 방도 우진 오빠가 잡아 주신 거예요."

"그래, 기억이 나."

"그다음 일도 기억이 나세요?"

하연의 질문에 도윤의 짙은 눈동자가 그녀를 향했다. 결코, 떨릴 일 없던 속눈썹이 파르르 떨린다. 입가 역시 비틀려 있다.

"응. 근데, 다 기억이 나는데 네 표정이 기억나지 않아."

그의 시선이 붉어진 그녀의 입술을 훑었다.

"혹시 내가 널 억지로 범했나?"

"아뇨. 선배."

도윤의 말의 의도를 깨닫고 하연은 서둘러 고개를 흔들었다. 그의 입술은 거칠었지만, 손길은 한없이 부드러웠다. 그를 더 원하고 받아들인 것은 자신이었다. 닿는 모든 부분이 짜릿했다.

그런데 억지로라니.

"그럴 리가요."

"거짓말하는 것 아니야?"

"아뇨. 제가 왜 그런 거짓말을 하나요."

"날 감싸 주려고 그럴 수도."

그래서 저렇게 어두운 표정을 하고 있던 걸까. 도윤은 자기 자신에 대해 잘 모르는 것 같았다. 그가 억지로 누구를 범할 사람이던가.

"말도 안 되는 소리예요."

"근데 왜."

도윤이 말을 탁 뱉었다.

"근데 왜 도망치지 않았지?"

좋았으니까.

스르륵. 말이 흘러나올 뻔했다. 하연은 아차 싶어 입술을 깨물었다. 어제 터진 점막에서 비릿한 피 냄새가 풍겼다.

아직은 감정이 무르익지 않았다. 도윤의 마음은 이제 조금밖에 열리지 않았다. 몸이 닿았다고 다 열렸다고 생각할 정도로 하연은 순진하지 않았다.

그녀가 대답이 없자, 도윤이 말을 이었다.

"우리 계약에 그런 것까지 들어 있는 건 아니었어. 참을 필요 없었어."

"전……."

하연은 용기를 내 입을 열었다.

"그런 것까지 들어 있다고 생각했어요."

선배의 몸부터 마음까지, 언젠가 다 훔쳐 올 거예요. 그 말은 차마 하지 못했다.

"그리고 싫어서 참은 적도 없고요. 부부라면, 보통 응당 해야 할 일 아닌가요?"

그 말에 도윤의 눈이 조금 커졌다.

"진심이야?"

"네."

하연의 다부진 대답에 도윤이 다시 한번 앞으로 발을 디뎠다. 그가 옷을 갈아입고 침대 매트리스 끝에 앉아 있는 하연을 향해 다가왔다. 몸을 숙인 그의 얼굴이 하연의 얼굴 바로 앞에 있었다. 그의 강렬한 눈빛이 쏟아진다.

"이런 걸……."

그의 입술이 더 다가와, 조금만 움직이면 하연과 닿을 정도로 가까운 거리에서 속삭인다. 어제 그녀를 농락했던 혀가 그 자신의 아랫입술을 핥는다. 곧 그녀의 입술을 덮칠 것처럼 위협적이었다.

"결혼하고 이런 걸, 매일 할 생각이라고?"

농도 짙은 도윤의 질문에 하연은 고개를 끄덕였다. 하연의 머리가 앞으로 스르륵 쏟아져 내린다. 그 머리카락이 도윤의 얼굴을 간지럽힐 정도로 둘은 가까웠다.

그는 똑바로 하연을 바라봤다. 과연, 그녀의 말이 진심일까.

"네. 전 그런 줄 알았어요."

하연의 목소리는 한없이 해맑았다.

"부부니까요."

"하지만 앞으로 이렇게 취하고 정신없이 구는 일은 없을 거야."

"왜요?"

난 좋았는데. 선배가 어리광을 부리는 것 같아서 난 조금 기뻤는데.

그와 손끝이라도 닿았으면 했던 적이 있었다. 그런 마음을 품었던 것은 비단 하연만은 아닐 것이다.

하지만 도윤은 누구의 접근도 용납하지 않았다. 술자리에서도 그랬다. 술을 잘 마시는 그였지만, 절대로 취할 때까지 마신 적은 없었다. 대학생 때, 누구나 술에 취해 흐느적대던 그 철없던 시절에도 그는 늘 선을 지켰다.

그랬던 그가…… 술에 젖어 하연의 이름을 불렀다. 그녀에게 기댔다.

"술 마시는 건 나쁜 게 아니잖아요."

"……."

"절 너무 어렵게 생각하지 말아 주셨으면 해요. 선배가 힘들 때, 앞으로 부르는 게 우진 오빠나 다른 사람이 아닌."

하연은 잠시 입술을 달싹이다가 말을 이었다.

"저였으면 좋겠어요."

어제 무슨 일이 있었나요? 왜 그렇게 힘들어했나요. 선배가 아플 때, 제가 옆에 있을게요. 터질 때까지 자신의 입술을 짓씹지 말고, 나에게 와요. 손끝이 문드러질 정도로 바이올린을 켜지 말고, 제게 말해 줘요. 미안하다 소리는 말아요.

"시한부래도, 부부는 부부잖아요."

도윤은 하연의 말에 대답이 없었다. 그래서 하연은 가만히 그를 응시했다. 오랫동안 그랬듯이, 그를 바라만 보았다.

미친 걸까. 그에게 같이 매일 밤을 보내자고 하고, 그리고 언제든 자신에게 오라고 했다. 하연답지 않은 당돌한 유혹이었다.

미친 게 틀림없어. 그렇지만 하연은 그런 미친 자신이 싫지 않았다.

＊ ＊ ＊

"하연 씨! 무슨 생각 중이야?"

"네?"

월요일 11시 반. 정신없던 주말을 보내고 회사에 나와서인지, 오늘 하연의 집중력은 평소보다도 흐릿했다. 일을 하다가도 손이 멈추고, 또 허공을 바라보며 멍해졌다. 그런 하연이 이상했는지, 옆자리에 앉은 이 대리가 물었다.

"하연 씨, 피곤해 보이네."

"아, 이 대리님. 아무것도 아니에요. 월요일이라 그런가 봐요."

"졸리지?"

그러면서 이 대리는 키득거렸다.

"나도 너무 졸려. 남편이 무슨 순천만이 좋다는 이야기를 듣고 와 가지고, 거기를 당일치기로 다녀왔지 뭐야. 순천이 난 그렇게 먼지 이번에 가 보고 처음 알았어. 대부분 시간을 차에서 보냈다니까. 조르지만 않았어도 집에서 편히 보내는 건데."

이 대리는 4개월 전에 결혼한 신혼이었다. 그녀의 남편은 같은 회사 다른 부서의 직원, 다름 아닌 도윤의 수행 비서인 하 비서였다.

"우리 남편은 왜 주말마다 그렇게 돌아다니는지 모르겠어. 평소에도 일이 많아 피곤하면서."

"하 비서님이 그런 캐릭터이신 줄은 몰랐어요."

도윤의 옆에 서 있을 때는, 서늘한 도윤의 영향을 받아서인지 차분하고 냉정해 보이는 그였다. 대리님이랑 있으면 다르구나. 돌아다니는 것을 좋아하고 놀러 가자고 조르다니. 하긴, 입사 초기 때부터 사귀셨던 오랜 연인 사이니 마음을 서로 놓고 지내시겠지.

"부러워요. 사이 좋아 보이셔서."

"부럽긴 뭐……."

이 대리가 갑작스러운 칭찬에 창피한지, 입술을 실룩이면서 눈동자를 굴렸다. 그러다가 문득, 그녀의 시선이 하연의 손가락에 닿았다. 왼손 네 번째 손가락, 그 손가락에는 도윤이 선물한 커다란 약혼반지가 끼워져 있었다.

"하연 씨, 그거 뭐야?"

"네?"

순간, 하연이 손을 움츠렸지만 이미 이 대리의 눈은 크고 반짝이는 보석에 닿았다. 눈을 크게 깜빡거리다가 벌떡 이 대리가 자리에서 일어났다.

"어머, 어쩌지. 우리 커피 마시러 가자. 응? 내가 쏠게. 딱, 졸음쫓아야 할 시간이네."

누가 봐도 연인에게서 받은 것으로 보이는 반지에 흥분한 이 대리가 하연을 끌고 휴게실로 갔다.

"무슨 일이야? 하연 씨, 결혼해?"

직설적인 이 대리답게 커피 자판기에 동전을 넣기도 전, 숨도 참지 않고 물었다.

"선물 받은 거지? 어디 말해 봐."

"아, 저…… 네. 결혼하게 됐어요."

어차피 곧 이루어질 결혼이었다. 하연은 이제 다른 이들에게 숨기지 않기로 했다. 애초에 도윤의 이모님은 회사 곳곳에 아는 이들이 있으니, 소문이 널리 퍼지는 게 그녀를 안심시켜 줄 또 하나의 방법이 아닐까 싶기도 했다. 그래서 당연한 듯 말을 꺼냈다.

"정말? 진짜? 하연 씨 남자 친구 있어?"

"아. 네."

"티도 안 내고 어떻게 그렇게 사귀었대? 나는 회사에서 맨날 늦게까지 있길래 남자 친구 없는 줄. 어머, 어머. 어떤 사람일까?"

이 대리는 놀라 소리를 뱉어 내다가, 순간 손바닥을 앞으로 내밀었다.

"아냐, 말하지 말아 봐. 혹시 내가 아는 사람이야?"

"네."

하연은 어색하게 웃으며 머리를 쓸어 올렸다. 드러난 목덜미에 토요일 밤, 도윤이 입술로 남겨 놓은 키스 마크가 은은하게 배어 있었다. 이 대리가 그것을 보고 마른침을 꿀꺽 삼켰다.

"내가 아는 사람이라고? 우리 부서는 아니지? 아니? 아니면, 아니……."

완전히 당황한 듯 그녀가 눈을 데굴데굴 굴리다가, 다시 입을 열었다.

"설마…… 이사님……? 우리 이사님이야?"

하 비서의 오랜 연인이었던 이 대리는 도윤과 하연이 대학 선후배 관계라는 점도 잘 알았다.

"우리 회사 차도윤 이사님?"

하지만 어떻게 결혼한다는 것까지 한 번에 알아챘을까.

"어떻게 아셨어요?"

하연의 질문에 이 대리의 입술이 반쯤 벌어졌다. 곱게 립스틱을 칠한 입술이 바들거렸다.

"대박. 웬일이야."

"……."

"대박일세. 아니, 아, 의심될 때도 있었지. 그래도, 와 대박이네. 벌써 사귀는 줄은 몰랐어. 그리고 결혼을 이렇게 빨리할 줄은 더더욱 몰랐거든."

의심? 하연은 가끔 이 대리와 함께 회사 로비에서 도윤과 마주친 적이 있었다. 그럴 때마다 간단한 인사를 나누곤 했는데, 혹시 그 짧은 순간에 하연이 그를 바라보는 시선에서 그녀가 눈치챈 건 아닐까? 하연이 조심스레 물었다.

"어떻게 아셨어요?"

"어, 약간. 뭐라고 하지……."

이 대리가 고개를 갸웃거렸다.

"응, 좋아하는 것 같아서."

"제가요?"

"아니. 이사님이 하연 씨를 보는 눈이 되게 이상했어. 뜨겁다고 해야 하나. 하연 씨 뒷모습을 좇는? 그런 시선을 보고 좀 의심이 되더라고. 그래서 이사님이 하연 씨한테 관심이 있으신가…… 했지."

그러고는 이 대리는 손뼉을 짝짝 쳤다.

"역시, 맞았구나. 이사님이 하연 씨 좋아하는 거."

"그런 거 아니……."

아니에요. 그럴 리가 없었다. 그가 먼저 하연을 뜨거운 눈으로 바라볼 리가. 하지만 대번 반박하기도 어려웠다. 결혼하기로 이미 되어 있는 상황에.

"제가 먼저 좋아한 거예요. 이사님은 처음에는…… 저한테 관심도 없으셨는데."

"응, 아니야."

이 대리가 딱 잘라 말했다.

"나 감 되게 좋아. 예전부터 본인도 모르는 마음 내가 먼저 탁탁 잡아냈다고. 우리 팀 김재영 씨랑 서 차장님이랑 사귀는 것도 내가 제일 먼저 알았잖아."

음흉하게 웃으면서 이 대리가 말을 이었다.

"그동안 이사님 뭔가 이질감이 들었어. 하연 씨가 있는 자리면 이렇게."

이 대리가 하연을 향해 자신의 미간 사이를 찌푸려 보였다.

"인상을 쓰고, 하연 씨를 빤히 바라보더라니까? 그 눈빛이 뭔가 아주 야릇했단 말이야."

이 대리의 말에 하연은 잠시 그녀의 얼굴을 바라보다가 살짝 웃었다. 그럴 리가 없지. 좋게 말해 주시려는구나. 사귀고 있고, 결혼한다고 말을 한 이 시점에 절대 아니라고 극구 부인하는 것도 이상했다. 하연은 고개를 끄덕였다.

"그랬나요? 하하."

"응, 정말. 야, 나 정말 감 좋네. 내 눈에 안 걸린 사내 연애 커플 없거든. 사랑하면 다 티가 나니까. 기침과 사랑은 숨길 수 없는 거라잖아."

그렇게 말하며 이 대리는 배시시 웃었다. 그때, 하연의 정장 재킷 속에 들어 있던 핸드폰 진동이 울렸다.

"앗, 잠시만요. 전화가."

하연은 손을 집어넣어 주머니 속의 전화를 꺼내 들었다. 전화기에는 누군가의 이름이 아닌, 처음 보는 번호가 떠 있었다. 누구지. [통화] 버튼을 누르고, 귀에 대자 또랑또랑한 목소리가 들려왔다.

-신하연 씨인가요?

"네, 맞습니다만."

-최수빈이에요.

대뜸 들려온 이름. 최수빈이 누군데? 아는 사람이던가? 혹시 업무 관계된 사람? 순간 당황해 입술이 멎었다.

사람을 잘 기억하는 하연이었지만, 최수빈이라는 이름은 뇌리에 없었다. 하지만 누구냐고 되묻기엔, 상대방이 응당 자신을 알 거라 생각하고 말하는 것 같아 망설여졌다.

하연이 망설이고 있을 때쯤, 전화 건너편 그녀가 말을 이었다.

-곧 점심시간이죠?

"네, 그런데."

-잠깐 보죠. 지금 회사 앞 카페, 말레에 있으니까.

그 말이 당돌했다.

* * *

하연은 이 대리에게 먼저 점심을 먹으러 나간다고 말을 하고, 자리로 돌아갔다. 혹시 몰라 평소 일과와 명함을 잘 분류해 놓은 수첩을 열었다.

수첩을 뒤져 봐도, 핸드폰 전화 기록부를 확인해도 최수빈이란 이름도, 010-3423-XXXX란 번호도 없었다.

누굴까. 가지 말까. 고민하던 그녀는 인터넷에 혹시나 싶어 최수빈이란 이름을 검색해 보았다. 하연의 눈에 이색적인 기사가 떴다.

[재계 10위의 산진 그룹 최태후 회장의 독녀, 최수빈 양이 25살이라는 나이로 산진 전자의 상무 이사로 발령이 났다.

재계 안팎에서는 2세라고는 해도 파격적인 인사라는 평가가 흘러나오고 있다.]

기사에는 아직 어린 티가 서려 있지만 당당한 눈을 한 여자의 증명사진도 나와 있었다.

"이 사람이 나에게 연락할 이유는 없겠지? 설마."

그럼 이 최수빈이 아니라면 도대체 나에게 전화를 건 최수빈은 누구일까. 만나기로 한 장소로 향하며, 하연은 곰곰이 생각에 젖었다.

카페가 시야에 들어온 그때. 한가한 카페테라스에 앉은 한 여자가 보였다. 어딜 가도 눈에 띌 듯한 빨간색 원피스 위로 검은 생머리가 내려앉았다.

햇빛에 티끌 하나 없는 투명한 피부가 반짝였다. 앉아서 커피를 홀짝 마시던 그녀의 눈과 마주친 순간, 하연은 깨달았다. 저기 있는 여자가 아까 기사에서 봤던 산진 그룹 최태후 회장의 딸, 최수빈이라는 것을.

"조금 늦었네요."

먼저 입을 연 것은 수빈이었다. 하연이 마치 만나기로 한 약속을 지키지 못한 것 같은 말투였다.

"업무가 남아 있어서요."

"아아, 뭐, 괜찮아요. 오늘은 나도 한가하니까."

하연보다 5살은 어릴 듯한 여자였다. 재벌 회장의 딸이건, 재벌 회장의 할머니이건 초면인 하연에게 말하는 투가 심히 건방졌다.

싫다. 싫은 사람이야. 만난 지 이제 고작 1분이지만 본능적으로 그녀에 대한 반감이 들었다.

"처음 뵙습니다. 죄송한데, 절 왜 보자고 하셨죠?"

이야기나 들어 보자. 하연의 질문에 수빈은 돌려 말하지 않고 직설적으로 입을 열었다.

"차도윤 씨가 결혼한다는 이야기가 떠돌던데."

역시나. 재벌가의 자녀가 자신을 만나러 올 일은 그것밖에 없었다. 하연은 말을 잇지 않고 차분히 다음 말을 기다렸다.

"도윤 씨와 결혼하는 상대가 같은 회사의 별거 없는 대리라고 하던데 내 말이 맞나요?"

"네. 맞네요."

별거 없는 대리가 날 뜻하는 거라면, 그래, 맞아.

"그게 당신이라고?"

그녀의 시선이 하연의 얼굴과 몸을 훑었다.

"네. 그런데 제가 차도윤 씨랑 결혼하는 것과 최수빈 씨가 무슨 상관인지 모르겠네요."

하연의 흔들림 없는 말에 수빈이 짜증 섞인 목소리로 답했다.

"왜 상관이 없지?"

"……."

"나, 최수빈이라고요. 차도윤의 약혼녀."

"약혼녀요?"

순간 하연은 말을 잊었다. 눈앞에 있는 여자의 말이 잘 와닿지 않았다.

"한국말 못 알아들어요? 차도윤 씨 약혼녀예요, 내가."

"……."

"어렸을 때부터, 도윤 씨 집안에서는 나와 도윤 씨가 결혼하는 것을 정해 놓고 있었어요. 지금까지 우리가 결혼을 안 한 이유는……."

그녀가 다리를 꼰 채 발끝을 까닥이며 말을 이었다.

"내가 너무 어렸거든. 얼마 전까지 학생이었기 때문에 결혼이 적당하지 않다고 생각한 거죠. 하지만 이제는 회사에도 취직했고, 자리도 잡았으니 슬슬 결혼할 때가 됐죠."

사는 세상이 다른 도윤과 결혼하면 별일이 다 일어나리라 생각해 왔다. 네까짓 게 어디 차도윤을 만나냐며 혼내는 부모님이라든지, 드라마에서 보듯 돈다발을 내미는 비서라든지. 그런데 설마 평생 여자를 돌과 같이 봤던 도윤에게서 약혼녀가 튀어나올 줄은 꿈에도 몰랐다. 참 재밌는 일이었다.

하연은 허벅지 위에 올린 두 주먹을 살짝 쥐고 한숨과 같이 말을 내뱉었다.

"그렇군요."

처음 수빈이 약혼녀라고 말했을 때 얼굴에 순간 당황의 흔적이 지나간 것 말고는 하연의 표정은 고요했다.

"그런데 저에게 어떤 볼일이신지 모르겠네요."

놀란 것은 수빈이었다.

"뭐요?"

"차도윤의 약혼녀, 최수빈 씨가 저에게 어떤 볼일이신지 물었습니다만."

"내가 약혼녀라는데 안 놀라요?"

"놀랐어요."

하연도 놀랐다. 도윤에게 약혼자가 있는 사실 자체는 이해할 수 있었다. 재벌에 대해서 잘 모르는 하연도 드라마는 본다. 티브이 드라마에서 보는 재벌들은, 신문에 나오는 재벌들은 도저히 일반인인 그녀로서는 이해할 수 없는 일을 많이도 했다.

그러나 하연이 놀란 것은, 재벌인 도윤에게 약혼녀가 있다는 사실보다 지금 자신에게 찾아온 수빈처럼 그와 적극적으로 결혼하고 싫어 하는 여자가 있었다는 것이었다.

그는 왜 다른 결혼할 여자를 찾은 걸까. 왜 하연, 자신과 결혼한다고 한 걸까. 이렇게 그와 결혼할 준비가 된 여자가 있었다면, 그냥 그녀와 했으면 될 일이다. 그게 이해가 되지 않았다.

"놀랐습니다. 차도윤 씨에게 약혼녀가 있는 것을 보고요."

"그런데 왜 그렇게 태연해. 아니, 이 여자 뭐 이래?"

수빈의 얼굴이 붉게 달아올랐다. 하지만 그녀의 분노에 어떻게 대처하는 것이 맞는지 하연으로서는 알 수가 없었다. 차도윤 씨 약혼녀라고 하면, 자신이 울면서 뛰쳐나가기를 바란 것일까.

도윤 씨에게 다른 여자가 있을 리가 없다고 울부짖기라도 할 줄 알았나.

"근데, 아니, 당신이 그 결혼한다는 여자 아니야?"

"맞아요."

하연은 살짝 고개를 기울이고, 말을 이었다.

"제가 차도윤 씨랑 결혼하는 여자예요. 근데 최수빈 씨가 저한테 무슨 일인가 물었어요."

"아니, 아니, 뭐 이런 사람이 다 있어."

"정말 몰라서 그래요. 제게 무슨 용무이신지."

수빈의 입술이 파르르 떨렸다. 화장으로도 숨길 수 없는 열기가 그녀의 귀를 빨갛게 했다. 입술을 잘근잘근 씹던 수빈이 말을 내뱉었다.

"그러니까, 어렸을 때부터 우리는 결혼하기로 되어 있었고, 결혼을 할 거야. 당신이 끼어들 자리는 없다는 거고."

"……."

"그래, 잠깐 쇼하는 거야. 오빠가 당신 같은 여자와 결혼할 리 없어. 당신처럼 약혼녀가 있는 남자를 뺏으려는, 아무것도 없고, 초라한 여자랑. 그럴 리가 없잖아. 아직도 모르겠어요?"

수빈의 말은 점점 빨라지고, 목소리는 점점 커졌다. 수빈은 점점 더 절박해져 갔다. 그제야 하연은 이 자리가 왜 만들어진 것인지 이해가 갔다.

수빈은 어렸을 때부터 그의 약혼녀 자리를 차지하기는 했지만, 그의 마음을 한 번도 차지한 적은 없었던 거다. 도윤의 마음을 손에 넣은 적도 없고, 그의 시선에 닿은 적도 없을 것이다. 하지만……

내가 어려서. 어려서 그런 걸 거야. 그렇게 생각했겠지. 때가 되면 당연히 도윤의 옆자리는 자신의 것으로 생각했을 터. 그런데 자신 같은 초라한 여자가 나타나 뺏으려고 하니 화가 나고 분해서 견딜 수가 없겠지.

최수빈이라는 여자는, 하연 자신과 똑 닮아 있었다. 그녀를 이해했다. 그녀를 동정했다. 저만큼, 혹은 저보다 길게 가망 없는 사랑에 매달렸을 여자가 가여웠다. 다른 방도도 없어 좋아하는 남자의 결혼 상대에게 나타나 이렇게 화를 내는 게 할 수 있는 일의 전부일 여자가.

하지만 하연 역시 물러설 자리가 없었다. 그리고 갑자기 이렇게 찾아온 무례를 저지른 상대에게 예의를 차릴 필요도 없고. 하연은 천천히 숨을 고르고 말을 시작했다.

"그렇게 화를 내셔도, 저와 결혼한다고 한 건 차도윤 씨예요. 도윤 씨 부모님 말고, 도윤 씨가 한 번이라도 수빈 씨에게 결혼하자한 적이 있었나요?"

이번에 말이 없어진 것은 수빈이었다. 하연이 말을 이었다.

"한 번이라도 수빈 씨에게 도윤 씨가 좋아한다 한 적 있었나요?"

"……"

"부모님들 간의 협의 외에, 도윤 씨가 수빈 씨에게 마음을 준 적 있었나요?"

아니겠지.

"나는 누구도 사랑할 수 없고, 사랑받을 자격도 없어."

어느 날 밤 했던 도윤의 말이 하연의 뇌리에 떠올랐다. 그 말에는 고통과 분노가 어려 있었다. 그런 도윤이 그녀를 좋아했을 리도 없고, 그런 그가 헛된 희망을 어린 수빈에게 심어 줬을 리도 없다. 지금만 해도, 그들이 계약 관계라는 것을 시시때때로 하연에게 떠올리게 하는 그였다.

날 사랑해서는 안 돼. 내가 널 사랑하게 돼서는 안 돼. 그렇게 새기고 또 새기는, 혹시라도 어떤 희망을 하연이 볼까 봐 조심하는 그였다. 그가 쉽게 누군가에게 희망을 줄 리가 없었다.

하연은 왜 그가 수빈과 결혼해서 행복한 가정을 꾸리고, 이모에게 보여 주지 않았는지 이제야 알 것 같았다. 처음 만난 하연이 눈치챌 만큼, 수빈은 그에 대한 연정을 드러내고 있었다. 저를 사랑하는 여자와 결혼했다가 상처를 줄까 봐 그는 수빈과 결혼하지 않았구나.

차분한 하연의 말에 수빈의 발끝은 허공에서 흔들렸다. 달달달달, 그녀의 발끝이 테이블의 다리를 툭툭 차면서 나는 소리가 울려 퍼졌다. 하연이 머리카락을 쓸어 올리며 그런 수빈을 바라보았다.

"지금 여기 저를 만나러 오신 것도, 차도윤 씨가 만나 주지 않기 때문에 오신 것은 아닌가요?"

"뭐?"

결국 붉으락푸르락하게 얼굴색이 변한 수빈이 폭발했다.

"불륜녀 주제에."

꼬았던 다리가 풀어지고 당장이라도 주먹을 휘두를 기세였다.

"약혼녀가 있는 남자를 뺏어 가고, 그게 불륜녀가 아니면 뭐야? 도윤 씨가 너랑 결혼하려는 이유는 사랑해서가 아니야. 너, 그거 알고는 있는 거야?"

우습게도, 알고 있었다. 하연의 입술에 은은한 미소가 맺히자, 수빈의 분노는 더욱 치솟았다.

"이게 사랑 같아? 어? 그냥 네가 쉬워서 그런 거야."

분노가 쏟아져 내렸다. 어쩌면 그녀는 하연이 "약혼녀가 있는 줄은 몰랐어요. 죄송해요." 하고 울기를 바랐을지도 모른다. 하지만 하연의 흔들림 없는 표정은 수빈의 화를 돋웠다.

"네가 쉬워서, 너 같은 여자는 쉬워서. 조금만 꼬시고, 유혹하면 넘어올 줄 알아서 그런 거지. 오빠가 너랑 왜 결혼하려는지 알아? 회장님이 나랑 결혼하라고 그러셔서 그런 거야. 지금……."

하연은 자신에게 못된 말을 쏟아내는 그녀를 이해했다. 그러나 동시에 화가 났다.

"아버지에게 반항하려고 너란 여자, 상처를 받는 것은 상관도 없이 이용하는 거라고."

고요하던 하연의 얼굴에 분노가 일었다. 다른 건 몰라도, 선배를 그렇게 말하는 것은 용서 못 해.

불륜녀건, 별 볼 일 없는 여자라고 하건 상관없었다. 하연은 자신을 욕하는 건 얼마든지 참을 수 있었다. 하지만 도윤 선배만큼은 안 돼.

고작 아버지에게 반항하기 위해 다른 여자를 이용할 남자가 아니다. 아프신 이모님이 아니었으면, 결코 이런 연극을 꾸미지 않았을 남자다. 자기 자신이 상처를 받더라도, 남에게 상처는 절대로 주지 않을 남자다.

최수빈, 당신을 위해 일부러 마음 한 조각 나눠 주지 않을 정도로 섬세한 사람이다.

"최수빈 씨. 말조심해요."

"뭐?"

"말조심하라고요. 해도 되는 말, 아닌 말이 있으니까."

일렁이는 하연의 말에 수빈은 숨을 씩씩거렸다. 이렇게까지 유치해질 생각은 없었는데. 하연 역시 분노로 인해 차분한 가면이 조금씩 녹아내렸다.

지금까지 허벅지 위에 놓았던 왼손을 들어 올려 테이블 위에 놓았다. 수빈의 앞에 들어 보인 하연의 손에는 도윤이 손수 고른 반지가 끼워져 있었다. 햇빛에 반지가 영롱하게 반짝였다.

"어떻게 최수빈 씨가 주장하시든, 차도윤 씨가 반지를 준 건 보잘것없고 초라한 나예요. 잘난 최수빈 씨가 아니라."

수빈이 믿을 수 없다는 표정으로 하연의 손을 바라보았다.

"최수빈 씨가 원하든 원하지 않든, 우리는 곧 결혼할 겁니다. 신혼집도 구했고요."

"뭐?"

"저한테 와서 화내셔서 분이 풀린다면, 얼마든지 그래도 좋아요. 하지만 달라질 건 없어요. 정 상황을 달라지게 하고 싶으시면……."

하연은 숨을 크게 들이마셨다. 누군가에게 차가운 말을 하는 것, 누군가에게 상처를 주는 것은 하연에게는 낯선 일이었다.

"차도윤 씨에게 가서 말해 보세요. 저 말고요."

"말이면 다야, 지금?"

촤악!

수빈이 소리를 지르며 제 앞에 놓였던 유리잔을 들어 하연에게 뿌렸다. 순간 딱딱한 얼음들과 액체가 말을 하는 하연의 얼굴 위에 흩뿌려졌다.

"아, 진짜⋯⋯."

하연의 입에서 처음으로 짜증 섞인 말이 나왔다. 물을 맞을지도 모른다는 생각은 했으나, 수빈이 뿌린 것은 물이 아니라 그녀가 조금 전까지 빨아 마시던 아이스 라테였다. 갈색의 커피 얼룩이 하얀 블라우스에 스며들고, 차가운 얼음들이 하연의 옷 속으로 비집고 들어왔다.

"뿌릴 거면 물을 뿌리지."

점심시간이다. 회사에 들어가 봐야 하는데. 이런 꼴로⋯⋯. 한숨 서린 하연의 말에 수빈은 벌떡 일어났다.

"아직도 이 여자가 정신을 못 차렸네. 야, 너, 지금 그런 말이 나와?"

수빈이 일어선 상태로 팔을 휘둘렀다.

맞는다. 저보다 마른 수빈이었지만, 분노에 차서 휘두르는 그녀의 주먹에 하연은 순간 몸을 움츠렸다. 그러나 그 주먹이 하연에게 닿는 일은 없었다.

탁.

수빈의 얇은 손목을 남자의 강인한 손이 움켜쥐었다. 낮고 진한 목소리가 울려 퍼졌다.

"여기서 뭐 하고 있는 거지?"

짐승이 공격하기 전에 으르렁대는 것처럼 싸늘한 소리. 날아온 손목을 잡은 것은 도윤이었다.

"도윤 오빠."

조금 전까지, 펄펄 뛰고 있던 수빈의 목소리가 툭 떨어졌다. 그를 올려다보는 눈동자가 흔들리는 것을 보아하니, 퍽 당황한 모양이었다.

"오빠, 여기는 어떻게 알고 왔어?"

그렇게 말을 내뱉다가, 곧 그녀의 눈동자가 하연을 향했다. 네가 불렀지? 그렇게 말하는 듯한 눈빛. 그러나 수빈만큼이나, 아니 그녀 이상으로 놀란 것은 하연이었다.

회사에서 가장 가까운 카페이기는 했지만, 어떻게 이 타이밍에 그가 나타난 것인지 알 수가 없었다. 수빈이 부른 것은 아닐 것이고, 물론 하연도 그에게 연락하지 않았다. 그러나 하연은 수빈의 오해를 풀어 줄 생각은 없었다.

그녀의 눈에 자신이 조금 비열해 보일지언정 지금은 그저 그가 와 줘서 순수하게 기뻤다.

그가 조금만 늦었더라면 그녀의 날카로운 손톱이 하연에게 박혀 들었을 수도 있다. 먹던 카페 라테를 사정없이 뿌린 것을 보면, 그 이상 하고도 남을 사람이었다.

"내가 먼저 물었어. 여기서 뭘 하고 있는 거야?"

도윤의 말에 수빈의 속눈썹이 파르르 떨렸다.

"이상한 소문이 퍼지길래 와 봤어."

그 말에 도윤이 눈썹을 쓱 추켜세웠다.

"이상한 소문?"

"오빠가 결혼한다는 소문."

난 또 뭐라고. 도윤이 어깨를 으쓱했다.

"이상한 소문 아니고, 사실이야."

도윤의 입에서 나온 긍정에, 수빈의 다리가 흔들렸다.

충격이겠지. 다른 사람도 아니고, 그의 입에서 나온 말은 받아들일 수밖에 없다. 실낱같이 얇은 그녀의 희망을 툭, 끊어 버렸다.

"왜……. 말도 안 하고. 아니, 말도 안 돼. 그럴 리가."

"내가 너에게 말해 줘야 할 이유가 있나?"

도윤이 잡고 있던 수빈의 손목을 툭 놓았다.

"오빠, 우리는."

"그 전에, 네가 왜 여기 와서 행패인지 모르겠다."

도윤의 눈이 수빈을 비껴, 아직 자리에 앉아 있는 하연에게 닿았다. 그녀에게서 갈색의 커피 방울이 흘러내리는 것을 보고 그의 입술이 비틀렸다.

"네가 저런 거야?"

"……."

"네가 저런 거냐고."

"……그래. 그 정도는 할 수 있잖아? 나에게 그 정도 권리는 있다고 봐."

그렇게 말하던 수빈의 입술이 멎었다. 순간, 도윤의 칼날과도 같은 날카로운 눈빛이 그녀에게 꽂혔다. 도윤은 주먹을 꽉 움켜쥔 채, 잠시 숨을 몰아쉬다가 이를 악물고 웅얼거렸다.

"너한테 무슨 권리가 있는지는 모르겠는데."

"……."

"다시."

"……."

"만약 다시 우리 하연이 건드렸다가는, 가만 안 둬. 수빈이 너라도 가만두지 않겠다는 말이야. 아니."

분노로 가득 찬 목소리.

"누구라도 가만 안 둬."

얼어 버린 수빈을 스쳐 지나간 도윤의 시선이 고개를 숙여 하연에게로 향했다.

"가자. 차 세워 놨어."

하연의 손목을 그가 그러쥐었다. 조금 전과는 달리, 새털과도 같이 부드러운 손길로.

＊ ＊ ＊

도윤은 하연과 함께 차에 탔다. 타자마자 차에 있던 휴지를 뽑아 그녀에게 건넸다.

"괜찮아?"

"네. 괜찮아요."

하연의 머리카락에서 뺨, 목선을 따라 커피가 뚝뚝 떨어졌다. 하얀 블라우스가 갈색의 얼룩으로 젖어, 살결이 비쳐 보였다.

"혹시 맞았어?"

"아니에요. 그냥 커피만 맞았어요. 별거 아니에요."

도윤이 하연을 발견한 것은 순전히 우연이었다. 그는 차를 타고 외근하러 가는 길이었다. 차를 운전하던 하 비서가 문득 중얼거렸다.

"신하연 씨가 있네요."

"신하연?"

도윤은 하 비서의 시선을 좇아 고개를 돌렸다. 그리고 그 자리에 앉아 있는 여자 둘을 보았다. 살짝 굽은 등, 곤란한 듯한 표정의 하연과 턱을 쳐들고 눈을 치켜뜬 수빈이 눈에 들어왔다.

왜 저기 둘이 앉아 있을까. 순간, 도윤은 정신이 흐려졌다. 차를 돌리라 했던 것 같다. 하 비서가 차를 준비시켜 놓겠다 했고, 그러고는 기억이 나지 않았다. 자리에 앉아 커피를 뒤집어쓴 채 담담하게 한숨을 쉬던 하연의 모습에 분노가 도윤의 눈앞을 흐렸다.

도윤은 갑자기 하연 앞에 나타난 수빈을 보고 이성을 잃을 정도로 화가 났는데, 막상 하연은 놀라지 않았는지 표정이 담담했다.

"별일 아니었어요."

그게 다일 리 없었다. 수빈은 집안에서 응석받이로 자란 탓인지, 원래 타고난 성격 탓인지 기본적으로 오만하고, 거침없이 말하는 편이었다.

수빈은 도윤의 앞에서는 그렇게 보이지 않으려 노력했지만, 그녀보다 한참 어른이었던 도윤은 금세 수빈이 어떤 성격인지 파악할 수 있었다. 그런 수빈이 하연에게 무슨 말을 했을지.

도윤은 입술을 씹고 핸들을 움켜쥐었다. 입 안에서 시린 피비린내가 감돌았다. 우연히 발견하지 않았더라면 하연이 무슨 일을 당했을지 모른다.

"무슨 이야기를 했어?"

"별 이야기 안 했어요."

"들려줄 수도 없는 이야기야?"

"아뇨."

얼굴에 묻은 커피를 다 닦고 하연이 웃어 보였다. 그 웃음에는 꾸밈이 없었지만, 제게 일부러 보여 주려 웃는 것 같아 도윤은 마음이 불편했다.

"진짜 그냥 그저 그런 이야기들이에요."

"……."

그녀가 어깨를 으쓱해 보였다.

"그 사람이 도윤 씨 약혼녀라고 하던데요."

"아니야."

도윤은 빠르게 부정했다.

"하, 약혼녀라니."

말도 안 되는 이야기. 아버지들끼리 우리 애들을 결혼시키자고 이야기한 것뿐이지, 애초에 도윤은 수빈을 여자로도 보지 않았다. 오히려 그녀의 마음을 눈치채고 거리를 뒀다. 근래에는 얼굴을 본 일조차 없었다. 그래서 이렇게 문제가 될 줄도 몰랐다.

"그냥 부모님끼리 알고 지내는 사이야. 그런 사이 아니야. 난 걔."

저답지 않게 도윤의 말이 빨라졌다.

"약혼녀는커녕, 여자라고 생각한 적도 없어. 마음이나 희망을 준 적도 없고."

도윤의 말에 하연이 고개를 끄덕였다.

"아닐 줄 알았어요. 그 정도는 알아요. 선배에 대해."

"……."

"약혼녀 두고 나랑 결혼할 사람이 아니라는 거 정도는 아니까."

그녀가 이야기하며, 블라우스의 단추를 하나 톡 땄다. 쇄골에 있는 말간 피부가 드러났다. 그곳에는 커피가 조금 고여 있었다. 휴지로 찍어 내며 그녀가 말을 이었다.

"그냥, 별일 아니에요. 선배랑 결혼한다고 했을 때, 이 정도 일은 있을 줄 알았어요."

조금 전 커피를 뒤집어쓴 사람이라고는 믿기지 않는 차분한 어투였다.

"다른 이야기는?"

"네까짓 게 뭔데 도윤 오빠를 차지하냐, 뭐 그런 말들……. 그냥 그런 거죠."

"나 때문에 이런 일 겪게 해서 미안하군."

"도윤 씨 때문이 아니죠."

"……."

"우리 때문이에요. 우리가 결혼하려는 것 때문이니까. 그리고 혹시 알아요?"

그녀가 픽 웃었다.

"내일쯤 제 약혼남이 튀어나와서 도윤 씨 얼굴을 때릴지."

놀랍다. 가끔, 신하연은 살짝만 건드려도 바스스 부스러질 것처럼 약해 보이다가도, 이렇게 강하다. 정말 마음 쓰지 않는다는 듯 웃음이 고인 채로, 그녀가 도윤을 바라보았다.

"괜찮아요. 커피를 맞을 줄은 몰랐는데, 그렇게 걱정하실 일 아니에요."

휴지로 다 닦았어도 그녀의 블라우스는 이미 갈색으로 물들어, 그 아래 살결이 다 비쳐 보였다. 부드러운 가슴 위에 올라앉은 천이 습기 때문에 달라붙어, 봉긋한 모양이 고스란히 드러났다. 분노로 치를 떨고 있는 상황에서도 순간, 도윤의 시선이 그곳으로 향했다.

뭉근한 흥분이 퍼져 나간다. 일시에 그 뜨거웠던 밤의 기억들이 스쳐 지나간다. 그날이 지나고는 처음 만나는 것이었다. 손끝에 닿던 그녀의 부드럽던 살결과 제게 속삭이며 애원하던 목소리.

"선배, 제발요."

술을 마셔 흐려져 있던 기억이 오롯이 떠오르자, 도윤은 서둘러 눈길을 차창 밖으로 돌렸다. 다시 한번 입술을 짓씹었다. 날카로운 앞니에 찢겨 피가 입안으로 스며든다.

도윤은 고개를 흔들고 입을 열었다.

"옷 갈아입어야지."

"네. 아무래도 이 상태로 회사에 가는 건 어렵겠죠."

"집으로 데려다줘?"

"아."

망설이던 하연은 고개를 끄덕였다.

"네. 그래도 될까요?"

도윤은 차를 거칠게 출발시켰다. 옆에 앉아 있는 하연에게서, 그리고 제 안을 잠식시키는 흥분과 분노로부터 멀어지기 위해 시선을 달리고 있는 눈앞의 차에 집중시켰다.

"지금 출발하면 점심시간 끝날 때까지 못 돌아오겠네요. 연락 넣어 둬야겠어요."

하연이 전화를 들어 누군가에게 연락했다.

"팀장님, 죄송한데 밖에서 좀……."

그녀는 커피를 맞았다고는 말할 수 없었는지 눈을 내리깔고 중얼거렸다.

"사고가 있었어요. 조금 늦어질 텐데 괜찮을까요? 아, 아뇨. 반차는 아니고. 한 시간쯤 늦어질 것 같은데."

그러면서 하연이 어깨를 떨었다. 오늘은 이상하게 날이 퍽 서늘했다. 차가운 커피를 뒤집어썼으니 추울 만도 할 것이다. 그녀가 팀장에게 뭐라고 웅얼거리는 소리를 들으며, 도윤은 계절에 맞지 않게 히터를 틀었다.

"네, 죄송합니다. 네. 그렇게 할게요."

그녀가 전화를 끊는 모습을 보고 도윤이 입을 열었다.

"빨리 갈게. 회사 돌아가려면 급하겠네."

"아뇨. 오늘 아예 반차를 쓰라고 하시네요. 어차피 늦게 가는 것보다 그게 나을 것 같아서."

"그래도 서두르지. 감기 걸리겠어."

도윤은 차를 빠르게 운전했다. 내비게이션을 켜지 않아도 이미 몇 번이고 가 봤던 하연의 집으로 향했다. 조용한 실내에 히터가 윙윙거리는 소리만이 울렸다. 그는 무슨 말을 해야 할지 몰랐다. 마음이 복잡했다. 침묵을 깬 것은 하연이었다.

"저는 괜찮은데, 그러고 보니 도윤 씨, 일 있으신 거 아니에요? 아직 업무 시간이잖아요."

그 말에 도윤의 안을 휘감고 있던 분노가 툭 이빨을 세웠다.

"신하연. 이 상황에서 날 걱정하는 거야?"

"전 정말 괜찮거든요. 집도 택시 타고 가면 되고."

"내가 안 괜찮아. 지금 너보다 중요한 게 어디 있어."

오후에 무슨 회의가 있었던 것도 같았다. 그 회의 끝나고는 무슨 미팅이 있었다. 그러나 수모를 겪은 하연의 앞에서는 모든 것이 흐려졌다.

"네가 제일 중요해."

지금 신하연보다 중요한 것은 없었다.

5. 행복으로 가는 길

　도윤은 몇 번이고 핸들을 쥐었다가 놓았다. 관절이 툭툭 떠오를 정도로 꽉.

　"네가 제일 중요해."

　도윤의 말에 하연은 말을 잃었다. 그 순간, 하연의 핸드폰에 문자가 도착했다.

　띵동.

　하연은 핸드폰을 들어 문자를 확인했다. 어머니에게서 온 것이었다.

　[하연아. 신랑이랑 인사 언제 온다고 했지? 엄마 머리 좀 하게.]

　아. 그렇지. 엄마한테도 가 봐야 하는데. 하지만 지금은 그에게 말을 꺼내기 힘든 상황이었다. 아직도 수빈의 이야기가 불쾌한 건지 그의 볼 근육이 불툭 튀어나와 있었다.

　도윤은 핸드폰을 보는 하연에게 슬쩍 시선을 돌렸다.

"회사야?"

솔직하게 말할까. 언젠가는 말해야 할 일이니까. 망설이던 하연이 입을 열었다.

"엄마가 언제 인사 오는 거냐고 물어봐서요."

"언제가 편하시다고 하시지?"

"아무래도 도윤 씨는 주말이 좋겠죠?"

잠깐 신호로 차가 멈춘 사이, 도윤이 하연을 돌아보았다.

"난 언제든 상관없어. 어머님 일정에 맞춰."

"그래도 도윤 씨 회사 일정이 있으니까."

"어른에게 맞추는 게 맞아."

단호한 말투.

"엄마는 목요일 날 가게를 쉬시긴 하거든요."

"그럼 목요일로 하지."

"일정 확인해 보지 않으셔도 돼요?"

"아까 내가 뭐랬어."

그가 다시 앞으로 시선을 돌리며 입을 열었다.

"네가 제일 중요하댔지. 결혼을 앞둔 이상, 이 문제가 제일 먼저야. 신하연이 먼저고. 다른 일정은 미룰 수 있어. 목요일 괜찮으시다면 그렇게 하자."

"네."

하연은 그렇게 엄마에게 문자를 보냈다. 차가 부드럽게 집 앞에 서고, 기어를 파킹에 놓은 도윤이 고개를 돌렸다. 그의 눈빛이 아까보다는 한결 차분해져 있었다.

"후……."

그가 깊은숨을 쉬고 말했다.

"앞으로 너만 신경 써. 다른 사람 눈치 보지 말고. 아까도…….
그렇게 참을 필요 없어. 왜 참아? 네가 뭘 잘못했다고."

"네."

"나 불러. 다시 이런 일 없게 조치하겠지만, 만약 무슨 일 있으면
부르라고. 네가 혼자 당할 필요 없어."

"네."

"정말 알았어?"

그는 화가 난 걸까. 거기서 바보같이 커피나 맞고 있던 자신에
게. 아니면 걱정인 걸까.

"네. 알았어요."

도윤이 눈썹을 추켜세우고 입술을 비틀었다. 하연은 그래도 기분
이 나쁘지 않았다. 그가 진심으로 자신을 걱정하고 있다. 그가 기분
이 나쁘다고 하더라도, 자신이 그런 치욕을 받은 게 그에게 신경
쓰이는 일이라는 것 같아서.

나쁘지 않았다. 아니, 좋았다.

＊ ＊ ＊

하연의 어머니가 사는 집은 작은 아파트였다. 방 하나에 부엌과
거실이 있는 구조였다. 그가 살 대궐 같은 집과는 다른 소박한 아
파트. 늘 들어서는 어머니의 집인데, 오늘따라 긴장이 됐다. 하연은
입술을 꼭 깨물며 크게 심호흡을 했다.

"후."

그 소리에 도윤이 그녀를 바라봤다.

"왜?"

"우리 집인데 왜 제가 긴장되죠. 도윤 씨는 하나도 긴장 안 하는 것 같은데."

그 말에 도윤이 가만히 하연을 바라보았다. 약간 웃음이 서려 있는 듯한 눈빛에 안 그래도 조여 오던 하연의 심장이 덜컹거렸다. 그가 어깨를 으쓱했다.

"아냐. 나도 긴장돼."

"거짓말."

하연은 흘낏 도윤의 얼굴을 바라보았다. 평소 잘 무너지지 않는 그의 표정은 오늘도 차분히 가라앉아 있었다.

"참 어려워. 처음 보는 분과 곧 가족이 되는 거니까. 이모와 만나서 네가 했던 것처럼 나도 잘하고 싶어. 네 반이라도 하고 싶군."

그의 입술이 살짝 비틀린 채 말을 이어 나갔다.

"난 가족이란 게 어려운 사람이라 잘할 수 있을지 모르겠네."

"엄마는 도윤 씨 보면 좋아하실 거예요."

"글쎄."

늘 당당하고 완벽한 사람인데, 도윤의 말에는 확신이 없었다.

"어머니들은 자기 자식이 잘난 인간보다 좋은 사람과 결혼하는 걸 원하지 않을까."

하연의 눈에 비친 도윤은 참 신기했다. 그가 보는 그 자신은 도대체 어떤 사람인 걸까. 그는 말이 많은 사람은 아니었지만, 하연에겐 다정하고 상냥하고 단단하고 남을 배려하는 사람인데. 그의 눈에 비친 그는 마치…….

선배는 좋은 사람이에요. 그렇게 하연이 입을 열기 전에 현관문이 벌컥 열렸다. 깜짝 놀란 듯, 눈이 동그래진 채 하연의 어머니인 박이순 여사가 둘을 바라보았다.

"여기서 뭣 하고들 서 있어? 얼른 들어와요."

도윤은 그런 박 여사를 보고 허리를 숙였다.

"집까지 초대해 주셔서 감사합니다."

갓 60대가 되었다는 박 여사는, 하연과 매우 닮았지만 조금 더 부드러운 이미지였다. 보통 체격의 하연과 달리 동글동글한 인상의 그녀는 도윤을 보고 함박웃음을 지었다.

"와 줘서 고마워요. 얼른 들어와요."

잘 꾸며져 아늑한 느낌의 집은 하연의 성격이 보이는 것만 같았다.

"처음 뵙겠습니다. 차도윤이라고 합니다. 저, 이것."

도윤은 얼마 전 결혼한 하 비서에게 이것저것 조언을 구했다. 인사할 땐 무엇을 들고 가야 하는지, 어떻게 행동해야 하는지.

"선물도 중요하겠지만, 서슴없이 다가가는 게 중요합니다. 어머님! 하고 부르시면서 좀 막 살갑게 대해 보세요."

그렇게 조언하던 하 비서의 말을 떠올린 도윤은 쓴웃음을 지었다. 선물을 사는 것이야 얼마든지 할 수 있는 일이었지만, 어른에게 살갑게 구는 것은 도윤에게는 어려운 일이었다. 하물며 어머님, 이라니. 그 단어를 말할 수 없는 입술이 된 것처럼, 생각만 해도 갈증이 났다. 어머니라는 단어 자체가 도윤에게는 저릿한 아픔을 선사했다.

"고마워요."

도윤이 박 여사에게 내민 선물에는 한우와 화장품이 담겨 있었다.

"뭐 이런 걸 사 왔어요. 그럴 필요 없는데."

"아닙니다. 밖에서 모시려고 했는데요."

"밖은 무슨. 밖에서 먹는 음식은 맛이 없어요. 얼른 들어와, 응."

어머니의 말에 하연이 도윤을 잡아끌었다.

"가요. 도윤 씨."

그녀의 손에 이끌려 간 4인용 식탁 위에는 상다리가 부러질 정도로 많은 음식이 차려져 있었다. 잡채, 해파리냉채, 각종 나물 등. 그리고 그것만으로도 모자랐는지, 부엌에서 박 여사가 갈비찜을 들고나왔다.

"딱 맞춰 왔네. 음식 지금 다 되었는데."

"엄마는 뭘 이렇게 많이 했어. 누가 이렇게 다 많이 먹는다고."

"얘는."

박 여사는 핀잔을 주면서 하연을 흘겨봤다.

"여자랑 먹는 양이 같니. 우리 집에는 남자가 없어서 하연이가 남자 먹는 양을 잘 몰라요. 많이 먹어요."

반찬 가게를 한다는 하연의 어머니가 한 먹음직스러운 음식에서 김이 모락모락 났다. 어서 먹으라는 재촉에 도윤은 수저를 들었다. 그런 도윤의 모습을 박 여사는 가만히 바라보았다.

참 잘생긴 남자네. 잘생겨도 너무 잘생겼어. 소박한 하연이 데려오는 남자는 평범하고 성실한 남자일 줄 알았다. 그러나 막상 딸이 데려온 남자는 번화가에 온종일 서 있어도 하루 한 명 볼까 말까 한 미남이었다.

도윤이 오기 전에 하연은 박 여사에게 몇 번이고 말을 했었다. 대기업 총수의 아들이고, 잘생기고 여러모로 조건이 화려한 남자라고. 그러나 좋은 사람이니 걱정하지 말라고 하연은 몇 번이고 신신당부했었다. 그래서 박 여사 나름대로 마음의 준비는 했다. 그런데 생각보다도 잘생겼다. 깎아지른 듯한 콧날과 날카로운 눈꼬리. 꼿꼿이 선 자세는 잘 단련된 사람의 것이었다. 집안도 좋다 하고.

처음에 도윤은 레스토랑에서 대접하고 싶다고 했다. 하지만 일부러 박 여사는 집으로 그를 초대했다. 결혼하기 전에 알려 주고 싶었다. 하연이 자란 집은 어떤 집인지, 두 명뿐이지만 우리 가족은 이렇게 소박하지만 행복하다고.

그 앞에 차린 음식도 손님상이기는 했지만 특별할 것 없는 음식들이었다. 레스토랑의 셰프가 해 주는 음식과는 다르겠지. 그러나 생각과는 달리, 도윤은 한입 먹자마자 입을 열었다.

"맛있습니다."

"그래요?"

인사치레에 불과한 말일 수도 있지만, 그 말에 박 여사 얼굴에 웃음꽃이 피었다.

"네. 정말 맛있습니다."

"평소 먹던 음식만 하지 않을 텐데?"

"아뇨. 제가 먹던 어떤 음식보다 맛있습니다."

그렇게 말한 것이 거짓말은 아닌 듯, 그는 생각과는 다르게 음식을 싹싹 잘도 먹었다. 수북하게 쌓아 준 밥은 금세 바닥을 드러냈다.

깨작깨작 우아하게 먹을 것 같았는데, 생각보다 냠냠 복스럽게도 잘도 먹네. 그제야 박 여사의 마음이 조금 놓였다. 얼른 그에게 밥을 한 공기 더 떠 주고는 물었다.

"잘 먹어서 다행이네. 이상한 건 없죠?"

"아이, 엄마는. 그런 걸 왜 물어."

"에이, 궁금하잖아. 난 정말 오늘이 오기를 매일매일 기다렸거든요."

하연이 처음으로 남자를 데리고 온다는 소리에 박 여사는 어젯밤에 쉬이 잠이 오지 않았다.

"우리 하연이는 워낙 남자 낌새가 없어서. 누구 남자 이야기를 하는 걸 본 적도 없고, 남자를 데려온 적도 없어요. 남자 친구가 없었지, 아예."

외동딸이지만, 집안 사정이 좋지 않고 남자에 관심도 크게 없어 보여 딸이 결혼할 거라고 기대도 못 한 참이었다.

"남자 친구가 없었어?"

도윤의 질문에 하연이 얼굴을 붉혔다.

"엄마, 왜 그런 쓸데없는 이야기를 해."

"얘는. 이제 결혼하는데 뭐 어때."

늘 차분히 가라앉아 있던 하연의 귓불이 빨갛게 달아올랐다. 어쩔 줄을 몰라 하며 입술을 달싹인다. 그런 모습에 도윤의 눈이 갔다. 하연은 참 여러 가지 모습을 가졌다. 강했다가, 약했다가, 저렇게 쑥스러움도 타고. 때로는 대담한.

식사는 부드러운 분위기에서 진행되었다. 말수도 적고, 무뚝뚝한 도윤이었지만 다행히 하연의 어머니는 자신의 딸이 데려온 남자라는 것만으로도 마음에 들었는지 계속 웃음을 터뜨렸다.

그러던 때, 박 여사가 간식을 내놓겠다며 냉장고로 향했다. 부엌에서 준비하던 어머니가 고개를 빼꼼 내밀었다.

"어머, 떡을 놓고 왔네."

"어디에?"

"떡집에 놓고 왔지. 이를 어쩌나."

어머니의 말에 도윤이 고개를 들었다.

"괜찮습니다. 이미 너무 잘 먹었습니다."

밥을 꾹꾹 눌러 두 공기나 먹은 참이었다.

"아니에요. 오늘을 위해서 맡겨 놓은 거거든요. 하연아, 얼른 가서 떡집에서 떡 받아 와."

"지금?"

어디서 본 듯한 장면이었다. 이모를 보러 갔을 때 도윤을 쫓아내던 장면과 엇비슷했다. 그렇게 느낀 것은 도윤만은 아닌지, 하연이 눈을 굴렸다. 그 모습을 보고 도윤의 입술에 미소가 걸렸다.

"다녀와."

"……아니, 근데."

"걱정 말고."

도윤의 손길이 따스하게 그녀의 등에 스쳤다.

박 여사의 눈빛을 본 도윤은 하연이 얼마나 사랑을 받고 자랐는지 알 수 있었다. 박 여사는 대화하면서도 계속 불안한 듯 손끝을 움츠렸다. 인사하러 온 도윤만큼이나 긴장하고 있었다. 어머니가 따로 하실 말씀이 있다면, 도윤에게는 들어야 할 의무가 있었다.

하연이 몇 번이고 걱정하다가 집을 나서고 나서야 어머니는 깊은 한숨을 쉬었다.

"아휴, 미안해요. 오늘 참 내가 하자는 대로 해서 귀찮았죠."

"말씀 편하게 하세요."

"그래, 내가 어른이니 말 편하게 하는 게 좋겠지만, 그게 그렇게 안 되네. 곧 익숙해지겠죠. 굳이 우리 집까지 오라고 해서 미안해요. 오라고 한 이유는."

어머니는 주변으로 시선을 던졌다.

"우리 집 사는 걸 한번 봤으면 해서요. 들었어요, 잘 사는 거……."

하연에게 들었는지, 주변에서 들었는지 알 수 없지만, 어머니는 도윤의 상황을 파악한 모양이었다.

"아주 좋은 집안의 자제라 하더군요. 우리는 보다시피 사실상 홀어머니에 집 사정도 넉넉지 않아요. 다행히 하연이가 공부를 혼자 잘해서 대학도 장학금 타서 가고, 남부럽지 않은 대기업에 취업도 해 주고"

어머니의 말끝이 눈물에 흐려졌다.

"그런데 집도 사 온다고 했다면서요. 혼수도 해 가야 하는데, 그것도 하지 말라 했다면서. 내가 너무…… 미안해요."

박 여사의 인자한 얼굴에 슬픔이 졌다. 도윤에게 어머니라는 존재는 참 오랜만이었다. 어릴 적 어머니가 돌아가신 뒤, 이모의 아래서 자랐지만, 이모와 어머니는 무언가 달랐다. 다른 친구들의 어머니를 보는 것조차 도윤에게는 아픔이었다. 그런 도윤의 눈에 하연의 어머니는 참…….

참…….

어머니가 눈물을 훔치고 입을 열었다.

"그래도 괜찮나요? 그래도 하연이와 결혼할 수 있겠어요?"

도윤이 입을 열었다.

"저는 하연이를 오래 봤습니다. 대학교 1학년 때부터 지금까지……. 가끔 새로운 모습을 보여 주기는 해도, 그래도 잘 안다고 생각합니다. 하연이는 저보다 훨씬 좋은 사람입니다. 그런 사람이 저와 결혼한다는데, 제가 고마워할 일이죠."

그리고 처음으로 속내를 털어놓았다.

"저는 어머니가 어렸을 때 돌아가셨습니다."

"들었어요."

"아버지와는 인연을 끊었습니다."

누구에게도 말할 수 없던 말들. 제 부모에 대한 감정을, 속일 수가 없었다. 이미 결혼이라는 거짓말로 속인 하연의 어머니에게 더 이상의 거짓말을 할 수는 없었다.

"하연이와는 다릅니다. 사랑받고 자란 적 없어, 사랑할 줄을 모릅니다. 가족이란 걸 잘…… 모릅니다.”

사랑받을 자격도, 사랑할 자격도 없다. 어렸을 적 기억이지만, 가끔 도윤의 어머니는 이렇게 말하곤 했다.

“넌 참, 아버지를 닮았어.”

그때는 이해할 수 없던 말. 하지만 지금 생각하면 이렇게 차가운 도윤을 어머니는 꿰뚫어 봤을지도 모른다. 이런 나라도……. 이런 내가 누구와 가까워져도 되는 걸까. 신하연과 얽히기 시작하고 나서, 딱딱해진 마음이 자꾸 이리저리 일렁였다. 그 파도는 자꾸만 도윤을 집어삼키려고 한다. 무섭고도 황홀한 경험이었다.

먼저 박 여사가 입을 열었다.

“괜찮아요. 누구나 처음은 있는걸요.”

테이블 위에 올려놓은 도윤의 손을 박 여사가 꽉 잡았다.

“이제부터 사랑하면 돼. 만들면 되고. 걱정하지 말아요.”

따뜻한 온기가 차갑게 얼어 있던 마음을 녹였다.

* * *

하연과 도윤은 집을 나와 골목길을 걸어갔다. 타박타박, 인적이 드문 길을 걷는다. 아파트 앞에 난 작은 샛길은 둘이 걸어가면 어깨가 부딪칠 정도로 좁았다. 걸어가다가 가끔 정장을 입은 그의 어깨에 하연의 어깨가 스쳤다. 그럴 때마다 하연은 이상하게 웃음이 샜다.

우리 엄마를 도윤 선배와 함께 만나다니. 정말 결혼하는구나. 그런 실감이 났다. 그에게 반지를 받았을 때보다도, 집을 보러 갔을 때보다도, 늘 어머니와 둘이 마주 앉았던 작은 식탁 앞에 그와 어머니가 마주 앉아 있는 걸 보니 그제야 피부에 와 닿았다.

"정말 결혼이군요."

"그러게."

원래도 말이 없는 그였지만, 집을 나온 후부터 유난히도 과묵했다.

"이제 정말 결혼 준비 시작이네요. 결혼식장도 구해야 할 거고."

드레스며, 메이크업. 준비해야 할 것이 한없이 많았다. 하연은 그와 결혼하기만 하면 어디든 좋았지만, 그래도 결혼식은 남에게 보이는 행사였다.

"하고 싶은 곳 있어?"

"전 어디서 해도 좋아요. 이 대리님 말에 의하면 우리 회사 계열 결혼식장도 좋다던데요. 이모님이 좋아하시지 않을까요?"

"이모님은 하연이 네가 만족하면 어디든 좋아하실 거야."

하연은 처음 이모님을 만난 뒤로 도윤과 시간을 맞출 수가 없어 몇 번인가 혼자서 찾아뵈었다. 처음에는 도윤이 그렇게 사랑하는 이모님이라는 이유로, 그리고 또 멀리서 보면 회사의 상사이었기에 어려웠다. 하지만 이야기를 하면 할수록, 이모님과 함께 있는 시간이 즐거웠다.

잘 알고 지내던 사이처럼 금세 관계가 깊어졌다. 가끔 이모님은 말없이 하연의 손을 잡고 자애롭게 웃었다. 둘이 퍽 자주 본다는 이야기를 이미 도윤은 알고 있었다. 그의 말에 하연은 고개를 저었다.

"누가 그러더라고요. 결혼식은 본인들을 위한 행사가 아니라 부모님들을 위한 행사라고. 일생에 한 번뿐인 효도라고 생각하고 맞추라고요."

"하연이 너는 괜찮아?"

"뭐가요?"

"아버지. 못 오신다며."

갑자기 떠오른 아버지 이야기에 하연이 순순히 고개를 끄덕였다.

"저희 아버지요? 네. 연락도 안 되고, 혹시 저에게 관심이 있으셨다면 연락을 하셨겠죠."

아버지. 이제는 기억조차 흐릿해졌다. 아버지를 못 본 지 10년이 지나고 있었다. 다음에 연락 올 때는 혹시 사망 통지서가 아닐까. 그렇게 생각할 정도로.

아주 평범한 집이었다. 아버지는 조금 엄했고, 엄마는 지금처럼 상냥했다. 아버지가 엄하게 그녀를 혼낼 때면, "애가 그럴 수도 있지." 하며 어머니가 감싸 주곤 했다. 하연은 자신의 집이 특별할 것 없다고 생각했다. 사업이 망하기 전까지는. 그러고는 여기까지 왔다.

"혹시 생각나시면 연락하셨겠지만, 연락 없는 걸로 봐서는……글쎄요. 이대로 결혼해도 괜찮을 거예요."

10년도 넘게 얼굴도 보지 않은 아버지. 때때로 어떻게 살고 있을까 궁금하긴 했지만, 이상하게도 하연은 아버지가 그립거나 하진 않았다. 그녀의 어머니가 빈자리를 오롯이 채워 줬기 때문일지도 모른다.

길을 계속 걸어가자 도윤이 차를 세워 놓은 공영 주차장이 보일락 말락 했다. 날이 좋았다. 옆에 그와 이야기하며 걷는 이 길이 좋았다. 조금 더 걸었으면. 그렇게 이야기하다가, 하연은 가슴속에 걸리던 이야기를 처음으로 꺼내 놓았다.

"도윤 씨, 저…… 아버님은 결혼식에 오시지 않는 거죠? 인사는 안 드려도 될까요?"

차도윤의 아버지는 한도 그룹의 차서형 회장이었다. 누구나 다 아는 사실이었지만, 도윤이 아버지를 입에 올린 적은 전혀 없었다. 학교에 다닐 때만 해도, 재벌가의 자식이라는 것이 사람들 눈에 띨까 봐 그런 줄만 알았는데 자세히 보면 무언가 달랐다. 그냥 평소에도 그는 아버지를 없는 가족 취급했다.

무언가 이유가 있겠지.

하지만 차서형 회장 역시 현재 몸이 좋지 않다고 했다. 휠체어 생활을 하는 모습이 언젠가의 저녁 뉴스에서 흘러나왔다. 한 번은 확인을 하고 지나가야 했다. 아마 하지 않아도 된다고 도윤은 말하겠지만.

"인사하고 싶어?"

그러나 도윤은 고개를 숙이며 선선히 물었다. 의외였다.

"아, 아뇨. 하고 싶다기보단…… 아프시단 이야기를 들었어요."

도윤은 외동아들이었다. 제아무리 사이가 나쁜 부자라도, 외동아들이 결혼하는 것은 관심이 있을 테니까.

하연의 질문에 도윤은 잠시 입을 다물었다. 그녀의 입장에선 궁금할 만도 하겠지. 도대체 재벌 아들이 왜 밖에 나와서 이렇게 유치한 반항기를 보내고 있는지.

하연은 겉으로는 유약해 보여도, 당장 꺾일 것같이 연약해 보여도 강했다. 아버지의 부재. 아버지의 빚. 그런 모든 아픔을 감내하고 가족의 상처까지 보듬는 어른스러운 여자에게는 이해할 수 없는 일일 것이다. 하지만 도윤에게는 방법이 없었다. 하연처럼 좋은 사람일 여유가 없었다. 아버지만 생각하면 똬리를 트는 분노를 어찌할 방법이 없었다.

"그래, 아프다고 하더군."

얼마 전 본 아버지의 모습은 소문만큼이나 처참했다. 어릴 적에는 그렇게 거대해 보였던 덩치도 이제는 바싹 말라 노인의 것이었다.

오래 보진 않았지만, 눈에는 고통의 그림자가 스며들어 있었다.

"더 아팠으면 좋겠어."

"……."

"아파서 견딜 수 없을 정도로 고통스러웠으면 좋겠어. 죽지 않고, 그 고통을 평생 안고 살았으면."

죽을 거라면, 세상에서 가장 고통스럽게 죽길 원해. 하연은 도윤이 말을 내뱉는 동안 눈동자를 파르르 떨었다.

이런 자신이 이해되지 않을 것이다. 연락도 되지 않는 아버지가 남긴 4억의 빚을 위해, 별로 친하지도 않은 선배와 결혼을 하겠다고 몸을 바친, 효녀 심청같이 착한 그녀. 다정한 어머니 밑에서 자라서 그 이상으로 손이 따뜻한 여자다. 그런 하연의 눈에는 그가 엄청난 괴물로 비치겠지. 그래도 도윤은 어쩔 수 없었다. 그게 자신이었다. 그러다가도 문득, 무서웠다.

도윤은 평생 누군가의 평가를 신경 쓴 적 없었다. 적당히 눈에 띄지 않게 살기는 했다. 이모가 속상해하지 않을 정도로. 하지만 누군가의 마음에 들려고 노력한 적은 없었다.

하지만 지금 이 순간. 자신을 바라보는 하연의 저 투명한 눈이 찌푸려 든다면. 그녀가 그가 싫어져 한 발짝 물러난다면. 참을 수 없을 것 같았다. 하연은 여전히 말이 없이 자신을 올려다보고 있다. 그러다가 툭 떨어져 있던 그녀의 하얀 손이 올라왔다. 천천히 도윤의 뺨 위에 그녀는 손을 얹었다.

"힘들었어요?"

의외의 말이었다.

"그 사람이 힘들게 했나요?"

그 목소리는 다정하면서도 따뜻했다. 손바닥에서 따뜻한 열기가 전해져 와, 바람에 식었던 그의 뺨이 녹아내리는 것 같았다.

"이런 내가 우습지 않아?"

도윤의 말에 하연이 고개를 저었다.

"아뇨."

"누군가가 고통을 받았으면 좋겠다고 하는데도?"

"네. 저도 그럴 때가 있어요. 나에게 고통을 준 사람이 나만큼의 고통을 겪었으면 하는."

별거 아니라는 듯, 하늘하늘 나부끼는 하연의 소리.

"내가 혐오스럽겠지."

"그런 거로 선배를 싫어할 수 있었으면 참 좋았을 텐데요."

그렇게 속삭이며 하연은 웃었다. 그 웃음이 어찌나 예쁜지.

"그렇게 쉽지가 않네요."

날이 서늘했다. 바람에 자꾸만 곱게 빗어 내린 하연의 머리카락이 흩날렸다. 그 바람을 따라 도윤도 몸을 숙였다. 흐트러진 도윤의 머리카락이 하연의 뺨에 닿고, 콧날이 그녀의 코끝을 스쳤다.

신하연의 숨은 참 달다. 참 뜨겁다. 싸늘하게 식은 밤바람마저 데울 정도로. 그래서 그 숨을 뱉어 내는 입술에 닿으면 지금 이 쓰라린 마음도 따뜻하게 데워질까 궁금해서…….

그래서 도윤은 그녀에게 입을 맞췄다. 처음에는 가볍게. 입술과 입술이 맞붙었다. 립글로스를 발라서인지, 오늘따라 촉촉한 그녀의 입술이 놓아주지 않을 것처럼 그의 것에 엉겨 붙었다. 화끈거리는 입술과 입술이 맞닿은 순간 하연은 늘 그랬듯, 몸을 살짝 굳혔다.

뺨에 닿아 있던 손이 스르륵 흘러내려 와 도윤의 목선을 스치고 지나간다. 그 손길이 스칠 때마다 짜릿한 쾌감이 도윤의 하반신에 맺혔다.

하연은 그의 어깨 위에 손을 얹고, 몸을 바싹 기댔다. 얇은 원피스를 입어 곡선이 그대로 드러난 그녀의 허벅지가 도윤의 단단한 다리 사이로 파고든다. 부드러운 살들이 일그러지면서 쾌감이 고스란히 뇌리를 흐리게 했다.

"흡."

인적이 드문 골목길이었지만, 언제 누가 걸어와도 이상하지 않았다. 이런 곳에서 충동적으로 입을 맞추는 것은 도윤답지 않았다. 하지만 신하연과 있으면 늘 이렇게 충동적이게 된다. 아무 생각도 떠오르지 않는다. 그녀의 말캉한 입술 사이로 혀를 밀어 넣으며 몸이 엉켰다. 스파크가 튀고, 숨이 가빠 왔다. 도윤은 그녀의 머리카락 사이로 손을 박아 넣어 손가락으로 그녀의 살결을 만졌다.

"으흣."

그게 기분이 좋은지, 그녀의 입술 사이로 흘러나오는 신음에 도윤은 다시 한번 숨이 가빠 왔다.

"하아, 하, 하."

둘 사이의 간격이 떨어지고, 조금 전까지 차분하게 이야기를 나누고 있던 입술이 습기와 함께 열기를 담아 붉게 달아올라 있는 게 눈에 들어왔다. 미칠 것같이 불타오른다. 좁은 골목길, 딱딱한 시멘트벽에 하연을 몰아세우고 깊은 키스를 나누었다.

또각또각. 저 멀리서 하이힐의 굽이 아스팔트 바닥에 부딪히는 소리가 울렸다. 아직 한참 먼 거리였지만, 그 소리에 정신없이 도윤의 등을 어루만지던 하연의 손이 툭 바닥으로 떨어졌다.

마치 12시의 종이 울린 신데렐라처럼 그녀가 놀라 눈을 동그랗게 떴다. 키스를 나눌 때는 정신없이 몰입하던 하연이 완전히 열기에서 빠져나와 속삭였다.

"여, 여기서 이러면 안 돼요."

아직 저 골목길 끝에 하연의 어머니가 사시는 아파트가 얼핏 보였다. 하이힐의 굽 소리도 점점 커져 갔다.

"여기서 이러면……. 누가 오고 있는 것 같은데."

"그럼 여기를 벗어나지."

도윤은 하연의 손목을 그러쥐었다. 이 밤이 품은 뜨거움이 단숨에 식기라도 할 것처럼 둘의 발걸음이 빨랐다.

도윤은 차에 타자마자 다시 그녀의 입술을 머금었다.

미쳐 간다. 미쳐 가고 있었다. 이러면 안 된다고, 머릿속에서 사이렌이 울렸지만, 도윤이 멈출 방법은 없었다. 브레이크가 없는 열차처럼 그저 그녀에게로 달릴 뿐이었다.

"하."

뜨거운 숨을 한 번 뱉어 낸 도윤이 그녀가 앉은 좌석의 버튼을 눌렀다. 좌석이 뒤로 젖혀졌다. 비스듬히 앉아 등받이에 몸을 기대고 있던 하연이 뒤로 스르륵 넘어갔다.

까맣고 진한 머리카락이 흩어졌다. 도윤은 그녀의 부드러운 머리카락 속으로 손을 박아 넣었다. 그 흐트러진 모습을 보고 치솟은 욕망을 가라앉힐 수가 없어 하연의 위로 올라갔다.

이미 달궈진 그의 열기가 하연의 얇은 원피스 너머로 고스란히 전해졌다. 뜨겁고 딱딱한 도윤에 하연이 놀라 눈을 동그랗게 떴다.

"선배."

그러나 놀랄 뿐, 하연은 막지 않았다. 도윤 역시 그런 자신을 막을 수 없었다. 하연은 멍하니 위를 쳐다보다가 아득한 눈빛으로 자신을 내려다보는 도윤을 바라보았다.

"도…… 도윤 씨."

떨리는 그녀의 목소리에 도윤의 움직임이 갑자기 멈췄다.

두려운 건가? 불이 없는 차 안, 밖에서 흘러 들어오는 전봇대의 은은한 불빛에 하연의 눈동자가 반짝인다.

"이건, 저."

뭐라 말해야 할지 모르겠다는 듯 더듬더듬 하연이 말을 이었다.

"왜?"

도윤은 욕망으로 젖은 목소리로 그녀에게 되물었다.

"이래도 되는 거……예요?"

"뭐가?"

"차, 차 안에서 이런 거 하는 거 말예요……."

타오르는 것처럼 붉어진 얼굴로 맞닿은 부분을 흘깃 보던 하연이 물었다. 도윤이 되물었다.

"싫어?"

하연은 말없이 아랫입술을 꼭 깨물었다. 도리도리. 부드러운 머릿결이 흔들림에 의해 퍼진다.

"싫지 않아요. 그냥…… 이러면 안 되는 것 같아서요."

도윤은 이미 하연의 좌석 위에 올라가 그녀의 몸을 덮치고 있었다. 운동으로 단련된 단단한 허벅지가 그녀의 부드러운 다리를 감쌌다. 당장이라도 폭발할 것 같은 흥분이 감돌았다.

"그래, 이러면 안 되지."

"……."

"안 되지만."

도윤은 고개를 숙여 자신보다 한참 작은 하연의 몸을 끌어안았다. 아까까지 그리도 시리고 아프던 심장이 그녀의 온기로 따뜻하게 녹아내린다. 다시 한번 도윤의 입술이 그녀의 부드러운 살갗을 훔쳤다.

이런 감정, 품어서는 안 되는 거지만, 그렇지만.

멈출 수가 없었다. 멈추는 방법을 알지 못했다.

＊ ＊ ＊

PQ케미컬의 차도윤은 감정의 고저가 없기로 유명하다. 회사에서의 업무 중에는 예기치 못한 사건이 생기는 일도 자주 있다. 특히 부하 직원의 실수 등에 의해 큰 트러블이 났을 때, 소리를 치고 화를 내는 임원들이 많다. 굳이 사내에서 누가 그렇다 일일이 언급하기도 힘들 정도로 흔한 일이었다.

그러나 차도윤 이사는 달랐다. 아무리 마음에 들지 않는 문제가 생겨도, 살짝 미간을 찌푸리는 것이 다였다. 큰일에도 그러하니, 사사로운 일에는 거의 표정의 변화가 없었다.

그런 그를 상사로 모시는 일명 하 비서, 동석 역시 처음에는 그의 속내를 헤아리기 어려웠다. 그의 비서가 되고 이제 1년. 동석은 이제 겨우 도윤의 마음을 조금이나마 읽을 수 있게 되었다.

지금 그는…….

PQ그룹의 건물 15층에 위치한 사내 식당. 너른 유리창 앞에 앉아 밖을 내려다보는 도윤은 어딘가 심란해 보였다. 오늘 점심으로 나온 음식을 거의 손에 대지 않은 채 젓가락만 깨작였다. 무언가 신경 쓰이는 일이 있는 듯했다.

결혼이 결정되고 나서, 그는 때때로 저런 표정을 지었다. 일하다가 가끔 피식 웃기도 해서 동석을 놀라게 하는가 하면, 어떨 때는 이유 없이 저렇게 복잡한 표정을 했다. 그를 잘 아는 동석뿐 아니라, 다른 사원들도 그의 감정의 기복을 눈치챌 정도로.

"이사님, 혹시 무슨 일 있으십니까?"

도윤에게 이런 질문을 한 적은 거의 없지만, 동석은 묻지 않을 수 없었다. 도윤이 한쪽 눈을 살짝 찡그렸다. 무슨 말이냐는 표정.

"점심 식사를 거의 안 하시길래."

"아아."

그가 식사로 시선을 돌렸다. 받아 온 뒤 손을 대지 않아 거의 그대로인 음식을 보고 도윤이 읊조리듯 말했다.

"식욕이 없어서."

"몸이 안 좋으신 것 아닙니까?"

"아니에요. 생각할 게 좀 있어서 그렇네요."

몇 숟갈 더 하려고 수저를 들던 도윤은 역시 입맛이 없는지 다시 수저를 내려놓고, 물잔만 들었다. 꼴깍, 꼴깍, 물을 몇 모금 마시다가 물잔을 탁 내려놓고 동석을 바라보았다.

"쉬는 시간이니까, 하 비서에게 개인적으로 무엇 좀 물어도 되겠습니까?"

식욕이 없는 도윤과 달리 숟가락에 밥을 듬뿍 퍼 잘 먹고 있던 동석은 입을 가리고 고개를 끄덕였다.

"네, 네."

"하 비서는 여자, 많이 만나 봤습니까?"

그의 말에 대답하려고 오물오물 씹던 동석이 예상치 못한 말에 사레가 들려 소리를 냈다.

"컥."

동석은 지금 자신이 제대로 들은 게 맞나 싶었다.

"실례되는 질문이었나?"

"컥, 아니, 잠시만요."

도윤의 말에 동석은 여전히 기침을 하며 가슴을 퍽퍽 쳤다. 잘못 들어간 밥이 목에 메여 숨을 쉴 수가 없었다. 이사님이 여자 이야기를 물으시다니. 도윤의 평소 생활을 생각하면 상상도 할 수 없는 일이었다. 그는 어떤 사생활도 이야기하지 않는다.

그가 갑자기 결혼을 하게 되었다고 했을 때, 동석은 짐짓 놀랐지만 있을 수 있는 일이라고 생각했다. 워낙 비밀에 싸인 사람이니까. 그런 남자가 여자를 많이 만나 봤냐는 질문을 하니 놀랄 수밖에.

"컥, 잠시……. 네. 네."

동석이 물을 꿀꺽 마시자, 도윤이 얼굴을 찌푸렸다.

"괜찮습니까?"

"네. 이제 말할 수 있습니다."

"해서는 안 되는 이야기였습니까?"

"아, 아뇨."

도윤의 말에 동석이 고개를 저었다. 회사에 들어와서 계속 비서 일을 해 왔던 동석이었지만, 그 전에 모시던 상사들과는 달리 도윤은 나이가 비슷한데도 불구하고 전혀 사생활 이야기를 하지 않았다. 그게 편한 점도 있었지만, 어쩐지 자신에게 마음을 열어 주지 않은 것 같아 내심 섭섭하기도 했다. 이런 기회를 놓칠 수는 없었다.

"여자 말씀이시죠? 아, 저 적당히…… 만나 봤습니다."

대학 다닐 때 몇 명인가 가볍게 여자 친구를 사귀고, 회사 들어오자마자 지금의 부인을 만나 꽤 오래 사귀었다.

"그럼 여자에 대해서 잘 알겠네요."

"아, 뭐……. 그렇죠. 알 만큼은 아는 것 같은데요."

도윤이 젓가락을 내려놓고 밖을 쳐다보았다. 오늘은 날씨가 맑아 햇살이 도윤의 날카로운 얼굴에 맺혔다. 동석의 대답 이후에도 도윤은 한참이나 말이 없었다. 식사를 더 하지도 않고, 입술을 굳게 다문 채 한참 있다가 겨우 말을 꺼냈다.

"그럼 여자가 뭘 좋아하는지도 압니까?"

"네? 저 어떤 걸 말씀하시는 건지."

도윤은 여전히 시선을 피한 채였다. 입술을 살짝 비틀고는 말을 망설이는 것이 오랫동안 그를 알던 동석의 눈에 낯설게 보였다. 쑥스러운 걸까. 업무에 관해서는 주저 없는 도윤이 지금은 망설이고 있었다.

"생일이라든지. 그런 거 말입니다."

"여자 친구분께 해 주시려고요?"

신하연 대리가 생일이구나. 미리 알아둘 걸 그랬다. 그럼 도윤이 이렇게 고민하지 않게 먼저 동석이 이야기를 꺼낼 수도 있었을 텐데.

나이가 비슷하지만, 늘 한참 위의 어른으로 보이고 딱딱하기만 하던 도윤이 여자 친구에게 생일 선물을 주는 정도의 일로 식사를 마다하고 고민하는 것을 보니 어쩐지 재미있었다. 참으려 해도 동석의 입꼬리가 살짝 올라갔다. 도윤이 다시 인상을 깊게 썼다.

"여자 친구……."

"네. 아, 예비 신부분이라고 불러야 하나요?"

"하아."

조금은 즐거움이 스며든 동석의 목소리에 잠시 도윤이 한숨을 짓다가 고개를 저었다.

"역시 됐습니다."

결국 도윤은 음식이 그대로 담긴 식판을 들고 자리에서 일어났다.

"아뇨, 이사님. 저……. 무슨 일이십니까? 제가 도와 드리고 싶습니다."

동석 역시 서둘러 자리에서 일어나 그를 쫓아갔다. 그러나 도윤은 식당을 나설 때까지 말이 없었다. 동석은 그의 심기를 거스르고 싶지 않아 조용히 따라갔다. 엘리베이터에 올라타 사무실이 있는 26층으로 올라가는 동안 도윤은 엘리베이터의 숫자가 변하는 것을 말없이 바라보았다.

"선물을 사시려고 하는 겁니까?"

재차 동석이 묻자, 도윤이 그를 흘깃 쳐다보았다.

"됐다고 한 것 같습니다만."

"고민하시는 거면 제가 도움이 될 겁니다."

"……."

"제가 누나도 두 명이나 있거든요."

띵.

엘리베이터의 문이 열리고 사무실로 들어갔는데도 동석의 웃음은 멈출 줄을 몰랐다. 자신의 사무실 끝, 너른 유리창에 서서 밖을 내다보던 도윤은 심기가 불편했다. 괜한 이야기를 꺼낸 것이 아닌가. 도윤은 이런 이야기 자체가 불편했다. 평생 누구도 만나지 않았고, 친구들과도 연애 이야기 따위 나눠 본 적 없다.

이제 와 우진에게 이런 이야기를 꺼내면 두고두고 놀릴 게 뻔하다. 그렇다고 마음대로 선물을 주려니. 백화점에 가 옷을 사 줬을 때도 좋아하기보다는 부담스러워하는 기색이 역력했던 하연이 떠올랐다.

도윤은 누군가에게 제대로 선물을 해 본 적이 없었다. 사내놈들 사이에서 생일 선물을 챙길 일도 없고, 이런 것은 역시 맞지 않는 옷을 입은 것처럼 그에게는 어울리지 않았다.

하지만 곧 하연의 생일이었다. 무심하게 그냥 지나갈 수도 있지만, 그러고 싶지 않았다. 그런데 그런 자신의 변화가 동석에게는 즐거움인지, 평소 저 못지않게 딱딱한 표정으로 업무를 보던 동석의 얼굴에 웃음이 맺혀 있었다.

"생일이신 건가요?"

"네."

"평소 뭘 좋아하시나요?"

"글쎄."

반지를 사 줬을 때 고마워는 했지만, 평소 하연은 액세서리를 잘 하지 않는다. 가방, 신발, 그런 걸 더 좋아할까. 하지만 쇼핑에 관심이 있는 이미지도 아니다. 조금 더 마음을 써 볼걸. 조금 더 그녀에게 물어볼걸. 시간이 닥쳐서 알아보려 했더니 이렇게 어렵다.

"보통 여자들은 뭘 좋아합니까?"

"여자들은…… 글쎄요. 이사님이 주는 것이라면 여자 친구분도 다 좋아는 하실 텐데. 뭐 말씀하신 것 없었나요? 제 아내 보니 자기가 평소에 말했던 걸 챙겨 주면 더 좋아하더라고요."

평소에 말했던 것.

"예를 들어 제 와이프는 좋아하는 영화가 있는데, 그 영화에 등장하는 촬영지에 같이 갔더니 너무 좋아했습니다."

하연이 좋아하는 것. 순간, 도윤의 머릿속에 짚이는 게 있었다.

"고마워요. 좀 힌트가 됐네요."

그렇게 말하고 도윤은 핸드폰을 들었다. 전화해야 할 곳이 생겼다.

＊ ＊ ＊

하연은 좁디좁은 골목길을 걸으며 한숨을 쉬었다.

"내일 뭐 하지."

내일은 하연의 생일이었다. 매년 생일에는 어머니와 함께 밖에서 외식을 하고는 했다. 그러나 올해는.

[올해는 차 서방이랑 먹을 거지?]

그렇게 어머니에게서 문자가 왔다. 하연이 처음 결혼을 한다 했을 땐 걱정이 많았던 그녀의 어머니는, 막상 도윤을 만나고 나니 마음에 들었는지 그를 서방으로 부르며 즐거워했다. 문자를 곱씹으며 하연은 머리를 기울였다.

이번 생일은⋯⋯ 도윤과 보낼 수 있을까. 아마 만나기 힘들겠지. 그는 요즘 유난히도 바빴다. 부산에 새로 생기는 첨단 센터를 위해 외부와의 미팅이 많다고 했다. 드문드문 이어지던 문자도, 오늘은 한 통도 오지 않았다.

섭섭하지는 않았다. 그에게 생일을 말한 적도 없고, 자신의 생일을 챙겨 줘야 할 이유도 없다. 그저, 같이 있고 싶었다. 하연은 생일을 중요하게 생각하는 편은 아니었지만, 어쩌면, 아주 어쩌면 이게 그와 보내는 처음이자 마지막 생일일 수도 있으니까. 아니, 그런 것과 상관없이 그냥 같이 보내고 싶었다.

"내가 주책이지. 내일은 그냥 맛있는 거나 사 먹어야지."

결혼식을 위해 다이어트를 해야 한다. 그래도 내일은 생일이니까 괜찮지. 하루 정도는 실컷 먹을까? 그렇게 중얼거리며 내려앉은 마음을 애써 북돋웠다. 집 앞에 도착한 하연이 문을 열려고 손잡이를 돌리는 순간.

삐리리리.

핸드폰이 울렸다. 서둘러 확인해 보자 [차도윤]이라는 이름이 화면에 떴다.

선배다. 서둘러 전화를 받았다.

"여보세요?"

-지금 전화 가능해?

"네."

당연하죠. 마침, 선배를 생각하고 있던 참이었어요. 하긴, 선배를 생각하지 않을 때가 더 적으니 운명 같은 건 아니지만. 그래도 운명처럼 느껴졌다.

선배니까. 조금 전까지 연락이 없어 섭섭한 마음 따위는 사르르 녹아내리고 하연의 입가에 미소가 맺혔다.

-집 인테리어 정리가 다 됐다고 연락이 왔어.

하연과 도윤, 모두 회사를 다니며 바빴다. 갑자기 잡힌 결혼식 일정 때문에 빠르게 공사를 진행해야 했다. 때문에 얼마 전 구입한 신혼집의 인테리어 공사는 둘 다 실제로 본 적이 없었다.

"아, 그렇군요."

-그래서 같이 보러 갈까 하는데, 어때?

"좋아요!"

그가 말을 다 끝내기도 전, 말이 툭 튀어나왔다. 하연은 쑥스러움에 아무도 보지 않는데도 입을 가리고는 다시 한번 조그맣게 속삭였다.

"전 좋아요."

-내일 괜찮아?

"네."

-그럼 회사 끝나고 가자.

내일이면 생일이다. 하연은 생일에 특별한 의미를 부여하는 편은 아니었지만, 그와 함께라면 특별하다. 오늘 밤은 푹 잠들어야 하는데, 또 내일 그와 만날 생각에 잠이 들지 못할 듯했다.

✳ ✳ ✳

입에 잘 붙지는 않았지만 듣기만 해도 마음을 요동치게 하는 단어였다. 성수동에 자리 잡은 단독 주택은 집을 구하느라 이미 여러 번 와 본 곳이었지만, 이제 곧 이사를 온다고 생각하니 하연은 심장이 덜컹거렸다.

두꺼운 나무 문을 열고 들어가면 정원이 있다. 그 정원 너머에는 아이보리 색 이층집이 자리했다. 노부부가 오랫동안 행복하게 살았다는 집은 처음 왔을 때만 해도 약간 연식이 스며들어 있었다. 봄이라서 그런지 잡초도 이곳저곳 무성했다. 하지만 오늘, 인테리어를 끝마친 집의 문을 열고 들어가자…….

전문가의 손을 거친 집은 한껏 아름답게 하얗게 빛났다. 정원 역시 조경이 예쁘게 마무리되어 있었다. 초여름을 맞아 만개한 꽃들이 살랑살랑 몸을 흔들었다. 그리고 바로 옆에는 도윤이 있다. 하연은 고개를 돌려 그를 바라보았다. 도윤은 비스듬히 벽에 기대서서 하연을 바라보았다. 오랜만에 봐서인지 그와 시선만 마주쳐도 가슴이 터질 듯했다.

"어때?"

"완벽해요."

완벽한 생일이었다. 도윤이 그녀의 생일을 알고 일부러 챙겨 준 것은 아니겠지만, 마치 저 아름답게 빛나는 집이 생일 선물인 양, 가슴을 떨리게 했다.

정원을 한참 바라보던 그들은 신발을 벗고 집 안으로 들어갔다. 깨끗하게 치워지고, 오래된 것들은 다 바뀌었다. 준비할 시간이 없는 신혼부부를 위해 가구며 작은 주방 집기까지 다 갖추어져 있었다.

따뜻한 원목으로 꾸며진 안쪽의 인테리어는 자연스럽고도 깔끔했다. 새집인데도 불구하고 아주 오랫동안 그곳에 있던 것처럼 모든 가구들이 자리에 꼭 맞았다. 몸만 들어오면 될 듯했다.

"이사는 언제 할까요? 결혼식 끝나고?"

"네가 원할 때."

"지금 사는 집은 어차피 당분간 안 나갈 것 같아서……. 전 아무때나 괜찮아요. 도윤 씨는 어때요?"

"네가 오는 날 같이 들어올게. 따로 사는 것도 이상하잖아."

"당장 내일 온다고 하면요?"

하연이 다소 들떠서 한 질문에 그가 살짝 미간을 좁혔다.

"그럼 나도 내일 올 수밖에."

물론 이사가 바로 진행되지는 않겠지만 당장 내일이라도 그와 함께할 수 있다. 하지만 하연은 그 모습이 잘 상상되지 않았다. 선배는잘 때 어떤 옷을 입을까? 아침 식사는 뭘 먹을까. 평생 상상만 해오던 것들이었다.

꿈같다. 그런 그녀를 상념에서 깨운 것은 도윤이었다.

"그리고……."

앞으로 흐트러진 머리를 쓸어 올리며 그가 읊조리듯 말했다.

"오늘 보여 줄 게 있어. 정원에 좀 나갈까."

"아, 네."

더 무엇이 있는 걸까. 그가 손을 뻗어 하연의 팔을 잡았다. 옷 위로 닿았지만, 손의 감촉이 고스란히 느껴져 하연은 저도 모르게 몸을 떨었다.

그와 함께 정원에 나가 보니, 아까는 없던 누군가가 서 있었다.

금발의 여인이었다. 고개를 숙이고 있어 얼굴은 자세히 보이지 않았지만 40대 중반의 여성이었다.

"누구시죠?"

도윤 쪽으로 몸을 돌려 하연이 속삭였다. 그는 말없이 눈썹만 추켜세웠다. 인테리어와 관련 있는 사람일까?

그때 하연의 눈에 한쪽 마루에 놓인 바이올린 케이스가 보였다. 그리고 앞에 선 여자가 고개를 돌리는 순간, 하연은 그녀가 누군지 알아보았다.

몇 번이고 몇 번이고 본 얼굴. 그녀는…….

에드리안 무터.

체코의 유명한 바이올리니스트이자, 하연이 가장 좋아하고 선망하던 연주자. 그녀가 왜 여기에 있는가. 입술을 반쯤 벌린 채 멍하니 그녀를 바라보는 하연을 보고 에드리안이 웃었다.

"[만나서 반갑습니다.]"

하연은 에드리안을 한 번, 그리고 도윤을 한 번 번갈아 보았다. 너무 비현실적이라서 좋아할 겨를도 없었다. 그저 크게 숨만 들이쉴 뿐. 놀라서 뒤로 넘어갈 것 같은 하연과 달리 도윤은 담담했다. 도대체 무슨 일이냐는 하연의 표정에 그가 입을 열었다.

"생일이라길래."

생일이라길래 불러왔다. 별것도 아닌 것처럼 도윤이 차분하게 말했다.

"제 생일요?"

"응. 오늘 네 생일 아냐?"

"맞아요. 맞는데……."

맞긴 한데.

"너, 에드리안 무터 좋아하잖아."

그것도 맞다. 하연은 멍하니 고개를 끄덕였다.

"[연주를 시작해도 될까요?]"

에드리안의 말에 하연은 얼떨결에 고개를 끄덕였다. 그러자 그녀는 생긋 웃더니 바이올린을 들었다. 끼익- 하는 첫 음이 들린 순간, 어떠한 곡인지 하연은 한 번에 알 수 있었다.

무반주 바이올린을 위한 파르티타 2번 D단조. 다른 말로 바흐의 샤콘느. 도윤과의 첫 만남에 그가 연주했던 곡이다.

하연은 마루 한구석에 도윤과 함께 앉았다. 여름의 첫 자락, 작은 정원 안에서 거장의 바이올린 연주를 듣는다. 처음에는 도대체 가라앉지 않던 마음이 울려 퍼지는 선율에 하얗게 물들었다.

화려하고 극적인 연주는 두 사람을 위한 것이라고 하기에는 너무나도 훌륭했다. 평생 듣고 싶었던 무터의 연주에 감동을 받아, 손이 떨려 왔다. 도윤은 바로 옆에 비스듬히 앉아 허벅지 위에 손을 올리고 있었다.

하연은 흔들리는 자신의 손을 상상한 적조차 없는 선물을 준 도윤의 손 위에 올려놓았다. 도윤이 몸을 움찔했다. 하지만 하연은 움직이지 않고 그의 손을 잡고 있었다. 비장하고 슬픈 선율이 스쳐 지나갔지만, 마음만은 완벽하게 차올랐다.

＊ ＊ ＊

연주가 끝나고, 에드리안 무터와 인사를 나누었다. 무터가 떠나고 나서도 한참, 하연은 정신이 없었다.

"지금 무슨 일이 일어난 거죠?"

조금 전까지 에드리안 무터가 서서 연주하던 곳을 바라보며 하연이 멍하니 속삭였다.

그녀가 내한 공연을 하는 것은 알고 있었다. 공연은 4일 후. 하지만 하연은 회사 출장이 생겨 티켓을 사 놨는데도 가는 걸 포기한 참이었다. 아쉬웠지만, 다음 기회가 있을 것을 기대하며.

"한국에 온 것은 알고 있었는데."

알고는 있었지만, 만날 줄은 몰랐다.

"그래. 공연 때문에. 마침 그녀가 일주일 전에 미리 온다길래 부탁을 좀 했지."

"좀?"

부탁을 어떻게 좀 하면 되는 걸까. 도저히 하연으로서는 상상도 되지 않았다. 음반사에 아는 사람이라도 있는 걸까. 아니, 설마 애드리안 무터랑 아는 사이는 아니겠지.

"어떻게요?"

그가 눈썹을 살짝 찌푸렸다.

"알고 싶어? 별로 그렇게 멋진 과정은 아니야."

멋진 과정이 아닌, 꽤 복잡한 일이었구나.

"감사합니다. 너무 좋았어요. 신기하기도 하고요."

어떻게 이런 생각이 떠오른 걸까. 그 자체가 놀랍고도 신기했다.

"사는 세계가 달라서인가."

그 말에 도윤은 여전히 눈가를 찌푸린 채 하연이 무슨 말을 하는지 가늠하려 그녀를 뚫어져라 쳐다봤다.

"사는 세계가 달라?"

"네. 재벌가의…… 막 그런 거요."

재벌가는 식사도 셰프가 차려 주고, 옷은 디자이너 수제품을 입고, 유명 바이올리니스트가 와서 연주를 하고……. 하연이 드라마에서 본 모습들은 그런 것이었다.

픽, 그의 단정한 입술에서 웃음이 샌다.

"그런가? 몰라. 난 이런 흉내 처음이라서."

"처음."

"그래. 그러니까 귀찮았지. 어떻게 하는지도 모르고."

다정한 행동과는 달리 그의 말투는 다소 투덜거렸다. 쑥스러운 걸까.

"너무 좋았어요."

"……그렇다면 다행이고."

도윤은 그렇게 말하며 어깨를 으쓱였다.

하연의 눈에 그의 귓가가 조금 붉게 달아올라 있는 것이 보였다. 창피해할 필요 없는데. 하연은 그의 선물이 너무 고맙고 벅찼다. 어떻게 말로 표현할 수 없을 정도로.

"이런 걸 해 본 적이 있어야지."

여전히 그는 투덜거리는 말투였다. 화가 난 것처럼 보이지만, 그런 도윤의 변한 표정을 보는 것이 하연은 즐거웠다.

"정말 좋았어요. 완벽했는데, 그래도……."

너무 큰 선물이다.

"하지만 저, 다음에는 이러지 않으셔도 돼요. 이렇게 대단한 건."

그렇게 말하고 순간, 하연의 입술이 멈췄다. 아무 생각 없이 내뱉던 말이 얼마나 경솔했는지 깨달았다. 다음 생일은 1년 뒤다. 다음 생일까지 우리가 함께 있을까? 그가 이상하다고 생각하지는 않을까.

말을 하다가 멈춘 하연이 이상하다는 듯 도윤이 눈을 찡그렸다.

"네가 듣고 싶다고 했잖아. 샤콘느."

"아……."

그랬었다. 하연은 예전에 그에게 샤콘느가 듣고 싶다고 했었다. 스쳐 지나가듯 한 말을 기억하고 있었구나.

"하지만 그건……. 그건……."

그는 잘못 이해했다.

"그건?"

"선배가…… 도윤 씨가 켜는 샤콘느가 듣고 싶었다는 거였어요."

"내가 연주하는 샤콘느?"

하연은 고개를 끄덕였다. 오케스트라 연주를 하며 그가 켜는 많은 곡들을 들었지만, 그와 처음 만난 대학교 1학년 때 길에서 그가 켰던 샤콘느는 다시 들을 일이 없었다. 그래서 듣고 싶었다. 다시 한번, 샤콘느를.

처음 그를 알게 된 계기가 된 곡. 캠퍼스에서 울려 퍼진 샤콘느가 아니었다면 하연은 동아리에 들지 않았을 것이고, 도윤을 만나지도 못했을 것이다. 바이올린 따위, 옷장에다 넣어 놓고 다시 손에 들지 않았을지도 모른다. 그리고 지금 그의 곁에 서 있지 않았을 터. 모든 것이 시작된 것이 바로 그의 샤콘느였다.

"그런 게 왜 듣고 싶어."

도윤이 툭, 타박하자 하연이 고개를 저었다.

"물론 에드리안 무터의 공연도 너무 좋지만, 전 그게 더 좋아요."

"말도 안 돼."

세계적 거장보다 당신의 연주가 더 듣고 싶다는 말의 진의를 찾으려는 듯 도윤이 하연의 입술을 바라보았다.

"정말이에요. 하지만 오늘은 정말 잘 들었습니다. 다시 없을 추억일 거예요."

"다시 없을…….."

그가 고개를 기울이며 중얼거렸다.

"다음에 또 들려줄게."

"다음이요?"

"그래, 다음에. 에드리안 무터든, 내 연주든 간에 별로 특별한 일도 아니잖아. 난 연습 좀 해야 할 거야."

그렇게 말하고는 쑥스러운지 그는 방 안으로 쓱 들어가 버렸다.

'다음에'라는 말은 다음 생일이란 의미인 걸까? 하연은 '다음에'라는 말이 참 좋았다. 몇 번이고 입술로 그 말을 되새겼다.

＊ ＊ ＊

한남동에 있는 작은 이탈리아 레스토랑. 평소 관현악 동아리 OB들이 자주 모이는 곳이었다. 오늘 이곳은 사람들로 꽉 차 있었다. 사회생활로 바쁜지라 모임을 가져도 대부분 결석자가 몇 명은 있고는 했는데, 오늘만큼은 단 한 명도 불참하지 않았다.

"도윤 형이랑 하연이가 결혼하다니 진짜 대박 아니냐."

"난 진짜 몰랐어. 지난번에 형이 결혼한다고 그랬던 것도 하연이랑 결혼하기 전 밑밥이었나 봐."

"대박. 그러고 보니 하연이가 도윤 형네 회사에 들어간 것도, 사실은 같은 회사에 들어가고 싶어서 그런 거 아니야? 둘이 언제부터 사귄 거야?"

"누가 알고 있었어? 아무도 몰랐지?"

도윤은 며칠 전 동아리 단체 메시지 창에 하연과 결혼한다는 것을 밝혔다. 그 이후 메시지 창은 거의 폭주 상태였다. 어떻게 된 일이냐는 둥, 언제부터 사귀었느냐는 둥, 시간이 지나도 둘에 대한 관심이 끊이지 않았다.

모르는 사람에게 결혼한다 말하는 것과는 달리, 학생 때부터 알아 온 친구들에게 결혼 사실을 밝히는 것은 어려웠다.

오늘은 결혼 축하 파티 겸 청첩장을 나눠 주는 자리였다. 왁자지껄 사람들이 떠들어 대는 와중에 하연은 머리카락을 쓸어 올리며 얼굴을 붉혔다.

오늘 그녀는 파스텔색의 원피스를 입고 자리에 앉아 말을 아꼈다. 그런 하연을 도윤은 집요하게 눈으로 좇았다.

"야야, 차도윤, 그래서 누가 먼저 결혼하자고 했냐고."

"……."

이런 자리가 불편한 건가? 쑥스러운 듯 가끔 배시시 웃기만 하네.

"야! 차도윤!"

도윤이 하연을 바라보며 순간 말을 잃자, 옆에서 그에게 말을 시키던 경준이 소리를 빽 질렀다. 귀가 얼얼해질 정도로 큰 소리에 도윤은 인상을 찌푸렸다.

"아, 왜."

"사람이 말을 하면 좀 들어. 뭘 생각하는 거냐?"

"하하, 경준이 네가 좀 참아라."

멀리 떨어져 앉아 있던 우진이 뚜벅뚜벅 걸어와 경준의 옆에 자리를 잡았다. 우진이 피식 웃으면서 와인 잔을 흔들었다.

"도윤이 하연이한테 빠져서 정신없잖아. 좋을 때지 뭐."

우진의 말에 도윤이 인상을 썼다.

"쓸데없는 소리."

그러나 오랜 친구인 그가 도윤의 인상 정도에 멈출 리가 없었다.

오히려 표정이 구겨진 도윤이 재밌는지 피식피식 웃음을 내뱉으며 서슴지 않고 말을 이었다.

"다른 사람도 아니고, 차도윤이 결혼까지 결심했으니 얼마나 제정신이 아니겠어. 우리가 봐줘야지."

"아, 그래도 사람이 질문하는데 받아는 줘야지."

친한 만큼 오지랖도 심한 친구들이었다. 결혼조차 안 한다 했던 도윤이 이러니 궁금할 만도 했다. 팔을 꼬고 다소 방어적인 자세로 도윤이 입을 열었다.

"뭐가 그렇게 궁금한데?"

"누가 먼저 결혼하자고 했냐고. 얌전한 하연이가 먼저 했을 리는 없지만, 차도윤 너처럼 무심한 새끼가 결혼을 하자고 하는 게 도저히 상상이 안 돼서."

"내가."

도윤이 툭 내뱉었다.

"내가 하자 했어."

처음 결혼을 제의한 것은 하연이었다. 하지만 이상하게도 말이 그렇게 나갔다.

"네가? 야, 어떻게 결혼을 결심하게 된 거야?"

"글쎄."

도윤이 고개를 살짝 기울이고 경준을 보았다.

"넌 왜 결혼했냐?"

도윤의 동기인 경준은 대학을 졸업하자마자 결혼해 벌써 애가 있었다. 동아리 내에서 가장 어린 나이에 결혼한 경준에게 도윤이 묻자 그가 당황했는지 눈을 깜박였다.

"글, 글쎄. 뭐 좋아해서 했지 뭐. 그때야 푹 빠져서."

"보통 그래서 결혼하겠지."

도윤은 그렇게 말을 하고는 입을 닫았다.

"그럼 네가 하연이를 너무 좋아해서 하자 한 거라고?"

도윤은 그 질문에 대답하지 않았다. 그저 말없이 눈을 치켜뜨기만 했다. 그것을 무언의 긍정이라 받아들인 경준이 피식피식 웃었다.

"야, 세상에 살다가 별일을 다 보네. 차도윤이 누구한테 다 빠지고."

"다 변하는 거지. 뭐, 하여튼 축하한다. 오늘 밥은 당연히 도윤이가 사는 거지?"

친구들의 말에 도윤이 어깨를 으쓱하며 자리에서 일어섰다.

"그래. 많이들 마셔. 이런 기회 또 없을 테니까."

"캬, 그러면 오늘 좋은 날이니 비싼 와인 시키자. 괜찮지?"

"그래. 나 화장실 다녀온다."

도윤이 경준의 어깨를 툭 치고, 자리를 떴다. 이미 와인을 여러 잔 해서인지, 아니면 끝나지 않는 친구들의 질문 세례 때문인지 도윤은 머리가 지끈거렸다. 잠시 시원한 바람을 쐬고 싶었다.

화장실로 가기 위해 실외로 나가 걸었다. 오늘따라 바람 한 점 없어 밖에 나와도 두통은 나아지지 않았다. 한 걸음 한 걸음 걸어가는데.

"도윤 형."

누군가의 굵은 목소리가 도윤을 불렀다. 몸을 돌려 보자, 한 남자가 비스듬히 서서 그를 바라보고 있었다.

"우리 이야기 좀 하죠."

성준이었다.

도윤이 미간을 찌푸렸다. 그러고 보니 오늘 저 녀석도 있었나.

오늘 모임에 참여한 사람이 많아, 그가 있었다는 것조차 몰랐다. 그러나 성준에게 특별히 관심이 없던 도윤과는 달리 그를 부르는 성준의 표정은 자못 비장했다.

성준의 구겨진 얼굴에서 단순한 가십을 찾는 다른 동아리 멤버들의 가벼운 관심과는 다르다는 게 드러났다.

"이야기? 너랑 나랑 할 이야기가 뭐가 있지?"

성준이 도윤에게로 한 발짝 다가오며 입을 열었다.

"하연이랑 정말 결혼할 생각인가요?"

아아. 그 이야기.

"결혼할 생각도 아닌데, 청첩장을 찍지는 않지."

성준의 손에는 오늘 도윤과 하연이 돌린 보라색 청첩장이 들려 있다. 도윤이 그 청첩장을 바라보며 한쪽 입꼬리를 끌어올리자, 성준이 크게 숨을 쉬었다. 그 숨결에는 짜증이 맺혀 있었다.

"나, 형이 왜 하연이랑 결혼하려는지 알아요."

"……."

"재벌가의 아들이니, 결혼해서 안정된 가정을 꾸미려고 하는 거겠죠. 사람들에게 보여 주려고. 하연이는 순수하고 얌전하니 그런 거에 잘 맞는다고 생각한 걸 거고."

하연이 얌전하던가. 그렇지는 않은데.

몇 달 전이었다면 도윤도 성준의 '하연이 얌전하다'라는 말에 동의했을지도 모른다. 하연은 조용했다. 동아리 활동을 할 때도, 존재감이 크지 않았다. 제각각 의견을 내며 시끄러울 때, 늘 고요히 한 구석을 지키고 앉아 있곤 했다.

바이올린을 연주할 때조차 그녀는 자기주장이 강하지 않았다. 강약을 잘 주지 않고 늘 부드러운 음색의 연주만 보이는 하연에게 도윤은 몇 번이나 강약을 주라고 화낸 기억이 있었다.

늘 그렇게 고요했다. 하지만 오랫동안 자리 잡고 있던 그런 이미지는 어느샌가 도윤의 안에서 흐려졌다. 이제 도윤이 아는 하연은 말이 많지는 않지만 심이 단단한 사람이었다. 당장 부러질 듯하면서도 절대 휘지 않는 사람.

"선배, 저랑 결혼해요."

술에 취한 하연을 데려다줬던 날, 그녀가 얼마나 과감하게 그를 끌어당겼는지, 서툰 입술을 그의 입술에 얼마나 뜨겁게 비벼댔는지 떠올랐다. 그 생각에 도윤은 피식 웃었다. 그런 도윤의 웃음을 오해한 듯 성준의 미간이 더욱 깊게 좁혀 들었다.

"내 말이 웃겨요? 당신한텐 모든 게 쉽죠?"

"요점만 말해."

도윤은 성준과 딱히 친한 선후배 사이도 아니었다. 이렇게 술 마시다 나와 길거리에서 나눌 이야기도 없었고, 하고 싶지도 않았다. 심드렁한 도윤의 말에 성준이 이글거리는 눈빛으로 말했다.

"하연이, 형이 그렇게 가지고 놀 만한 여자 아니에요."

그의 숨에 분노가 담겨 있었다.

"형이 아무리 잘났어도, 아니, 더 잘난 남자라도 함부로 대할 여자 아니야. 여자는 다른 데도 많잖아요. 형이라면 결혼하겠다고 했을 때 쫓아오는 다른 여자 많겠죠. 그러니까 놔줘요. 신하연은 안 돼. 걔한테 그러면 안 되는 거잖아요."

그 말에 짜증이 치솟았다. 네가 뭔데? 네가 뭔데 신하연을 놓으라 마라 난리지?

성준의 얼굴을 보자 분노가 속에서 똬리를 틀었다. 평소에는 감정 기복이 심하지 않은 도윤의 가슴에 붉은 화염이 일었다. 목 끝까지 치고 올라온 더운 기운을 겨우 누르고 간신히 차분하게 말을 꺼냈다.

"왜 내가 신하연을 놓아줘야 하지? 왜 하연이는 안 되는데?"

"……."

"신하연이 착해서? 신하연이 얌전해서?"

"그것도 있지만."

성준이 말을 잇기 전, 도윤은 비스듬히 서서 그를 삐딱하게 바라보며 선수를 쳤다.

"아니. 네가 신하연을 좋아해서겠지."

순간, 성준의 눈빛이 흔들렸다.

"신하연이 그냥 착하고 좋은 애라 여겨서 이러는 거 아닐 거 아니야. 네가 하연이를 좋아해서겠지. 아니면…….."

둘이 서로 좋아하던가.

하연은 결혼 준비를 시작할 때, 성준에게만큼은 자신이 반드시 직접 설명해야 한다고 했다. 다른 친구들에게는 말해도, 그에게는 먼저 말해 줘야 한다고.

도윤은 그 이유를 어렴풋이 알 것 같았다. 지금 필사적으로 말리는 그의 모습만 보아도.

거기까지 추론이 다다르자 순간 고통이 심장을 꿰뚫었다. 속이 바싹 말랐다. 갈증으로 타들어 가는 입술로 도윤은 말을 빠르게 이었다.

"그런데 어쩌나. 신하연은 나랑 결혼하겠다는데."

"그건 하연이가……. 그건, 하연이가."

성준이 입술을 달싹였다.

"하연이가 뭐?"

성준은 그러나 억울한 듯, 눈에 핏발만 세울 뿐 아무 말도 하지 못했다.

"신하연이 네게 뭐라고 했어?"

한참을 말을 고르던 그는 입술을 달싹이다 겨우 말을 내뱉었다.

"정략적인 결혼이라고 하더군요."

"……."

비밀을 다른 사람도 아니고 성준에게만 말했다는 사실에 순간 도윤은 말을 잊었다. 하지만 표정은 여전히 싸늘하게 내려앉은 채였다.

"하연이가 결혼하고 싶어 하는 건 나야. 네가 아니고. 이유가 어찌 되었건 간에 말이야. 신하연이 원하는 걸, 네가 주지 못했으니 나에게 왔겠지."

하연은 당장 돈이 필요했다. 성준 역시 게임 업체를 운영해 유복한 편이겠지만, 그녀가 원하는 돈을 바로 줄 수는 없었을 것이다. 그래서 신하연이 도윤을 선택한 것이다. 돈 때문이어도 어쨌든 도윤을. 중요한 것은 그것이었다.

"식장도 잡았고, 집도 구했어. 이제 정말 결혼식만 남았고. 늦어도 너무 늦었네."

"너무 늦은 건 없는 겁니다."

너무 늦은 건 없다라. 좋아하는 여자가 결혼한다는데 그 남자에게 하는 말치고는 지나치게 건방졌다. 어쩌면 1년간의 결혼 생활이 끝나면 신하연은 그에게 갈지도 모른다. 지난번에 듣기론 대학 때 성준은 이미 하연에게 고백을 한 적이 있다고 했다.

결혼을 앞둔 선배에게 찾아와 이렇게 어깃장을 놓을 정도라면, 그의 짝사랑이 대학교 때부터 계속된 거라면……. 이혼한다고 해도 성준은 기꺼이 하연을 받아 줄 것이다. 잘된 일이지.

순간 헛웃음이 나올 것 같았다. 정말 잘된 일이야. 결혼을 준비하면서 때로 도윤의 마음에 걸리는 게 있었다. 서로의 목적을 위해 결혼하는 거지만, 평범한 여자인 하연에게 이혼 딱지가 붙어 혹시 피해라도 입으면 어쩌나, 하는 걱정이.

하지만 지금 눈앞에서 이렇게 화를 내는 성준을 보니, 별로 상관할 필요가 없을 것 같았다. 하연은 도윤을 떠나고 나서도 행복할 수 있을 것이다. 도윤 따위는 다 잊고. 그러니까 정말 잘된 일인데, 이 가슴속에 요동치는 분노는 무엇일까.

하연은 아주 오래전, 성준이 한 고백이 진짜인지 아닌지도 모르겠다고 했었다. 10년 전의 이야기. 농담처럼 지나간 말이었다고. 그러나 농담으로 꾸며진 진심이었겠지.

"신하연을 몰래 숨어서 좋아하건, 대놓고 사랑하건 간에 그건 네 자유지. 근데 하연이는 내 신부고, 내 아내가 될 거야."

최소 1년 동안은. 그 뒤에 어떠한 일이 기다리고 있을지는 알지 못했다. 하연과 떨어지고 나서 무슨 일이 기다리고 있을지는 도윤도 짐작하기 힘들었다.

도윤에게 비벼 댔던 그 부드러운 입술로 성준에게 사랑을 속삭일지 모른다. 하지만, 지금은 아니다. 그들은 계약을 했다. 그리고 하연은 그 계약을 깨지 않을 것이다. 그 손은 도윤만이 잡을 수 있다. 최소한 이 결혼이 유지될 동안은.

도윤이 그 말을 내뱉은 순간, 뒤에서 익숙한 목소리가 들렸다.

"도윤 씨?"

화장실에 다녀오는 길이었는지, 하연이 도윤을 발견하고는 그의 이름을 불렀다.

"어, 성준이도 있었네?"

성준을 바라보는 하연의 눈매가 보기 좋게 동그랗게 휘었다. 그 모습을 보자 도윤은 또다시 속이 바짝 탔다. 조금 전까지 잔뜩 성을 내고 있던 성준이 감쪽같이 표정을 감추고 부드럽게 웃었다.

"화장실 가려는데 위치가 어디인지 몰라서 도윤 형에게 묻고 있었어."

"그래? 여기 화장실 저쪽이잖아. 처음 온 것도 아니면서."

하연이 의아하다는 듯 고개를 갸웃거리며 화장실 쪽을 가리켰다.

"아, 남자 화장실에 사람이 있더라고. 그래서 다른 곳 없나 물어봤지."

"아아. 그렇구나."

"근데 됐어. 그냥 기다리지 뭐."

성준이 어색한 표정을 하면서 화장실로 걸어갔다. 잠시 잠깐, 도윤에게 닿은 시선은 매우 날카로웠다. 도윤은 그가 멀어지는 그 틈을 놓치지 않고 하연에게 말을 걸었다.

"하연아, 다시 안으로 들어가는 거야?"

"네."

"같이 가자. 나도 들어가는 길이야."

도윤이 하연에게 성큼 다가서며 그녀의 어깨를 그러쥐었다. 갑작스러운 신체 접촉에 놀란 듯 그녀가 눈을 동그랗게 떴지만, 뒤에서 보고 있을 성준을 의식한 도윤은 미동조차 안 했다.

"와인, 많이 마셨어?"

붉어진 뺨을 보고 도윤이 속삭이자, 하연이 고개를 저었다.

"술 안 마셨어요."

"그래?"

"네, 혹시 실수할까 봐."

성준이 속닥대는 둘을 바라보고 있었다. 그의 시선이 질투를 품고 있었다. 성준이 혀끝을 차는 소리가 들려왔다. 그리고 남자의 발걸음이 무겁게 멀어져 갔다.

뚜벅뚜벅, 걸었던 소리가 완전히 사라졌을 때 즈음, 도윤은 입을 열었다.

"정략결혼인 거, 성준에게 말했나?"

도윤은 날이 서지 않은 목소리로 물었다. 그녀를 겁주고 싶진 않았다. 그러나 의문이 남았다. 완벽한 예비부부를 모두 앞에서 연기하기로 했다. 모두의 앞에서. 그런데 왜 그 모두에 성준은 제외되는 거지.

"죄송해요."

해명을 듣고 싶었는데, 하연의 입술에서 사과가 튀어나왔다.

"아무한테도 말하지 말라고 하셨는데, 성준이에게는 말했어요."

"뭘?"

"사정이 있어서 결혼한다고."

"우리가 계약으로 결혼한다고 말한 거야?"

하연이 고개를 끄덕이며 서둘러 말했다.

"걱정 안 하셔도 돼요. 성준이는 아무한테도 말하지 않을 거예요."

"왜 그랬지?"

어머니까지 속였다. 그들이 계약 결혼이라는 것은, 가족도, 도윤의 비서도, 친구도 누구도 모른다. 동아리 친구 누구도 알지 못하는 일이다. 그런데 왜 성준에게만 말을 한 것일까.

도윤의 질문에 하연이 그를 빤히 바라보았다. 평소, 하연의 눈동자는 투명했다. 밝은 곳에서 자세히 응시하면, 그녀의 마음속까지 들여다보일 정도로.

하지만 밤이 깊어서일까. 그 눈동자는 그저 칠흑같이 까말 뿐,

그녀가 무엇을 생각하는지 보이지 않았다.

"도저히 속일 수가 없었어요. 속을 것 같지도 않았고요."

속일 수가 없었다. 바람결에 하연의 머리카락이 나부꼈다. 그러나 그 안에 보이는 그녀의 눈빛은 흔들림이 없었다.

하연의 대답에 도윤은 아까 잠시 들었던 의문이 다시 떠올랐다. 성준이 하연을 좋아하는 것은 확인했다. 그럼 눈앞의 여자는……

너는 지금 누굴 보고 있을까.

"죄송해요. 아무에게도 말하지 말라 하셨는데."

그녀가 사과를 하면 할수록 도윤의 기분은 진창처럼 축축하고 끈적끈적해졌다. 미안해하는 그녀의 표정을 보니 마음에 뭐라 표현할 수 없는 어두운 구름이 꼈다.

"근데 걱정하지 마세요. 성준이는 말하지 않을 거예요. 이모님이 아실 일은 없어요. 누구에게도 절대 말하는 일은 없을 테니까."

하연의 말에 도윤은 고개를 끄덕였다. 굳은 얼굴의 도윤을 하연은 계속 바라보다가 들어가라는 그의 말에 먼저 레스토랑으로 돌아갔다. 하지만 도윤은 쉬이 돌아갈 수 없었다.

오늘의 주인공인 자신이 없어지면 녀석들이 소란을 피울 거라는 걸 알고 있었다. 하지만 돌아갔다가는 그가 흔들리고 있다는 것을 예민한 친구들은 알아챌지도 몰랐다. 무엇보다 하연과 성준에게 들키고 싶지 않았다.

밤공기가 서늘하게 식어 있었다. 돌아가지 못하고 서성이던 도윤은 근처의 벤치에 털썩 주저앉았다.

분명 나무 벤치에 앉아 있는데, 발밑이 흔들린다. 불안하게, 지진이라도 난 것처럼.

"이모에게 들킬 일은 없다, 라."

아까 하연이 한 말을 다시 한번 되뇌었다. 성준이 하연과의 계약 결혼을 알고 있다는 이야기를 듣고서, 단 한 번도 이모에 대한 생각이 나지 않았다.

이모가 알면 어쩌지. 이 비밀이 새어 나가 그녀가 슬퍼하기라도 하면 어쩌지. 그런 생각은 전혀 들지 않았다. 그저, 하연이 성준과 어떤 관계인 것인지. 하연이 그를 좋아하는 건지. 그것만이 그의 머리를 채웠다. 그것만이 화가 났다.

하연이 이모라는 단어를 꺼낼 때까지 그 존재를 까맣게 잊고 있었다. 그들의 결혼은 사랑해서 하는 결혼이 아니다. 그냥 나이가 차서 하는 결혼도 아니다.

딱 1년간, 도윤은 이모를 속이기 위해서, 하연은 아버지의 빚을 갚기 위해서 하는 결혼. 이모에게 들키지만 않으면, 하연이 그동안 바람만 피우지 않는다면 문제 될 것 없는 결혼이다.

결혼 전에, 이혼 후에 누구를 만나든 상관없었다. 그녀가 결혼하고 있는 동안 다른 남자를 마음에 품어도 괜찮았다. 왜냐면 그들은 진짜 사랑이 아니니까. 근데 왜 이렇게 화가 나는 걸까. 이 갈증은 뭘까. 왜 자신은 성준과 이야기하며 속이 탔던 걸까.

왜.

도대체 왜.

도윤은 그 답을 찾으려 했지만 찾을 수가 없었다. 찾지 못한 척했다.

＊ ＊ ＊

"어머, 너무 예쁘다."

"잘 어울리나요?"

"하연이 넌, 어깨가 예뻐서 드레스 입기 예쁜 체형이야."

결혼 준비는 착착 진행됐다. 오늘 하연은 웨딩드레스를 보러 왔다. 마침 오늘 도윤의 이모, 이연진 여사가 병원을 퇴원했다. 당연히 몸 상태는 완벽하지 않았다. 하지만 그래도 도윤의 결혼식이 가까워져서인지 그녀는 평소보다 훨씬 양호해 보였다.

"이모님, 오늘 몸이 괜찮으시면 같이 웨딩드레스 보러 가시면 어때요?"

"어머, 내가 같이 가도 돼?"

드레스 숍에 와서 옷을 갈아입는 하연을 보고 이 여사는 계속 싱글벙글거렸다. 같이 오길 잘했다. 안색이 좋아진 그녀를 보고 하연이 안도의 한숨을 쉬었다.

"정말이에요. 신부님이 참 자세도 좋으시고 예쁘세요. 드레스 입기 좋은 체형이세요. 가슴도 몸매와 비교하면 큰 편이시고."

드레스를 입을 때 도와주던 직원의 칭찬에 하연이 얼굴을 붉혔다.

"그러게. 도윤이도 오늘 같이 왔으면 좋았을 텐데."

"도윤 씨는……."

결혼 준비는 정말 해야 할 것이 많았다. 도윤도 나름대로 신경을 써서 시간을 내주고 있었지만, 지난번 동아리 친구들에게 청첩장을 돌린 날 이후로는 연락이 드물었다. 역시 화가 난 걸까.

성준에게 계약 결혼에 대해 말했다고 이야기한 순간 도윤은 가만히 하연을 바라보았다. 표정을 잘 드러내지 않는 남자의 얼굴이 약간 비틀렸다. 뭐라고 말하지는 않았지만, 화가 난 것처럼 보였다.

그날 이후, 도윤과의 사이에 달라진 점은 없었지만 묘하게 그가 멀게 느껴졌다. 기분 탓일까.

4번째 드레스를 갈아입으며 하연의 손가락이 스르륵, 부드러운 시폰의 위를 쓸어내렸다.

"도윤 씨는 바쁘다나 봐요."

"그래? 뭐가 그렇게 바쁘대. 세상에 한 번뿐인 결혼식인데. 더 중요한 일이 뭐가 있다고."

이모의 말에 옆에서 옷을 입도록 도와주던 직원이 방긋 웃으며 말을 이었다.

"외국에서는 결혼 전에 신부가 웨딩드레스를 입은 모습을 신랑에게는 보여 주지 않아야 오래오래 행복하게 잘 산다고 그래요."

"그래도 그렇지 말이야."

하연이 드레스를 다 입고 나자 이모는 그 모습을 보고 방긋 웃었다.

"예쁘다. 어머, 너무 딱 맞아. 예뻐."

"그러게요."

직원 역시 예쁘다며 칭찬을 했다. 거울 속에 비친 자신의 모습이 낯설었다. 늘 셔츠 안에 꽁꽁 싸여 있었던 어깨가 다 드러났다. 그 살결 위로 밝은 조명이 반짝였다.

예쁜 것…… 같기도 하다. 하연은 자기 자신을 예쁘다고 생각한 적이 없었다. 다소 평범한 얼굴이라고 생각했었는데, 지금 이 모습은 볼만한 것 같기도 했다.

선배도 그렇게 봐 줄까. 아니면……. 모르겠다. 왜 더 멀어진 것만 같을까. 더 가까워져야 하는데.

도윤을 떠올리는 하연의 얼굴이 어둡게 흐려졌다.

밤늦게 집으로 돌아오는 길. 도윤의 이모가 기사를 시켜 집 앞으로 데려다주겠다고 했지만, 조금 걷고 싶었던 하연은 거절하고 집으로 걸어갔다.

도윤의 이모는 내일 강릉으로 내려간다고 했다. 그래서 하연은 그녀와 저녁 식사도 함께했다.

"선배가 왔으면 더 좋았을 텐데."

도윤이 식사 시간에는 올 줄 알았는데, 전화도 없었다. 오늘 그에게 온 연락은 '오늘은 힘들어.'라고 온 문자뿐. 하연은 손안에 든 핸드폰을 데굴데굴 굴리며, 그에게 오지 않는 전화를 기다렸다.

"꼭 전화를 해야 하는 건 아니지, 뭐."

그렇게 중얼거리면서도, 서운한 것은 어쩔 수 없었다. 성준에게 말한 것 때문에 그가 자신에게 화난 것이야 어쩔 수 없다고는 해도, 이모님은 내일 강릉을 내려가는데…….

"너무하잖아."

하지만 또 정말 바쁠 수도 있고. 이랬다 저랬다 생각하며 하연은 또각또각 길을 걸어갔다. 집 앞에 거의 도착했을 즈음, 손안에 꼭 쥔 핸드폰이 몸을 떨었다.

"선배인가?"

그러나 기대와는 달리, 핸드폰에 떠 있는 번호는 난생처음 본 번호였다. 누구지. [통화] 버튼을 누르고 전화를 받는 순간, 익숙한 남성의 목소리가 울렸다.

-여보세요? 신하연 대리님 핸드폰 맞나요?

익숙한 목소리인데, 누군지 퍼뜩 이름이 떠오르지 않았다. 생각이 날 듯 말 듯한 상대방에 하연은 우선 자신의 이름을 말했다.

"네. 제가 신하연입니다만."

-아, 맞구나. 저, 하동석입니다. 차도윤 이사님의 비서.

아, 하 비서님. 도윤의 수행비서이자, 하연의 팀 동료이기도 한 이미연 대리의 남편이었다. 몇 번 지나가다 인사를 한 적도 있고, 대리님의 결혼식에서 본 적도 있지만, 그것뿐인 관계였다. 전화번호를 교환한 적도 없었다. 무슨 일이지? 벌써 9시가 넘은 시간인데.

"하 비서님, 안녕하세요."

-늦은 시간에 죄송합니다.

"아니에요. 어쩐 일이세요?"

-오늘 이사님이 부산에 일이 있으셔서 출장을 다녀오셨거든요.

부산 출장이 있었구나. 하연은 처음 듣는 이야기였다.

"네."

-지금 제가 집으로 모셨는데, 아무래도 몸 상태가 좋지 않으셔서요.

"몸이요?"

-감기에 걸리신 것 같은데, 병원에는 안 가겠다고 하시고…….
근데 신하연 대리님이 이사님 아프신 거 알고 계시는가 해서요.

몰랐다. 어젯밤 그와 결혼 관련해서 전화를 하긴 했지만, 그런 낌새는 없었다. 부산 출장도, 그가 아픈 것도 하연은 새까맣게 모르던 일이었다. 화나서 오늘 못 온 게 아니었어. 아팠던 거다.

"처음 들어요. 많이 안 좋은가요?"

-네. 열과 기침이 심하셔서……. 이사님은 아프셔도 잘 티를 내지 않는 분이라 걱정이 됩니다. 모시는 동안 이렇게 아프신 건 처음 봤습니다. 지금은 집이신데.

"제가 가 볼게요."

-그렇게 해 주실 수 있나요?

누가 말려도 당장 뛰어가고 싶을 정도다.

"네. 걱정하지 마세요. 알려 주셔서 감사합니다."

-저야말로 감사하죠.

전화를 끊은 하연은 얼른 도윤에게 연락했다. 통화 연결음이 몇 번 뚜우 뚜우 이어지는 동안에도 초조해 발을 굴렀다. 영원 같은 시간이 지나가고 달칵 소리와 함께 듣고 싶던 목소리가 하연의 귓가를 울렸다.

-여보세요.

익숙한 목소리는 평소 같지 않았다. 살짝 가슬거리는 목소리. 나지막한 소리 사이에 이질감이 있었다.

"도윤 씨, 저 하연이예요."

전화를 할 줄 몰랐는지, 화면에 뜬 하연의 이름을 보지 못했는지, 하연이 자신의 존재를 밝히자 그가 입을 한참 다물었다.

침묵이 잠시 이어지고 숨소리만이 전화기에서 들려왔다. 지금 무슨 생각을 하는 걸까? 혹시 정신을 잃었나 하는 생각이 들 정도로 오랜 시간이 지나고 나서야 도윤이 말을 이었다.

-무슨 일이지?

"아프시다고 들었어요."

-별거 아니야. 어디서 들었어?

"하 비서님께 들었습니다."

전화기 건너편에서는 "쓸데없는 짓을……."이라는 도윤의 목소리와 함께 혀를 끌끌 차는 소리가 들렸다. 하연은 그의 반응에도 개의치 않았다.

"지금 어디세요? 집이시죠? 제가 갈게요."

-좀 쉬면 돼. 내일은 일요일이고 하니 굳이 네가 올 필요 없어.

"왜 필요가 없어요?"

-혼자서도 괜찮으니까.

"제가 가고 싶어서 그래요."

-아픈 거 아니라니……. 쿨럭.

얄궂게도, 아픈 거 아니라고 짜증스럽게 부정하던 도윤의 말끝에 기침이 걸려 나왔다. 그래서 하연은 물러서지 않았다. 물러설 수가 없었다. 선배는 혼자 사는데, 잘못되기라도 하면 어떻게 해. 덜컥 겁이 났다.

"집 주소 알려 주세요."

-괜찮아.

"제가 가는 게 싫으세요?"

하연의 질문에 싫다, 좋다 말없이 도윤은 입을 다물었다. 간헐적으로 기침 소리만이 들려왔다.

쿨럭, 쿨럭.

그는 아프다고 말하지 않았지만, 기침 소리가 깊었다. 저렇게 기침을 할 정도면 오늘 아침에도 아팠을 텐데, 무리를 해서 부산까지 갔다 온 듯했다.

혹시 어제부터 아팠던 걸까. 하 비서가 병원에 가자고 해도 기어코 싫다고 했겠지.

대학 시절에도 그랬었다. 감기에 걸려도 그는 어렵게 연습에 나와 제 몫을 다 해내곤 했다. 아픈 것을 숨긴 채. 누구에게 기대지도 않은 채.

그런 도윤의 모습을 볼 때면 하연은 이상하게, 옆에 있고 싶어졌다. 그가 자신에게 기대고 싶어 하지 않아도 버팀목이 되고 싶었다.

못내 서운했다. 나 지금 아프다고, 잠깐 와 달라고 자신에게 전화했다면 얼마나 좋을까. 도윤이 자신에게 연락하지 않았어도 아픈 그를 그냥 그렇게 혼자 집에 둘 수는 없었다.

약해진 그의 옆을 지키고 싶은 자신의 욕심. 그를 혼자 두고 싶지 않은 이기심일지도 모른다. 하지만, 하연은 그냥 그렇게 모른 척할 수는 없었다.

아직 신혼집으로 이사 전이라 그는 여전히 예전에 살던 아파트에 홀로 살았다. 그의 집에 가 본 적은 없었다. 도윤이 알려 주지 않으면, 하연은 하 비서에게라도 물어 가 볼 심산이었다.

"싫으셔도 갈 거예요. 하 비서님께 주소를 여쭤봐서라도 가겠어요."

하 비서가 이상하게 생각한다 해도 하연은 상관없었다. 혹시라도 도윤에게 무슨 일이 생기는 것보다는 훨씬 나았다.

-하아.

하연이 굳게 버티자, 도윤은 길게 한숨을 쉬고는 주소를 불러 줬다. 그 주소를 듣자마자, 하연은 손을 들어 지나가는 택시를 잡았다. 택시를 멈춰 세우는 손이 속절없이 흔들렸다.

＊ ＊ ＊

회사에서 얼마 떨어지지 않은 지역의 한 주상 복합 아파트.

하연은 그가 말해 준 호수 앞에 도착해 숨을 고르고 초인종을 눌렀다. 조금 뒤, 문이 열리고는 하얀 니트를 입고 머리가 흐트러진 도윤이 나타났다.

도윤이 입은 흰 옷만큼이나 그의 얼굴에는 핏기가 없었다. 문가에 느슨하게 기댄 채 색이 옅은 파리한 입술로 그가 읊조리듯 말했다.

"고집쟁이."

그의 첫마디에 하연은 그럴 때가 아닌데 이상하게도 웃음이 터질 것만 같았다. 얼굴에 핏기가 하나도 없을 정도로 저렇게 심각하게 아프면서 하 비서님도 밀어내고, 하연도 못 오게 하고.

정작 고집이 센 것은 누구인가. 누가 누구를 고집쟁이라고 부르는 거야. 그러나 하연은 미소를 겨우 삼키고 입술을 우물거렸다.

"죄송합니다. 고집이 세서."

"올 필요 없다고 했잖아."

"필요 없어도 제가 오고 싶었어요."

단호한 말에, 도윤은 어깨를 으쓱하고는 몸을 돌려 휙 안으로 들어가 버렸다. 하연은 그의 뒤를 쫓아, 처음 와 본 그의 아파트에 들어섰다.

하연과 도윤이 신혼집으로 선택한 곳은 작은 마당이 있고, 햇살이 환히 드는 벽돌로 지어진 따뜻한 느낌의 집이었다. 그러나 도윤이 혼자 사는 이 집은…… 한없이 차갑고 추웠다. 하얀색과 철제로 이루어진 삭막한 느낌의 방에는 화분 하나, 컬러풀한 색깔 하나 없었다. 초여름인데도 방 안에는 싸늘한 한기가 들었다.

"춥지 않으세요?"

"괜찮아."

그렇게 말하고는 그는 소파에 털썩 앉았다. 말과는 달리 도윤의 속눈썹이 바르르 떨리고 있었다. 추운 게 분명했다.

"들어가서, 따뜻한 데서 주무시죠."

"너 가면 그러지."

얼른 가라고 시위라도 하는 건가. 몸이 안 좋아서 예민해졌는지 그의 목소리는 뾰족하게 각이 서 있었다.

"열은 재 보셨어요?"

그가 팔짱을 끼고 비스듬하게 소파의 팔걸이에 몸을 기댄 채 고개를 저었다. 열 때문에 정신이 없어 보였다. 그가 힘을 주려 해도 눈이 스르륵 감겼다.

"약은요."

또 그가 고개를 저었다. 고개를 저을 때마다 평소에는 단정하게 빗어 올렸던 머리가 흐트러져 내렸다.

"피곤해서 그래. 자면 좀 나을 거야."

하연은 소파에 앉은 그를 위에서 빤히 바라보았다.

도윤의 위로 하연의 시선이 오롯이 쏟아졌다. 눈을 감고 있는 도윤조차 따갑게 느껴질 정도였다. 그래도 도윤은 움직이지 못했다. 온몸이 마치 바닥으로 빨려 들어가는 듯 무거웠다. 푹신한 소파에 묻힌 몸을 움직이는 것은 거의 불가능했다.

손가락 하나 까딱하는 것도 힘들어서 도윤은 그저 눈을 감았다. 자면 좀 괜찮다고 불퉁하게 말했지만, 눈앞이 어질거렸다.

그때, 서늘한 감촉이 불같이 뜨거운 도윤의 이마에 닿았다.

뭐지. 도윤이 눈을 조금 떠서 바라보니, 하연이 손을 뻗어 그의 이마 위에 얹고 있었다. 그 손바닥이 부드럽고 시원해서 기분이 좋았다.

"뭐…… 해."

가칠가칠한 목으로 도윤이 그녀에게 묻자, 하연이 미간을 잔뜩 찌푸린 채 중얼거렸다.

"엄청 뜨거워요. 이렇게 사람 몸이 뜨거워질 수 있나?"

별거 아냐, 그냥 감기야. 설마, 젊은 사람이 감기 같은 거 걸려서 죽는 일도 없을 텐데 하 비서도, 너도 참 유난이구나.

그러나 도윤은 그 말을 못 하고 그저 숨만 뱉었다. 아까부터 기침을 너무 해서 말이 더 나오지 않았다. 목이 까끌까끌했다.

하연은 고개를 갸웃거리면서 손을 뗐다가 붙였다가 반복했다.

"이상해요."

그래, 이상하긴 하다.

하연의 살결이 닿을 때마다 도윤의 몸이 요동쳤다. 시원하기도 하고, 더워지기도 하고. 정말 아프긴 아픈가 보지. 뭐라 할 수 없는 열기가 몸을 돌았다.

"내 손바닥이 너무 차갑나."

그렇게 중얼거리고는 하연이 점점 가까워졌다. 눈을 반짝반짝 빛내는 그녀의 얼굴이 도윤의 시야 속에 가득 찼다. 도윤이 피할 새도 없이, 그녀의 볼록한 이마가 그의 이마에 닿았다.

"뭐……."

"저랑 체온 비교하는 거예요."

그녀의 속눈썹이 자신의 속눈썹에 스칠 정도로, 그녀의 입술 사이로 부는 달콤한 숨결이 감기로 둔해져 있는 코를 간지럽힐 정도로 가까웠다.

병 때문에 심장이 미쳤는지, 두근두근 뛰는 소리가 도윤의 귓가에 울렸다. 어쩌면, 하연이 너무 가까워서 그녀의 심장 소리가 들리는 걸지도 모른다.

"너무 높아요. 저보다 엄청 뜨거워요."

그녀가 그렇게 말할 때마다, 붉은 입술이 자신의 거칠고 마른 입술에 스칠까 무서웠다. 도윤은 남은 힘을 쥐어짜 소파 더 깊숙이 몸을 움직였다. 조금이라도 그녀에게서 떨어지려고.

그러나 오늘은 하연이 도윤보다 빨랐다. 그녀의 손이 도윤의 손목을 잡았다. 가늘고 연약한 손가락이, 남자답게 힘줄이 돋아난 손목에 얽혔다.

"심박 수도 재야 해요. 너무 빠르거나 느리면 위험한 거랬어."

두근두근두근, 아까까지만 해도 느릿하게 뛰던 심장은 하연의 손길에 속절없이 빨라졌다. 하연이 두 손가락을 도윤의 손목 위에 얹은 상태로, 벽에 매달린 시계를 물끄러미 바라봤다. 툭, 툭, 툭, 맥이 빠르게 뛰자 하연이 또 고개를 갸웃거렸다.

"심박 수도 너무 빠르네."

"지금 나……."

손톱이 얇은 손목의 피부를 자극할 때마다 도윤은 입이 바싹 탔다.

"놀리는 건가?"

지난번 성준과의 일 이후 도윤은 그녀에게서 약간의 거리를 두려 했다. 성준과의 대화에서 느낀 분노와 충동은 도윤이 이제껏 느껴 본 적 없는 것이다.

이건 연애가 아니다. 이건 진짜 결혼이 아니다. 난 너를 좋아하지 않고, 좋아할 수도 없다. 우린 그저 계약일 뿐이다.

되뇌고 되뇌며 정신을 가라앉히기 위해 일에 몰두했다. 안 그래도 일 중독자인 도윤은 다소 미뤄도 될 정도의 업무도 앞으로 다 끌어당겨 사무실에 파묻혔다.

오늘의 부산 출장도 굳이 갈 필요 없는 기업과의 미팅에 손수 가겠다고 하여 상대방이 놀랄 정도였다. 결혼한 지 얼마 안 돼 신혼을 즐겨야 할 하 비서에게는 안 된 일이었지만, 그렇게 해서라도 잡념을 지우고 싶었다. 이렇게 가혹하게 자신을 몰아붙였으니 아플 만도 했다. 감기 기운이 있긴 하지만 그냥 혼자 쉬면 되는데.

"놀리는 거라뇨."

도윤의 질문에 하연이 말도 안 된다는 듯 미간을 찌푸렸다. 보기 좋은 이마가 찌푸려진다. 놀리는 것이 아닌가. 열에 들떠서인지 도 저히 이성적인 판단이 들지 않았다.

"이제 확인했으니 돌아가."

"이렇게 선배가 아픈데 어떻게 가요."

선배, 라고 하연이 도윤을 불렀다.

신하연은 이상한 구석이 있었다. 오빠라고 부르지도 않고, 도윤 씨라고 불렀다가도 저렇게 부지불식간에 그를 선배라고 부른다.

참 이상한 아이야. 도윤은 눈을 감은 채 멍하니 그녀의 목소리를 들었다. 참 이상한 것은 그녀뿐이 아니다. 이렇게 목소리만 들어도 마음이 차분해지는 자신도 정상은 아니었다.

"응급실에 갈까요? 아니, 괜히 가서 대기하다가 더 오래 걸릴 수 도 있으니 의사를 부르면 어떨까요."

"……"

"절대 혼자는 못 둬요."

괜찮아, 난. 도윤은 혼자 있는 것에 익숙했다. 혼자 앓는 것도 그랬 다. 아픔을 삼키는 것에 익숙했다. 어릴 때부터 그랬다. 어머니는 불 쌍한 여인이었다. 정략결혼으로 시집와 폭군 같은 남편에 휘둘렸다.

남들보다 철이 일찍 든 도윤은 그런 어머니에게 기대서는 안 된다는 것을 어린 나이에 깨달았다. 어머니가 돌아가시고는 더더욱 누구 앞에서 상처를 드러내놓지 않았다.

아버지의 학대 때문에 어머니가 그렇게 되었다는 것을 어머니의 사후에 알고는 이모는 도윤을 억지로 뺏어 왔다. 이모는 도윤에게 해 줄 수 있는 것은 뭐든 해 줬다. 사랑도, 환경도 완벽하게. 그래도 이모에게 아프다 할 수는 없었다. 도윤이 아픈 게, 도윤의 불행이 이모 자신 탓이라고 자책할 것을 알았기에.

그래서 혼자가 편했다. 혼자 있으면 실컷 앓고 실컷 아파할 수 있었다. 아픔을 삼키는 것보다 그게 훨씬 쉬웠다. 그러니까······.

"가. 난 혼자가 편해."

도윤은 그렇게 말하고 잠에 빠져들었다. 뭐라고 하연이 웅얼거리는 소리가 들리는 듯했지만, 잘 들리지 않았다.

❋ ❋ ❋

목이 탔다. 갈증이 너무 나서 미칠 것 같았다. 도윤은 손을 뻗어 소파 어딘가에 놓아두었던 물병을 찾았다. 뻑뻑한 눈을 뜨고 흐린 시야 속에서 물병을 찾으려 하는데, 그것보다 더 빨리 축축한 것이 입에 닿았다.

뭐지. 입에 닿는 게 무엇인지 눈치채기 전에 또렷이 눈앞에 하연의 얼굴이 떠올랐다. 그녀는 조심스레 한 손으로는 도윤의 턱을 잡고, 한 손으로는 물병을 그의 입술에 댔다. 살짝 벌어진 입술 사이로 미지근한 물이 흘러들어와 도윤의 갈증을 잠재웠다.

"음······."

"천천히 드세요."

손을 들어 그녀의 손에서 물병을 뺏으려 했지만, 어림도 없었다. 충분할 만큼 그의 입술을 적시고는 하연이 물병을 뗐다.

"아직도 집에 안 가고······."

"네. 있어요."

단호한 말투. 평소의 파들거리는 그녀의 모습은 어디에도 없었다.

"집에 갈 수가 없어요. 몸은 어떠세요?"

"괜찮아."

"괜찮지 않은 건 의사 선생님이 이미 보고 가셨고요."

그 말에 도윤은 익숙하고 살풍경한 자신의 방을 둘러보았다. 이질적인 물건 하나가 눈에 들어왔다. 링거가 대롱대롱 매달려 제 몸 안으로 노란색 액체를 넣고 있었다.

"누굴 부른 거야?"

"제가 아는 사람이 있어야죠. 하 비서님께 부탁해서 의사 선생님 좀 불러 달라고 했어요."

"⋯⋯."

"얼마나 주무신 줄 알아요? 제가 오고 16시간을 주무시더라고요. 도윤 씨가 죽는 줄 알았어요."

그러고 보니, 그녀가 집에 올 때만 해도 깜깜했던 밖의 풍경이 어느새 밝은 대낮이었다. 딱 봐도 아침이라기에는 환한 빛에 하연이 어깨를 으쓱했다.

"조금만 기다리세요. 알았죠?"

하연은 마치 제 집처럼 움직였다.

도윤은 사람을 잘 집에 들이지 않았다. 외간 여자는 물론이고, 사이가 좋은 우진도, 평소 자신의 일을 봐주는 하 비서조차 급한 일이 없으면 집에 들이지 않았다.

당연히, 누군가가 자신의 집 안에서 저렇게 돌아다니는 것을 보는 것은 낯설었다. 그러나 어제 집에 처음 온 하연은 마치 도윤이 자신의 집에 온 손님이라도 되는 양 바삐 움직였다.

도윤은 소파에 등을 기대고 앉아, 거실과 부엌에서 바삐 움직이는 하연을 물끄러미 바라보았다. 하연은 뭔가를 만들고 있는 듯 도윤의 시선에 신경 쓰지 않고 부엌에서 바지런히 왔다 갔다 했다.

결혼하면 이렇게 될까. 너랑 나랑, 이렇게 당연한 듯 같은 공간에서 시간을 보내는 건가. 상상이 되지 않았는데, 오늘 눈으로 보고 나서야 눈앞에 그려진다.

"거의 밥 다 되어 가는데."

마치 정말 부부라도 된 양, 그녀가 묻는다.

"씻고 오실래요? 혼자 씻으실 수 있겠어요?"

왜, 혼자 못 씻으면 도와주려고? 그렇게 짓궂은 질문을 던지려다 도윤은 말을 삼켰다. 원래 농담을 즐기지도 않는데, 하연의 앞에서는 되지도 않는 달갑지 않은 질문을 하게 된다.

그렇게 말을 던지면 어쩔 줄 몰라 파르르 떨리는 그녀의 눈동자가 귀여워서인지도 모른다.

아, 더 생각 말자.

"나 혼자 씻고 오지."

도윤은 흔들리는 발걸음으로 화장실로 향했다. 그러자 뒤에서 졸졸졸, 하연의 목소리가 도윤을 좇았다.

"못 씻으시면 제가 씻겨 드리려 했는데."

당돌한 소리에 도윤이 돌아보았지만, 고개를 수그린 탓인가 하연의 표정은 보이지 않았다.

* * *

어젯밤은 정말 어떻게 되는 줄 알았다. 지금은 이렇게 아무렇지 않게 도윤의 앞에 앉아 있었지만, 하연은 몇 번이고 지옥을 다녀왔다. 밤 12시가 넘어 도윤은 앓기 시작했다.

"으……."

열에 들떠 아픈 소리였다. 하연은 창피한 것도 모르고, 실례인 줄 알면서도 그의 옷을 벗겨 단단한 상체를 드러냈다. 그러고는 인터넷에서 시키는 대로 차가운 수건으로 열꽃이 이곳저곳에 핀 그의 몸을 닦았다.

그래도 그는 정신이 들지 않았다. 덜컥 겁이 난 하연은 떨리는 손으로 하 비서에게 연락했다.

얼마 지나지 않아 하 비서와 의사가 도윤의 집에 도착했다. 늦은 밤중이라 하연은 미안했지만 어쩔 도리가 없었다. 단순한 감기였지만, 열이 39도가 넘었다. 링거를 맞고 나서야 하연의 마음을 애타게 하던 도윤의 신음이 잦아들었다. 그러니 지금 그가 부루퉁한 표정으로, 그녀가 아직도 집에 있는 것이 못마땅하다는 표정으로 식탁에 앉아 있어도 하연은 그저 좋기만 했다.

"드세요. 차린 건 없지만."

겸손이 아니라 정말로 차린 게 없었다. 혹시 도윤이 일어날까 봐 그가 까무룩 잠이 들고 나서야 하연은 집 앞 슈퍼에 가서 대충 간단히 먹을 것을 사 왔다.

도윤이 말없이 상을 바라보자 하연이 그를 재촉했다.

"어서요. 약 먹어야 하니까."

도윤은 마지못해 한 수저를 떴다. 입에 넣고는 꿀꺽 삼켰다. 그리고 또 한 숟가락, 또 한 숟가락.

"맛있네……."

흐르듯이 나온 그의 말. 기뻐서 하연의 입가에 미소가 번졌다.

자신이 만든 죽이 맛있다고 말해 주는 것이 기쁜 것이 아니라, 그가 입맛이 있다는 게 기뻤다.

"다행이에요."

그리고 그는 묵묵히 죽을 먹었다. 설마 다 먹을 줄은 몰랐던 그가 싹싹 밥그릇을 비우자 하연이 금방 자리에서 일어났다.

"더 드릴까요?"

"괜찮아."

"그럼 여기 약."

하연은 테이블 위에 있는 그의 손을 끌어당겼다. 샤워하고 와서 땀으로 젖어 있던 어제와는 다르게 보송보송한 그의 손에 약을 쥐여 주었다.

"드세요. 해열제래요."

"……응."

말없이 그가 약을 먹었다. 어제 그렇게 오기를 부리던 남자는 순한 양처럼 하연의 말을 들었다. 그가 약을 먹고 나서, 하연을 바라보았다.

"여기서 내내 있었던 거야?"

"네."

"옷은 네가 갈아입혔고?"

그 말에 하연이 눈을 깜빡였다. 도윤이 감정 없는 말투로 말했다.

"어제 하얀 옷을 입고 잠들었는데, 깼는데 파란 티셔츠길래."

지금까지 단호하게 굴던 하연의 입술이 처음으로 당황해서 떨렸다.

"아, 저……. 네. 땀 닦아 드리느라고. 입히는 건 하 비서님이 하셨어요."

"흐응……."

"진짜예요. 저 이상한 짓은 안 했어요."

하연이 필사적으로 부인했다. 눈을 깜빡이면서 손을 저었다.

"그냥 정말, 열을 식히려고 땀만 닦았어요."

좋아하는 사람이니까. 사랑하는 사람이니까. 그의 벗은 몸에 시선이 가지 않을 수는 없었다. 하지만 열로 앓고 있는 남자의 몸을 눈으로 탐하는 것도 죄악 같아 하연은 억지로 고개를 돌려 수건으로 몸을 닦았다.

도윤이 말을 하지 않자, 하연은 마음이 급해 다시 한번 부정해 보았다.

"이상한 마음 품고 한 건 아니에요, 진짜."

"왜 그렇게 부정해?"

고개를 내리고 그가 중얼거렸다.

"너무 격하게 부정하니, 정말 그런 것 같잖아."

그의 말에 하연의 입이 딱 닫혔다. 뭐라고 해야 할지 몰라 가만히 그의 얼굴만 바라보았다. 불긋불긋, 열꽃이 피었던 쇄골 근처의 투명한 피부는 어느새 차분하게 가라앉아 있었다. 바싹 말라 있던 입술도 혈색이 많이 돌아와 있었다.

그가 다 먹고 난 것을 하연이 치우려 하자, 도윤이 고개를 저었다.

"그냥 내버려 둬. 내가 할게."

"아프신데."

"그럼 나중에 가사 도우미라도 부르지."

"……."

하연이 망설이자, 그가 입을 열었다.

"밤새웠지?"

"네?"

"어젯밤에 우리 집에 와서 지금⋯⋯."

그의 눈이 벽에 걸린 시계로 향했다.

"오후 2시인데, 여기서 잠도 못 자고 계속 그렇게 있었던 것 아냐. 하연이 네 성격에 내가 아픈데 잤을 리가 없잖아. 나도 많이 좋아졌으니 그냥 두고 돌아가."

"⋯⋯네."

다 맞는 말이라 할 말이 없었다. 막상 밤을 새우며 그가 아플 때는 별생각이 없었는데, 이제 그가 괜찮다는 것을 알게 되니 눈이 뻑뻑하고 어깨가 딱딱하게 느껴졌다. 도윤의 말에 하연이 대충 앞에 보이는 것만 치우고 나갈 준비를 했다.

"갈게요."

"응."

그렇게 말하고 현관으로 나가려던 하연은 도윤의 얼굴을 한 번 더 보았다. 괜찮은 거겠지? 어제보다 훨씬 더 또렷해진 눈동자가 그가 많이 좋아진 것을 보여 주고 있었다.

이제 그는 그녀가 필요 없는 것 같아 뭔가 안심되면서도 섭섭한 느낌. 하연이 나가려고 현관문 손잡이를 잡은 순간, 현관 쪽으로 도윤이 걸어오며 입을 열었다.

"신하연."

"네?"

뭐가 필요한 게 있나, 싶어 돌아보자 그가 살짝 입술을 잘근잘근 깨무는 모습이 보였다. 그가 무슨 말을 하려나 차분히 기다리자, 고민 끝에 그가 말을 내뱉었다.

"앞으로 같이 살게 되더라도, 이런 일 안 해도 돼."

"······이런 일이라면······."

"간병이나, 뭐 집안일이나, 가사나. 그러려고 너랑 결혼하는 거 아니니까."

그럼 뭐 하려고 결혼하는 건데요? 단순히 이모님만 보여 주려는 거면······ 하지 않아도 될 일을 많이 했는데. 순간 섭섭해진 하연이 눈썹을 좁히자, 그가 하연의 마음을 꿰뚫어 본 듯 고개를 저었다.

"그러니까, 자질구레한 일 네가 할 필요 없다는 거야. 설거지 같은 것도 그렇고······."

"······."

"우리가 한 건 계약이잖아. 나에게 빚을 졌다고 생각해서 너무 잘해 줄 필요 없어."

그 말이 더 서운했다. 갑자기 그와 자신의 사이에 선이 그어졌다. 역시 성준과의 일 이후에 그가 달라졌다. 뭔가 보이지 않는 벽이 생겼다.

"빚 때문 아니에요."

하연의 말에 도윤의 눈썹이 쓱 올라갔다.

"그런 건 생각하지도 않았어요. 누가 아프면 돌봐 주고 싶고."

그리고 그 상대를 사랑하면 더더욱, 함께 있어 주고 싶고. 맛있는 걸 먹이고 싶고.

"그래서 한 거지, 도윤 씨에게 부채의식을 가지고 한 일은 아니에요."

"······."

"알아요. 제가 이것저것 하는 게 불편하시겠죠. 근데 그냥 제가 하고 싶어서 한 거예요."

서운함에 말을 하는데 하연의 턱이 저도 모르게 떨렸다. 이번에는 제 감정을 다 숨길 수가 없었다. 하연의 목소리가 파르르 울리자, 도윤이 한 걸음 더 다가왔다. 도윤은 여전히 힘이 없었지만, 부드러운 손길로 그녀를 어루만졌다.

"……고맙다."

한참의 침묵 끝에 나온 말. 하연이 여기 오고 나서 내내 부정적이던 그의 입에서 감사의 인사가 나올 줄은 몰랐다. 빤히 그를 바라보자 그가 말을 이었다.

"고맙다는 말이 먼저여야 했는데. 실수했군."

여전히 그 말투는 딱딱했지만, 어깨에 닿는 그의 손길이 따사로워 조금 전 응어리진 마음이 살살 풀렸다.

"도윤이 말이야, 어렵지?"
"네?"
"가시도 많고, 제 속도 안 드러내고. 쉬운 아이는 아니야."

그렇게 말하며 연진은 웃었다.

"어렸을 때도 얼마나 웃지도 울지도 않고, 가만히 앉아서 표정 알기가 힘들었는지. 가끔 걔가 바이올린 연습을 하면 그 소리를 듣고 이런가 보다 저런가 보다 헤아렸지."

마음을 말해 주지 않으니, 그날그날의 선율을 듣고 감정 기복을 확인했다는 소리였다.

"근데 가시라는 건, 제 몸을 보호하기 위해 태어난 거지. 강한 사

람은 가시가 필요 없어."

이 사람은 평생 이렇게 가시를 세우고 힘들지도 않은 걸까. 도윤은 정말로 사람을 싫어하는 사람이 아니었다. 정말로 누군가를 못 믿는 사람도 아니다. 그랬다면, 애초에 동아리 사람들도 밀어 냈을 것이고, 그리고 지금도…… 고맙다는 말 대신, 그냥 가라고 했을 것이다.

밀어내고 싶지 않은데, 상처받을까 봐 가시를 세우는 것은 아닐까. 어쩌면 그녀만큼이나, 아니면 그녀보다도 더 약한 사람이 저 단단한 가슴 속에 숨겨져 있는 것은 아닐까. 하고…….

하연은 도윤을 바라보며 생각했다.

"미안하게 됐어."

도윤의 말에 하연은 말없이 바라보다 두 손을 들어 그를 끌어당겼다. 스르륵, 그의 커다란 몸이 하연의 여린 두 팔 사이로 들어온다.

"어."

놀란 도윤의 입에서 작은 소리가 흘러나왔다. 하연은 신경 쓰지 않고 그를 꼭 끌어안았다. 이 사람을 사랑한다. 가시투성이인 이 남자를 너무나도 사랑한다. 성준과 일 이후로 혹시 그가 화가 났을까 봐 무서웠다. 만약 이대로 결혼이 없던 일로 돌아간다면, 살 수 없을지도 몰라. 그렇게 생각하기도 했다.

하지만 더 욕심낼 것이 없었다. 늘 혼자였다고 말하는 남자의 옆에 그녀가 있었다. 그에게 밥을 해 주고, 그가 아파하지 않도록 옆자리에 앉아 있어 주고. 하연은 그럴 수 있는 것만으로 행복했다.

아팠던 당신을 혼자 두지 않을 수 있어서 좋았다. 그것만으로도 이 모든 연극은 의미가 있었다.

"왜…… 안아?"

그의 손이 엉거주춤 허공에 떠 있었다. 하연은 그의 품에 고개를 댄 채 속삭였다.

"선배가 고맙다는 말을 하다니…… 열 있나 싶어서요."

"내가 그 정도로 이상한 인간인가?"

"네."

선배는 참 이상해요. 선배를 알면 알수록 더 사랑하고, 더 좋아하게 되는 거 보면.

"……자꾸만 이렇게 닿으면 너도 감기 걸릴 수 있는 거 알지?"

그한테 옮는다면 감기라도 좋았다. 그가 자신에게 감기를 옮겨서 조금이라도 좋아진다면, 아니, 그와 무엇이라도 공유할 수 있다면. 그의 말에 하연이 속삭였다.

"그러게요. 옮을 수도 있겠네요."

그렇게 말하면서도 하연은 그를 놓아주지 않았다. 오히려 도윤을 더 강하게 끌어안았다.

"그러니까 옮아서 아프면 도윤 씨가 간병해 줘야 해요."

알았죠. 그 말에 도윤은 아무 말이 없었다. 고개를 끄덕인 것도 같은데 알 수가 없었다. 괜찮아. 아마 이 마음속에서는 좋다고, 했을 테니까.

도윤과의 사이에 생긴 벽은 어느 순간 허물어졌다 생각했는데, 어느 순간 이렇게 또 나타나곤 했다. 상관없었다. 몇 번이고 뛰어넘으면 된다. 그러면 언젠가 그들 사이에 거리는 없어질 것이라고 믿었다.

＊ ＊ ＊

여름은 점점 더 초록빛으로 물들었다. 하연은 혼자 도윤의 이모인 이연진 여사의 강릉 별장에 들어서며 깊이 숨을 들이쉬었다. 별장을 둘러싼 작은 숲의 푸른 잎사귀가 흔들리며 사그락사그락 시원한 소리가 울린다.

아름다운 곳이다. 너무도 아름다워서 눈이 시릴 정도로.

연진의 암은 나을 조짐을 보이지 않았다. 검사 결과에서 늘어만 가는 종양의 음영. 그래서 연진은 퇴원하여 아예 강릉에 내려와 버렸다. 사실상 삶의 마지막을 준비하고 있었다.

"이모님, 날이 더운데 왜 나와 계세요."

"네가 도착했다고 하길래. 오느라 고생했지?"

바닷가보다는 산에 가까운 산장은 그래도 시내보다는 한결 시원했다. 별장의 정원에 서 있던 연진이 하연이 들어오자마자 손을 뻗어 그녀의 손을 잡았다.

"와 줘서 고마워."

"당연한걸요."

"도윤이는 언제 온다고 그러던?"

"내일이요."

원래는 금요일 저녁에 퇴근하고 같이 내려오기로 했었는데, 회사에서 생긴 급한 일 때문에 하연 먼저 내려오게 되었다.

도윤과 함께 움직이지 못하는 게 못내 서운하기도 했지만, 그것보다도 그가 또 건강이 상할까 봐 겁부터 났다. 아직 나은 지 얼마 되지도 않았다. 걱정할까 봐 도윤이 아팠던 것은 연진에게는 당연히 비밀이었다.

"그래? 회사 일이 많아서. 그래도 그 녀석은 회사 일이 많은 게 마음이 편할 거야. 일을 워낙 좋아하니."

"그럴까요?"

"그래. 우리 오늘은 여자끼리 재밌게 놀자. 응?"

하연은 고개를 끄덕였다. 그날 저녁은 이모님과 이야기를 하고 도란도란 보냈다. 도윤이 있을 때는 영 듣기 힘든 그의 어릴 적 이야기를 듣기도 하고, 이모님이 모르는 그의 대학 시절의 이야기를 하기도 했다.

얄궂게도, 연진을 위해서 결혼이라는 연극을 하고 있는데, 그녀 앞에서 하연은 마음이 편했다. 있는 그대로 그를 사랑하는 마음을 오롯이 드러낼 수 있어서 숨을 쉬는 것 같았다. 다른 이에게는 마음껏 할 수 없는 그에 관한 이야기를 종일 해도 둘은 즐거웠으니까.

푹 자고 일어난 다음 날 아침. 날이 좋아 아침 식사를 정원에 차렸다. 아직 해가 높이 뜨기 전이었다. 살랑이는 바람결에 머리카락이 흩날리고, 더없이 쾌적한 날씨였다.

"확실히 강원도가 공기가 좋은 것 같아."

얼굴이 발그레 상기된 상태로 연진이 정원을 둘러보았다. 연진의 마지막 남은 일생을 보낼 별장은 크기는 꽤 컸지만, 어느 한 곳 빠짐 없이 별장 관리인의 꼼꼼한 손길이 닿아 있었다. 오래된 벽돌집의 벽은 보랏빛으로 물든 시클라멘이 가득 채우고 있었고, 정원의 한쪽에는 장미덩굴이 흐드러지게 펴서 더없이 아름다웠다.

"정원이 참 예뻐요."

"그렇지?"

차를 입에 대며 연진이 웃었다.

"이곳에 있으면 이상하게 몸이 다 나을 것만 같아. 그런 착각이 들 정도로 건강한 기분이야."

"나으셔야죠."

햇볕이 연진의 얼굴에 닿아 하얀 피부에 붉은 생기를 더했다. 그런 연진을 보면 볼수록 하연은 믿을 수가 없었다. 물론, 수척하고 마르기는 했어도 여전히 생기가 넘치는데. 정말 끝이 다가오는 걸까. 몸이 정말 좋아지시는 것은 아닐까. 착각이 아닐지도 몰라. 그런 꿈을 꾸게 된다.

그러나 그런 하연과는 달리 "나으셔야죠."라는 말에 연진은 대답 없이 웃기만 하며 차를 마셨다. 바람이 연진의 옷깃을 스치고 지나갔다. 그럴 때마다 마른 목선이 드러나 안쓰러웠다.

"좀 걸을까?"

차를 다 마시고 연진이 일어나자, 하연이 자리에서 일어나 그녀에게로 다가갔다. 사실, 하연은 어른에게 붙임성이 없는 편이었다. 어릴 적부터 친척집에 놀러 가도 친척 어른에게 인사 한마디 잘 붙이지 못하고 주춤주춤 뒤에서 말도 못 하고 있다가 용돈 한 푼 받지 못하는 그런 아이였다. 그런데 연진에게는 이상하게 달랐다.

그녀와는 공통점이 있었다. 둘 다 도윤을 사랑했다. 그를 아꼈다. 그리고 또 하나. 머뭇머뭇 거리를 두기에는 정해진 시간이 너무 짧았다. 사랑하고 좋아할 시간도 아까웠다.

자리에서 잘 일어설 수 있게 하연이 부축을 하자, 연진이 자리에서 비틀거리며 일어났다. 그녀의 얇은 팔에 팔짱을 끼고 천천히 걸어 다니며 정원을 구경했다.

특히 연진이 오랫동안 눈을 대고 있던 곳은 씩씩하게 자리를 버틴 들국화와 마리골드가 서 있는 꽃밭이었다. 바람이 불 때마다 동글동글한 꽃들이 귀여웠다. 장미처럼 화려한 아름다움은 아니었지만, 소박한 아름다움이 있었다.

"좋네요."

"그래?"

"네. 저는 꽃이 좋아요. 정원도 좋고. 아니, 어른이 되고 나서……."

어릴 때는 그토록 관심도 없었는데.

"자연이 더 좋아졌어요. 이렇게 꽃도 풀도 좋아져서. 지난번에 야외에서 하는 결혼식을 가 봤는데, 그곳도 이렇게 꽃이 많아 사랑스럽고 좋더라고요. 물론 날씨가 좋기도 했지만요."

"그래?"

연진이 하연을 빤히 바라보다가 웃음을 머금고 물었다.

"그럼, 여기서 결혼식을 하면 어때?"

"여기서요?"

"응. 어차피 많은 하객을 부를 게 아니라면 말이야."

별장의 정원은 하연이 갔던 사촌의 야외 결혼식장보다 컸다. 오히려 꼼꼼히 손이 닿아 있어 아름답고 평화로웠다. 이곳에서 결혼식을. 연진의 갑작스러운 제안에 하연은 정원을 돌아보았다.

저쪽에 단상을 두고, 이쪽에 손님들이 앉을 테이블과 벤치를 두면 되겠다. 어차피 많은 이들을 초대할 생각은 없었다. 이 정도 크기에서도 가능할 것 같은데. 얼마 남지 않아 준비가 바쁘기는 해도, 그래도…….

하연이 상상하며 잠시 대답이 없자, 무언의 거절이라고 생각했는지 연진이 손을 내저었다.

"아냐. 근데 원래 하기로 했던 결혼식장에서 하는 게 편하긴 하겠지. 야외는 번거롭고. 내가 괜한 소리를 했네."

"너무 좋아요, 이모님."

좋았다. 연진이 오래 이동하지 않아도 되어 좋았고, 이렇게 아름다운 곳에서 결혼식을 올릴 수 있어서 좋았다.

오히려 도윤이 걱정이었다. 부를 사람도 대학 친구와 외가 쪽 친척 몇밖에 되지 않는 하연이야 이런 작은 곳에서 해도 괜찮았다. 하지만 도윤은 사정이 달랐다. 아무리 친가에서 나와 있어도 재벌가의 인물이었다. 불러야 할 사람도 많을 텐데.

"도윤 씨가 어떨까 해서요. 이미 다 정하기는 했지만요. 이모님이 괜찮으시면 전 여기서 하고 싶어요."

근사한 아이디어 같았다. 어차피 서울에서 하면 연진이 왔다 갔다 하는 것이 부담이었다. 아픈 사람을 위해 하객들과 신랑 신부가 조금 부담스러운 것이 낫다.

"그럴까?"

연진이 생긋 웃고는 오늘 아침 이슬이 맺힌 꽃들을 굽어보았다. 그 싱그러운 꽃잎만큼이나 동글동글 맺힌 물방울이 귀여운지 연진이 톡, 꽃을 건드렸다. 파르르 떨리는 꽃에서 데구루루 물방울이 튕겨져 나온다.

"꽃 모양이 참 아기자기하고 예쁘네."

"그렇네요, 이름이 뭔가요?"

"마리골드야. 특별한 모양 아닌데도 나는 이 꽃이 참 좋더라고."

연진이 한참 꽃을 바라보다가, 꽃을 한 번, 하연을 한 번 번갈아 보았다.

"하연아."

어느새 그녀는 하연을 편하게 부르고 있었다. 그 목소리에서는 다정함과 온기가 같이 묻어났다.

"마리골드의 꽃말이 뭔지 알아?"

"뭔가요?"

"반드시 찾아올 행복."

하연이 마리골드의 노란 꽃잎을 바라보고 있자, 연진이 말했다.

목소리가 차분하게 가라앉았다.

"도윤이는 엄마가 죽은 다음에는 참 외로운 아이였어."

도윤의 엄마.

도윤은 어머니에 관한 이야기는 전혀 하지 않았다. 아버지에 대해서는 분노와 혐오를 드러낸 적이 있어도 어머니는 마치 입에 올릴 수도 없다는 듯.

연진 역시 다르지 않았다. 자신의 동생에 대해서는 입에 올리지 않았다.

"행복해지려야 질 수가 없었지. 나는 아무리 노력해도 엄마의 자리를 채워 줄 순 없었어. 그게 참 아프더구나."

목소리는 담담해도 눈빛만은 축축했다.

"그래도 그나마 그 애를 살게 붙잡는 건 이 미련한 이모뿐이었는데, 내가 이렇게 되어 버렸어. 곧 죽는다는 이야기를 듣자마자 나는 정말 덜컥 우리 도윤이 어쩌지. 그 생각만 들더구나. 도윤이는 이제 혼자가 되는데. 아무도 곁에 들이질 못할 텐데……. 우리 도윤이 어쩌지. 혼자 돼서 또 엄마가 죽었을 때처럼 외로워지면 어쩌나."

연진은 잠시 숨을 돌렸다.

"그런데 말이야. 네가 나타난 거야. 하연이 네가. 너는 도윤이에게 이 꽃 같은 존재야."

반드시 찾아올 행복. 도윤에게 필요했던, 단 하나의 행복이 바로 너인 것 같구나. 마리골드를 바라보며 연진이 속삭였다.

"고마워."

"……."

"정말 고마워."

그 말이 하연의 마음을 울렸다.

다음 날 강릉에서 서울로 돌아가는 길.

도윤이 운전하는 차 안에 앉아 하연은 말없이 밖을 바라보고 있었다. 원래 말이 많지 않던 도윤이었지만, 하연마저 오늘은 유난히 말수가 적었다.

이번 주말은 참 좋았다. 날도 좋았고, 하나하나 먹은 음식도 맛있었고, 무엇보다 연진과 함께해서 좋았다. 하지만 스쳐 지나가는 생각 역시 많았다. 흔들리는 차 안에서 여러 가지 생각을 하던 하연이 고개를 돌려 도윤을 보았다.

"도윤 씨."

"응."

"이미 결혼식장을 정하기는 했지만…… 혹시 장소를 변경해도 될까요."

이미 청첩장을 돌려 친구들에게는 안내한 터였다. PQ그룹의 자회사가 운영하는 호텔 예식장에서 결혼하기로 이미 다 예약을 했다. 생각보다도 도윤은 결혼식을 중요하게 생각했다.

그는 되도록 하연에게 원하는 것을 맞춰 주려 했다. 그러나 하연은 원하는 게 없었다. 도윤만 있으면 됐으니까. 그래서 아무것도 요구하지 않았다.

처음으로 하연이 말한 부탁이었다. 이미 결혼식 장소를 다 정하고 하는 말이라 무리가 있었다.

"어디로? 하고 싶은 데가 생겼어?"

"네. 저……. 지금 와서 바꾸기 힘든 것은 알지만, 하고 싶은 곳이 있어요."

"어딘데?"

"강릉 별장이요."

그 말에 도윤은 하연을 바라보았다.

"강릉 별장?"

"네."

"원하는 대로 해."

"정말요?"

하연의 질문에 도윤이 고개를 까닥 끄덕였다. 그뿐이었다. 왜 바꿨냐고 묻지도 않았고, 귀찮게 어떻게 그렇게 하냐고 타박하지도 않았다.

＊　＊　＊

어느새 서늘한 바람은 쌉싸름한 숲의 향기를 품었다. 아직 찜통더위가 계속되는 서울과 달리 강릉은 벌써 여름의 끝자락이었다.

이연진 여사는 오랜만에 사람들을 맞이하기 위해 강릉 별장을 구석구석 꾸몄다.

"여기 너무 좋다."

하연의 어머니가 별장에 들어서며 함박웃음을 지었다. 도윤과 하연이 서울에 올라가서 식장을 바꾼다고 사람들에게 알리자, 가장 걱정이 깊었던 것은 하연의 어머니였다. 연고도 없는 강릉의 별장에서, 그것도 사실상 시댁 어른의 집에서 결혼식을 한다고 하니 평범한 신부 어머니로서는 걱정이 될 만도 했다.

"혹시, 너 무시당하는 거 아닐까?"

아버지는 살아계시지만 사실상 없는 것이나 마찬가지다. 아버지가 없다고 하연이 어디서 무시받지는 않을까 노심초사했었는데, 가뜩이나 재벌가로 시집간다고 하니 그녀의 어머니는 더욱 걱정이 늘었다.

"아냐. 내가 하고 싶어서 우긴 건데, 뭐."

정말로 하연이 강릉 별장에서 결혼식을 하고 싶어 한다는 것을 알고서야, 그녀의 어머니는 마지못해 허락했다. 그런 하연의 어머니조차도 막상 결혼식 준비가 된 강릉 별장에 도착하자 함박웃음을 지었다.

"참 좋은 곳이야. 아늑하고."

하객은 많지 않았다. 정말 가까운 회사 사람 몇, 귀빈 몇, 친척 조금과 대학 친구들이 고작이었다. 심지어 하연의 아버지도, 도윤의 아버지도 참석하지 않았다. 그래도 괜찮았다.

짧은 입장 통로의 끝에 하연이 섰다. 바람이 세게 불면 날아갈 듯한 가벼운 드레스를 입고 있었다. 시폰으로 어깨를 살짝 감싼 드레스는 하연의 쇄골을 돋보이게 했다. 화장은 신부 화장치고는 옅었으나, 차분한 그녀의 이목구비와 잘 맞아 더없이 아름다웠다.

하연은 긴장돼서 어쩔 줄 몰랐다. 숨을 크게 들이켤 때마다 뒤로 드리운 베일이 하늘거렸다. 저 멀리 서 있는 남자를 바라보았다. 단정한 그는 평소보다도 더욱 빛이 났다. 따사로운 햇볕이 날카로운 콧날에 닿아 그림자가 생겼다.

오늘을 위해 준비한 슈트는 완벽하게 그의 단단한 몸을 감싸 안았다. 평소보다도 더 눈부신 도윤을 이미 몇천 번은 눈으로 좇은 하연의 입술이 바싹 말랐다.

하연을 바라보는 그의 눈빛과 그를 바라보는 하연의 눈빛이 허공에서 부딪쳤다. 도윤의 입술에는 미소도, 거리낌도 없었다. 평온한 채로 그녀를 기다리고 있었다.

"그럼, 신부 입장이 있겠습니다."

사회의 안내에 동아리 친구들이자 대학 생활을 함께한 동기들이 연주하는 음악에 맞춰, 하연이 길을 걸어 나갔다.

결혼이라는 것은 무엇일까. 사전적 의미를 찾아보았다.

'남녀가 정식으로 부부 관계를 맺는다.'

그러나 하연에게는 조금 더 복잡한 이야기였다. 하연의 손에는 부케 한 다발이 들려 있었다. 원래 웨딩 플래너가 권해 준 세련된 외국산 튤립 부케 대신 정원에 있던 마리골드를 꺾어 손수 소박하고 귀여운 부케를 만들었다.

반드시 돌아올 행복. 그것을 손에 들었다. 하연에게 결혼이라는 것은, 그런 의미였다. 반드시 언젠가 도윤과 함께할 수 있는 행복으로 가기 위한 하나의 관문.

한 발짝, 한 발짝 가까워진다. 이윽고, 도윤의 앞에 서자 그가 손을 내밀었다. 하연은 부케를 쥔 손으로 도윤의 팔을 잡았다.

그는 지금 무슨 생각을 하고 있을까. 서로 다른 생각을 하며, 같은 자리에 섰다. 주례가 올라오는 사이, 도윤이 하연을 바라보며 한쪽 입술을 끌어 올렸다.

"긴장했나?"

"네, 조금."

바라고 바라던 일이었다. 몇 번이고 꿈에서 봤다. 그럼에도 불구하고 하연은 입안이 마르고, 발끝이 떨리는 것까지 참을 수는 없었다.

그 모습을 보고 도윤이 다시 물었다.

"후회는?"

"절대 안 해요."

하연이 이 순간을 후회할 일은 절대 없다.

"도윤 씨에게는 묻지 않을게요."

"왜?"

"설사 도윤 씨가 후회한다고 해도, 지금은 도망 못 치게 할 테니까요."

그러고는 그의 팔을 꽉 잡았다. 그 말에, 꽉 닫혀 있던 도윤의 입에서 픽, 서늘한 웃음이 흘러나왔다. 그때, 주례가 올라와 식을 진행했다. 간단한 주례사가 끝나고, 혼인서약서를 읽는 시간이 다가왔다.

도윤이 웨딩 플래너가 준비해 준 서약서를 든 채 조심스레 읽어 내린다. 앞에 있는 글을 보고 하연은 긴장이 고조되어 뱃속이 뒤틀리는 것 같았다. 읽는 것은 문제가 아니었다. 듣는 대사가 문제였다. 도윤이 말하는 대사에 정신이 아득해졌다.

"차도윤은 아름다운 신하연을 신부로 맞아, 굳게 맹세합니다. 다른 점이 있더라도 서로의 마음을 존중하고, 설사 시간이 지난다 해도 마음이 변하지 않겠습니다. 언제나 지금의 이 마음처럼……."

그가 잠시 말을 쉬었다가 다시 읽었다.

"늘 곁에서 함께 아파하고 기뻐하며 모든 것을 나누겠습니다. 오늘의 이 벅차오르는 감정을 잊지 않겠습니다."

"……."

"신하연을 오늘부터 죽는 그 날까지 사랑하겠습니다."

신하연을 사랑하겠습니다.

그 말만이 울렸다.

6. 달콤한

　정원이 딸린 집. 테라스가 있고 작은 텃밭을 꾸밀 수 있는 2층짜리 양옥 단독 주택. 그런 집을 원하는 줄도 몰랐는데 이사 오고 나서야 하연은 자신의 숨겨진 꿈을 깨달았다.

　하연은 어렸을 때부터 아파트에서만 살았었다. 아버지의 사업이 잘됐을 때는 널찍한 큰 아파트. 사업이 망하고서는 처음에는 좁다란 쪽방에서 살았다.

　다행히 어머니가 반찬 가게를 하며 조금 집안이 폈고 하연도 돈을 벌기 시작하면서 독립까지 할 수 있었다. 작긴 하지만 아담한 원룸 방을 나름대로 꾸미며 하연은 즐겁게 살았다.

　하지만 지금까지 흙을 밟고 산 적은 없었다. 식물을 키우고 싶어도 손바닥만 한 화분이 마치 쪽방에 갇혀 사는 제 모습을 보는 것 같아 하연은 꽃집에서 허리를 숙여 바라만 볼 뿐, 한 번도 집에 들여놓지 않았다. 그래서 정원이 있는 집이 이렇게 좋다는 것을 처음 알았다.

곧게 쭉 뻗은 향나무는 바람이 불어올 때마다 자유롭게 이리저리 가지를 흔들어 댔다. 그 옆에 서 있는 이름 모를 나무 한 그루가 하연의 눈에 띄었다. 파릇파릇한 나뭇잎들 사이로 뭐라 말할 수 없을 정도로 영롱한 꽃의 자태에 홀린 듯 하연이 다가갔다.

"예쁘다. 네 이름은 뭐니?"

처음 보는 꽃이었다. 길거리에서 흔하게 볼 수 없는 꽃 같은데.

"석류나무야."

나지막한 목소리에 하연은 뒤를 돌아보았다. 안에서 짐을 풀고 있던 도윤이 하연이 없어진 것을 눈치챘는지 어느새 나온 모양이었다. 오늘 도윤은 그답지 않게 편안한 차림을 하고 있었다. 티셔츠에 면바지, 그의 머리카락이 햇볕에 옅은 갈색으로 빛났다.

"석류나무요? 그 석류요? 먹는 석류?"

"응."

"이런 나무도 집에 심는군요."

도윤이 고개를 까닥 끄덕였다.

"아마 잘 자랄걸. 가지 모양하며, 꽃이 핀 모양하며. 가을이면 아마 먹을 수 있을 거야."

신기했다. 시장에서도 흔히 볼 수 없는 석류나무가 정원에 심어져 있는 것도 그러했지만, 나무에 대해서는 하나도 모를 것 같은 도윤이 잘 알고 있는 게.

"어떻게 그렇게 잘 아세요?"

그 말에 도윤의 눈꼬리가 날렵하게 위로 솟구쳤다.

"어렸을 때…… 살던 집 정원에 있었거든."

"아, 그래서."

도윤은 어릴 적 이야기는 통 하지 않았다. 이모님이 입에 거론하는 것도, 도윤 자신이 하는 어릴 적 이야기도 죄다 중학교 이후의 이야기였다. 그러나 지금 그가 하는 말은 어쩐지 더 오래된 이야기로 들렸다. 그가 하는 이 아무렇지 않은 말의 뒤끝이 썼다.

하연은 더 묻지 않으려 했다. 그의 어머니가 아버지 때문에, 아니면 어떠한 비극적 이유로 돌아가셨다는 것은 대충 눈치채고 있었다.

"그렇군요."

손을 뻗어 반짝거리는 석류나무 잎을 잡았다. 그렇게 말을 돌리려는데 그는 오히려 마루에 주저앉으며 담담하게 말을 했다.

"엄마가 좋아하셨지. 그래서 알고 싶지도 않은데 미주알고주알 정원에 심어진 나무에 대해 알려 주셨어."

"⋯⋯."

"향나무는 잎이 많이 떨어지지 않아 기르기가 쉽다."

그리고 그가 정원 한쪽에 있는 키가 큰, 하얀색 꽃을 피운 풀들을 내려다보며 중얼거렸다.

"이 '꽃범의 꼬리'는 생긴 건 이래도 다년초라 잘 관리하면 여러 해 동안 꽃을 볼 수 있단다⋯⋯ 하는."

그가 자신의 어머니에 대해서 이야기하는 것은 처음이었다. 그러나 담담하게 말하는 그에게 놀란 티를 내지 않으려 하연은 꾹 입술을 다문 채 이야기를 경청했다.

"좋은 분이셨군요."

"그런가?"

그가 고개를 기울였다.

"어머니가 웃으며 말하던 것 중에 기억나는 건 꽃 이야기밖에 없네. 나머지는……."

그가 얼굴을 흐렸다. 조용히 침묵이 내려앉아, 바람이 잎사귀들을 스치는 소리만이 귓가를 울렸다. 얼마나 시간이 지났을까. 하연이 생긋 웃으며 허리를 폈다.

"어머님도 꽃을 좋아하셨나 봐요. 저도 정원이 좋아요."

"다행이네. 이 집에 정원이 있어서."

"네. 앞으로 열심히 꾸며 보려고요."

도윤이 다시 짐을 풀기 위해 몸을 돌리며 중얼거렸다.

"정원 꾸미기, 만만치 않을걸."

"그래도 이제 우리 정원이니까 해 볼 수 있는 데까지 해 볼게요."

그 말에 도윤이 피식 웃었다. 아까까지 그의 얼굴을 덮고 있던 어머니의 그림자는 어느새 사라져 있었다.

✳ ✳ ✳

그날 밤. 인테리어 디자이너가 가구까지 다 배치해 놓아서, 작은 물건들만 가지고 들어왔는데도 큰 불편함이 없었다. 곤란한 것은 이사가 아니었다. 이사가 아니라…….

하연은 아직 씻고 있는 도윤보다 먼저 안방에 들어왔다. 당연히 신혼부부가 따로 잘 거라 생각하지 못한 인테리어 디자이너는 안방 한가운데 킹사이즈 침대를 떡하니 세팅해 놓았다. 차분한 색의 베딩은 하연의 마음에도 꼭 들었으나 문제는 다른 곳에 있었다.

"선배랑 둘이 잔다는 거지. 같이 잠을 잔다는 것은…….”

널찍한 침대를 바라보며 하연은 인상을 찌푸렸다. 그와 같이 잔

적이 아예 없는 것은 아니다. 하지만 그건 다 마치 사고 같았던 거고, 오늘부터는 이 침대서 같이 자야 한다. 매일매일. 오늘도, 내일도, 모레도.

방 한쪽에 있는 거울에 비추지 않아도 하연은 자신의 얼굴이 새빨갛게 달아오른 게 느껴졌다.

"하연아."

"넷!!"

하연은 밖에서 들려오는 소리에 후다닥 뛰어나갔다. 망측한 망상을 하다가 들켜 버려 크게 소리 지르듯 대답하고 말았다. 욕실에서 나와 그녀를 찾던 도윤은 하연의 커다란 목소리에 얼굴을 찌푸렸다.

"놀랐어?"

"아뇨."

전혀 안 놀랐는데요. 제가 또 망측한 상상 하다가 놀란 거 절대 아니거든요. 그렇게 덧붙이려는 입술을 꼭 깨물고 하연은 배시시 웃으며 그를 바라보았다.

"뭐 필요하신 것 있으세요?"

그가 타월로 머리카락의 물기를 탈탈 털어 내며 고개를 기울였다. 다 털리지 않은 물방울이 그의 목선을 따라 또르륵 흘러내린다. 하연의 시선 역시 그 물방울을 따라 아래로 떨어졌다가 그의 너른 가슴에 닿았다. 드러난 근육에 물방울이 맺힌다.

뭘 보는 거야. 고개를 흔들어 서둘러 생각을 떨쳐 냈다. 그가 입을 열었다.

"내가 샴푸가 없어서 네 것 좀 썼는데 괜찮아?"

"네. 그럼요!"

다시 한번 큰 소리가 나왔다. 목소리가 큰 하연이 이상한지, 도윤이 인상을 비틀었다.

"시간이 늦었는데."

도윤의 눈이 시계로 향했다. 현재 시간 12시 05분. 잘 때가 지났다.

"졸리지도 않아?"

"네?"

"오늘따라 활기찬 것 같길래."

목소리가 너무 컸나 보다. 하연이 고개를 저으며 삐걱삐걱 침대 쪽으로 걸어갔다.

"아뇨. 내일 회사 가려면 자야죠."

도윤이 얼굴이 발갛게 변해 있는 하연을 한 번, 넓은 침대를 한 번 바라보았다.

"아아."

그제야 상황이 이해 갔는지 그가 어깨를 으쓱했다.

"불편하면 여기서 네가 자. 난 아래층……."

"안 불편해요."

하연은 단박에 거절했다. 그의 말이 더 나오는 것을 싹둑 잘랐다.

"매일 혼자 자다가 나랑 자려면 불편하지 않아?"

"예전에는 엄마랑 매일 같이 잤는데요. 저 그리고 잠버릇 없어요. 아기처럼 새근새근 잘 자요."

속사포처럼 말을 쏟아 내고 하연은 얼른 이불 속으로 쏙 들어갔다. 그가 뭐라 하지 못하도록 눈도 꼭 감아 버렸다. 그 상태로 그가 들어오기를 기다렸다.

하연이 퍼뜩 침대 위로 올라가자 그가 작게 한숨을 쉬었다.

처음부터 따로 자면 계속 따로 자게 될 텐데. 그건 정말 싫어. 매일매일 시간은 흘러간다. 조금씩 도윤의 마음이 열리는 것을 느낄 수 있었지만 충분하지는 않았다. 때때로 오히려 더 멀어지는 것 같기도 했다. 그럴 때면 하연은 초조해졌다. 사랑하고 싶지 않다는 그의 결심을 바꾸려면 할 수 있는 건 무엇이든 다 해 봐야 했다.

곧 침대가 출렁이고 바로 옆에서 온기가 느껴졌다. 자는 척해야 하는데 하연은 자신도 모르게 잔뜩 긴장해 침을 꼴깍 삼켰다. 그렇게 얼마나 있었을까. 옆에서는 인기척이 전혀 느껴지지 않았다.

선배…… 자나? 하연이 눈을 살짝 떠 바라보자 어둠 속에서 그가 규칙적으로 숨을 쉬는 소리가 들려왔다.

자는구나. 그와 그녀의 사이에는 아직 한 뼘만큼의 공간이 있었다. 살짝 옆으로 옮겨 그와 바싹 몸을 붙였다. 도윤의 단단한 몸이 느껴졌다. 그제야 안심이 된 하연은 잠이 솔솔 왔다.

내일 아침 식사는 뭘 만들지…….

메뉴를 떠올리기도 전 잠이 들었다. 너른 가슴에 꼭 달라붙어서 그런지, 꿈도 꾸지 않고 단잠을 잤다.

✳ ✳ ✳

다음 날 아침. 계속 추적추적 비가 오거나 흐린 날들이 이어졌는데, 오늘은 날이 유난히도 화창했다. 그러나 화창한 날씨와 달리, 회사에 출근한 도윤의 표정은 잔뜩 구겨져 있었다. 엘리베이터 문이 열리고, 대기하고 있던 동석이 허리를 숙였다.

"이사님, 안녕하십니까."

"좋은 아침입니다."

늘 별 표정이 없는 도윤이었지만 오늘은 어쩔 수 없이 얼굴에 피곤이 드러났다. 그의 피로를 알아챈 동석이 그의 안색을 살폈다.

"어제 이사하시는 날이셨죠? 피곤하신가 봅니다."

"아, 네."

도윤은 인상을 쓰고 사무실로 들어가면서 동석을 돌아보았다.

"미안한데, 커피 좀 준비해 주겠습니까?"

"네. 가져다 드리겠습니다."

"평소보다 진하게 부탁해요."

피곤했다. 밤새 한숨도 자지 못해 도윤의 투명한 얼굴에 오랜만에 깊은 다크서클이 꼈다. 이사도 이사였지만, 어젯밤 잠을 못 잔 것은 다 신하연 때문이었다.

"저는 잠버릇도 없고 코도 안 골아요. 새근새근 잘 자요. 걱정 마세요!"

그렇게 말하고 쏙 침대에 들어가더니 잠버릇이 없기는커녕, 어제 도윤은 지옥을 봤다.

그녀의 말처럼 하연은 새근새근 소리도 내지 않고 잘도 잤다. 그러나 그게 문제가 아니었다. 자는 내내 밤새 하연은 도윤의 품으로 파고들었다. 가만히 누워 있는 도윤의 팔과 가슴 사이로 파고들어 몸을 웅크리고 잤다. 통통한 뺨을 가슴에 대고 자니, 도윤은 펄떡이는 자신의 심장 소리에 그녀가 깰까 두려웠다.

넌 지금 잠이 오는구나? 나는 자기는커녕 지옥인데. 하연이랑 계속 잠을 자다가는 빨리 죽을 판국이었다. 심장이 계속 빨리 뛰어 도윤은 결국 그녀에게서 멀어지려고 살짝 팔을 빼고 몸을 돌려 등을 보였다.

"으으음······."

　그가 멀어지자마자, 하연은 뭐라고 웅얼거리더니 이번에는 도윤의 등에 찰싹 붙었다. 여린 팔이 턱, 자신의 몸을 끌어안고 그대로 그녀는 얼굴을 도윤의 어깨 위에 묻었다. 뜨거운 하연의 숨결이 목에 스치고 그녀의 부드러운 가슴이 딱딱한 등에 뭉개진다.

"하······."

　도윤의 입에서 긴 한숨이 샜다. 하연은 평온한 얼굴로 깊게 잠들어 있었다. 새벽 동이 트도록 그는 어정쩡하게 그녀를 안은 채 잠에 들지 못했다.
　이런 상태로 어떻게 자란 말이야. 결국 도윤은 새벽이 올 때까지 잠을 거의 자지 못한 채 빨갛게 충혈된 눈으로 출근을 했다.
　털썩, 자리에 앉아 그는 피곤한 눈가를 손가락으로 꾹꾹 눌렀다.
　탁.
　"여기, 커피입니다."
　동석이 내려놓은 커피 잔을 손에 들고는 홀짝 들이마셨다. 뜨거운 커피가 속을 따뜻하게 덥히고 그 감미로운 향이 코끝에 감돌고 나서야 도윤은 정신이 조금 들었다. 그러나 여전히 하연의 따뜻한 온기가 몸에 어려 일에는 집중하기가 힘들었다.
　"하 비서."
　"네?"
　"미안한데······ 커피 한 잔만 더 가져다주겠습니까?"
　우유 한 방울 넣지 않은 독한 커피를 한꺼번에 들이부어 속이 얼얼했지만, 정신을 차리기 위해서는 어쩔 수 없었다.

제정신이 아니었다. 잠이 깨기 위해서는, 머릿속에 떠도는 하연의 잔상을 지우기 위해서는 커피가 필요했다.

* * *

정원 가꾸는 것이 만만치 않을 것이라 했던 도윤의 말처럼, 하연에게는 식물을 가꾸는 일이 꽤나 어려웠다. 그리 크지 않은 정원인데도 여름의 끝자락이라 그런지 눈 깜짝할 사이에 잡초가 자라나 발목을 스쳤다.

도윤이 회사 일로 집을 비운 토요일. 아침 일찍부터 옷을 갈아입고 나와 잡초를 한참 뽑던 하연은 궁얼댔다.

"왜 꽃들은 잘 못 자라는데 잡초만 이렇게 무럭무럭 크는 거야."

일부러 심은 화초들은 여름 더위에 시들시들해져 맥을 못 추는데, 얄밉게도 잡초들은 여봐라 하고 고개를 쳐들고 있었다. 뽑아도, 뽑아도 잡초는 끝도 없었다.

"잡초도 생명인데 그냥 내버려 둘까? 다 포기하면 편해."

그렇게 중얼거리는데 뒤에서 무언가 바스락거리는 소리가 들렸다. 돌아보니 까만 길고양이가 고개를 쭉 내밀고 하연의 동태를 살피고 있었다. 코끝에 난 하얀 점이 익숙한 얼굴이었다.

"아롱이 왔구나."

이 동네에는 길고양이가 많았다. 처음 이사 오고 나서 몇 번인가 까만 고양이 두 마리가 집에 들어왔다. 아마도 전에 살던 부부가 밥을 줬던 모양인지 고양이들은 정원을 꾸미고 있던 하연에게 제 집에 온 양 밥을 달라고 재촉했다.

처음 고양이들이 나타난 날, 하연은 서둘러 편의점에서 고양이 사료를 사다 먹였다. 도윤은 처음에는 고양이가 집을 왔다 갔다 하는 것을 썩 못마땅해하는 것 같았다.

고양이들이 정원으로 들어와 꽃을 헤집고 다니면 그의 반듯한 입술 끝이 비틀렸다. 그러나 하연이 밥을 주고 만져 주고 예뻐하는 모습을 보자 그의 태도가 달라졌다. 한쪽 눈썹을 추켜세우며 지그시 바라볼 뿐, 별말이 없었다.

"아롱아, 다롱이는 어디 갔어?"

"야옹."

하연의 말이 끝나기가 무섭게 담장 위에서 또 다른 고양이 한 마리가 사뿐히 뛰어내렸다.

털썩.

고양이는 마치 조준이라도 한 것처럼 완벽하게 밥그릇 앞에 착지하고는, 먼저 있던 고양이와 사이좋게 목청 높여 울어 댔다.

"야옹."

"냐옹."

처음에는 이 집에 갑자기 나타난 하연을 낯설어하던 고양이들은 어느새 이렇게 생떼까지 부릴 정도로 하연을 따랐다.

"알았어. 금방 밥 줄게. 조금만 기다려."

햇살이 뜨겁고 날이 더워 하연은 오늘 거의 음식을 입에 대지 못했다. 이런 날에 고양이들은 온종일 밖에 있으면서도 식욕이 있다니 건강하네. 피식 웃으며 하연은 풀을 뽑기 위해 끼고 있던 장갑을 벗었다. 그리고 고양이 밥을 가지러 가기 위해 자리에서 일어서는데, 눈앞이 뱅글 돌았다.

"어, 왜 그러지……."

하연의 몸이 앞으로 기울었다. 마음대로 몸이 움직이지 않았다. 뭔가를 잡으려 손을 허우적거렸다. 숨이 차오르고 순간적으로 눈앞이 까맣게 깜깜해졌다. 몸이 앞으로 꼬꾸라지는데 아무것도 지탱해 줄 게 없어 하연은 그대로 바닥에 털썩 쓰러졌다.

"앗."

몸에 쿵 충격이 전해지는 그 순간, 대문이 끼익 열리는 소리가 들렸다. 누구일까. 누가 왔다. 아, 일어나야 하는데. 하연이 몸을 일으키려 했지만, 그것보다 타박타박 발걸음 소리가 가까워지는 것이 더 빨랐다.

"신하연!"

도윤의 목소리. 그 소리에 안심이 되어서인지 오히려 눈앞이 까맣게 물들었다. 도윤은 바닥에 쓰러진 하연에게 한걸음에 달려와 그녀의 상체를 일으켜 세웠다.

"무슨 일이야."

그답지 않게 목소리에는 긴박함이 스며들어 있었다. 하연은 입술을 달싹였지만, 말이 나오지 않았다. 빨갛게 달아오른 뺨, 마른 입술과 흔들리는 눈동자를 보고 그가 채근하듯 물었다.

"설마, 아침 내내 정원에서 풀 뽑은 건 아니지?"

"……뽑았어요."

겨우 나온 그녀의 대답에 도윤이 한숨을 내뱉었다.

"지금 몇 도인 줄 알아? 35도 근처인데."

30도가 넘었구나.

하연은 평소에 더위를 타지 않았다. 오늘따라 덥다고 했더니 이 꼴이다. 더운 숨을 뱉으며 눈을 깜박였다. 눈앞에 찌푸린 그의 얼굴이 꽉 차올랐다. 얼른 재빨리 일어서고 싶은데, 손에 힘이 빠져 그럴 수가 없었다. 하연은 그를 멍하니 바라보았다.

도윤은 눈썹을 찌푸리고는 그런 그녀를 안아 올렸다.

"앗!"

그의 두 팔이 하연의 등과 다리를 번쩍 들어 올려, 마치 공주님을 안아 드는 것처럼 가뿐히 안았다.

선배 힘이 세구나. 하연은 마른 편도 아니고, 키가 작은 편도 아니었다. 그런데도 쉽게 안아 올리는 도윤의 모습이 하연은 놀라웠다. 평소였다면 무겁다고 내려 달라고 난리 쳤을 하연이지만 오늘은 힘이 빠져 그냥 몸이 축 늘어졌다. 말 한마디 나오지 않았다. 그가 거실까지 하연을 들고 가 소파 위에 내려놓았다.

도윤이 인상을 찌푸리며 말했다.

"여기서 기다려."

어디 가라고 해도 꼼짝할 수가 없어요.

하연은 그저 눈을 깜박이며 그를 바라보았다. 그런 그녀를 곁눈질하다가 도윤이 욕실로 들어가 수건에 물을 적셔 왔다.

＊　＊　＊

수건에 찬물을 묻혀 꽉 짜는 도윤의 손이 파르르 떨렸다.

괜찮다. 괜찮아. 아무것도 아니야. 그저 더위를 먹은 것뿐이다. 그것뿐. 집으로 돌아왔을 때 바닥에 쓰러져 있는 하연을 보고 도윤은 순간 아무 생각도 나지 않았다. 정원 바닥에 쓰러져 있는 하연의 모습은 아주 오래전 비 오는 아침을 떠오르게 했다.

몇 살인지 기억조차 희미할 정도로 어린 시절의 이야기.

끔찍한 날이었다. 그 전날, 도윤의 아버지는 어머니에게 손을 댔다. 그는 맞아서 엉망이 된 어머니를 두고 분을 못 이겨 집을 나갔다. 도윤은 어머니의 울음소리에서 벗어나기 위해 밤새 바이올린을 켰다.

'여름날의 마지막 장미.'

그 곡을 미친 듯이 연습하다 어느새 잠이 들었다. 그러던 도윤은 새벽녘에 눈을 뜨고 창밖을 보았다. 정원 한가운데 쓰러진 한없이 작은 형체. 숨을 거둔 어머니였다. 어른들은 도윤에게 사고라 했다. 불운한 사고. 하지만 도윤은 불행하게도 어른들의 착한 거짓말에 속을 정도로 어리진 않았다. 그러기엔 너무 영민하고, 예민했다.

정원에서 한 여인이 바닥에 쓰러져 있는 모습. 그 모습이 케케묵은 기억을 불러일으켰다. 하지만 지금은 모든 것이 달랐다. 어린 시절의 잔혹한 기억과는 달리 오늘은 밝은 대낮이다. 하연이 목숨을 스스로 끊을 이유도 없다. 모든 것이 다른데, 왜.

바보 같은. 속으로 욕을 중얼거리며 도윤은 차가운 타월을 들고 서둘러 거실로 나갔다. 아까까지만 해도 축 늘어져 있던 하연은 어느새 몸을 반쯤 일으켜 비스듬히 앉아 있었다.

"괜찮아?"

그녀는 고개를 끄덕였다. 얼굴이 빨갛게 타서 평소 새하얗던 피부가 온통 익어 있었다. 도윤은 저도 모르게 손을 뻗어 그 뺨을 감쌌다. 평소 자신보다 늘 서늘해서 닿으면 시원하게 느껴졌던 하연의 살갗이 뜨거웠다. 그는 얼른 수건을 목에 둘러 주고는 차가운 물을 가져와 하연의 손에 쥐여 주었다.

그녀가 한 모금 물을 머금었다.

"이제 정말 괜찮아요."

그의 손안에 갇힌 하연이 소곤소곤 속삭였다.

"너 바보야?"

다소 험한 말이 도윤의 입에서 튀어 나갔다.

"열사병이 얼마나 무서운 줄 몰라? 매년 몇 명이고 죽어 나가는데. 이런 날씨에 정원에서 종일 보내?!"

"잡초 뽑기에 집중해서 그만."

"내가 집에서 그런 일 할 필요 없다고 했잖아. 왜 굳이 일을 사서 하다가……."

막상 쓰러진 하연은 아무렇지 않아 보이는데 도윤의 심장이 벌렁거렸다. 하연은 물을 몇 모금 더 마시고는 손바닥으로 파닥파닥 부채질을 했다.

"죄송해요."

웅얼웅얼 하연이 중얼거렸다.

"놀라셨죠. 저도 이런 적은 처음이에요."

눈꼬리를 둥글게 말면서 웃는 하연의 모습이 해사해 도윤은 화가 난 마음이 조금 가라앉았다.

"에어컨 얼른 설치해 달라 그래야겠어."

이사 온 지 얼마 되지 않아 아직 설치를 못 했다. 곧 가을이라 필요 없을 줄만 알았는데.

"괜찮아요. 그늘에 들어오니 한결 좋아졌어요."

그리고 또 하연이 웃는다.

"넌 뭐가 좋다고 웃어."

난 이렇게 화가 나는데. 얼굴이 화끈 달아오를 정도로 도윤은 화가 났다.

"도윤 씨가 제 걱정하길래."

하연이 눈을 감고 속삭였다.

"웃을 일이 아닌데…… 웃음이 나네요. 하여튼 전 정말 괜찮아요."

하연의 하찮은 손 부채질로는 시원할 리가 없다.

도윤은 저 멀리서 얇은 책자 하나를 들고 와서 눈을 감고 있는 그녀의 얼굴에 부채질을 해 댔다. 살랑살랑 불어오는 바람이 기분 좋은지 하연은 입꼬리를 살짝 올리고 잠이 들었다.

오늘 몇 시부터 일을 한 거야. 조금 시원해진 정도로 금방 잠이 들다니. 위험하게 혼자 땡볕에서 쓸데없는 일을 한 하연에게 도윤은 다시 화가 났다. 아니다. 이건 화가 아니라…… 걱정이었다.

하연이 말한 대로. 혹시 하연이 어떻게 되나 싶어 덜컥 겁이 났다. 걱정이 되어 견딜 수가 없었다. 그냥 더위를 먹은 것뿐이라는 걸 머리로는 알지만 지금도 의사를 불러야 하는 게 아닌지 마음이 탔다. 그런 도윤의 마음도 모르고 하연은 깊은 잠에 빠져들었다.

"음……."

얼마나 시간이 지났을까. 새액 새액 숨소리까지 내며 자던 하연이 속눈썹을 파르르 떨더니 눈을 떴다. 더위 때문에 흐려졌던 눈동자에 총기가 돌아왔다.

"도윤 씨."

그녀의 시선이 도윤이 부지런히 흔들고 있는 책자에 닿았다.

"계속 부쳐 주고 있던 거예요?"

말똥말똥한 하연의 목소리가 반가우면서도 심통이 나 도윤의 입에서 괜한 말이 튀어 나갔다.

"네가 바보같이 뙤약볕 아래서 잡초나 뽑고 그러니까."

속 타는 사람 마음도 모르고 하연은 배시시 웃었다.

"정말 괜찮아요. 정말이에요."

붉어진 입술이 오물오물 움직인다. 도윤의 표정이 여전히 굳어 있자 그녀가 손을 들어 크게 기지개를 켜 보였다.

"보세요. 말짱하죠."

"의사 안 불러도 되겠어?"

"의사요?"

하연이 눈을 동그랗게 떴다.

"그냥 열사병이에요. 왜 그렇게 걱정을 하세요."

네가 소중하니까. 소중해서 어쩔 도리가 없었다. 네가 혹시라도 아플까 봐, 혹시나 조금이라도 다칠까 봐 걱정이 되어 무서웠다. 열에 달아오른 발간 얼굴이 사랑스러워서 마음이 달았다. 그런 말이 튀어나갈 뻔한 입술을 꽉 깨물었다.

"잠시 기다려. 물 더 가져올게."

표정에 모든 것이 드러날까 봐 자리에서 벌떡 일어서 도윤은 부엌 쪽으로 몸을 돌렸다. 큰일이었다. 그녀의 얼굴을 제대로 바라볼 수 없었다. 하연은 여전히 눈을 동그랗게 뜬 채, 과하게 걱정을 하고 있는 도윤 쪽을 보면서 고개를 갸웃거렸다. 별것도 아닌 행동인데 그의 심장에서 뭐라 말할 수 없는 감정이 퍼져 나갔다.

신하연이 사랑스럽다.

신하연을…….

신하연을…….

사랑한다. 그녀가 없는 세상을 생각할 수 없을 정도로.

태어나서 처음 느낀 사랑. 그것은 두려움이었다.

＊ ＊ ＊

불어오는 살랑거리는 바람에서 풀 향기 같은 여름의 냄새가 났다. 이제 여름도 끝이 난다고 생각하니 아쉬워서 하연은 크게 숨을 들이켰다. 이상하게 하연은 여름 향기가 좋았다.

여름이라는 단어가 무언가 즐거운 일을 품고 있는 것 같아서 이유 없이 설렜다. 이유 없이는 아닌가. 이번 여름은 하연에게는 특별했다. 도윤과 함께하는 여름이어서 하연에겐 각별했다.

회사에서 밖으로 나오는 하연의 발걸음이 한없이 가벼웠다. 입사 후 늘 혼자 집으로 돌아가던 퇴근길이었다. 하지만 요즘은 달라졌다. 매일은 아니지만 가끔 하연이 타는 지하철역 앞에 도윤의 까만 차가 서 있었다.

어쩔 땐 하 비서와 운전기사도 함께였지만, 어떨 때는 하연이 사랑하는 도윤만이 있는 경우도 있었다. 그러나 오늘 선배는 회사에 없지. 도윤은 1박 2일 제주로 급한 출장이 있다고 했다. 벌써 매일같이 도윤을 누리는 호사에 익숙해진 탓인가 며칠 그를 못 만난다는 것만으로도 하연은 마음이 이상하게 허전했다.

집에 가는 길에 오미자나 살까. 오미자를 청으로 만들어 차로 마시면 기관지에 좋다는 이야기가 오늘 아침 티브이에서 나왔다. 도윤이 기관지가 약하다니 그렇게 먹으면 좋을 것 같은데. 별것 아닌 생각들을 하면서 걸어가던 하연은 지하철역 앞에 서 있는 까만 차를 발견했다.

도윤의 차는 아니었다. 조금 더 중후하고 긴 차. 재벌들이나 타고 다닐 법한, 고급 브랜드의 최고가 라인의 차. 우연의 일치인지 도윤이 늘 하연을 기다리는 자리에 차가 서 있었다.

누굴까. 누구 중요한 사람이라도 왔나. 하지만 도윤이 늘 차를 세우는 곳이라는 점 말고는 하연은 관심이 없었다.

그녀가 빠른 발걸음으로 지하철 입구로 들어가려는 그때. 차창이 천천히 아래로 내려갔다. 그리고 안에서 정장을 입은 노신사가 얼굴을 드러냈다.

"신하연 양."

낮고 중후한 목소리에 하연이 몸을 돌려 그를 바라보았다.

"네?"

"신하연 양, 맞죠?"

분명 처음 보는 사람이었다. 그러나 그 얼굴은 어딘가에서 본 듯 낯이 익었다. 남자가 다시 말을 이었다.

"나 차서형입니다."

그 이름에 저도 모르게 하연의 허리가 곧추섰다. 그는 그러니까…….

"도윤이 아비올시다. 잠깐 말 나눌 시간이 있나?"

거절을 상정하지 않은 질문에 고개를 끄덕이지 않을 길이 없었다.

＊ ＊ ＊

한도 그룹 차서형 회장. 재벌 2세로 태어나 전대 회장이 세운 그룹보다 더욱 크게 회사를 일으킨 남자. 그는 독단적인 성격이지만 사업적인 센스가 좋아 존경도 받는 인물이었다.

그렇게 떠들어대던 뉴스에서 본 것보다 차서형 회장은 작고 왜소했다. 떠돌던 소문처럼 정말 지병이 악화된 건지 아파서 약해진 모습이었다.

그는 몸이 좋지 않은 듯, 차에 타서 이동하는 도중에 몇 번이나 기침을 했다. 그들은 작은 요정 같은 곳에 도착해 자리에 앉았다. 실내 공기가 너무 건조했던 모양인지 그가 또 깊은 기침을 쿨럭였다.

"쿨럭."

"괜찮으세요?"

하연의 걱정에 손수건을 입에 대고 기침을 하던 서형이 고개를 들었다. 꺼멓게 변한 안색이 좋지 않았다.

"괜찮지 않아요. 내가."

"아……."

"오래된 병인데 오늘내일하게 됐소이다."

"그러시군요."

뭐라 위로를 해야 할지 몰라 하연은 고개를 떨궜다. 앞에 앉은 남자의 안위도 걱정되었지만, 도윤 생각이 머리를 맴돌았다. 어머니와 같은 이모님도 아프시고, 아버지도 몸이 좋지 않으니 그는 마음이 어떨까.

서형이 입을 열었다.

"도윤이랑 결혼을 했다더군."

"아, 네."

"그렇게 사람을 싫어하고 곁을 주기 싫어하는 녀석이 결혼을 한다니 난 도저히 이해가 되지 않았는데……."

그가 눈으로 살살이 하연을 훑었다. 시선의 안에 다분히 저의가 숨겨져 있었다. 평가받는 느낌.

오늘 그녀는 아침부터 회의가 있어서 새벽 출근을 했다. 평소처럼 깔끔한 오피스 복장이었지만 긴 업무 시간으로 인해 얼굴에는 완연히 피곤이 드러나 있었다. 미리 약속이라도 했었더라면 조금 더 신경 써서 나왔을 텐데. 하지만…….

그가 막상 만나자고 연락을 해 왔다면 나왔을지 모를 일이었다. 도윤이 소개하고 싶지 않다고 명백하게 선을 그었고, 그가 하는 말하나하나의 행간에서 아버지를 향한 깊은 증오가 느껴졌다.

만약 하연이 마음대로 아버지를 만난다면 도윤이 싫어할 터. 안 그래도 이모님 때문에 마음이 혼란한 그를 더 힘들게 하고 싶지 않았다.

오랜 탐색이 끝났는지 서형이 입을 열었다.

"예상외의 아가씨를 데려왔군."

"예상외인가요?"

조금 더 잘난 집안의, 그래, 그 아버지가 결혼 시키고 싶어 하는 '최수빈'이라는 당찬 여자 같은 사람을 데려올 줄 알았던 걸지도 몰라. 하긴 그게 더 앞뒤가 맞는 흐름이었다.

"그래, 예상외네. 그 녀석이 만약 여자를 데리고 왔다면 조금 더 제 마음대로 하기 쉬운 여자를 고를 줄 알았거든."

그가 굳은 입술을 끌어 올리며 끌끌 웃었다.

"그런데, 의외야."

"……."

"보통 도윤의 애비라고 하면, 내 말에 뭐라 말할 만도 한데…….
상대방이 나서기 전에 입을 열지 않는 모양새가 싸울 줄 아는 사람이야. 보기에는 상냥하고 착해 보여도, 도윤이 녀석이 무서운 호랑이를 골랐구만."

그렇게 말하며 서형은 종업원이 내온 뜨거운 차를 한 모금 마셨다. 뭐라고 말하는 게 정답이었을까. 알 수 없는 노릇이었다. 어려운 관계였다. 하연은 괜한 말을 했다가 책을 잡히기 싫었다.

"도윤이랑 결혼하기로 하고는 그 부모에게 인사를 할 생각은 없었나?"

"아뇨."

인사드리고 싶었다. 아무리 연을 끊은 부모라도 결혼이라는 인륜 대사 앞에서는 인사는 드리는 게 도리라고 생각했다. 도윤의 아버지가 어떤 분인지 직접 만나 보고도 싶었다.

"하지만 도윤이가 하지 말라 하던가?"

"아뇨. 도윤 씨는 원하는 대로 하라고 했지만……."

하연은 도윤을 욕 먹이는 것보다는 제가 욕먹는 게 나을 것 같았다. 안 그래도 서로 사이가 좋지 않은 부자의 틈을 더 넓힐 필요는 없었다. 그녀는 뭐라 더 변명을 하지 않기로 하고 사과를 했다.

"……죄송합니다."

"죄송할 것 없어. 도윤이가 그렇게 말했겠지. 나에 대해서는 뭐라고 했는지 궁금하구만."

"아무 말도 하지 않았습니다. 그저 사이가 좋지 않다고만 들었습니다."

"사이가 좋지 않다는데, 왜 사이가 좋지 않았는지 묻지는 않았나?"

"네."

도윤이 말하고 싶지 않아 했고, 구태여 하연도 그의 상처를 헤집고 싶지 않았다. 그저 단답식의 대답을 어렵게 내뱉는 하연이 답답한지, 결국 서형이 조금 큰 소리로 말했다.

"왜. 내가 지 어미 죽였다고 그렇게 말하던가?"

"……네?"

"내가 죽인 거라고 원망이라도 하느냔 말이야."

서형의 목소리가 아까 기침을 얹은 목소리와는 달리 크고 확연한 화를 품고 있었다. 갑작스러운 분노에 놀라 하연이 눈만 깜빡였다. 어디서 그의 화를 돋울 만한 말을 한 걸까. 하연은 손에 쥔 찻잔을 꽉 움켜쥐며 몸의 떨림을 진정하려 애썼다.

"아뇨, 그런 말은."

"그럼 내가 먼저 말해 두는데, 도윤 어미는 알아서 죽은 거야. 내가 죽인 게 아니라. 도윤이는 오랫동안 그렇게 생각하면서 날 원망하고, 심지어 집에서 뛰쳐나가 저렇게 사는데……."

쿨럭, 쿨럭, 잔기침이 이어졌다.

"이제 들어와야 할 것 아니야?"

"어디에 말씀이신지요?"

"집에 말이야! 우리 집에!"

조금 전까지 기침을 하고 있던 사람이라고 믿어지지 않을 정도로 서형이 큰 소리를 질렀다.

"결혼도 했고, 나도 죽어 가니 이제 집에 들어와 기업을 이어야지."

"도윤 씨는 회사를 이을 생각이 없는 걸로 압니다만."

"생각이 없어도 인간으로서, 낳아 주고 키워 준 부모에게 그 정도는 해 줄 수 있지 않나?"

하연은 정신이 없었다. 아파서인 건지, 아니면 원래 성정이 그러한지 서형은 쉽게 화를 냈고, 앞뒤 이야기를 제대로 설명해 주지 않았다.

"아가씨도 말이야, 결혼을 하기로 했으면 도윤이가 아무리 그래도 나에게 인사를 왔어야지."

그 건에 있어서는 하연도 뭐라 할 말이 없었다.

"죄송합니다."

"어허, 참. 난 사과 듣고 싶은 게 아니야."

그가 책상을 툭툭 치며 말했다. 서형은 입술을 굳게 닫고 하연을 노려보았다. 뭐라고 말해야 그녀를 수월하게 다룰 수 있을지 가늠하는 얼굴이었다.

"아가씨에게 부탁이 있어 왔어."

"네, 제가 들어 드릴 수 있는 거라면 무엇이든 해 보겠습니다."

하연이 머리를 끄덕이기가 무섭게 그가 읊조리듯 말했다.

"나와 도윤이 사이를 좀 이어 줬으면 해."

"……."

"나도 이제 살날이 얼마 남지 않았어. 도윤이는 제 어미를 쏙 빼닮아서 고집이 세고, 내 탓을 하는 버릇이 있네. 서른이 넘었으니 이제 철들 때도 되었건만."

솔직히 하연은 눈앞에 있는 사람을 잘 몰랐다. 한도 그룹의 2세로 태어나 그룹을 안정화시키고, 그 위에서 황제적 경영으로 군림한다. 매스컴에서 다뤄져서 대한민국 국민이라면 누구나 알 정도의, 딱 그 정도 내용만을 알았다.

그러나 도윤에 대해서는 잘 알고 있었다. 그가 어떤 사람인지, 그가 어떤 것을 싫어하는지.

그는 이유 없이 무언가를 미워하고 싫어하는 사람이 아니었다. 그만 철들었으면 좋겠다는 생각이 들 정도로 모든 짐을 자신의 어깨에 지고 살았다. 그런 사람이 이유 없이 아버지를 평생 원망하고 저주할까?

"제가 뭘 어떻게 도와 드리면 될까요?"

"도윤이에게 우리 가문에 다시 들어와서 살고 싶다고 해 보게. 지난번 말하는 것을 보니, 아가씨에게 꽤 빠져 있는 것 같더군. 내가 말해서는 씨알도 안 먹히겠지만, 아가씨라면……."

그의 말에 하연이 고개를 떨궜다.

"죄송합니다. 전, 그런 일은……."

도윤에게 그 정도 영향력을 끼칠 힘은 자신에게는 없었다. 도윤이 아버지에게 무슨 말을 했는지는 몰라도, 하연과 그는 그저 계약 관계일 뿐이었다. 이제 사이가 많이 좁혀지기는 했어도 아직까지는 진짜 사랑하는 사이가 아니었다.

"할 수 없습니다."

그리고 혹여, 그에게 그런 영향을 끼칠 만한 힘이 있다고 해도 하고 싶지 않았다.

눈앞에 있는 서형의 모습이 애처로웠다. 삶의 끝에서 아들을 붙잡고 싶은 마음을 이해했다. 하지만 도윤보다 중요하진 않았다. 도윤의 깊은 상처를 헤집을 정도는 아니었다.

할 수 없다고 단호하게 말을 내뱉은 하연을 보고 서형이 입술을 비틀었다. 그 모습이 순간, 도윤의 씁쓸한 웃음에 겹쳐 보였다. 그러나 그 입술에서 나온 말은 도윤의 것과는 다른 아주 지독한 말이었다.

"물론 공짜로 해 달란 말은 아니네."

"……."

"원하는 만큼 돈을 주지."

"전 돈이 필요 없습니다."

그 말에 서형이 피식 웃었다.

"왜, 도윤이가 준 6억으로 충분하던가?"

남자의 목소리는 비열하고도 차가웠다.

6억. 하연조차 잊고 있던 돈의 존재를 서형이 꺼내 들었다.

하연이 눈을 동그랗게 뜨자, 서형이 끌끌 웃었다.

"그렇게 사람이 꿈이 작으면 안 돼. 더 벌 수도 있는데. 고작 6억 가지고 마음이 차나?"

서형의 말에 하연은 아연실색했다.

어떻게 선배가 내게 돈을 준 걸 알게 되었을까. 아버지와 사이가 나쁜 도윤이 그에게 말했을 거라고는 생각할 수 없었다. 조사라도 한 것일까. 하긴 그의 영향력 정도면 그리 어려운 일은 아니었을 것이다. 굳이 알아보지 않더라도 저절로 귀에 들어왔을 수도 있다.

서형이 입술 한쪽을 끌어 올렸다.

"얼마를 원하고 결혼한 건가?"

"……."

"오랜 후배라길래, 서로 좋아해서 결혼한 줄만 알았는데 알아보니 돈이 오가고 있을 줄이야."

그의 눈에 어떻게 보일지 뻔했다. 집이 가난한 여자가 재벌가의 남자와 결혼을 약속하고 그렇게 거액을 통장으로 받았다면, 하연조차 그렇게 여겼을 것이다. 돈이나 노리는 여자로.

사실이 아니었다. 하지만 뭐라 해명할 길이 없었다. 하연이 입술을 달싹였다.

"그 돈은……. 그 돈은."

"변명할 필요 없어."

쿨럭, 기침을 하고는 서형이 말을 이었다.

"자네가 그 돈을 가지고 뭘 했는지 알고 싶지도 않네. 나는 아들을 되찾고 싶을 뿐이야."

"……."

"나는 여자를 믿지 않아. 당신같이 돈을 바라는 여자는 더욱 그렇지. 그렇지만 오히려 돈이 얽히면 쉬운 것도 있어. 간단하지."

서형이 눈썹을 한껏 모은 뒤 중얼거렸다. 평생 인상을 찌푸렸을 미간의 골이 더 깊어졌다.

"내가 죽기 전에 만약 도윤이와 내 사이를 붙여 주면 그에 합당한 값을 치르겠네."

"회장님, 저는."

"계속 도윤이랑 살 생각이면 더더욱 도윤이가 내 뒤를 잇는 게 아가씨에게 나쁜 조건인 것은 아닐 거야."

어디서부터 어떻게 설명을 해야 할지, 어떻게 하면 눈앞에 앉은 남자의 심기를 거스르지 않고 거절할 수 있을지 알 수 없었다.

돈 따위는 필요 없다. 하연은 도윤에게 도움이 되는 일이라면 뭐든 하겠지만, 돈을 바라고 무슨 일을 하고 싶진 않았다. 그리고 무엇보다 자신이 말한다고 그에게 어떠한 영향력을 끼칠 수 있을 거라는 서형의 주장은 말이 되지 않았다.

"저는 그럴 힘이 없습니다. 도윤 씨는 제 말에 결코 움직이지 않을 겁니다."

"아니. 있어."

서형은 단호하게 결론 내렸다.

"도윤이는 사람을 극도로 싫어하는 아이일세. 아마, 이모 때문에 결혼을 한다 어쩐다 마음은 먹었겠지만, 실제로 절대 사람을 곁에 둘 수 없는 성격이야. 어릴 때부터 그래 왔고, 변한 적이 없어. 예외는 단 한 번도 없었네. 그런데……."

마른 그의 형형한 눈빛이 하연의 하얀 낯을 찔렀다.

"아가씨를 옆에 둔 것은 그만한 이유가 있었겠지. 많은 것은 바라지 않아. 이제 한번 화해해 보는 게 어떠냐며 말 정도만 꺼내 주면 되네. 그리고 그 녀석에게 내 말을 전해 줘. 나도 내 나름대로 후회하고 있다고."

"직접 말씀하시는 건 어떠신가요?"

"내 말을 들은 척도 안 하니 어쩔 수 없지 않은가."

쿨럭.

그는 몇 번인가 깊은 기침을 했다. 뒤에 대기하고 있던 비서가 달려와 그의 옆에서 흡입기를 건네자, 서형이 몇 번 들이마셨다. 가슴이 들썩였다.

"흐읍, 흐읍."

"회장님, 이제 돌아가셔야 할 것 같습니다."

"쿨럭, 쿨럭."

처음 만났을 때보다 점점 더 기침의 주기가 짧아지고 있었다. 흥분해서 말을 토해 낸 탓이었다.

"괜찮으신가요?"

그가 마른 손을 들고는 고개를 끄덕였다.

"괜찮아. 괜찮아. 아가씨가 해 줘야 할 것은 내 걱정이 아닐세. 도윤이를……."

"회장님, 저는 그렇게 할 수가 없습니다."

단호한 하연의 말에 서형은 고개를 저었다.

"지금은 생각이 그렇더라도 바뀔 걸세."

꼭 바뀌게 될 거야. 그는 그렇게 말하며 입술을 악다물었다.

＊ ＊ ＊

누군가를 사랑한다는 것. 누군가를 아낀다는 것. 그것은 하나의 두려움이었다. 사랑하는데도 온전히 소유하지 못해 가슴 아프고, 그 사람이 떠날까 봐 가슴 졸인다. 그리고 자신 때문에 그 사람의 행복이 무너질까 두려웠다.

"아롱아, 새로 산 사료 맛있어?"

하연이 정원에서 쪼그려 앉아 까만 길고양이와 놀고 있었다. 거실에 난 커다란 창문 밖으로 그 모습을 바라보며 도윤의 얼굴에 자신도 의식하지 못한 웃음이 번졌다.

이 집에 원래부터 드나들었던 것 같은 길고양이 두 마리는 형제인 듯 똑같이 체격이 작았고, 똑같이 못생겼다. 고개를 갸웃갸웃하며 하연이 사료를 주는 것을 바라보는 고양이들은 딱 보기에도 나이를 먹었다.

윤기가 빠진 까만 털 사이로 하얀 털이 군데군데 난 고양이 두 마리. 동물과 친하지 않은 도윤으로서는 뭐가 그렇게 귀엽나 싶은데, 하연은 매일 아침 마당으로 나가 꼬박꼬박 밥을 챙겨 주고 안위를 살폈다.

"그거 되게 비싼 거래. 알레르기도 없고."

착하고 차분한 줄 알았던 후배, 하연은 가까워질수록 다른 모습을 드러냈다. 집에서는 종알종알 자주 떠들고 고양이에게도, 도윤에게도, 심지어 정원에 있는 석류 나무에게도 말을 걸었다.

도윤은 일하는 이모와 단둘이 사는 집에서 자라났다. 거의 대부분은 적막에 찬 집에서 살았다. 그리고 홀로 독립한 지 오래된 그에게는 하연의 말하는 소리가 신선했다.

누군가 다른 사람과 같이 사는 것이 불편하진 않을까 걱정했던 것이 무색하게 그녀가 말하는 목소리가 기분 좋았다. G장조의 밝은 피아노 곡 같다.

"맛있어, 다롱아? 다롱이도 얼른 먹어. 아롱이가 먹고 다 뺏어 먹을지도 몰라."

도윤은 동물을 키워 본 적이 없었다. 좋다, 싫다, 그런 호불호를 따지기 이전에 개나 고양이와 접할 기회가 없었다.

하지만 하연은 고양이가 마음에 드는지 저렇게 눈을 빛내며 좋아하곤 했다. 그 모습을 보는 것이 도윤은 좋았다. 하연의 웃음을 보는 게 좋다.

욱씬, 몸 한구석이 아프다. 하연을 바라보고 있으면 기쁨과 절망이 동시에 찾아온다. 처음 배운 감정이 익숙지 않았다. 익숙해지면 안 되기도 하고.

밖에서 고양이에게 밥을 주고 굽혔던 허리를 펴며 허리가 아픈지 탁탁 두들기던 하연은 도윤의 시선을 느끼고 고개를 돌렸다. 화장기 없는 맑은 얼굴이 자신을 바라본다.

"왜요?"

이제 같이 살기 시작한 지 고작 한 달. 그녀가 시야에 있는 것이 너무나도 익숙해졌다. 하연이 자신을 보고 웃는 게 좋다. 그러면 안 되는 건데. 그녀를 바라보며 도윤이 고개를 흔들었다.

"아무것도 아냐."

"도윤 씨, 아침 드실래요?"

현관으로 들어오는 하연이 손을 앞치마에 닦으며 들어왔다.

"내가 차릴게. 넌 씻고 와."

"아, 네!"

도윤이 아침을 준비한다는 소리에 하연은 망설임 없이 고개를 끄덕였다. 곧 탁탁탁, 경쾌한 발걸음 소리와 함께 2층으로 올라갔다.

처음에는 가사 도우미를 쓰려고 했다. 둘이 사는 집. 어지르는 사람은 없었지만 도윤과 하연 모두 바빠 가사 할 시간을 빼는 게 여의치 않았다. 누군가 도와주는 사람이 있는 게 낫겠다 싶었는데. 그러나……

"제가 다 하면 안 될까요? 전 이런 집 가꾸면서 사는 게 꿈이었거든요. 제가 하고 싶어요. 맡겨 주세요. 이 예쁜 집에 다른 사람 손을 타게 하고 싶지 않아요."

완강하게 말하는 그녀의 말을 거절할 수 없어 도윤은 하연에게 원하는 대로 해 보라 했다. 알고는 있었지만, 막상 같이 살아 보니 하연은 부지런했다. 아침에 일어나서 환기를 시키고, 야무지게 쓸고 닦고, 저녁에는 여름 제철 나물을 무쳐서 내놓았다. 그런 하연과 살다 보니 도윤도 늘어져 있을 수는 없었다.

결혼 전에는 회사가 끝나고 집에 오면 서류를 읽고, 가끔 바이올린을 켜고, 운동을 가는 게 일상의 전부였다. 하지만 그녀와 같이 살기 시작하면서 도윤은 하연의 부지런한 스케줄에 맞춰 몸을 움직이기 시작했다.

아침 식사는 거르기가 일쑤였는데, 이제는 으레 도윤이 아침 식사를 차렸다. 하연은 빵을 좋아했다. 그래서 도윤은 가끔 회사 앞의 빵집에서 퇴근길에 빵을 사다가 아침에 오븐에 데워 내곤 했다.

오늘은 어제 출장 갔던 파주에 있는 유명한 빵집에서 사 온 브리오슈 식빵을 꺼냈다. 두껍게 썰어 그 위에 버터를 올리고 오븐에 넣는다.

시간이 얼마 지나지 않아 갈색으로 보기 좋게 구워진 식빵에서 향긋한 냄새가 풍겼다. 빵을 굽는 것과 동시에 불 위에 프라이팬을 올려 달걀을 구웠다. 이제는 아침을 차리는 손길이 익숙했다.

"와. 빵 냄새."

계단을 내려온 하연이 부엌으로 들어왔다. 그녀가 고개를 쑥 들이밀고 오븐 안의 빵을 쳐다보았다. 샤워를 한 직후인지 아직 물에 젖어 있는 싱그러운 머리카락이 도윤의 어깨를 스쳤다.

"늘 먹는 빵이랑 다르네요?"

"어. 어제 파주 다녀오는 길에 사 왔어."

그 말에 하연이 도윤을 쳐다봤다. 그녀의 시선이 오롯이 자신에게 쏠린 것이 느껴진다. 굳이 보지 않아도 그녀가 눈을 동그랗게 뜨고 웃고 있을 것을 알았다.

신하연은 작은 것도 고마워한다. 분명히 지금도 출장 나간 길에 식빵을 사 온 것을 보고 놀라며 좋아할 것이다.

"파주까지 가서 사 오신 거예요?"

"별거 아냐."

"별거 아니긴요."

아나나 다를까. 하연이 봉지에 쓰여 있는 이름을 보고 인터넷에 검색을 하며 종알거렸다.

"와, 이 집 파주에서 제일 유명한 집이래요. 줄 서서 사야 한다는데."

"별로. 평일이라 그런지 괜찮았어."

그녀가 기뻐하면 도윤의 가슴 한구석은 간질거리면서도 쑥스러웠다. 견딜 수 없는 감각에 입술을 찡그린다. 빵과 달걀, 샐러드를 담아 그녀의 앞에 내려놓았다.

"잘 먹겠습니다. 너무 맛있어 보여요."

하연이 빵을 보기 좋게 썰어 계란 노른자에 콕 찍어 먹는다. 샐러드도 야금야금. 토마토, 샐러리, 파프리카. 하나하나 채소를 맛보면서 얼굴의 표정이 다양하게 바뀐다.

잘 먹고, 잘 웃는다. 자주 기뻐하고. 예전에 뭘 해도 자신을 피하던 하연과는 아주 다른 모습이었다. 그때는 이렇게 마주 보고 이야기하면서 밥을 먹는 건 꿈도 못 꿀 분위기였는데.

"맛있게 먹어."

하긴, 변한 것은 하연뿐이 아니었다. 도윤 역시 변하고 있었다. 이렇게 마주 앉아 아침 식사를 하는 시간이 더없이 평온하면서도 간질간질했다. 하연은 빵을 먹다가 손을 내리고는 도윤을 바라보았다.

"참, 이번 주 금요일 밤 퇴근 후에 강릉 가실 건가요?"

"이번 주?"

"네."

이모가 강릉으로 내려간 뒤, 일이 없는 주말에는 강릉에 내려가곤 했다. 이모의 안색은 날이 갈수록 파리해져 갔고, 끝이 보이고 있었다. 회사 일이 아니라면 강릉에 가서 모시고 싶을 정도로 이모의 활력은 날이 갈수록 사라졌다.

도윤이 강릉으로 내려가 지내겠다 몇 번 말을 꺼낸 적도 있었다. 하지만, 이모의 반대로 회사 일을 강행했다. 회사를 지켜야 한다며. 그리고 살 사람은 살아야 한다며.

매주 내려가는 것이 일상이 되었지만, 도윤은 이번 주말 이모를 보러 갈 수 없었다.

"아니. 이번 주에는 내가 일이 있어."

이번 주 토요일은 어머니의 기일이었다. 어쩔 수 없이 강릉에는 가지 못할 처지였다. 무슨 일이냐는 듯 하연이 고개를 기울여 자신을 본다. 그러나 말할 생각이 없었다. 산에는 혼자 다녀오고 싶었고, 그녀의 표정을 흐리게 하고 싶지 않았다. 괜한 일에 신경 쓰게 하고 싶지 않다.

도윤이 대답을 하지 않고 묵묵히 나이프 질을 하자, 어색한 침묵 속에서 하연이 입을 열었다.

"아, 그러시군요. 그럼 강릉에는 저만 갈까 봐요."

"쉬어. 매주 내려가는 것도 힘드니."

"그래도……."

웬만하면 도윤의 말을 따르는 하연이었지만, 이번에는 말꼬리가 길었다. 끝이 얼마 남지 않았다. 이모는 하루가 다르게 기력이 쇠하고 있었다. 그런 사실을 하연도 눈치챘다. 그래서 가능하면 그녀는 강릉에 내려가 이모의 곁에 있고 싶어 했다.

"이번 주는 그렇게 하자. 다음 주는 내려가고."

귀찮을 텐데, 군이 내려가자고 해 주는 하연의 마음이 고마웠다. 도윤의 말에 그녀가 고개를 끄덕이고는 다시 빵으로 시선을 돌렸다.

"이 식빵 엄청 촉촉하네요. 제가 먹어 봤던 것들과 달라요."

매일 같이 눈을 뜨고, 식사를 하고. 같이 출근을 하고. 모든 것이 좋았다. 누군가를 좋아하고, 누군가를 사랑하는 게 자신에게 허락되지 않은 사치라는 것을 알면서도……. 자신의 존재가 누군가에게, 하연에게 도움이 되지 않을 것을 알면서도 도윤은 지금 이 상태가 좋았다.

"안 드세요?"

"먹어야지."

하연의 말에 도윤이 두꺼운 식빵을 들어 버터를 쓱쓱 발랐다.

얼마 남지 않았다. 얼마 남지 않은 것은 이모의 투병 생활만은 아니었다. 이모가 세상을 뜨게 되면 하연과의 결혼 생활도 끝이 난다. 끝이 있다. 그러니까 지금 조금쯤 이 사치를 즐겨도 되지 않을까, 잠시 잠깐만 이 평온을. 사랑스러운 하연을 바라볼 수 있는 이 시간을.

"도윤 씨, 빵 안 드세요? 식어요."

그 말에 도윤이 고개를 끄덕이며 빵을 집었다. 오븐에 데운 빵이 따뜻하게 손안에 가득 찼다.

✳ ✳ ✳

"하아……."

회사에 출근한 하연은 이를 악물고 하품을 참았다. 어젯밤 충분히 잠을 잤는데, 왜 이러니. 아침을 너무 많이 먹은 것일까. 어딜 봐도 평범한 사원 하연이 회사 오너의 조카인 차도윤 이사와 결혼을 한 사실이 퍼진 이후 회사에는 한바탕 소란이 일었다.

"도대체 그 신하연 대리가 이사님과 어떻게 결혼을 하게 된 거지? 그렇게까지 예쁘지도 않고, 집안도 별로라며?"
"선후배 사이라던데 대학 때부터 사귄 걸까?"

하연의 귀에까지 수군대는 소리가 들려왔다. 당연한 일이었다. 무료한 회사 생활 속에 던져진 신데렐라 스토리. 하연 자신이라도 그런 소식을 들었다면 어떻게 된 일일까 궁금했을 터.

하지만 존재감이 뚜렷하지 않고 평범하게 회사를 다녔던 하연에게 쏟아진 주목은 적응하기 어려운 것이었다.

결혼한 지 이제 한 달. 이제 겨우 하연의 결혼에 익숙해졌지만, 여전히 하연을 바라보는 눈이 많았다. 회사 나와서 하품을 하다 보면 도윤 선배 귀에 들어갈지도 몰라.

"열심히 일해야지. 아자, 아자, 파이팅!"

하품이 나오려 할 때마다 볼을 꼬집어도 자꾸만 잠이 와서 하연은 눈을 깜빡였다. 왜 이렇게 졸린 거야.

산소가 부족한가 싶어 자리에서 일어섰다.

"커피라도 마셔야겠다."

사무실에서 걸어서 휴게실로 갔다. 그런데 하필이면 자판기에 품절 버튼이 깜박인다. 하연은 그런 자판기를 보고 망설였다. 카페까지 갈 것인가. 아니면 냉수 먹고 정신 차릴 것인가.

그때 다시 한번 하품이 흘러나왔다. 하연은 어쩔 수 없이 사내 1층에 마련된 카페로 내려가 커피를 샀다.

"샷 추가한 아이스 아메리카노요."

그렇게 주문을 마치고 탁탁, 하이힐로 바닥을 두드리며 기다리는데 로비 가운데 저 멀리 지나가는 사람이 보였다. 멀리서 봐도 알 수 있는 뒷모습. 곧게 선 등과 너른 어깨. 완벽하게 정장을 걸친 도윤이었다.

매일 보는 사이가 되었는데도 그를 뒤에서 오랫동안 바라보았던 탓인가 가슴이 덜컹 뛴다. 햇빛에 생기는 그림자가 어찌나 긴지.

도윤은 웬일로 하 비서가 아닌, 다른 직원과 이야기 중이었다. 햇살이 너무 강하게 그의 앞에서 비춰 와 도윤의 표정은 보이지 않았지만, 상대방의 표정으로 미루어 보아 중요한 이야기 중인 것 같았다. 멍하니 그를 바라보는 하연을 점원의 목소리가 깨웠다.

"주문하신 샷 추가 아이스 아메리카노 나왔습니다."

잘못한 일을 들키기라도 한 것처럼, 하연이 화들짝 놀라 몸을 돌렸다.

"앗, 감사합니다."

커피를 받아 들고 뒤를 바라보자, 하연의 목소리가 컸는지 걸어가던 도윤이 문득 발걸음을 멈추고 이쪽을 바라보았다.

밝은 햇살에 익숙해지자 그제야 그의 얼굴이 보인다. 허공에서 도윤과 하연의 시선이 마주 닿았다. 회사라 달려갈 수도 없고 크게 인사를 할 수도 없다. 하연은 고개를 숙여 꾸벅, 인사를 했다. 그러자 도윤의 눈이 가늘어졌다가 한 손을 가볍게 들어 흔들었다.

살랑살랑. 선배가 나한테 손을 흔들어 준 거야? 별것도 아닌데 좋아서 하연은 솟구치는 입꼬리를 겨우 참으며 얼굴을 붉혔다. 그 순간, 뒤에서 목소리가 들렸다.

"하연 씨."

"앗, 네?"

뒤를 돌아보자 같은 사무실에서 일하는 이 대리였다. 도윤은 손을 하연에게 흔들다가 이 대리의 시선을 느끼고 손을 떨어뜨렸다. 도윤을 보며 이 대리가 입술을 삐죽였다.

"아이고, 좋을 때네."

"좋을 때는요."

웃던 입술을 거둬들이고 하연이 말을 했다.

"대리님도 결혼하신 지 얼마 안 되셨잖아요."

"나야, 뭐……."

몇 달 차이일 뿐인데, 결혼 선배처럼 짐짓 엄한 표정을 짓는 그녀가 재밌어 하연이 웃었다. 그런 하연을 보고 이 대리가 물었다.

"그나저나, 아침에 빵 잘 먹었어?"

"네?"

어떻게 알았나 싶어 이 대리를 가만히 바라보았다. 이 대리는 생글거리는 표정으로 그녀를 바라보았다.

아, 도윤 선배가 파주에 일을 다녀오는 길에 들렀다고 그랬지. 그럼 당연히 하 비서님도 같이 계셨겠다.

하연은 이 대리의 질문에 고개를 끄덕였다.

"하 비서님도 어제 사 가신 거예요?"

"응. 우리는 전에 사실 가 본 적이 있거든. 그 빵집."

"아……."

"근데 파주에서 돌아오는 길에 이사님이 길게 서 있는 줄을 보고 뭐냐고 물으셨나 봐. 남편이 거기 빵이 맛있다고 하니까 그럼 이사님이 사 가시겠다고 그랬대."

"맛있더라고요, 정말."

그 말에 이 대리가 마치 자신이 만든 빵을 칭찬받은 것처럼 환히 웃었다.

"정말 맛있지? 내가 처음에 인터넷에서 찾은 거야. 브리오슈 식 빵이 정말 유명해. 그렇게 맛있으니까 어제 남편이랑 이사님도 줄을 20분이나 서서 사 왔지."

"줄이요?"

하연이 고개를 살짝 기울였다. 안 그래도 인터넷에서는 그 빵집이 인기가 많다고, 언제 가도 사람이 많아서 줄을 서야 한다고 그랬다.

"혹시 줄을 서셨어요?"

그러나 도윤은 서늘한 표정으로 답했다.

"평일이라 그런지, 사람 없던걸."

근데 줄을 섰다고? 하 비서님과 둘이? 하연의 질문에 이 대리가 고개를 끄덕였다.

"응. 줄. 남편이랑 차 이사님이랑 둘이 줄 서 가지고 기다렸나 봐. 귀엽기도 하지. 두 남자가 쪼르륵 줄 서서 빵을 사다니. 평일이니까 아무래도 주부들이 많았겠지. 그 사이에 양복 입은 남자 둘이 줄을 서니 주부들이 아주 쳐다보면서 수군거리더라는 거야. 더더군다나 이사님은 외모가 너무 튀잖아."

생각만 해도 재밌다. 다른 사람들 사이에서 머리 하나는 나올 정도로 비쭉 큰 도윤이 서 있는 모습을 상상하니 하연은 저도 모르게 웃음이 삐져나왔다.

"사람들이 계속 힐끔힐끔 쳐다보니까 그 돌부처 같은 이사님도 쑥스러워했나 봐. 계속 천장만 바라보시면서 헛기침하셨다던데."

"그랬군요."

"남편이 집에 와서 그러더라고. '하연 씨가 빵을 많이 좋아하나 보다. 이사님이 그런 일까지 다 하시고.'라고……."

"아, 네. 저 빵…… 좋아해요."

하연은 얼굴을 붉혔다. 도윤이 자신을 위해 그렇게 줄을 서 줬다는 게, 쑥스러울 일까지 했다는 게 좋았다. 뺨이 화끈거려 말을 잇기가 어려웠다.

"그랬구나……."

속이 다정한 도윤이 할 법한 일이었다. 거기다가 젠체하지 않는 것도 그다웠다. 줄을 서서까지 사 왔구나. 내가 빵을 좋아해서. 하연은 괜히 입에서 웃음이 삐져나왔다.

＊ ＊ ＊

새벽녘. 아직 해가 뜨기도 전에 눈이 번쩍 떠졌다. 어둠에 둘러 싸인 집은 고요했다. 자는 하연이 새근새근 숨을 내쉬는 소리만이 울려 퍼졌다.

도윤은 몸을 일으키자마자 고개를 돌려 바로 옆에 있는 그녀를 바라보았다. 깊은 잠에 빠져 가끔 꿈을 꾸는 듯 파르르 속눈썹을 흔드는 모습이 사랑스럽다.

"하……."

도윤은 가끔 이렇게 자다 깨서 그녀의 얼굴을 바라보곤 했다. 잠이 오지 않는 밤이면, 하연의 곤히 자는 얼굴을 응시하는 것이 좋았다. 몇 시간이고 더 볼 수 있을 것만 같은 기분. 마치 잔잔한 호수를 바라보는 것처럼 마음을 평온하게 해 줬다.

하지만 오늘은 갈 곳이 있었다. 도윤은 자리에서 일어나 하연이 깨지 않게 조용히 옷을 챙겨 입고 집을 급하게 나왔다. 차에 타서 운전대를 잡자, 그제야 동이 터서 어둠이 걷혔다.

어머니의 산소에 가는 길이었다. 일 때문에 바빠 자주 가지 않았지만, 도윤은 어머니의 기일에는 꼭 산소에 들렀다. 중, 고등학생 때는 이모와, 더 크고 나서는 홀로.

대학 시절, 어머니의 산소에 찾아온 아버지를 발견한 이후에 이렇게 새벽에 가는 것은 습관처럼 굳어 버렸다. 아버지와 마주칠 가능성은 여전히 있었지만, 그래도 빠질 수는 없는 노릇이었다.

올해는 이모가 아파서 강릉에 있기 때문에 더더욱이나 그랬다. 아무도 오지 않는 기일은 너무 슬프니까. 돌아가신 어머니야 별 신경 쓰지 않을지도 모르지만, 도윤이 그 슬픔을 감당할 자신이 없었다.

도윤은 추모 공원에 도착해, 차를 세우고 언덕을 걸어 올랐다. 여름인데도 새벽이라 꽤 서늘한 바람이 뺨을 스쳤다. 손에는 바이올린 케이스와 작은 가방이 들려 있었다. 산소에 도착해, 가방 안에 있던 소주를 꺼내 뿌렸다. 그러고는 과자를 몇 개 꺼내 앞에 놓았다.

어머니는 도윤이 10살이 되기도 전 돌아가셨다. 그래서 도윤은 어머니에 대한 기억이 흐릿했다. 정원 가꾸기를 좋아하시고, 도윤이 켜는 바이올린 소리를 좋아하셨다. 그러나 무슨 음식을 좋아하셨는지까지는 기억이 나지 않았다.

어느 날, 이모에게 물어보니 "엄마는 과자를 좋아했다."라며 몇 가지 과자를 알려 줬다. 그래서 늘 어머니 기일에는 그 과자들을 들고 오곤 했다. 도윤은 과자를 놓고 가만히 비석을 바라보았다. 사진을 꺼내 보지 않아 기억 속 어머니의 얼굴은 흐릿했다.

연진과 어머니는 많이 닮았었다. 그래서 어머니라는 이름을 떠올리면 자동적으로 이모인 연진의 얼굴이 떠오른다.

"어머니."

그렇게 말문을 열었으나 다른 말은 하지 않았다. 이제 겨우 해가 뜬 넓은 추모 공원에는 개미 한 마리 없었다. 무슨 이야기를 한다고 들을 이가 있는 것도 아니건만. 무슨 말을 해야 할지 몰랐다.

어머니 산소의 묘비를 바라보았다. 돌아가신 지 이제 꼭 23년. 그립다기보다는 그녀의 존재는 늘 도윤을 슬프게 했다.

돌아가실 때 나이는 고작 31살이었다. 지금 그의 나이와 동갑. 어릴 때 30대라고 하면 까마득한 어른처럼 느껴졌다. 하지만 이렇게 자신이 30대가 되어 보고 나니 아직 어른이 아니었다.

어른의 껍데기를 한 아이일 뿐. 여전히 불완전했고, 여전히 연약했다. 어머니도 그러셨겠지. 그랬던 그녀가 아버지의 핍박 아래 스러졌다고 생각하니 가슴이 저렸다.

"어머니."

다시 한번 불러 보았다. 몇 번이고 불러도 슬픈 이름. 그러나 더 말을 잇지 않고 손을 뻗어 바이올린 케이스를 열었다. 원래 마음이 불안할 때, 도윤은 바이올린을 자주 켜곤 했다. 자신의 마음을 안정시켜 주는 유일한 방법이 바로 바이올린이었다.

정신없이 손을 놀리며 선율에만 몸을 맡길 때는 모든 생각이 지워졌다. 불완전한 자신도, 용서 못할 자신도. 특히 어머니의 기일이 가까워지는 여름이 오면 도윤은 거의 매일 바이올린을 잡았다.

하지만 이번 여름은…….

손을 뻗어 바이올린을 들었다. 하연과 살게 되고 나서 단 한 번도 켜지 않았다. 바이올린을 켤 수 있는 방이 따로 있음에도 불구하고. 딱히 마음이 요동치고 힘든 날이 없던 탓일까. 그 이유는 무엇일까. 오랜만에 쥔 바이올린의 감촉이 낯설었다. 턱에 바이올린을 대고, 연주를 시작했다.

'여름날의 마지막 장미.'

어머니가 돌아가시던 날, 연주하던 곡이었다. 어머니가 좋아하던 곡. 그리고 어머니의 울음소리를 지우기 위해 연주하던 곡.

도윤이 연주하는 곡이 공원에 울려 퍼졌다. 이제는 악보가 없어도 완벽하게 연주할 수 있는, 수없이 많이 켜 봤던 곡에 빠져들어 바이올린을 켰다.

그때 문득, 뒤에서 인기척이 느껴졌다. 도윤은 바스락거리는 소리에 놀라 연주를 당장 중지하고, 뒤를 돌아 바라보았다.

"왜, 듣기 좋은데. 마저 연주하지 않고."

휠체어에 앉은 남자의 등장에 도윤은 바이올린을 든 손을 툭 바닥으로 떨어뜨렸다. 아버지, 차서형 회장이었다.

도윤은 그를 보고는 입술을 비틀었다. 그다지 놀랍지는 않았다. 그는 자신을 만나려 여러 번 접촉해 왔었고, 지난번에는 집에 멋대로 침입까지 했다.

어머니의 기일에 반드시 도윤이 이곳에 나타난다는 것을 아는 서형으로서는 이곳이 도윤과 만날 수 있는 최후의 수단이었다.

하지만 놀라지는 않았더라도 유쾌한 것은 아니다. 도윤은 아무 말도 하지 않고 몸을 돌려 바이올린을 케이스에 담고 자리를 뜨려 했다.

"이제 아비 말을 무시하는 거냐?"

"일 보세요. 전 갑니다."

"도윤아."

아버지가 재차 도윤을 불렀다. 그의 입에서 나오는 제 이름이 오늘따라 불경스러웠다. 그러나 무시하고 자리를 뜨려던 그때, 서형이 다시 입을 열었다.

"나도 후회하고 있다."

그 말에 바삐 움직이던 발걸음이 멈췄다. 서형이 나타났을 때만 해도 그냥 무시하고 갈 셈이었다. 더 이상 이 인간과 얽히고 싶지 않았다.

그를 보면, 그의 더러운 피가 자신 안에 흐르고 있다는 것을 매번 확인받는 느낌이었다. 그래서 자기 자신을 위해 그를 피하려고 했다. 하지만 서형이 꺼낸 말은 도저히 흘릴 수가 없었다. 분노가 차오른다.

"후회?"

"……네 어머니에 대한 미안함이 나도 없는 건 아니다. 그러니까 이렇게 산소에 자주 와서……."

"산소에 자주 와서 뭐요?"

도윤은 미간을 찌푸렸다. 어이가 없었다. 애초에 어머니가 우울증에 빠지게 된 계기는 아버지의 폭력과 집착 때문이었다.

아버지가 그녀를 가만히 내버려 뒀으면, 어머니가 아버지와 결혼하지 않았더라면. 지금 그녀는 멀쩡히 살아 있겠지. '나'라는 쓸데없는 존재도 세상에 없을 거고.

도윤이 참았던 말을 터뜨렸다.

"미안함이 있어서 이렇게 산소에 자주 온다고요? 그래서 뭐가 달라집니까? 죽은 사람이 일어납니까? 당신이 어머니를 때리고 괴롭힌 게 미안해서, 그게 미안해서…… 고작 산소에 자주 오는 걸로 뭐가 해결되지? 당신은 악마야. 여기 와서 아무리 후회의 눈물을 흘려도 그 사실이 변하지는 않아. 이해가 가지 않네. 여기 와서 왜 이러는 건지."

"사랑해서였어."

도윤의 반발에 툭, 아버지가 말을 던졌다.

"사랑해서였다. 내가 잘못했다는 건 알아. 하지만 그 당시엔 그 방법밖에는 없었다."

사랑이라니. 그 말에 도윤은 눈을 크게 뜨고 몸을 떨었다. 아버지는 어머니가 밖이라도 한 번 나갔다 오거든 그녀를 샅샅이 뒤졌다. 행사장에서 어머니가 남자와 짧은 대화라도 나누면 그날은…… 샅샅이 뒤지는 정도로 끝나지 않았다.

"내가 잘못했다는 건 알아. 하지만."

서형의 말을 도윤이 가로막았다.

"뭐 그런 개 같은 사랑이 다 있지."

사랑 때문이라니. 그 때문에 어머니를 괴롭혔다니. 사랑이라는 건, 사랑하는 사람이 행복했으면 하는 마음이다. 어떻게 사랑하는 이의 행복을, 안위를 짓밟은 것이 사랑 때문이라고 감히 어떤 입이 말하는가.

산산이 갈라진 도윤의 목소리가 뻗어 나간다.

"당신이 어떻게 했는지 기억이 안 납니까? 벌써 치매가 왔나."

"난 네 엄마를 너무 사랑했다. 하지만 그녀는 그저 정략결혼을 했어야 했기에 나랑 결혼했고 그래서 내가 집착하게 된 거야."

지금까지, 20년을 훌쩍 넘겨 강산이 두 번 변하는 동안 이 남자는 변한 게 없었다. 여전히 타인의 잘못으로 몰아가고 있다. '나를 사랑하지 않은 그녀의 잘못'이라고 말하고 있다.

"내가 잘못한 건 알고 있어. 하지만 사랑했기에 그랬다. 사랑했기에…… 다른 남자를 만나는 것을 참을 수 없었고, 사랑했기에 그녀가 날 사랑해 주길 바랐어."

역겨운 변명이었다. 당신 때문에 수많은 사람들이 아팠다. 그의 직접적인 폭력에 노출되었던 어머니는 물론이거니와 도윤 자신과 어머니의 가족들까지 다 고통을 겪었다.

이모는 여전히 도윤을 볼 때마다, 언니를 생각할 때마다 눈물을 지었다. 죄 없는 사람들은 죄책감을 가지게 하고, 그렇게 모든 사람들을 망쳐 놓고, 고작 그 변명이 사랑이라니. 얼마나 보잘것없는 말인가.

"그저 그게 다였다. 내 방법이 잘못되었다는 것은 알고 있어."

분노로 가득 찬 도윤의 시선이 서형을 향했다. 늙고 악한 그의 얼굴이 끔찍했다. 하지만 그에게 뭐라 더 말하겠는가. 이 남자를 죽일 수도 없고, 이제 와 벌을 내릴 수도 없다. 그는 평생 가도 이런 쓰레기일 것이고.

"돌아와. 나도 이제 늙었다. 오늘내일하는 몸이다. 회사도 네가 챙기고, 그래야 하지 않겠냐. 내가 죽기라도 하면……."

"죽어요. 그럼."

서늘하게 도윤의 입에서 말이 튀어나왔다.

"죽든지 말든지 마음대로 해요. 왜 내 앞에 자꾸 나타나서 내가 당신을 죽이고 싶게 만드는 겁니까? 어머니뿐만 아니라 나까지 말려 죽일 셈인가."

"도윤아."

그가 타이르듯 말했다.

"너도 이제 내 마음을 알 텐데."

"……백 년이 가도 당신이 이해 가는 일은 없을 겁니다."

그렇게 확언하는 도윤의 말을 서형이 끊었다.

"그 여자애가 돈을 달라 했더구나."

그 여자애가 돈을. 그 말에 가쁘게 오르락내리락하던 도윤의 가슴이 멎었다. 뭐? 저 인간이 뭐라 말하는 것인가.

"결혼한 네 부인. 그 아가씨에게 6억을 준 걸 알고 있다."

도윤이 하연에게 아버지의 빚을 갚기 위한 6억 원을 건네준 것을 그는 알고 있었다. 어떻게 알았는지 물어보는 것은 의미가 없었다. 뒷조사를 조금만 하면 서형의 능력으로 능히 알 수 있을 일이었으니까.

"무슨 상관입니까, 그게."

"상관이 있지."

서형이 비릿한 웃음을 지었다.

"처음에는 괜찮겠지. 돈 때문에 결혼했어도 너도 괜찮을 테야. 뭐어때. 이렇게 시작하는 결혼도 있는 거다 하고……. 하지만 점점 시간이 지나면 넌 더 그녀를 좋아하게 될 거고, 그 여자가 돈을 위해 너랑 결혼했다는 사실만 머리에 또렷하게 남을 거다. 다른 남자를 만날 때마다 화가 나고 그리고 너도 나처럼 변해 가겠지."

"그럴 리가 없어."

"나도 처음부터 괴물이었던 건 아냐."

“······.”

“그럴 리가 없다고? 네가 더 잘 알겠지. 이 아비의 마음을 이해하게 되거든 돌아와.”

새벽녘을 가르는 차가운 목소리에 도윤은 몸을 떨었다.

＊　＊　＊

그다지 상쾌하지 못한 아침이었다. 하연이 눈을 떠 보니 늘 옆자리를 따뜻하게 데우던 도윤의 흔적이 없었다. 분명 같이 잠들었는데 흔적도 없이 그는 사라졌다.

“어디 간 걸까.”

고요한 토요일 아침이었다. 아직 아침 7시밖에 되지 않았는데, 도윤이 자던 침대의 오른쪽에는 이미 온기도 남아 있지 않았다.

오늘 일이 있다고 했다. 도윤이 회사 일에 대해 미주알고주알 말하는 편은 아니었지만 그래도 주말에 회사에 가거나 야근이 늦어지면 어디를 간다고 말해 주는 편이었다.

하지만 오늘은 무슨 일이라고는 안 하고 일정이 있다고만 했다. 궁금해하는 하연의 기색에도 도윤은 입을 다물었다.

“어디를 갔길래 이 새벽에 나간 걸까.”

자리에서 일어나 혹시 그가 자신에게 남긴 메시지가 있나 확인을 했다. 텅 빈 전화. 오늘은 강릉도 가지 않고, 도윤도 집에 없는 오랜만에 하연 혼자 있는 날이다. 회사 일도 없고, 한가한 날. 하연은 혼자 있는 게 영 어색했다. 취직하고 주말마다 혼자 어떻게 지냈는지 생각이 나지 않을 정도로 도윤과 둘이 사는 생활에 익숙해졌다.

집 청소를 대충 하고, 정원 손질까지 했는데도 이미 깨끗한 집에 손댈 곳이 별로 없어 시계를 바라보니 아직 9시 반이었다.

"이제부터 뭘 하지."

저녁에 먹을 음식이라도 해 놓을까. 선배는 저녁에 집에 들어와서 먹으려나. 전화라도 해 볼까? 의자에 앉은 채 발을 휘적휘적 저으며 머리를 굴리는데, 테이블 위에 올려놓은 핸드폰이 울렸다.

Rrrrr.

"선배인가?"

하연은 한걸음에 달려가 핸드폰을 뒤집었다. 그러나 화면에 떠오른 이름은 예상 밖의 이름이었다.

[우진 오빠]

아침 9시가 조금 넘은 시간이었다. 우진이 하연에게 전화한 적은 거의 없었다. 오늘은 따로 기억이 나는 용무도 없었고. 이 시간에 무슨 일이지.

"여보세요?"

―하연아, 나 우진이야.

"네, 오빠. 무슨 일이세요?"

―아니, 내가 도윤이한테 연락을 했는데, 걔 왜 핸드폰을 안 받지? 지금 집에 있어? 도윤이 어디 갔어?

글쎄……. 어디 갔을까요. 저도 모르겠는데. 도리어 하연이 묻고 싶은 심정이었다. 하지만 부인이라면서 그렇게 말하는 것은 이상할 터. 무난한 답을 내놓았다.

"밖에 잠깐 나갔어요. 그런데 어쩐 일이세요?"

우진과의 연락은 퍽 오랜만이었다. 목소리를 듣는 것은 결혼식 이후였다.

-아, 나 터키 출장 다녀오는 길이거든. 지금 도착했어. 지금 서울 가는 리무진 버스 안이야.

"아, 고생하셨어요."

우진의 목소리에는 짙은 피곤이 섞여 있었다. 그러나 그것은 하연에게 왜 전화를 했는지에 대한 답이 되지 않았다. 그 마음을 헤아렸는지 우진이 말을 이었다.

-어쨌든, 나 곧 성수동 가거든. 급한 미팅이 있어서. 근데 너희 집 성수동이지?

"네. 성수동이에요."

-가는 길에 터키 기념품 좀 주고 가도 될까?

이렇게 갑자기?

"어……."

하연은 놀라 혹시 흠 잡힐 만큼 더러운 곳은 없나 자리에서 일어나 주변을 둘러보았다. 다행히 놓아둔 장식품 하나 비뚤어지지 않았다.

-시간 없어?

시간은 많았다. 너무 많아 탈이었다. 안 그래도 무슨 일을 해야 할지 모르던 참이었다.

"아니에요. 오세요. 제가 주소 문자로 보내 드릴게요."

* * *

선물이라고 해서, 뭐 차 종류나 과자 같은 것을 사 가지고 올 줄 알았던 하연은 생각 외의 선물에 잠시 말을 잃고 눈을 깜빡였다.

그가 제대로 찾아올까 걱정이 되어 대문 밖에서 그를 기다리던 하연은 저 멀리서 한 남자가 1m는 넘을 듯한 카펫을 둘둘 말아 들고 오는 것을 보았다. 남자의 얼굴이 잘 보이지 않을 정도로 긴 사이즈였다.

"우진 오빠?"

하연의 부름에 카펫 뒤에서는 우진의 머리가 쏙 튀어나왔다. 한 손에는 캐리어를 질질 끌고 다른 한 손에는 선물을 겨우겨우 들고 간신히 우진은 걸어왔다.

"우진 선배."

우진을 맞이한 하연의 잇새로 웃음이 새어 나왔다.

"이건 크기가 너무…… 대단한데요?"

"내가 왜 꼭 오늘이어야 했는지 알겠지? 피곤한데도 왜 여길 와야 했는지."

"이걸 이스탄불에서부터 들고 오신 거예요?"

"말도 마."

카펫을 바닥에 툭 내려놓으며 우진이 어이없다는 듯 웃었다.

"그냥 쇼핑을 하러 시장에 돌아다니다가 한 상점에 들어갔는데, 거기 상인이 좋은 카펫이 있다고 하면서 나한테 권유하더라고. 그래서 내가, 아니 난 아주 멀리서 와서 못 가져간다 했더니 그냥 이게 자기네 자랑이래. 그냥 봐 달라고 해서 보는데, 정신을 차려 보니까……"

그가 카드 긁는 시늉을 했다. 쓱쓱.

"그래서 이걸 사신 거예요? 정말로요? 이스탄불에서요?"

"어."

"그리고 이게 저희한테 주시는 선물이라고?"

"어."

우진의 입에서 한숨이 섞인 소리가 흘러나왔다.

"예쁘지? 내 주변에 결혼한 애는 도윤이밖에 없잖아. 결혼한 지 얼마 안 됐고. 마침, 결혼 선물로 딱이겠구나, 했지."

그가 카펫을 조금 풀어서 보여 주었다. 은은한 아이보리색의 배경 위에 따뜻한 빨간색의 모양이 수놓아져 있었다.

"그렇긴 하지만……. 오빠, 축의금도 하셨잖아요."

"에이, 축의금이랑 이거는 다르지. 그리고 이거 부엌에 놓아두면 되게 예쁠걸? 어때. 색깔도 딱……."

우진이 필사적으로 선물인지 아니면 짐인지를 그녀에게 떠맡기려는 모습을 보고 하연은 웃음이 터져 나왔다.

"오빠, 무슨 악덕 상인 같아요. 나한테 팔아넘기려고 하는 것처럼요. 이거 비싸죠?"

"아, 그럼. 완전 비싸고 좋은 물건이야."

"제가 그럼 살까요?"

사르르, 손끝에서 쓸리는 감촉이 기분 좋았다. 그의 말대로 부엌에 놓아두면 겨울에 잘 쓸 것 같았다. 사겠다는 하연의 말에 우진이 인상을 찌푸렸다.

"어허. 선배가 준다는데 사기는 뭘 사. 내가 선물로 주는 거야."

"비싸 보이는데."

"너희가 가져가 주는 게 내 행복이야."

그 말에 하연이 웃었다. 알기로 우진은 원룸에서 살고 있었다. 이런 양탄자가 잘 어울리진 않을 것 같았다. 어쩌면 부엌에 깔았을 때 거실까지 침범할 수준일지도 몰랐다.

하연은 고개를 꾸벅 숙였다.

"감사합니다. 잘 쓸게요."

"정말이지? 잘됐다. 내가 안으로 옮겨 줄게."

"아니에요, 제가 들……."

수 있어요. 라고 말하며 하연이 카펫을 들려고 했으나 선물은 꿈쩍도 하지 않았다. 다시 한번 이 무거운 것을 이스탄불에서부터 들고 온 우진이 웃겨 하연은 웃음이 삐져나왔다. 정말 엉뚱한 사람이야.

결국 카펫은 우진이 부엌 안까지 가져다줬다. 아직 날이 더워 양탄자를 쓰기에는 한참 일렀다. 하연은 그것을 부엌 한편의 창고에 넣어 놓고는 고맙다고 말했다. 여기까지 선물을 낑낑거리며 고생한 그에게 차가운 보리차를 내밀었다.

"이거 드시고 가세요."

"아, 그래야겠다. 땀을 너무 많이 흘렸어."

우진은 자리에도 앉지 않고 부엌 한가운데 서서 보리차를 꿀꺽 꿀꺽 마셨다.

"앉아서 드시죠."

"미팅 자리가 있어서 시간이 별로 없어. 도윤이 얼굴 보고 가고 싶은데, 언제 올는지. 한 10분 안에 오지는 않겠지?"

"네. 그건…… 아마 안 될 텐데."

아직 도윤은 연락이 닿지 않았다. 우진이 마시던 잔을 식탁 위에 올려놓고 손을 저었다. 대충 인사를 하고 우진이 현관으로 향했다. 그때 마당 너머 대문이 열리는 소리가 들렸다. 그 소리에 거실 창을 통해 바라보자 건물 쪽으로 남자가 걸어왔다.

그도 자신에게 쏟아지는 시선을 눈치챘는지 창 쪽으로 눈을 돌렸다. 도윤이었다. 시선이 하연의 뒤에 서 있는 우진에게 닿았다.

＊ ＊ ＊

기분이 더러웠다. 아버지를 만난 날이면 도윤은 늘 그랬다. 정신을 잃을 정도로 술을 마시거나 손끝이 헤질 때까지 바이올린을 켜거나. 그렇게 마음을 다스렸다.

그러나 오늘은 하연이 간절히 그리웠다. 맛있는 것을 먹고 웃는 하연을 보면, 꽃을 다듬고 향을 맡으며 좋아하는 그녀를 보면 모든 고통이 다 잊힐 것 같았다.

늘 그랬다. 가슴이 먹먹한 날은 마치 치료약처럼 그녀가 필요했다. 그래서 산에서 아버지를 뒤로하고 내려오자마자 도윤은 집으로 향했다. 빠르게 운전해 집에 도착한 다음, 문을 열고 들어갔다.

하연을 만나기 위해서. 그런데 그곳에 우진이 있었다.

"어, 도윤아."

자신을 보는 우진의 얼굴을 보고 순간 도윤은 생각이 멈췄다. 나빴던 기분이 스르륵, 더욱더 낮은 곳으로 떨어져 내렸다.

자신도 모르게 인상을 썼다. 예상치 못한 사람이 자신의 집에 있다는 사실만으로도 기분이 나빴다. 도윤이 왜 험한 표정을 짓는지 모르는 우진은 고개를 갸웃했다.

"야, 너 무슨 일 있어? 어디 다녀오는 길이야?"

현관문이 열리고, 안에서 하연이 나왔다.

"앗, 도윤 씨, 왔어요?"

하연의 입에서 까르르 웃음이 나왔다.

"우진 오빠 오셨어요."

"갑자기 무슨 일이야?"

친한 친구에게 퉁명스러운 말이 튀어 나갔다. 그러나 늘 불퉁한 도윤의 말이 별로 신경 쓰이지도 않는지, 우진의 잇새에서도 웃음이 샜다.

"야야. 내가 터키 출장을 다녀왔는데, 카펫을 강매당했지 뭐야.

그래서 너희 집에 선물로, 어? 프레젠트로 주려고 가져왔다."

낄낄, 웃는 웃음소리에 도윤은 정신이 번쩍 들었다. 조금 전까지 스멀스멀 퍼져 나갔던 검은 기운 위에 차가운 물을 끼얹은 것처럼 분노가 가라앉았다.

지금 왜 화가 났던 거지. 왜…….

우진이다. 친한 친구 우진. 다른 사람도 아니고, 우진과 하연은 사이가 좋은 선후배 관계일 뿐 별 친분도 없었다. 그런데 우진이 하연의 곁에 선 것만 보아도 질투가 치밀었다.

질투가.

하연을 사랑하는 것과는 다른 조금 더 짙고 어두운 감정이었다. 왜? 왜 도대체 이런 기분이 드는 걸까.

도윤은 겨우 침착한 목소리를 냈다.

"그래?"

입술을 잘근 깨물었다. 아버지와 만날 때 스트레스 때문에 죄 짓씹었는지 헤져 있던 속살에서 피비린내가 진동했다.

"그렇군."

당연히 의심할 만한 일은 없었을 거다.

신하연이다. 다른 사람도 아니고 신하연. 남편이 언제 들어올지 모르는 집에서 수상한 짓을 할 배짱은 없는 여자다.

우진이 아니더라도 누가 왔어도 상관없는 일이다. 서로 결혼 생활을 하는 동안은 다른 사람을 만나지 않기로 약속했다. 하지만, 어디까지나 이모에게 들키지 않기 위해서였다.

이 결혼은 가짜다. 나는 이모를 속이기 위해, 그리고 넌 돈을 위해 결혼한 것인데 설령 그래, 좀 만나면 어때.

도윤은 화를 낼 자격이 없었다. 이 모든 것은 그저 계약이니까.

하지만 그걸 알면서도 화가 났다. 자신이 이상해졌다는 것을 깨닫는 것은 오래 걸리지 않았다.

"네. 우진 오빠가 가져다준 카펫이 진짜 커요. 그걸 이스탄불에서부터 가져오셨대요."

웃기죠. 하면서 입을 가리고 까르르 웃는 하연의 얼굴을 보고 가슴이 아프다.

이 결혼은 가짠데. 왜 화가 나는 걸까.

왜냐면……. 왜냐면 이 감정은 진짜여서.

널 좋아하니까. 사랑하니까. 그래서 화가 난다.

도윤은 속으로 쓰린 말을 웅얼거렸다. 내가 이렇게 이유 없이 분노하는 것은…….

신하연 너를 독점하고 싶었다. 그런데 넌 나를 사랑해서 결혼한 것이 아니고 돈으로 계약된 사이라, 결코 널 가질 수 없다. 다 서로 이해하고 만난 관계이다. 그런데도 화가 난다. 내가 망가진 인간이어서 그렇겠지.

별것도 아닌 관계에까지 질투를 느끼고 화를 낸다. 아버지와 다를 게 없다. 다른 사람들은 이런 관계에 질투를 느끼지 않을 텐데, 나는 부서진 인간이라. 그래서, 네가 날 사랑하지 않는 것이 화가 나고, 또 쓸데없는 질투를 한다.

도윤이 아무 말을 하지 않고 가만히 하연을 바라보자, 무언가 위화감을 느낀 그녀가 도윤에게 물었다.

"도윤 씨, 괜찮아요?"

"응. 오늘 새벽부터 나가서 피곤하네. 우진아, 선물 고맙다."

"그래, 다시 한번 결혼 축하해."

"응, 그래 고마워. 조심해서 들어가."

도윤은 그를 배웅하고, 집으로 들어왔다. 다행히 목소리에서도 행동에서도 이상함은 드러내지 않았다. 차분하게 평소의 차도윤을 연기했다.

옷을 갈아입는다는 명목으로 드레스 룸에 들어와 혼자가 되자 도윤은 갑자기 온몸을 지배하는 질투와 분노에 제대로 된 생각이 불가능했다.

별것 아닌 일인데 왜 이렇게 화가 나는 걸까. 나는 그 혐오스러운 인간의 아들이다. 그의 DNA가, 그의 교육이 몸에 배어 있기라도 하는 걸까.

"하지만 점점 시간이 지나면 넌 더 그녀를 좋아하게 될 거고, 그 여자가 돈을 위해 너랑 결혼했다는 사실만 머리에 또렷하게 남을 거다. 다른 남자를 만날 때마다 화가 나고 그리고 너도 나처럼 변해 가겠지. 나도 처음부터 괴물이었던 건 아냐."

아버지의 저주와도 같은 말이 다시 한번 도윤의 뇌리를 스쳤다. 이 갈 곳 없는 분노를 당신에게서 물려받기라도 한 걸까. 도윤은 부엌으로 들어가 차가운 물을 떠 몸 안에 흘려 넣었다. 싸늘하게 심장이 식자, 도윤이 입술을 비틀었다.

차서형. 난 당신과 달라. 난 당신처럼 괴물이 되지 않을 거야. 내가 아무리 그녀를 사랑해도, 그녀가 날 사랑하지 않아도…….

상관없었다. 이 분노가 치밀어 올라 내 자신을 삼킬 것 같아도 괜찮다. 이 계약 기간이 끝나면 그녀를 놓아줄 거니까. 나 같은 놈, 사랑할 자격도, 사랑받을 이유도 없는 놈 따위 버리고 저 멀리, 비틀리지 않은 착하고 심성 고운 남자에게 가서 행복하게 살라고 할 테니까.

돈 따위 얽히지 않고 그냥 그녀가 같이 있고 싶은 남자와 행복하게 사는 게 중요했다. 절대 그녀를 가지지 않을 것이다. 내 안의 괴물이 그녀를 집어삼키지 못하게 할 것이다. 그런 욕심은 부릴 수 없다. 그렇게 하연의 행복을 지킬 거다.

그렇게 완벽히.

＊　＊　＊

또다시 주말이 돌아왔다. 도윤과 하연은 도윤의 이모, 이연진 여사를 만나러 KTX를 타고 강릉으로 내려갔다. 바쁘게 지나가는 차창 밖의 풍경을 바라보던 하연은 도윤에게 들리지 않게 조심하며 한숨을 쉬었다.

도윤과는 조금만 움직이면 팔이 닿을 정도로 가까이 앉아 있다. 바로 옆자리였다. 고개를 돌려 숙이면 그의 어깨에 얼굴을 댈 수 있는 밀접한 거리. 그러나 하연은 지금 그를 차마 바라볼 수가 없었다.

이야기를 할 수 없는 것은 도윤 역시 마찬가지인지 그는 태블릿을 들고 안에 있는 서류를 넘기면서 다리를 비스듬히 꼬고 있다. 딱히 읽을거리도 가져오지 않은 하연은 창밖만 멍하니 바라보았다.

초록이 가득하던 풍경에 어느샌가 가을의 정취가 묻어 있었다. 평소였으면 단풍이 반가웠을 하연이었지만 이제는 가을이 싫었다. 더위가 끝나고 황량함이 몰려오는 것 같아서.

연진의 용태가 더더욱 나빠지고 있었다. 하연은 어제 서울의 대학 병원의 주치의에게 그녀의 약을 받아 오며 혹시 더 무엇이 필요한 게 있나 강릉에 전화를 했었다.

그러나 연진에게 전화를 해도 응답이 없었다. 통화 연결음만이 무심하게 울리다가 툭, 사서함으로 넘어갔다.

주무시나. 결국 강릉에서 상주하며 그녀를 돌보는 간호사에게 연락을 취했다. 그러나 그녀가 말한 소식은 그다지 좋은 것이 아니었다.

-여사님이 많이 아프세요. 요즘 점점 더 안 좋아지고 계셔서…… 지금도 전화 받기가 어려우시네요.

마지막으로 내려갔던 것이 고작 2주 전이다. 그때만 해도 같이 정원 산책을 하고, 염색을 못하니 머리를 가리고 싶다는 이모님을 위해 함께 가까운 마을에 차를 타고 나갔다.

오랜 시간은 아니었지만 물건을 고르고, 하연이 고른 노란 모자가 너무 어린아이들이 쓰는 것 같다며 까르르 웃으셨는데. 어떻게 된 일일까.

-어쩌면……. 휴. 오늘 오신 강릉 의사 선생님은 얼마 남지 않았다고 마음의 준비를 하시라는데.

그 말을 듣고 하연은 눈앞이 까맣게 흐려졌다. 도윤에게도 그 소식을 전했다. 그 이야기를 전해 듣는 것보다 그 사실을 알게 된 도윤의 표정을 보는 게 끔찍했다.

"이모님 상태가 많이 안 좋아졌다고 하네요."

어쩌면 끝이 다가오고 있다는 이야기를 듣자, 그는 눈썹을 쓱 추켜세웠다. 마른 입술을 살짝 비틀었다. 표정의 변화는 그뿐이었지만 그것만으로 감정이 전해졌다.

하연은 이모님이 오래오래 살아 주셨으면 했다. 아직 무엇보다……
이 남자가 무너지는 것을 보고 싶지 않았다. 세상에 가족은 이모밖에
없다고 말했던 이 남자를 세상에 홀로 두고 싶지 않았다. 다소 이기적
인 바람이었다.

처음 그가 결혼하겠다고 했을 때가 4월이다. 벚꽃이 한창 필 무
렵. 그리고 지금이 가을의 입구에 들어서는 9월이었다. 분명 그때
도윤은 이모님에게 1년이 남았다고 했다. 시한부 선고는 1년 6개
월이었고, 6개월이 지났다고. 1년이 남았다고 했는데.

이제 고작 반년이다. 왜. 벌써. 그런 불안감으로 하연은 밤새
잠을 자지 못했다. 시한부 선고에 대해 인터넷에 열심히 검색해
보았다.

[시한부 선고, 실제 여명]

[암, 시한부 기간]

[시한부 기간이 짧아질 확률]

그렇게 찾아본 결과는 희망이 없었다. 시한부 선고 기간은 환자
들의 반 정도가 사망하는 평균치였다.

그러니까 어떤 환자는 당장 내일 죽을 수도 있고, 어떤 환자는
5년 뒤까지 살아 있을 수도 있다. 시한부 선고를 1년 반 받았다
고 해서 1년 반은 살 수 있다는 확신은 누구에게도 없다. 오직
신만이 알 뿐.

강릉으로 가는 KTX가 어두운 터널로 들어갔다. 높은 산악 지대
가 많은 곳을 통과하며 굽이굽이 이어진 터널에 또 들어갔다.

기차가 무척이나 빠르게 달리고 있는데도 불구하고 어두운 터널
은 끝이 없었다. 가도 가도 끝도 없는 어둠뿐. 이 어둠의 끝에 빛이
기다리기는 한 걸까, 의심이 될 만큼. 길고 길었다.

※ ※ ※

"토요일인데, 쉬지 그랬어."

그렇게 말하면서도 조카 내외를 맞이한 이연진 여사는 썩 기분이 좋은 모양이었다. 그녀가 누워 있는 방 안에 하연과 도윤이 들어서자마자 연진의 얼굴에 활짝 웃음꽃이 폈다.

"이모님, 잘 계셨어요?"

"응. 나야 똑같지."

잘 계셨냐는 질문이 어찌나 한심한지. 하연은 물어본 자신의 입술을 찰싹 손바닥으로 때리고 싶었다.

이모님은 한눈에 보기에도 2주 전의 상태와는 전혀 달랐다. 2주 전에는 하연이 왔다는 말에 그래도 현관까지 천천히 걸어 나오셨는데, 오늘은 누워서 둘을 맞이했다. 창백했던 혈색은 까맣게 더 나빠져 있었다. 바싹 마른 입술이 안쓰러웠다.

하연이 손에 든 꽃을 그녀에게 내밀었다.

"저, 이거."

"이게 뭐야?"

연진은 꽃을 좋아했다. 정원에 나가는 것도, 힘이 있을 때는 근처 공원을 산책하는 것도 즐겨 했다. 그러고 보니 도윤의 어머니도 꽃을, 정원을 좋아하셨다고 했다.

"히아신스요."

"어머, 이게 벌써 수입돼?"

"네. 꽃 시장에 나왔더라고요."

열에 약해 금세 상해 버리는 히아신스는 여름에는 구하는 것이 불가능했다. 9월이 되어 약간 서늘해지자 꽃 시장에서 모습을 드러내기 시작했다.

날이 한결 선선해졌지만, 그래도 혹시 꽃이 상할까 싶어 전날이 아닌 오늘 새벽에 부지런히 꽃 시장에 나가 하연이 사 온 것이었다. 연보라색의 히아신스 한 다발이 연진의 품에 안겼다. 푸릇푸릇 생기가 도는 꽃의 향을 맡으며 연진이 환하게 웃었다.

"고마워. 요 며칠 몸이 안 좋아서 정원에도 못 나가 봤거든."

그렇게 말하는 연진을 도윤은 멀찍이 떨어져 가만히 바라보고 있었다. 문가에 삐딱하게 서서 입을 꾹 다물고 연진을 쳐다만 보았다. 하연과 이야기를 나누던 연진이 도윤을 향해 고개를 돌렸다.

"도윤이 너도 이리 와."

그는 말없이 그녀에게 다가섰다. 연진이 말라서 앙상해진 손을 들어 도윤의 손을 잡았다. 건강하고 큰 남자의 손과 여린 그 손이 대비되어 연진이 아픈 것이 더욱 또렷하게 드러났다.

연진이 도윤의 손을 잡고 물었다.

"지난주에 혼자 갔다 왔니?"

연진의 질문에 도윤이 슬쩍 하연을 보았다. 이모님이 무슨 말을 하시는지 몰라 하연은 어리둥절했다. 지난주? 뭐가 있었던가?

도윤이 짧게 답했다.

"네."

"고생했구나."

"뭘요. 그냥 다녀오는 건데요."

하연은 둘의 대화를 가만히 말없이 바라보았다. 궁금했지만 둘 사이의 대화를 방해하고 싶지 않았다. 그래서 이야기를 쫓아가기 위해 연진이 말할 때는 연진을 바라보았다가, 도윤이 말할 때는 그의 굳은 얼굴을 쳐다봤다를 반복했다. 병풍처럼 왔다 갔다 보는 하연의 시선을 연진이 금세 눈치를 채고 인상을 찌푸렸다.

"뭐야. 하연이에게 말 안 한 거니? 하연아, 도윤이가 무슨 말 안하던?"

"이모님, 무슨 이야기이신지······."

"지난주, 언니 기일이었어. 도윤이 엄마."

여전히 무슨 이야기인지 감을 잡지 못하는 하연에게 연진이 이야기를 했다. 그제야 그가 일주일 전 토요일 아침에 나갔다 온 것이 떠올랐다.

정장을 입고 나가지 않았던 것을 보면 일 관련은 아닌 것 같은데 새벽같이 나갔다가 들어오고 계속 그 이후 기분이 좋지 않았다. 어머니가 돌아가신 날이었구나.

"기일이셨군요."

하연의 말에 연진이 인상을 찌푸렸다. 조금 전까지 힘이 없던 목소리에 힘이 들어갔다.

"아니, 어쩜 도윤아. 그걸 하연이한테 말도 안 해 줬어."

"뭘 좋은 일이라고요."

"그래도."

그렇게 힘든 일이 있었구나. 하연은 입술을 깨물었다. 힘든 날이었는데. 난 그것도 모르고 그저 집에서 바보같이 우진 오빠와 헤실거리고 있었다. 그의 옆에 있어 줬으면 좋았을 텐데.

"에휴."

한참 도윤을 타박하던 연진은 곧 몸이 힘들어졌는지 눈을 느리게 깜빡거렸다. 그 모습을 보던 간호사가 다가와 낮게 중얼거렸다.

"아까 오시기 전에 약을 넣었거든요. 지금에서야 약 기운이 도시나 봐요. 주무셔야 하니 잠깐 나가시는 게 좋을 것 같아요."

"네, 나가 볼게요. 주무세요, 이모님."

하연은 그녀의 손을 한번 쓸어 주고 도윤과 함께 밖으로 향했다. 오랜 시간이 지나지 않아 둘을 간호사가 쫓아 나왔다.

"죄송해요. 서울에서 기껏 오셨는데 같이 시간을 많이 못 보내셔서. 어제 잠을 통 못 주무셨어요. 통증이 심해서."

간호사의 말에 도윤이 입술을 짓씹었다.

"의사는 불렀습니까?"

"네. 늘 오후쯤에 오시니까 2시쯤 와서 다시 한번 봐 주실 거예요."

간호사가 인사를 하고 안으로 들어가자, 도윤이 긴 한숨을 쉬며 벽을 잠시 손으로 짚었다. 하연조차 연진이 아픈 모습을 보니 마음이 이렇게 아픈데 그는 어떤 기분일지 상상조차 할 수 없었다. 그의 너른 어깨가 오늘따라 초라해 보인다.

"괜찮으세요?"

"나야⋯⋯. 그래. 괜찮아."

괜찮다고 하지 말고 조금 더 기대면 좋지 않을까. 그의 어깨 위에는 너무 무거운 짐들이 많이 얹혀 있어서 버거워 보인다. 내가 큰 힘은 되지 못하더라도 같이 짐을 진다면 훨씬 더 편해질 텐데.

하연은 답답한 마음에 그를 가만히 바라보았다. 거실로 나온 뒤, 한참을 망설였다. 둘 사이의 침묵을 잠시 어려워하다가 겨우 말을 꺼냈다.

"어머님 기일이셨다고요."

"그래."

"산소에 다녀오신 건가요?"

"⋯⋯응."

"그래서 아침 일찍 나가셨군요. 제가 같이 갈 걸 그랬어요."

혼자 운전하고 가서 상을 차리는 일도 여의치 않았을 텐데. 그러나 하연의 말에 도윤은 이상하다는 듯 물었다.

"왜?"

"그야…….. 힘드시니까."

"네가 같이 갈 필요 없었어."

다시 한번 등장한 '필요'라는 말.

지난주부터 그의 행동이 약간은 서늘했다. 미묘하게 그 변화를 느꼈는데, 갑자기 여기서 더욱더 단단히 굳어 버린 그의 심정이 느껴졌다.

"신하연. 우리는 그냥 계약 부부야."

그 말에 하연은 말을 잃었다.

"너 착한 거 알지만, 그런 쓸데없는 일까지 네가 신경 쓸 필요 없어."

타박이 아니라 현실을 알려 주는 듯 그저 무감하고 담담하게 말했다. 이게 도윤 나름의 상냥함일 터. 우리는 계약 부부고, 너는 필요 없는 일에 참견할 필요 없어. 그냥 네 자유를 즐겨. 그렇게 말하는 것이겠지만 하연의 귀에는 그저 그녀에게 높고 높은 벽을 세우는 소리로만 들렸다.

"그렇긴 하지만."

"이모 주무신다고 하니, 너도 좀 쉬어. 난 볼 서류가 있어서 서재로 들어가 볼게."

그리고 그는 하연의 말을 더 기다리지 않고 서재로 쏙 들어가 버렸다. 얼마나 행동이 빠르던지 하연은 그를 잡을 기회조차 없었다.

＊ ＊ ＊

그날 오후 찾아왔던 의사 선생님은 연진의 상태가 영 좋지 않다며 한숨을 쉬었다.

"오늘은 제가 저택에 좀 남아야겠습니다."

의사의 발걸음조차 멈추게 할 정도로 연진의 상태는 나빠지고 있었다. 혹시 무슨 일이 있을까 봐 돌아가며 그녀의 곁을 지켰다.

새벽 2시, 모두 자러 가고 이번에는 하연이 연진의 곁에 앉았다. 통증을 줄여 주는 약 때문에 몽롱해진 연진은 한참 자다 깨다를 반복했다. 그러다가 또 시간이 좀 지나 약 기운이 덜해졌는지 연진이 신음을 냈다. 통증이 강해진 모양새였다.

"으으."

"이모님, 아프세요?"

헐떡이는 연진을 보니 가슴이 미어졌다. 누군가가 이렇게 필사적으로 죽음과 싸우고 있는 모습을 보는 것은 처음이었다.

이렇게 아파하시는데, 나는 내 도윤을 향한 감정만을 위해 이모님이 더 오래 사셨으면, 하는 바람이나 품었다. 나라는 인간은 얼마나 이기적인지. 얼마나 나쁜 인간인지.

하연의 질문에 연진은 고개를 흔들었다.

"이모님, 의사 선생님 불러올까요?"

"아, 아냐. 아냐. 약을 맞으면 정신이 흐트러져. 조금만 더……."

아주 조금만 더 이야기를 하고 싶다. 정신을 유지하고 싶다. 아주 조금만 더……. 속삭이듯, 힘없는 목소리로 그녀가 속삭였다.

"조금만 더. 하연아……. 이야기를 들려줘."

"무슨 이야기를 할까요, 이모님?"

무슨 이야기라도, 그녀의 아픔을 조금이라도 줄여 줄 수 있다면 무엇이든 꺼내고 싶었다.

"즐거운 이야기. 그래, 도윤이가 대학 다닐 때 이야기를……."

당장이라도 숨이 끊어질 것 같은 통증과 싸우면서도 그녀는 하연의 두 손을 꽉 움켜쥐고 애원했다. 차오르는 슬픔에도 하연은 울 수 없었다. 울 시간도 아까웠다.

점점 더 끝으로 향해 가는 연진에게는 남은 시간이 많지 않았고, 그 시간을 쓸데없는 자신의 눈물 따위로 채우고 싶진 않았다. 그래서 하연은 씩씩하게 말을 시작했다.

"예전에 엠티를 갔을 때 이야기인데, 도윤 씨에게 다른 여자애가 고백하는 것을 봤어요."

흥미롭다는 듯, 연진의 시선이 하연을 향했다. 그러나 맞장구를 치기에는 버거운 모습이었다. 그래서 하연이 말을 이었다.

"도윤 선배를 좋아한다고 이야기하더라고요. 저도 그때는 이미 선배를 좋아할 때라 그 모습에 질투가 났어요. 그래서……."

대학 시절 이야기에 연진의 입꼬리에 희미하게 웃음이 돌아온다. 그 모습에 힘입어 하연은 조잘조잘 말을 떠들어 댔다. 그렇게 한참 이야기를 듣던 연진은 숨과 함께 말을 내뱉었다.

"하연아."

"네?"

"몸이…… 너무……."

아프다. 아프다는 말까지도 나오지 않았다. 아까보다도 훨씬 작고 당장에라도 끊어질 것 같은 목소리로 속삭였다. 하연은 말없이 고개를 끄덕이며 연진의 다음 말을 기다렸다. 간신히 통증을 이겨 내며 연진이 입을 열었다.

"약속…… 하나만 해 줘."

"네. 네. 이모님."

"도윤이 혼자 두지 않겠다고 약속……."

해 줬으면 좋겠어. 외롭게 두지 않겠다고. 도윤이는 외로운 아이야. 어려서 세상을 떠난 어머니와 사랑해 주지 않았던 아버지 밑에서 자라나 사랑을 믿지를 않아.

그런데…… 그 아이가 널 만나서 변했어. 너와 있으면 괜찮아질 거라고 생각해. 혼자 두고 가려니 마음이 좋지 않아. 하지만 네가 옆에 있으니 나는 마음에 안심이 돼. 그러니까 약속해 줬으면 좋겠어. 도윤이를 혼자 두지 않겠다고.

연진은 하고 싶은 말이 많았다. 하지만 통증과 약물에 지배당한 입술은 하고 싶은 말의 반절도 쏟아 내지 못했다. 그러나 하연은 연진이 전하고자 하는 말을 다 알아들었다.

"네, 이모님."

"알겠……지?"

"네. 약속할게요. 도윤 씨를 절대 혼자 두지 않을게요."

"나 죽으면……."

"이모님 그런 말은 하지 마세요. 곧 내일이 되면, 더 나아지실 거예요. 그러니까 오늘은 의사 선생님도 계시니까……."

무서움에 횡설수설 말이 헛나왔다.

"아냐. 얼마 남지 않았……어. 그러니까 부탁……."

"네. 그럴게요."

하연은 헐떡이는 연진의 통증을 줄여 주려 그녀를 끌어안았다. 등을 쓸어내리며 몇 번이고 몇 번이고 맹세했다.

절대로 혼자 두지 않을게요.

"이모님, 도윤 씨랑 행복하게 살게요. 아이도 5명쯤은 낳아서 외로움 같은 거 느끼지 못하도록 할게요."

하연의 말에 연진의 눈앞에 도윤의 아이들이 떠올랐다. 본 적 없는 조카 손주들. 와글와글 떠들면서 정원에서 뛰노는 아이들. 아빠가 귀찮아해도 손에 매달리고 어깨를 타고 오르며 조르는 장난꾸러기들이 보였다.

조금 전까지 너무나도 추웠다. 따뜻한 방 안에 누워 있는데도 불구하고 그렇게나 싸늘했는데.

도윤이 행복해진 모습을 봐서인지, 아니면 하연이 자신의 몸을 끌어안아 줘서인지 연진의 발끝부터 따뜻해졌다. 천천히 시야가 어두워지며 따스한 물속으로 빠져드는 것처럼 연진의 몸이 무거워졌다.

"이모님?"

조금 전까지 눈을 뜨고 하연을 바라보던 연진의 숨이 밭아지고 시선에 초점이 사라지기 시작했다.

"이모님, 정신 차리세요! 이모님!"

하연이 소리 높여 그녀를 불렀다. 집을 울리는 비명에 가까운 목소리에 방문이 벌컥 열리고 밖에서 도윤이 뛰어 들어왔다.

"무슨 일이야?"

"이모님이, 이모님이……."

"이모!"

하연이 서둘러 물러나자 도윤이 연진을 대신 받쳐 들었다. 그 소리에 반짝, 연진의 정신이 돌아왔다.

"아……. 도윤아. 도윤이……."

그러나 여전히 숨은 불안정했다. 도윤의 품에 안긴 그녀는 너무나도 연약해서 힘을 줘서 안았다가는 그대로 부서질 것만 같았다. 의사와 간호사도 달려와 모니터링 기계와 약에 달라붙었다. 그래도, 그녀의 눈에 총기는 돌아오지 않았다.

"이모, 정신 차려요. 아직 안 돼. 아직 1년도 안 됐잖아. 안 돼요, 이모."

도윤의 애원이 들리지 않는 듯, 연진이 허공을 보며 중얼거렸다. 마른 입술이 힘없이 꺼질 듯했다.

"도윤아⋯⋯. 이모 왔어⋯⋯."

"이모."

"미안해. 너무 늦게 왔지. 이모 왔어."

연진은 횡설수설 말을 이었다. 달려온 것은 도윤인데, 갑자기 이모가 왔다니. 하지만 연진이 지금 눈앞에서 무엇을 보는지 도윤은 단박에 알아챘다.

어머니가 세상을 뜬 날 저녁, 병원에서 몸을 웅크린 채 떨던 도윤을 안고 이모가 했던 말이었다. 충격을 받아 울지도 못하고 몸을 바들바들 떨던 아이에게 이모는 밤새 등을 쓸어 주며 말을 했다.

"이모 왔어."

"괜찮아. 이제 다 괜찮아질 거야. 이모 왔어, 도윤아. 괜찮아. 울지 마, 도윤아. 이모가 옆에 있을게. 너무 늦어서 미안해."

그렇게 수없이 말했다. 밤새 울다 지쳐 잠든 도윤의 앞머리를 쓸어 주며 이모는 도윤을 안심시켰다. 그리고 그 말을 도윤이 크기까지 이모는 입버릇처럼 했다.

"이모가 늦게 와서 미안해."

그 말을 오늘도 그녀는 속삭였다.

"늦어서 미안해. 이제 괜찮……."

아.

마지막 말은 끝내 끝나지 못했다. 사랑하는 조카의 품에서 그녀는 몇 번이고 얕은 숨을 내뱉더니 그대로 툭, 고개를 떨궜다.

도윤은 아무 말도 못 한 채 그런 그녀의 몸을 끌어안으며 떨리는 숨만 내뱉었다.

이연진. 향년 63세. 너무도 짧은 생이었다.

7. 너무 아파서

PQ케미컬의 이연진 사장의 장례식은 소박하게 이루어졌다.

"이모는 늘 강릉을 좋아하셨어."

연진이 마지막을 보낸 강릉 별장은 그녀가 어렸을 때 여름마다 가족들이 내려와 시간을 보내서 추억이 많은 집이었다. 그곳에서 멀리 움직이지 않고 강릉에 조촐한 빈소를 차렸으며, 산소도 강릉에 모시기로 했다. 그렇게 바다가 보이는 나지막한 언덕 위에 연진은 몸을 누였다.

이모님이 돌아가신 뒤, 연진을 끌어안고 도윤은 한참을 움직이지 않았다. 그 흔한 울음소리도 눈물도 없었다. 그런 그의 등을 바라보며 울음을 자꾸만 삼켜야 했던 것은 하연이었다.

이모를 겨우 놓아주고 나서는 도윤은 상주로서 부지런히 일했다. 연진이 생전에 남겨 놓았던 지인들에게 연락을 돌리고, 장례식장을 수배하고 모든 일을 도윤이 직접 했다.

"와 주셔서 감사합니다."

빈소를 지키는 내내 그는 거의 잠을 자지 않고 손님을 맞이했다. 피곤이 쌓여 건조한 눈은 실핏줄이 터져 발갛게 물들었다.

그를 말리고 싶었다. 이러다간 큰일 나겠다고. 하지만 굳게 닫은 입술이 도윤의 의지를 드러냈다. 그를 막을 수가 없었다.

대신 하연은 혹시 몰라 도윤을 계속 주시했고, 인공눈물이며 간간이 편하게 먹을 수 있는 에너지 바를 그에게 건네며 옆에서 도왔다.

그렇게 폭풍 같은 며칠이 지났다. 시신 안치까지 끝나고 나서야 도윤은 깊은 한숨을 내쉬었다.

"하……."

산등성이에 서서 저 멀리 반짝이는 바다를 바라보는 도윤의 눈동자가 흔들렸다. 얼마나 그가 고통스러울지, 얼마나 정신적으로 체력적으로 지쳤을지 하연으로서는 가늠하기가 힘들었다.

하연은 어렸을 때부터 평범한 가정에서 자라났다. 아버지가 사업을 실패하고 집을 나가셨지만, 늘 어머니가 옆에 있었다. 외로움을 느낄 새도 없이 어머니는 하연의 옆에서 그녀를 지켰다.

그러나 도윤에게는 남은 가족이 아무도 없다. 세상에 오롯이 혼자가 된 것같이 고통스러워하는 도윤을 바라보는 것이 괴로웠다. 잘못 손을 대면 그는 공기 중에 흩어질 것처럼 위태로워 보였다.

하연은 깊은 한숨을 쉬며 마음을 고르는 그의 곁에 다가섰다. 혼자가 아니에요. 당신은 혼자가 아니야. 그렇게 말해 주고 싶었다.

사람들이 바쁘게 지나다니는 와중에 툭 떨어져 있는 그의 손을 잡았다. 바다를 바라보는 그의 시선이 하연에게 돌아왔다.

"도윤 씨."

같이 있어요. 고통도 같이 나눠 가져요. 내가 당신 짐을 조금 가져올게요. 하연의 절박한 눈동자가 그에게 마음을 전했다. 손에 꽉 힘을 줘 힘없이 풀려 있는 그의 손을 움켜쥐었다. 하지만 그녀를 바라보았던 도윤은 곧 고개를 휙 돌려 버렸다.

"이사님, 이제 서울로 돌아가시겠습니까?"

"그러죠."

하 비서가 도윤에게 다가오자, 그는 자연스럽게 하연에게서 손을 빼 하 비서 쪽으로 몸을 돌렸다.

"서울로 갑시다."

어찌나 빠르던지 잠시 잠깐의 망설임조차 없었다. 하연이 잡을 새도 없이 스르륵 손가락 사이에서 그가 빠져나갔다.

＊ ＊ ＊

서울로 올라가는 길. 3일 밤낮 동안 거의 잔 적 없는 도윤은 운전기사가 운전하는 차 안에서 고개를 대고 잠시 잠을 잤다. 그의 얼굴은 새하얗게 질려 있었다.

숨이 멎은 것은 아닌가. 그런 생각이 들 정도로 깊게 잠이 들었다. 차가 과속 방지 턱을 넘어설 때마다 몸이 흔들렸다.

하연은 그런 도윤을 가만히 바라보았다. 지금 당신은 무슨 꿈을 꾸고 있을까. 그런 그를 바라보다가 하연 역시 까무룩 잠이 들었다. 마치 늪 속에 빠져드는 것처럼 깊은 잠에 빠져들었다.

하연은 꿈속에서 어떤 이를 만났다. 거의 빛이 없는 짙은 어둠 속에 한 남자가 서 있었다. 아무리 어두워도, 아무리 멀리 있어도 그가 누군지 한눈에 알아보았다. 그 실루엣만 봐도 가슴에 박혀 들었다.

도윤이었다. 그는 가만히 저 멀리서 비쳐 오는 옅은 빛만을 바라보고 있었다. 그리고 등을 돌린 채 읊조렸다.

"누구를 사랑하고 싶지 않고, 누구도 날 사랑하지 않았으면 좋겠어."

그의 목소리만큼이나 어둡고 축축한 곳에서 그 말만이 울려 퍼졌다. 언젠가 그가 했던 말. 왜 다시 말하는 걸까. 선배, 무슨 일이 있나요.

그에게 다가가려 걸어가려는데, 발이 무거워 꿈쩍도 하지 않았다. 천천히 도윤이 멀어진다. 그런 그를 막으려 하는데 입술에서는 말이 나오지 않았다. 마른 입술을 그저 달싹였다.

'이미 사랑했는데 어쩌죠. 당신을 이미 사랑하는 나는 어쩌면 좋죠. 가지 말아요. 제발 멀어지지 말아요.'

그러나 속절없이 그는 멀어져 간다. 점이 되어 간다.

'안 돼!'

그렇게 말을 하려는 순간, 탁, 차 문이 닫히는 소리에 하연은 눈을 퍼뜩 떴다.

"뭐……지?"

하연은 눈을 깜박이며 지금 상황을 확인했다. 너무 깊은 잠에서 깨서 순간 이곳이 어디인지 알 수가 없었다.

여기는…… 집이었다. 성수동에 위치한 하연과 도윤의 집. 이제는 익숙한 까만 대문이 눈에 들어왔다. 그리고 비스듬히 차 문에 기대 자고 있던 하연의 어깨에는 도윤이 조금 전까지 입고 있던 재킷이 얹어져 있었다.

얼마나 잔 걸까. 이미 차 안에는 아무도 없었다. 아직도 재킷에는 도윤의 온기가 남아 있는데. 그는 어디로 간 거지.

몸을 일으켜 주변을 둘러보자 밖에서 차 안을 확인한 하 비서가 서둘러 그런 하연의 기색을 눈치채고 달려왔다.

"저, 사모님."

결혼 후, 하 비서가 하연을 부르는 호칭은 어느새 사모님이라고 바뀌어 있었다. 그 전부터 알고 지내던 회사 사람이라 편하지는 않았지만, 하 비서는 그게 본인이 편하다고 했다.

"일어나셨나요?"

"아, 네."

깊은 잠을 자느라 흘러내린 머리카락을 쓸어 올리며 하연은 도윤의 재킷을 끌어안았다.

"도착했나요?"

"네. 며칠 동안 수고하시고 통 못 주무셨다고 이사님께서 잠시 깨우지 말라고 하셔서."

"남편은……."

입에서 나오는 남편이라는 단어가 깔끄러웠다. 하연의 질문에 하 비서가 고개를 숙였다.

"조금 전에 들어가셨습니다. 짐은 다 들여놓았습니다."

"감사합니다."

"아닙니다. 제가 할 일인데요."

하연이 차에서 내려 집으로 들어가려던 때, 하 비서가 그녀를 불렀다.

"사모님."

"네?"

하연은 문고리를 잡은 상태로 뒤를 돌아 그를 바라보았다. 갑작스러운 장례에 급하게 강릉까지 내려와 내내 같이 자리를 지켰던 하 비서의 안색도 밝지 않았다. 오랜 운전 끝에 눈가가 짙은 피로로 물들어 있었다.

"이사님 출근은 3일 뒤로 잡았습니다. 그동안…… 잘 부탁드립니다."

연진의 장례 이후 도윤이 아슬아슬한 것을 눈치챈 것은 그녀뿐만은 아닌 듯했다. 하 비서의 말에 하연이 몸을 꾸벅 숙였다.

"네. 하 비서님 여러모로 감사드려요."

"아닙니다. 제가 한 게 뭐가 있다고요."

"아니에요. 계셔 주셔서 큰 힘이 되었어요. 그동안 집에도 못 들어가셨을 텐데……. 고생하셨어요. 그리고…….."

한참 망설이다가 큰마음을 먹고 말을 뱉었다. 단어 하나하나가 까끌까끌 입 안에 박혔다.

"앞으로도 도윤 씨, 잘 부탁드려요."

그렇게 깊게 고개를 숙였다. 아무래도 다시는 그에게 그런 부탁을 할 수 있는 기회가 없을 것 같아서. 왜인지는 모르겠지만, 하연은 이게 마지막이라는 예감이 문득 들었다.

* * *

하연은 대문을 열고 집 안으로 들어갔다. 도윤은 드레스 룸에서 옷을 벗고 있었다. 그녀의 인기척에 그가 고개를 돌렸다. 도윤의 생각보다 하연이 빨리 들어왔는지 그가 물끄러미 하연을 바라보았다.

"깼네."

"네."

하연이 들고 있던 도윤의 재킷에 그의 시선이 닿았다. 그녀가 두 손으로 꽉 그의 옷을 잡자, 그의 미간에 살짝 주름이 졌다. 도윤이 입을 열었다.

"자면서 몸을 오들오들 떨길래."

덮어 준 것은 별 뜻은 아니었어. 그렇게 선이라도 긋는 듯한 차가운 말투였다.

연진의 장례 이후, 아니 조금 더 돌이키면 연진의 용태가 나빠졌을 때부터 다정하고 상냥하던 그는 사라지고 갑옷을 단단히 껴입었던 예전의 모습으로 돌아갔다.

"하……."

도윤이 피곤한지 목을 꽉 졸라맨 넥타이를 풀었다. 단추를 하나씩 풀고 셔츠를 끌렀다. 조금은 하얗게 질린 입술로 계속 얕은 숨을 토해 내다 옷을 벗는데도 드레스 룸에서 나가지 않고 우두커니 그를 바라보는 하연에게 도윤이 물었다.

"무슨 하고 싶은 말 있어?"

하연은 고개를 저었다. 지금 그는 한계에 다다랐다. 당장 쓰러져도 이상하지 않았다. 이렇게 도윤이 약해 보이는 것은 처음이었다.

도윤이 괜찮은가 걱정이 되어 하연은 그의 곁을 떠날 수 없었다. 그가 흐트러진 앞머리를 쓸어 올렸다.

"그래. 너도 올라가서 쉬어. 그리고 이야기는 곧 하자. 좀 쉬고 나서."

"같이 올라가지 않으시고요?"

그 질문에 도윤이 하연을 바라보았다.

"아니, 난 1층에서 자지."

같이 자긴 싫다는 건가. 결혼한 이후 한 번도 그는 1층에서 잔 적이 없었다. 늘 함께 침대에서 잠을 청했다. 오늘 이전에는.

"그럼 제가 아래서 잘게요."

"내가 마음이 불편해. 내가 게스트 룸에서 잘 테니 넌 올라가."

그의 말에 더 우길 수도 없었다. 무조건 지금은 도윤의 마음을 편하게 해 주고 싶었다.

하연도 올라가 씻고 침대에 몸을 누였다. 거의 자지 못해서 피곤할 터인데도 잠이 오지 않았다. 도윤의 요 며칠간의 행동이 떠올랐다. 손을 잡아도 빼 버리고, 하연에게 선을 그었다.

무슨 이야기일까. 사사로운 이야기가 아닐 것이다. 이 모든 계약은 이모님이 돌아가실 때까지였다. 그렇지만 이렇게까지 급하게 끝이 날 줄은 몰랐다.

무서웠다. 잠을 자고 일어나면 모든 것이 끝이 날까 봐.

이대로 자지 않는다고 상황이 변하는 것은 아니지만. 잡으려고 노력해 봐도 손가락 사이를 빠져나가는 모래들을 손에 움켜쥘 수가 없다. 아무리 쥐어 보려 해도 속절없이 흩어지는 모래들을 그저 바라볼 수밖에 없었다.

＊ ＊ ＊

하연은 깊은 잠에 빠졌다가 겨우 깨어났다. 얼마나 잔 것인지 알 수 없었다. 희미한 햇살이 집 안으로 흘러 들어왔다. 이른 새벽이었다. 집 안에는 이미 아무도 없었다.

도윤에게 어디냐 메시지를 보냈지만, 얼마 뒤 회사에 나왔다는 무심한 답장만이 돌아왔다.

그 이후 며칠간은 그 상황이 계속되었다. 결혼하고 몇 주간 행복하게 살았다. 따뜻하고 포근한 기분에 가끔 이게 꿈인가 의심할 정도로 좋았다.

하지만 지금은 모든 게 달라졌다. 그는 하연이 눈을 뜨기 전에 집을 나갔고, 밤에는 12시가 넘어야 들어왔다.

아침에 스칠 때조차 그는 말이 없었다. 둘이 나란히 앉아 매일의 아침 식사를 하던 테이블에는 도윤이 차려 놓은 하연의 아침 식사만이 덩그러니 있었다.

상황이 다 정리되고 난 휴일의 아침. 간단히 준비하고 내려가자, 하연이 걷는 소리에 일어난 것을 알았던 듯 도윤이 방에서 걸어 나왔다. 아무리 준비를 하긴 했더라도 아직 행색이 초라한 하연과는 달리 그는 완벽하게 옷을 갖춰 입고 있었다. 얼굴에서 피곤까지 지울 수는 없었지만.

"고생했어."

그는 하연에게 따뜻한 차 한 잔을 타서 내밀었다. 싸늘한 말투와는 달리 도윤이 건넨 찻잔은 따스했다.

"제가 한 게 뭐 있다고요. 도윤 씨가 힘드셨죠."

"장례식뿐만 아니라……."

그가 말을 길게 끌었다.

"이 모든 것."

그가 집안을 둘러보며 말했다. 한 번도 오시지는 못했지만 이모의 방문을 대비해 걸어 놓았던 결혼사진, 구석구석 하연의 손길이 닿지 않은 곳이 없는 방 안, 둘이 쓰려고 진열해 놓은 커플 컵.

"모두 다 수고했어."

"아뇨. 전혀……. 제가 한 게 뭐가 있다고요."

하연은 고개를 저었다. 롤러코스터를 타는 것처럼 아슬아슬하고 무섭기는 했어도, 즐거웠다. 닿지 못할 것이라 생각했던 사람과 닿았고, 사랑한다는 고백도 거짓을 연기하면서라도 할 수 있었다. 당신의 품에 안겨 잘 수 있었다. 고생이라고는 하나도 한 게 없었다.

"1년이라고는 했어도, 사실 계약 기간을 이모 장례식까지라고 생각했으니까 빠르지만 얼른 정리하는 게 좋을 것 같아."

"정리요?"

"그래."

그가 컵을 들어 마른 입술을 축였다.

"우리, 이혼하자."

"이혼……."

"그래."

이혼. 그 말이 하연은 너무 어색했다. 이제 결혼한 지 고작 3개월이다. 그가 자신의 '남편'이란 사실도, 결혼에도 익숙해지기 전이니까. 이혼이란 단어는 더욱 낯설었다.

"너무 급하게 결정하는 거 아닐까요? 이제 장례식이 끝났어요."

"급하게 한 결정이 아니야. 우리가 처음 계약했을 때부터 그렇게 하기로 정해졌지."

그 말이 맞다. 하지만 하연은 이대로 그를 보낼 수 없었다. 처음 도윤에게 결혼하자는 말을 꺼낼 때만 해도 그를 보내 줄 자신이 있었다. 그래, 결혼까지 했는데도 그가 떠나간다 하면……. 그렇다 하면 그와 헤어질 생각이었다.

사랑하던 남자와 잠시나마 부부의 연을 맺었다. 그걸로 족하다고 생각했다. 하지만 이제는 마음이 바뀌어 버렸다. 그와 닿을수록 감정은 더 넓고 깊어졌다.

비스듬히 서서 시선을 피한 채 바닥을 바라보는 그녀보다 남자의 키가 큰데도 하연은 오늘따라 그가 작고 안쓰럽게 느껴졌다. 그 넓은 어깨를 끌어안고 싶다. 혼자 두고 싶지 않다. 그가 자신을 사랑하지 않는다는 사실을 하연은 잘 알고 있었다.

하지만.

하지만.

"도윤이 혼자 두지 않겠다고 약속해 줘. 외롭게 두지 않겠다고."

이모님과 약속했다. 언제까지고 함께하겠다고.

용기를 내자. 할 수 있어. 거절당해도 손해 볼 일은 없다. 이미 그에게 '결혼하자'는 말도 했는데, '이혼하지 말자'라는 말 정도는 쉽잖아.

하연은 두 주먹을 쥐었다. 긴 손톱이 여린 손바닥에 파고든다. 얼얼한 통증에 정신이 번쩍 들었다.

"도윤 씨, 우리……. 우리 이대로 살면 어떨까요."

하연이 숨을 뱉듯 말을 꺼내자 도윤의 얼굴이 찌푸려 들었다.

"이대로라면?"

"이혼하지 않고, 계속 이렇게. 이 집에서 둘이 살아요."

행복하게. 그래야 할 이유가 너무 많았다.

우선, 결혼한 지 얼마 되지 않았고, 이모님까지 돌아가셨는데 도윤이 이혼을 하면 분명 복잡한 일이 많이 생길 것이다. 그리고 이모님과 약속도 했다. 그걸 어길 수는 없었다.

무엇보다 하연은 더 이상 그를 홀로 두고 싶지 않았다. 그는 '내 사람'이었다. 외롭게 그를 둘 수는 없었다.

"그냥 이렇게 살아요."

"무슨 소리지. 잘 이해가 안 되는데."

도윤이 길게 숨을 내뿜으며 손바닥으로 이마를 짚었다. 하연은 그런 그에게 애원하듯 말을 건넸다.

"그냥 우리 일반적인 부부처럼 살면 어때요?"

"어떻게 우리가 일반적인 부부처럼 살지? 애초에 그렇게 결혼한 것이 아닌데."

"처음은……."

물론 계약이었다. 그가 자신에게 마음이 없는 것을 알면서도. 자신은 돈 때문이란 명목상 이유로, 그는 이모님 때문에 결혼을 했다.

"처음은 그랬지만, 사랑하지 않아도 결혼하는 사람들이 많잖아요. 사랑하지 않은 상태로 결혼해서 서로 정도 쌓고, 아이도 생기면."

그러나 그녀의 말을 도윤은 단칼에 끊어 냈다.

"안 돼."

아이라는 말에 그가 퍼뜩 입술을 열었다.

"그건…… 절대 안 돼."

"그럼 아이는 없어도 돼요. 그냥 우리 둘이 살아요. 우리 좋은 동거인이었잖아요. 선배가 날 사랑하지 않는 건 알지만, 그래도 날 동거인으로서 좋아했다는 거는 알아요. 마주 앉아 즐거웠던 때도 있었어요. 진짜 부부들도 이보다 못한 삶을 보내는 경우도 많으니까."

선을 봐서, 혹은 정략결혼을 해서 사는 부부들도 많다. 사랑해서 결혼했어도, 살다가 서로를 경멸하게 되는 이들도 있다. 하지만 우리는 서로를 존중하고 좋아한다. 이 정도면 결혼을 유지할 충분한 이유가 되지 않을까. 당신이 날 사랑하지 않아도.

"그래. 그런 사람들도 있겠지."

도윤이 쓴웃음을 지었다.

"근데 난 그렇게 안 돼. 난 도저히 안 돼, 하연아."

애원하듯 그가 말했다.

"사랑 없는 결혼을 할 수가 없어. 사랑하지 않는데 어떻게 결혼을 하고 아이를 낳지? 세상 사람들이 다 그렇게 살아도 난……. 난……."

그가 크게 숨을 쉬었다가 내뱉으며 중얼거렸다.

"우리는 서로를 좀먹어 갈 거야. 넌…… 네가 사랑하는 사람과 결혼하고 싶지 않아?"

"하고 싶어요."

하고 싶다. 그리고 이미 했다. 당신을 사랑하니까 놓을 수가 없다. 이렇게 약해진 당신만 두고 떠날 수는 없다. 하연이 절박하게 매달렸다.

"사랑하게 될 수도 있잖아요. 같이 살다 보면 정이 든대요. 정도 사랑도 싹틀 수 있대요."

"아니, 난."

그의 거절하려는 말을 하연이 싹둑 잘랐다.

"이모님과 약속했어요."

절박함에 그가 거절하지 못할 카드를 꺼냈다.

"다시는 당신을 외롭게 하지 않겠다고, 당신의 곁에 있겠다고."

순간, 정적이 방 안을 감돌았다. 하연을 바라보던 도윤의 눈이 살짝 비틀렸다.

"아."

마치 목이 졸린 것 같은 신음이 도윤의 입에서 터져 나왔다. 파르르 그의 입가가 떨리다가 한숨을 낮게 내쉬었다. 숨 막히는 정적 끝에 도윤이 입을 열었다.

"이모가 부탁을……. 그래."

도윤이 한숨 같은 웃음을 지었다.

"고맙군."

"……."

"이모가 마지막에 편안히 갈 수 있었던 건, 그래 네 덕이야."

하지만. 그 말이 뒤에 나올 것 같았다. 그리고 하연의 예상대로.

"하지만."

역시나. 그 말이 도윤의 입에서 나오고야 말았다.

"사랑하게 될지 안 될지도 모르는데 서로를 속박하는 것은 어리석은 짓이야."

"해 봐요. 그리고 이혼해도 되잖아요."

"그렇게는 안 돼. 도저히."

그 말에 맥이 탁 풀렸다.

"위자료로 얼마든지 줄게. 넌 내가 기대한 것보다 훨씬 잘해 줬어. 액수에 따라 시간이 걸릴 수도 있지만."

"전 돈 필요 없어요. 한 푼도."

"아니면……. 그래, 하연이 넌 이 집을 좋아했지. 걱정 마. 이 집도 네 거야."

그런 게 아니잖아요. 그런 건 상관없어. 필요한 것은 당신뿐이란 말이야.

하연은 더 이상 자신의 진심을 참을 수 없었다. 아주 오랫동안 그를 사랑했다. 기억이 나지 않을 만큼 오랫동안.

처음에는 그가 사랑을 원하지 않아 마음을 숨겼고, 결혼할 때는 사랑하지 않을 사람을 찾는다 해서 숨겼다.

하지만 이제는……. 이제는 숨길 이유가 없었다. 알량한 자존심 따위는 처음부터 없었고.

사랑해요. 선배를 보내기엔 내가 너무 선배를 사랑해요. 의연하게 말하려고 했는데 울음을 토해 내지 않고는 말할 수가 없을 것 같았다. 울컥, 뜨거운 것이 목구멍을 타고 올라왔다. 하연이 말을 하려는 순간, 도윤이 먼저 입을 열었다.

"다 줄게. 네가 원하는 것은 다 줄 테니까……."

그가 힘든 듯 테이블을 짚고 고개를 수그렸다.

"헤어지자. 같이 살면서 서로를 아프게 하지 말자. 함께 살다간 내가 괴물이 되어 버려. 그러고 싶지 않아."

아까까지 강인하게 말하던 그의 말투는 황량하기 그지없었다.

"괴물이 되고 싶지 않아……."

그에 대한 사랑을 고백하려는 순간, 하연은 떨리는 도윤의 손을 보았다. 강한 남자가 무너져 내린다. 그의 손끝이 파들파들 떨렸다.

무너지는 도윤 앞에서 하연은 더 이상 아무 말도 할 수 없었다. 도윤의 말은 명령이 아니었다. 부탁도 아닌, 애원. 날 그대로 놓아 달라는, 날 혼자 되게 하라는 처절한 바람이었다.

나는 그에게 아무것도 아니었어. 그에게 하연은 도저히 사랑할 수 없는 사람이었다. 이모님은 하연에 의해 그가 변했다고 생각하셨지만, 그것은 한낱 연기였을 뿐. 어쩌면 한때 욕망을 품었을 수도 있지만 순간의 기분이었다.

무슨 자신감으로 그의 옆에 남아 마음의 지지대가 되고자 했는

가. 보잘것없는, 아무것도 아닌 내가 감히 무슨. 자신의 존재는 오히려 그를 괴롭히고 있었다. 이런 대화조차, 그 단단하던 그를 무너뜨릴 정도로 고통스럽게 만든다.

그가 이렇게 작게 보인 것은 처음이었다. 그의 어깨를 끌어안고 싶은 손끝은 그저 허공에서 떨리기만 했다. 그래서 하연은 사랑한다는 말조차 삼켰다. 이모님을 잃고 아픈 그에게 더 이상 짐을 지게 할 수 없었다.

떠나가야 했다. 헤어져 달라는 그에게 사랑한다는 말로 죄책감을 더 얹어 줄 수는 없었다.

사랑이란 건……. 그 사람의 곁에 있고 싶은 것이 아니다. 그 사람에게 집착하는 것이 아니다. 사랑이라는 건, 사랑하는 사람이 행복했으면 하는 마음.

내가 있으므로 당신이 불행해진다면, 설사 내가 불행해진다 해도 기꺼이 그 아픔을 감수하고 떠나야 했다. 당신은 행복해져야 하는 사람이니까.

"그래요, 선배……."

눈물처럼 말이 흘렀다.

"이혼해요, 우리."

* * *

이혼에 흔히 동반되는 말싸움이나 실랑이도 없이, 눈물조차 없이 헤어지기로 했다. 계약할 당시의 뜨거움조차 없이 그냥 담담하게.

도윤은 집을 그녀에게 주겠다고 했다. 하지만 하연은 원하지 않았다. 작은 정원이 딸린 2층짜리 벽돌집을 사랑했다. 석류꽃이 알을 맺어 점점 몸을 부풀리고 있었다. 흐드러지게 핀 제라늄과 바이올렛이 바람이 불 때마다 살랑살랑 몸을 흔들었다.

아롱이, 다롱이의 애교도 늘 즐거웠다. 그녀가 가만히 정원에 앉아 있노라면 다가와서 마음대로 다리에 털을 묻히고 도망가는 녀석들이 보였다.

그런 이 집을 사랑했다. 하지만 이곳을 사랑한 것은 그 집에 당신이 있기 때문이었다. 당신을 사랑했기 때문이다. 차도윤이 없는 집은 그저 껍데기일 뿐이었다. 그저 상처일 뿐.

그래서 하연은 집을 나가기로 했다. 그 이후에 어떻게 이 집을 처분할지는 그의 소관이었다. 고양이들이 걱정되기는 했지만, 옆집에 슬쩍 물었더니 그 집에서도 사료를 두둑하게 챙겨 주는 모양이었다.

다 괜찮겠구나. 나만 떠나면 돼. 그렇게 마음이 서니 준비는 간단했다. 하연은 이 집에 옷가지랑 간단한 짐만을 들고 들어왔다. 나갈 때도 트렁크 두 개로 이사 준비가 끝났다.

이혼을 정하고 꼭 일주일 뒤. 하연은 집을 나갈 준비를 했다. 어머니에게 아직 이혼했다는 말조차 못했다. 서울 시내에 한 달 살기 방을 빌려 주길래 그곳에 한 달간 세 들어 살기로 했다.

현관에 앉아 운동화 끈을 묶는다. 이게 끝나면 이 집을 나가야 한다. 끈을 묶는 하연의 손길이 느릿느릿했다. 조금이라도 이 시간을 잡고 싶었다.

주말을 맞아 회사에 나가지 않은 도윤이 서서 그녀의 짐을 들어주려 했다. 그러나 하연은 고개를 저었다.

"다른 사람 불렀어요."

짐이 많을 줄 알고 큰 밴을 불렀다. 그러나 하연은 캐리어를 내려다봤다. 택시로 해도 좋았을걸.

하연의 말에 도윤이 살짝 미간을 찌푸렸다.

"다른 사람?"

"네."

"아, 그래."

그 말에 캐리어를 들고 있던 그가 서둘러 가방에서 손을 뗐다.

"네. 저……."

뭐라고 말을 해야 할지 몰라 마지막으로 마른 입술을 더듬는 하연을 보고 도윤이 담담히 말했다.

"행복하게 살아. 아프지 말고."

자신을 그렇게도 아프게 했던 남자가 그렇게 읊조렸다.

내가 어떻게 행복하게 잘 살 수 있어요. 철이 들 대학생 무렵 빠졌던 사랑. 그 사랑은 무럭무럭 커져 하연을 완벽히 잠식했다. 그를 향한 사랑 없이 사는 방법을 하연은 알지 못했다. 도윤 없이 버틸 자신이 없다.

하지만 하연은 아무 말도 하지 않았다. 그저 손에 들고 있는 에코 백만 흔들흔들하다가 겨우 말을 내뱉었다.

"잘살 거예요. 선배 없이."

잘 먹고 잘 자고.

"선배가 빌어 주는 행복 없어도 잘살 수 있어요."

하연은 울컥 솟아나는 눈물 대신 매정한 말을 뱉어 냈다.

"그러니까 선배도 안녕히 계세요."

아프지 말고요. 이제 힘들어도 옆에서 지켜 줄 사람 없으니까 아프면 안 돼요. 이모님 생각도 하지 말고, 어머님 생각도 하지 말고. 그냥 다 잊고 행복하게 살아요.

선배는 파도 같은 사람이었어요. 자그마한 물결에도 나를 높게 솟구치게 했다가 또 깊은 물속으로 떨어뜨렸죠. 그러다 보면 눈앞이 어질어질할 정도로 멀미가 느껴지곤 했어요. 그래도 좋았어요.

하지만 이제 땅에 발을 내디뎌야 할, 현실로 돌아갈 시간.

고마워요, 선배. 즐거운 꿈을 꾸게 해 줘서. 고마워요.

안녕. 안녕. 안녕.

사랑했던. 늘 함께하고 싶던. 아픔마저 나눠 가지고 싶었던, 아파도 하고 싶었던 사랑아.

부디…….

"안녕히."

그렇게 말을 내뱉고 하연은 집을 나섰다.

＊　＊　＊

헤어지기는 했지만 바로 이혼 절차를 밟지는 않았다. 연진이 죽고 난 뒤 그녀의 모든 주식이 도윤에게 상속되었다. 도윤은 대주주가 되었고, 별일 없다면 그가 경영권을 가지게 된다.

회사의 안위를 위해서 당장 사장 자리에 오를 그가 이혼하는 것은 좋지 않을 거라는 사측 변호사의 의견이 있었다. 하연도 그것에 동의했다. 도윤은 거절했지만.

"그 정도는 하게 해 주세요. 부탁이에요."

하연의 말에 도윤이 겨우 고집을 접었다. 대신, 회사가 안정되고 그가 언제든 제출할 수 있도록 하연은 이혼 서류를 작성해 넘겨주고 집을 나왔다. 그리고 회사에는 휴직계를 냈다.

모든 것이 끝나도 잘 살 수 있을 거라 결혼 당시만 해도 생각했었는데. 하지만 아니었다. 도윤을 떠오르게 하는 모든 게 아팠다. 그와 함께 다닌 회사, 그와 함께 걸었던 거리, 그를 아는 모든 사람들.

누군가 농담처럼 도윤에 관한 이야기를 꺼내면 가슴이 조각났다. 아직 이혼을 밝힐 수도 없어 더욱 그랬다. 그래서 1년 휴직계를 냈다. 마침 육아 휴직을 끝내고 팀으로 돌아오는 직원이 있어 타이밍도 좋았다.

하연의 이혼을 모르는 사람들은 이모의 타계로 혼란스러워진 도윤의 뒷바라지를 하러 그녀가 휴직하는 거라고 생각하기도 했다. 어찌 되었건, 차기 사장의 부인이 휴직계를 내는 것을 반대할 사람은 없었을 테지만. 그 정도의 호사는 즐기기로 했다.

하연은 이혼 사실을 주변에 알리지 않았다. 그녀와 도윤을 잘 아는 친구들에게 파국을 말하는 것은 너무 고통스러운 일이었다. 언젠가 자연스럽게 알게 되겠지.

다만 자신이 직접 이혼 사실을 전해야 할 사람이 있었다. 또각또각, 하연은 회사를 빠져나와 멍하니 지하철을 타고 집으로 향했다. 어머니의 집. 그곳으로 향하는 하연의 마음이 더없이 무거웠다.

엄마에게만큼은 내 입으로 이야기해야 해. 그와 겁 없이 결혼할 때는 이런 엔딩까지 생각할 여유가 없었다. 그저 도윤과 함께하는 것이 좋았다.

어리석었다. 이혼하면 어떻게 될까. 엄마가 이혼을 어떻게 받아들일까. 그런 생각을 하기엔 단꿈에 젖어 있었다. 어떻게든 선배의 마음을 내게로 돌릴 수 있을 것이다. 이 동화의 끝은 해피 엔딩일 거야. 그런 자신감에 차 있었다. 바보같이.

오후 6시를 갓 넘긴 시간. 그녀의 어머니, 박이순 여사는 아직 시장 안에 있는 반찬 가게에 있을 시간이었다. 하연은 집에서 가까운 시장으로 천천히 걸어갔다.

"엄마, 나 왔어."

아직 퇴근도 하지 않을 시간. 갑자기 찾아온 딸을 보고 이순은 놀라 눈을 깜박였다.

"오늘 회사 쉬었거든. 그리고 할 말이 있어서."

"할 말? 뭔데?"

하연은 입술을 달싹였다. 자신만 상처 입고 아프면 되는데, 어머니까진 생각을 못 했다. 그래서 이 자리에 오는 게 가장 힘들었다. 박 여사도 타의에 의해 이혼을 했다.

오는 내내 하연은 자신의 이혼이 그녀에게 상처가 되지는 않을까 고민했다. 하지만 주변에서 듣기 전에 제 입으로 말해야 했다. 무심하게 내일 팔 재료를 손질하는 어머니의 등을 바라보며 하연은 입을 열었다.

"엄마, 나 이혼하기로 했어."

"이혼?"

"응."

이순이 바지런히 움직이던 손을 멈추고 하연을 바라보았다. 이순의 미간이 좁아 든다. 하지만 그녀는 화를 내지도, 왜냐고 캐묻지도 않았다. 그저 가만히 하연을 바라보며 입을 열었다.

"사위랑은 말 다 끝난 거야?"

"어."

"누가 실수한 거니?"

이순은 또 질문을 툭툭 던졌다. 하연은 고개를 저었다.

"아니."

"다 정해진 일인 거지?"

"응."

"그럼 뭐 어쩌겠니."

이순이 짧게 한숨을 쉬었다. 하연은 그녀가 놀라거나, 울거나 할 줄 알았다. 최소, 무슨 일이냐고 하연을 다그치기라도 할 줄 알았는데, 짧은 한숨이 다였다.

"안 놀라?"

"놀랐다."

그러나 말과는 다르게 그녀는 하연이 오기 전부터 하고 있던 포장 작업을 계속하며 손을 쉬지 않았다. 담담한 어투였다.

"딸이 이혼한다는데 반응이 왜 그래?"

"네가 알아서 잘했겠지."

끓이던 작은 감자들이 쪼글쪼글 줄어든다. 국물이 적당히 졸아들자 불을 끄고 이순이 자리에서 일어섰다. 몸을 돌린 그녀의 시선이 하연을 향했다.

"늘 잘하던 내 딸인데 어련히 알아서 했으려고."

늘 잘하다니. 하연은 딱히 자랑스러운 딸도 아니었다.

"결혼은…… 실패했잖아."

그렇게 말하는 하연의 입술이 파르르 떨렸다.

"이유가 있어서 결혼했겠지."

"……."

"사랑해서 결혼한 거 아냐?"

"맞아."

"결혼한 거 후회해?"

이순의 질문에 하연은 고개를 저었다. 이렇게까지 상황이 치달았는데도 후회되지 않았다. 결혼하고 그를 더 사랑하게 되었다. 그래서 가슴에는 더 큰 상처가 남았건만, 후회는 없었다.

찰나의 순간이라도 그와 닿아 행복했다. 가장 힘든 때에 그의 곁에 있을 수 있었다. 그러니 후회할 수가 없었다.

"후회 안 해."

"그럼 된 거야."

"엄마, 나한테 실망하지 않았어?"

그 말에 반찬들을 부지런히 정리하던 어머니의 손이 멎었다. 하연을 돌아보고는 그녀가 고개를 기울였다.

"난 너한테 실망해 본 적이 없어."

"……."

"바이올린 계속하고 싶었는데도, 집안 사정 때문에 꾹 참고 혼자 장학금까지 타고 대학 간 딸이야. 과외 한 번 못 해 줬어도 번듯한 대학을 나와서 학자금까지 혼자 다 갚고. 대기업에 들어가서 결혼까지 잘한."

어머니가 그렇게 생각하는 줄은 하연도 몰랐다. 평온한 집안이었다. 작은 사업장을 운영하시는 아버지. 가정주부인 어머니. 그 둘 아래서 사랑을 듬뿍 받고 자라난 딸이었다. 그러다 사업장이 부도가 났다. 아버지가 집을 나가시고, 집안은 정신이 없었다. 바이올린을 그만둬야 한다는 말을 직접적으로 듣진 않았지만 당연히 그래야 하는 거였다.

어머니는 반찬 가게를 해서라도 가계를 유지하려 안간힘을 썼고, 자신은 당연히 그런 어머니를 위해 정신 똑바로 차려야 했다.

그 당시에는 너무 서로 절박해서, 이런 이야기를 나눈 적이 없었다. 바이올린을 그만두겠다는 하연의 말에 이순은 오늘처럼 "그래." 라고 말했을 뿐.

"하연이 넌 늘 착한 딸이었어."

집안이 그렇게 갑자기 기울었다면 누구라도 그러지 않았을까. 하연은 특별히 착한 딸은 아니었다. 만약 착했다면 그건 다 어머니의 덕이었다.

"엄마 나 회사도 휴직했어."

그 말에 이순이 아주 슬며시 웃었다.

"그래. 잘했다."

"……뭐가 잘해."

"넌 늘 너무 착해서 문제였어. 어린 나이에도 엄마 생각 먼저 하고, 힘든 티도 안 내고. 이혼도 네가 제일 힘들 텐데 지금 엄마 걱정부터 하잖아."

그녀가 손에 든 짐을 내려놓고 하연의 손을 잡았다.

"이제 네가 하고 싶은 대로 살아."

"……."

"엄마 빚도 다 갚고, 가게도 먹고살 정도로는 되고. 너도 학자금 다 갚았잖아. 하고 싶은 대로 살아. 회사 싫으면 가지 말고. 너 원하던 바이올린이든, 뭐든…… 네 원하는 대로 살아."

"엄마."

"넌 이제 그래도 돼."

가게를 나올 때까지 엄마는 단 한마디도 하연을 탓하지 않았다. 그게 오히려 더 가시처럼 목에 박혔다.

＊ ＊ ＊

"네가 하고 싶은 일을 하고 살아."

어머니는 그렇게 말했지만, 하연에겐 이미 남은 게 없었다. 하고 싶은 것도, 먹고 싶은 음식도, 만나고 싶은 사람도 없었다.

가재도구도 별로 없는 쓸쓸한 방의 침대에 누워 잠만 잤다. 자지 않고서는 끊임없이 부풀어 오르는 이 생각을 멈출 수가 없었다. 회사를 그만둔 것이 독이었다. 가만히 아무것도 안 하고 있다 보니 죽을 것만 같았다.

하연은 몸을 둥글게 말아 깊은 잠을 잤다. 그것 외에는 방법이 없었다. 그렇게 자고, 자고 또 자고. 허리가 아파질 때쯤, 잘 쓰지 않는 메일함에 메일이 도착했다는 알람이 울렸다.

[하연아! 나 영지야.]

가볍게 온 메일. 영지…… 그리운 이름이었다. 하연의 고등학교 동창인 그녀는 졸업 후 바로 아버지를 따라 아일랜드로 이민 갔다. 모든 연락을 무시하고 지냈던 하연의 눈에 오랜만에 총기가 돌아왔다.

도윤의 존재를 아는 지인들과는 연락하지 않았다. 결혼 생활이 끝났다는 이야기를 하는 것도 힘들었고, 도윤을 떠올리기가 싫었다.

하지만 영지는 오랫동안 연락을 하지 않았다. 결혼 사실조차 알리지 않은 터. 그녀는 도윤을 모른다. 그래서 부담 없이 대화를 나눌 수 있었다.

[영지 너는 뭐 하고 지내?]

[나는 23살에 결혼했다가 돌아왔어. 헤헤, 아이 하나 있고 임신 중인데 남편이 바람을 피웠거든. 못살아 정말. 그런 놈을 믿고 결혼한 내가 잘못이지. 하연이 너는 어때? 회사 다녀?]

이혼이란 말이 하연에게는 어려웠다. 결혼하고 헤어지는 것이야 요즘 세상에 무슨 흠이겠느냐만, 그 이혼을 아직도 사랑하는 남자와 해서 그런지. 아니면 시간이 아직 충분히 지나지 못해서 인지. 하지만 영지의 가벼운 이혼 고백이 늘 망설이던 하연의 마음을 한결 가볍게 했다.

[나도 이혼했어.]

그렇게 하기 힘들었던 이야기가, 영지에게는 쉬이 나왔다. 영지의 반응 역시 무겁지 않았다.

[아, 정말? 하연이 너랑 나랑 똑같네.]

[이혼한 지 나도 얼마 안 됐어.]

[그래? 이혼 동지네! 하연이 네가 내 옆에 있으면 재밌을 텐데. 우리끼리 몰려다니고.]

시작은 그렇게 단순했다. 고등학교 때 단짝이었던 기억을 끄집어 내어 서로 놀러 다니는 이야기를 하다가, 하연이 서울에서 사는 게 힘들다는 이야기를 하자마자 기다렸다는 듯 영지는 그녀에게 아일랜드로 건너오라는 이야기를 했다.

[유학 비자 받아서 오면 아르바이트도 할 수 있고. 당분간은 우리 집에서 지내도 돼!]

하나씩 이야기가 쌓여, 하연은 정말 아일랜드로 건너가는 계획을 세웠다. 어머니가 걱정되긴 했지만, 긴 유학도 아니라는 이야기에 어머니는 오히려 하연의 등을 밀어 줬다.

"기분 전환 겸 다녀와."

정말 이렇게 쉽게 결정해도 되는 것인가 걱정될 정도로 모든 게 착착 진행됐다. 런던 히드로 공항을 경유하는 오픈티켓을 끊고, 유학 비자가 박힌 여권을 받고, 잠시 동안 머문 집을 정리했다. 버릴 것을 버리고, 무거운 것은 어머니의 집에 가져다 놓고. 하연은 거의 맨몸으로 가기로 했다.

딱 하나. 도윤에게 받았던 반지만큼은 손에서 뺄 수도 없고 어디에 숨길 수도 없어 가져가기로 했다.

"선배는 잘 지낼까."

바쁜 나날들에도 하연은 가끔 도윤이 생각났다. 하성 대학교 관현악 동아리 채팅방에 그가 말을 하지는 않을까. 가끔 들여다보았지만, 여전히 그는 말이 없었다.

연락이 잘 닿지 않는 도윤과 하연을 찾는 친구들의 메시지는 가끔 단체 채팅방에 올라왔다. 때로 친구에게 전화가 걸려 오기도 했지만 하연은 받지 않았다. 그러자 신혼 생활을 즐기느라 대답이 없다고 생각했는지.

[신혼부부는 지금이 한창 바쁠 때지.]

동아리 친구들은 그렇게 이야기하며 까르르 웃었다. 그 웃음까지 하연의 마음에 상처로 남았다. 가끔 하연은 잠이 오지 않을 때면 그와 찍은 몇 없는 사진을 보았다. 그에게 함께 사진을 찍자할 용기도 없어 대부분의 사진은 결혼식 때 지인들이 찍어 준 사진이었다.

그의 옆에 선 나는 참 행복해 보인다. 그도 괜찮아 보인다. 지금 도윤은 어떨까. 아프지는 않을까. 외롭지는 않을까. 걱정에 하연은 밥이 목구멍으로 안 넘어갔다.

그렇게 시간은 빠른 듯이, 느린 듯이 흘러갔고 출국 전날이 되었다. 날이 점점 추워져 어느새 길거리에서는 쌉싸래한 겨울의 냄새가 났다. 무언가가 타는 듯한, 건조하고 서늘한 향기. 여름의 정원에서 꽃향기를 맡으며 선배의 곁에 서 있던 게 어제 같은데, 벌써 떠나야 할 시간이었다.

집으로 걸어가는 길. 그 길이 길고 아득하다. 그 컴컴한 밤 골목길. 갑자기 전화벨 소리가 어둠을 갈랐다.

Rrrrr.

갑자기 온 전화는 받고 싶지 않다. 하연의 심장이 덜컹거렸다. 그래도 혹시, 내일이 출국 날이니 여행사에서 온 전화일지도 몰라 하연은 핸드폰을 들었다. 그러나 핸드폰에 뜬 이름은 낯익은 이름이었다.

[성준]

익숙한 이름에 핸드폰을 데구루루 손에서 굴렸다. 하연은 도윤과 관련 있는 사람의 전화는 받지 않았다. 성수동 집을 나온 후 몇 번인가 성준에게서 연락이 왔지만 단 한 번도 답하지 않았다.

오늘도 역시 늘 그랬듯, 하연은 무심하게 거절 버튼을 눌렀다. 그러나 전화는 끈질기게 몇 번이고 몇 번이고 걸려 왔다. 문자도 쏟아졌다.

[신하연, 전화 받아.]

[너 어디 있어.]

[회사에 전화했더니 휴직했다며.]

속이 시끄러웠다. 왜 이렇게 집요하게 연락하는 것일까. 나 좀 그만 내버려 둬. 전화를 꺼 버리자. 내일이면 어차피 이 전화도 일시 정지 하고 받을 사람 없는 상태가 되니까 그때까지만.

그렇게 하연이 핸드폰을 그냥 꺼 버리려고 하는데, 메시지가 다시 띠롱 떴다.

[나 오늘 도윤 형 만났어.]

도윤. 그 단어만 봐도 눈이 시렸다. 성준의 연락을 무시할 셈이었다. 누구의 전화도 받고 싶지 않았다. 하지만, 도윤이란 그 글자에 하연의 굳은 결심이 무너져 내렸다.

Rrrrr.

다시 전화가 울렸다. 스르륵, 자신도 모르게 손가락이 미끄러져 초록색 [통화] 버튼을 눌렀다.

-하연아.

여보세요, 보다 더 다급한 성준의 목소리가 튀어나왔다.

-지금 어디야? 금방 갈게. 얼굴 보고 이야기하자.

그의 목소리에 하연은 저도 모르게 집 앞의 카페 주소를 읊었다.

＊　＊　＊

하연은 무의식적으로 [통화] 버튼을 눌러 성준을 만나기로 했다. 무의식적으로? 속으로 중얼거리던 변명에 하연은 고개를 저었다. 사실은 간절히 듣고 싶었다.

아일랜드로 먼 여행을 가기 전, 도윤이 건강한지. 얼굴색은 어떤지. 혹시 어디 아프지는 않은지. 그를 어제 만났다는 성준에게 하나하나 도윤에 대한 이야기를 듣고 싶었다.

이사 오고 나서 한 번 와 본 카페에 앉아 하연은 그를 기다렸다. 요즘 유행한다는 감성의 인더스트리얼 디자인의 카페. 콘크리트 골조가 그대로 드러나고 어둑어둑한 조명의 카페는 아무리 인기가 있다지만 겨울이 다가오는 오늘은 너무 춥게 느껴졌다. 따뜻한 우유를 시켜 손안에 품었다. 그 열기에도 몸은 차게 식었다.

오랜 시간이 지나지 않아 성준이 도착했다. 카페 입구에서 선 그는 한참 하연을 바라보았다.

"신하연."

"어, 오느라 고생……."

했어. 그 말이 끝나기도 전에 성준이 날카로운 목소리로 되물었다.

"너 모습이 왜 이래?"

하연은 그의 말에 카페의 커다란 유리창에 제 모습을 비춰 보았다. 질끈 묶은 머리, 대충 걸친 옷. 거기까지는 평소와 별로 다를 게 없었다. 하연은 예전과는 다르게 바짝 말랐다. 뾰족하게 드러난 턱이 날카롭다.

"왜 이렇게 말랐어?"

"좀 안 먹었더니 그래."

"좀 안 먹은 게 아닌데. 어디 아파?"

성준이 손을 뻗어 하연의 얼굴을 감싸려 했다. 순간, 하연은 그의 손을 피해 몸을 움츠리며 고개를 저었다.

"아무것도 아냐."

"이렇게 말랐는데 아무것도 아닐 리가."

"……."

이래서 아는 사람을 만나기가 싫었는데. 마른 것을 보면 왜 말랐는지 물어볼 것이고, 밥을 안 먹었다 하면 왜 안 먹었냐고 묻겠지. 그리고 도윤 선배에게 모든 이야기의 흐름이 향하게 되어 있었다. 하연이 고개를 숙이고 입술을 살짝 깨물자 그가 한숨을 쉬었다.

"무슨 일이야? 너, 회사는 휴직했대고, 연락은 안 되고, 그리고 도윤 형은……."

"도윤 선배는 잘 지내?"

아까부터 입 안을 간지럽히던 질문이 퍼뜩 먼저 나갔다. 성준의 입에서 튀어나온 말에 하연의 인내심이 바닥났다. 그 질문에 성준이 인상을 찌푸렸다.

"형이랑 어떻게 된 거야? 별거하는 거야? 헤어졌다던데."

이혼한 것을 도윤은 아직 성준에게 말하지 않은 모양이었다. 서류상의 부부. 그게 맞지.

"그냥 그렇게 됐어."

하연의 답에 성준이 한숨을 쉬었다.

"도대체 어떻게 된 건데?"

하연은 어떻게 된 건지 말하고 싶지 않았다. 이기적이지만, 도윤의 이야기를 듣고 싶었다. 내가 찾아갈 수 없으니, 어제 만났다는 성준의 입에서.

"선배는 잘 있어?"

"어. 잘 있다고."

하연의 재차 반복된 질문에 화가 났는지 성준이 손을 들어 하연의 손목을 꽉 쥐었다. 큰 손 안에 살이 빠져 얇은 손목이 감겼다.

"도윤 형은 멀쩡히 잘 있어. 네가 문제지. 왜 이렇게 된 거야."

잘 있구나. 고작 그 말 한마디인데 그렇게 기뻤다. 고마웠다. 잘 지내 준 도윤에게도, 그리고 그 말을 전해 준 성준에게도. 조금 전까지 왜 이렇게 몸이 말랐냐고 타박받아 흐려졌던 기분이 슬며시 걷히고, 겨우 말이 하연의 입에서 흘러나왔다.

"좀 아팠어."

한 달간, 변변찮게 무언가를 입에 댄 적이 없다. 음식을 삼키려 해도 잘 넘어가지 않는다. 평소에 꽉 끼던 코트가 품이 한참 남아 헐렁해졌다. 선배를 생각할 때마다 마음이 아파서 무엇을 먹고 싶지가 않았다.

"병원은 간 거야?"

"괜찮아."

"안 갔어? 당장 가자."

"병원 가도 소용없는걸."

상사병이었다. 그리고 동시에, 아주 오랜 열병을 끝내기 위한 마지막 단계였다. 앓는 수밖에는 없었다. 고스란히 몸에 쏟아지는 통증을 견디는 수밖에는.

"하지만."

성준이 말하는 도중, 하연의 핸드폰이 울렸다. 화면을 내려다보았다. 저장하지 않은 낯익은 번호. 여행사였다.

"잠시만, 나 전화 좀."

하연은 전화를 받으려 몸을 일으켰다.

-안녕하세요. 내일 아일랜드로 출국 예정인 신하연 씨 핸드폰 되시나요? 여기 한청 여행사입니다.

"네, 안녕하세요. 제가 신하연 맞습니다."

-저희 직원의 실수로 비행기 표에 스펠링이 잘못 들어갔더라고요. 다행히 저희가 제대로 확인을 하고 정정을 했습니다. 지금 이메일로 보냈으니 그것으로 출국 부탁드립니다. 꼭 맞는 스펠링인지 확인하시고 메일 답장 부탁드려요.

"아, 네."

-가능하면 빨리해 주실 수 있을까요?

"지금 바로 확인할게요."

거기까지 이야기했는데, 핸드폰이 조용히 꺼졌다. 배터리가 다 되었나. 몇 주 전부터, 정확히는 도윤의 집을 떠나온 그날부터 핸드폰의 상태가 좋지 않았다.

날이 추운 날이면 배터리가 뚝뚝 떨어졌다. 어차피 기다리는 연락도 없었다. 그래서 고치지 않았던 건데 이렇게 중요한 순간에 꺼지다니.

한숨을 쉬며 하연은 앞머리를 쓸어 올렸다. 몸을 돌려 성준을 바라보았다.

"성준아, 미안한데 나 핸드폰 좀 잠깐 빌려줄 수 있을까? 메일 하나만 확인하게."

"……그래."

하연이 왜 그렇게 마른 건지 화를 내려던 성준은 하연의 부탁에 핸드폰을 선뜻 건넸다. 하연이 포털 사이트에 들어가 로그인을 하자, 메일함에 비행기 표가 도착해 있었다.

인천에서 런던을 거쳐 더블린으로 가는 비행기 표. 하연의 스펠링도 잘 들어가 있다. 다행이다. 하루라도 더 한국에 남아 있고 싶지 않았다. 잘 확인했다고 여행사에 메일을 보내자마자 하연은 성준에게 핸드폰을 건넸다.

"고마워. 비행기 표 확인 좀 하느라고, 내 핸드폰이 갑자기 꺼졌네."

"비행기 표?"

갑자기 무슨 소리냐는 듯, 성준이 잔뜩 인상을 쓴 채 눈썹을 추켜세웠다. 그의 질문에 하연은 고개를 끄덕였다.

"응. 내일 아일랜드로 떠나거든."

"……여행?"

"여행이라고 해야 하나, 유학이라고 해야 하나. 좀 길게 가게 되었어."

"뭘 배우러?"

그의 질문에 하연은 쓴웃음을 지었다. 무엇을 배우러 가는 걸까. 그녀조차 잘 몰랐다. 독학으로 공부를 했었기 때문에 하연은 늘 영어 회화가 쥐약이었다. 영어라도 조금 늘어 오면 다행이겠다, 싶었다. 처음으로 솔직한 말이 주르륵 흘러나왔다.

"여기 있으니까 너무 아파서…… 도망가는 거야."

"……하연아, 도대체 무슨 일이야."

하연은 울컥 솟아오르려는 진심을 눌렀다. 분명 성준은 결혼하지 말라 했다. 그에게 다시 부정을 받으면 무너질 것 같아 하연은 고개를 저으며 입을 열었다.

"오늘 왜 연락했어?"

"난 네가 그냥 걱정돼서. 연락도 너무 오랫동안 안 되고."

그는 좋은 친구였다. 이렇게 오랫동안 날 찾아 주고 늘 다정하게 대해 줬지. 친구로서 그의 마음은 늘 고마웠다. 하지만 하연은 더 깊은 마음을 털어놓을 여유는 없었다.

"고마워. 난 괜찮아. 이제 준비가 다 됐거든."

눈앞에서 걱정스러운 표정을 하고 있는 성준에게 씩씩하게 웃어 보였다. 더 이상은 이야기하지 않겠다는 하연의 선 긋기에 오늘도 성준은 말을 잃었다.

＊ ＊ ＊

하연과 헤어지고 집으로 돌아온 날 밤. 성준은 털썩, 몸을 침대로 던졌다. 출렁이는 침대와 함께 그의 몸이 이리저리 흔들린다.

"난 괜찮아. 정말."

그렇게 말하던 하연의 얼굴이 성준의 머릿속에서 몇백 번 반복된다. 하연과 오랫동안 연락이 되지 않아 애원하듯 만난 자리였다. 만나기 전에는 무슨 일이 있나 불안했는데, 그녀를 만나고 오니 마음이 오히려 더 어둡고 찜찜해졌다.

늘 무심한 편이었고, 결혼하고 나서 바빠졌나 했지만. 이렇게 오랫동안 전화를 받지 않는 것은 처음이었다. 그러다가 그녀의 휴직 사실이 우연히 귀에 들어왔다.

"도대체 무슨 일이 있는 거야, 신하연."

하연이 연락이 되지 않아 성준은 도윤의 회사까지 찾아갔지만, 그도 시원한 대답을 주지 않았다.

"신하연이랑 난 헤어졌어. 그 이후의 이야기는……."

도윤이 잠시 말을 아끼다가 내뱉었다.

"모르겠군."

성준은 도윤과 그녀가 헤어졌단 이야기에 이기적이게도 기쁨을 느꼈다. 드디어 그녀의 지독한 짝사랑이 끝이 났구나, 안도했다.

그랬던 것도 잠시. 나타난 그녀의 모습은 끔찍했다. 성준은 10년이 가까운 세월 동안, 그녀의 곁에 있으면서 하연이 그렇게 마른 것은 본 적이 없었다. 손가락의 관절까지 뚜렷이 드러날 정도로 앙상하다. 늘 윤기가 돌던 눈동자는 퍼석하게 메말라 있었다.

아픈 게 틀림없다. 그런데도 괜찮다고만 했다. 그런 몸으로 어떻게 아일랜드를 간다고. 성준은 그녀가 아일랜드에 간다는 것을 말려보려 했지만, 성준의 말에는 그녀를 막을 수 있는 힘이 없었다.

나는 차도윤이 아니다. 그였다면 말릴 수 있었겠지. 그와 헤어지기로 했다면서도 도윤의 안부를 묻는 그녀의 눈빛은 여전히 반짝였다. 조금 전까지만 해도 허망하게 공중을 헛돌았던 눈은 잠시 총기를 되찾았다. 하연은 그 정도로 도윤을 좋아하는 것이다.

그 먼 땅으로 떠나는 그녀를 향한 무력감에 성준은 그저 애가 탔다. 하연은 아일랜드로 떠난다는 말만 남기고 다른 힌트는 아무것도 주지 않았다.

언제 돌아오는 걸까. 어떻게 되는 걸까. 성준은 문득, 그녀가 아까 메일을 보았던 포털 사이트로 들어갔다. 여전히 그녀의 아이디로 로그인 되어 있는 상태. 어디로 가는지, 어떻게 되었는지 알 수 있지 않을까.

메일을 눌러 보려다가 아무리 급해도 이래서는 안 될 것 같았다.

"바보 같은 짓이야."

그녀의 프라이버시를 침해할 수는 없다. 성준은 고개를 저었다.

아일랜드…… 성준은 그곳에 대해 아무것도 몰랐다. 하연이 왜 거기 가려는지도 알 수 없었다. 그녀가 아일랜드나 영국을 가고 싶다는 말을 한 적은 단 한 번도 없었는데. 도대체 그 작은 땅에, 먼 나라에 뭐가 있다고 가는 걸까.

메일을 누르려던 손가락을 멈추고, 검색 창에 '아일랜드, 유럽'이라고 검색하려는 순간. 아래 과거 검색 기록이 자동으로 주르륵 떴다. 하연이 검색한 목록이 그녀의 아이디에 남아 있는 모양이었다. 그런데……

[시한부 선고, 실제 여명]

[암, 시한부 기간]

[시한부 기간이 짧아질 확률]

튀어나온 검색어는 다 아주 낯설고도 차가운 것들이었다. 뭐지. 핸드폰을 바라보던 성준의 눈앞이 순간 흐려졌다. 왜 신하연이 이런 걸 검색했던 걸까. 무슨 일이 있었던 걸까.

순간 성준의 손에 얽히던 그녀의 앙상하고 마른 손목이 떠올랐다. 뾰족한 턱선. 톡 튀어나온 광대뼈, 움푹 팬 눈. 아프지 않은 이상 그렇게 될 수가 없다.

그녀와 마지막으로 만난 것은 두 달 남짓. 조금 전까지 도윤과 헤어진 것 때문에 그렇게 아픈가 보다 했는데…….

오늘 하연이 했던 말을 성준은 몇 번이고 뇌리에서 되뇌어 보았다. 바싹 마른 입술로 하연이 속삭였던 것들.

"좀 아팠어."

"병원 가도 소용없어."

"아일랜드? 여기 있으니까 너무 아파서…… 도망가는 거야."

"고마워. 난 괜찮아. 이제 준비가 다 됐거든."

아프다고 했다. 준비가 되었다고 했다. 괜찮다고도 했다. 무엇이 괜찮고, 무엇이 준비가 되었단 말인가. 무엇이…….

성준은 도저히 이 현실을 믿을 수가 없었다. 성준은 허리를 숙여 핸드폰을 움켜쥔 채, 다시 한번 하연이 검색한 내용을 훑었다.

[시한부 선고, 실제 여명]

[암, 시한부 기간]

[시한부 기간이 짧아질 확률]

신물이 속에서 울컥 올라왔다. 성준은 주먹을 움켜쥐고 어지러운 속을 참아 냈다.

＊ ＊ ＊

하연은 런던으로 향하는 비행기에 몸을 실었다. 동그란 차창 사이로 싸늘한 공항의 풍경이 비쳤다. 마지막으로 보는 한국의 풍경. 그러나 생각보다 마음이 무겁지는 않았다.

새로운 곳으로 떠나면 훨씬 좋아질 거라는 희망이 문득 남았다. 어제 만난 성준의 덕이다. 도윤이 잘 지낸다는 이야기를 들으니 마음이 한결 좋았다.

하연은 성준처럼 되고 싶었다. 그녀는 대학교 때부터 밝은 그를 늘 부러워했었다. 문득, 아주 오래된 기억이 떠올랐다.

대학교 2학년 때던가. 기말고사가 끝나자마자 떠난 동아리 합숙. 명색이 합주를 위한 합숙인데, 연주는 뒷전이고 낮에 다들 펜션에 있는 운동장에 모여 농구를 시작했다.

그해는 참 덥기도 더웠다. 5월부터 날씨가 후끈 달아오르더니, 여름방학에 들어서자 그늘에서 숨을 쉬기만 해도 이마에 땀이 배어 나왔다. 더워지는 날씨만큼이나 하연의 마음도 깊어지고 있었다. 펜션 한구석에 있는 벤치에 앉아 하연이 손등으로 이마의 땀을 꾹꾹 누르며 저 멀리서 농구를 하는 도윤을 바라보았다.

도윤은 심드렁한 표정으로 드리블을 했다. 그런 도윤을 보고는 하연은 몰래 웃었다. 선배는 늘 저러네.

동기들이 놀자고 꾀면 "아, 놀긴 뭘 놀아." 하면서 세상에서 제일 귀찮은 표정을 지으면서도, 사람 수가 부족하다고 조르면 따분한 듯한 얼굴로 참여했다. 근데 막상 시작하면 누구보다 열심히 움직이고.

그런 도윤을 바라보는 하연의 입술에 미소가 걸렸다. 아무도 주변에 없을 때, 몰래 그를 지켜보는 것이 하연의 짝사랑 법이었다. 도윤이 볼을 받아 한 번 튕겼다가 다시 던진다. 그가 던진 갈색 공은 둥근 포물선을 그리고 한 번에 골대로 들어갔다.

"와."

그늘에서 그를 몰래 훔쳐보고 있었다는 것도 잊어버리고 하연은 저도 모르게 손뼉을 쳤다. 그런 하연의 손에 누가 툭, 차가운 음료수를 던졌다.

"안 덥냐?"
"어?"

동기인 성준이었다. 미간을 찌푸리고는 자신을 내려다보고 있었다.

"왜 밖에서 이러고 있어. 안이 시원하잖아. 에어컨 빵빵 나와."
"그게 말이지."

뭐라고 변명할까 입을 달싹이는데 성준의 눈이 하연의 시선이 닿아 있던 곳으로 뻗었다.

"아, 농구 보고 있었네."

도윤을 바라보던 마음을 들킬까, 하연이 조급하게 입을 열었다.

"으응, 아니, 그게 아니고. 너무 안에 있었더니 답답해서 바람이라도 쐴까 해서 밖에 앉아 있었지."

서툰 변명에 성준이 입술을 삐죽였다.

"그런가. 밖에 후끈해서 더 답답한 것 같은데."

별로 공감이 가지 않는다는 듯, 성준이 대답하고는 털썩 하연의 옆에 앉았다. 하연은 그가 준 음료수를 따서 입에 흘려 넣으며, 도윤을 애써 보지 않으려 다른 곳으로 눈을 돌렸다.

하늘이 참 맑다. 구름이라도 있으면 덜 더울까. 바람이라도 불면 더 시원할 텐데. 그늘 아래도 이렇게 더운데 햇볕 아래 있는 선배는 덥지 않을까.

그의 뺨이 운동 때문인지 태양 때문인지 붉게 달아올라 있고, 투명한 땀이 알알이 맺혀 있다.

"도윤이 형 말이야."

다시금 그를 바라보고 있던 하연의 마음을 알아채기라도 했는지, 성준이 입을 열었다. 하연이 놀라 그를 바라보자, 성준 역시 저 멀리서 뛰고 있는 도윤을 쳐다보며 말을 이었다. 다른 선배가 던진 공을 도윤이 받아 들어 던지자, 농구공이 가볍게 또다시 골대 안으로 들어갔다.

"운동도 잘하네. 얄밉지 않아?"
"어?"

"집안도 잘살고, 잘생기고, 운동도 잘하고, 심지어 바이올린도 잘 켜지."

"아……. 그렇지."

"필사적이지 않아 보이는데 뭐든 잘해서 가끔 얄밉더라, 난."

"그래?"

의외였다. 성준은 늘 밝은 분위기 메이커라 남 신경 쓰고 그런 일은 없는 줄 알았는데. 도윤이야 여럿에게 선망의 대상이었지만, 성준이 그렇게 신경 쓰고 있을 줄은 몰랐다.

"어. 얄미워."

성준이 더운 듯 손으로 부채질을 하며 표정의 변화 없이 담담히 중얼거렸다.

"여자애들한테까지 인기 많잖아. 막상 본인은 여자를 그렇게 멀리하는데도 말이야……."

"그렇지……."

성준이 마치 그를 쳐다보고 있던 저를 향해 하는 말 같아 하연은 시선을 떨어뜨렸다. 발끝으로 땅을 톡톡 차며 시선을 피했다. 그러나 말을 피하려는 시도는 얼마 가지 못했다.

"그런 거에 대해서 넌 어떻게 생각해?"

"응?"

갑작스러운 성준의 질문에 하연이 고개를 흔들었다.

"딱히 그런 문제에 대해 생각해 본 적이 없어서 모르겠는데."

거짓말. 왜 도윤 선배가 저렇게 여자애들에게 거리를 두는지, 혹시 만나는 사람이 따로 있기라도 한 건지, 좋아하는 사람이 있는 건지. 하연은 늘 궁금했다. 하지만 그것을 성준에게 그대로 드러낼 수는 없었다.

"그래?"

서툰 거짓말에도 다행히 성준은 더 추궁하지 않았다. 마른 입을 축이기 위해 차가운 음료수를 다시 한 모금 하연이 꼴깍 삼켰다.

"이 음료수 뭐야? 되게 맛……."

있다. 그렇게 말하며 화제를 바꾸려 한 하연의 말을 성준이 끊었다.

"그럼 나랑 사귈래?"
"뭐?"

무슨 말인가. 맥락 없는 그의 말에 하연이 눈을 동그랗게 뜨고 그를 바라보았다.

"사귀자. 신하연."

"……."

"도윤 선배에 대해 아무 생각 없으면, 나랑 사귀면 안 돼?"

"아니……."

갑자기 성준이 제게 뱉은 소리가 무슨 의미인지 몰라 하연은 눈만 깜박였다. 대낮에, 나무 그늘 아래서 듣는 사귀자는 말. 너무 뜬금없는 이야기라 자신이 잘못 들은 게 아닌가 싶을 정도였다.

"그게 무슨 소리야?"

당황한 하연의 눈동자가 이리저리 흔들렸다. 성준과는 동기 중에서도 사이가 좋은 편이기는 했다. 하지만, 그가 자신을 여자로 보고 있다는 생각을 한 적도 없었고, 하연은 그를 그냥 친한 친구 중 하나로 생각했다.

"너무 뜬금없나? 근데 도윤이 형보다는 내가 나을 것 같아."

"……."

"너 도윤이 형 좋아하는 거 아는데, 그래도 괜찮아."

그가 숨을 탁 뱉으며 다시 말했다.

"그러니까 그냥 나랑 사귀자."

"어떻게 알았어?"

너무 놀란 나머지, 자신의 마음을 숨기려는 노력조차 잊어버리고 하연이 되물었다. 성준이 하연의 다급한 말에 씩 웃었다.

"걱정하지 마. 그냥 내가 너 보다 보니 알게 된 거니까. 다른 사람들은 아무도 몰라."

놀라, 말을 잃었다. 하연의 손이 음료수 캔을 꼭 쥐자 그 모습을 보고 성준이 또 웃었다.

"거절이지?"
"어?"
"지금도 도윤이 형 좋아한 거 들킨 것만 생각하고 내가 사귀자는 건 안중에도 없잖아."
"그게……."

너무 놀라서. 너무 당황해서. 한꺼번에 많은 정보가 쏟아져 들어와 처리하기가 곤란했다. 그러나 성준은 예의 그 빙글거리는 미소를 지으며, 장난스럽게 말했다.

"그렇게 심각해하지 마. 그냥 말한 거야."
"어, 저기……. 저기 있잖아."

하연이 뭐라 말하기도 전, 저 멀리서 우진이 걸어왔다.

"야! 너희 둘이 뭐 해? 내 앞에서 남녀가 붙어서 연애질하는 거 금지인 거 알지? 내가 합숙 오기 전에 뭐랬어?"

우진은 합숙 직전, 여자 친구에게 거하게 차였다. 그래서 오기 전에 엠티 가서 연애질하는 것들 있으면 가만두지 않겠다며 반 농담, 반 진담으로 으름장을 놓았었다. 성준이 자리에서 일어서며 크게 기지개를 켰다.

"아, 우진이 형. 그러지 마세요. 저 지금 차였단 말이에요."
"뭐!? 차여?"
"네. 하연이한테 사귀자고 하니까 싫대요. 우리 실연 동지끼리 밤에 같이 소주나 마시죠."

그러면서 성준이 우진에게 다가가 어깨동무하며 매달렸다.

성준이 그때 정말 나를 좋아했을까? 그 일에 대해 성준이 언급하는 것을 싫어해, 어린 날의 치기였나 보다 하고 하연 역시 되묻지 않았다.

그 당시 그의 감정에 대해 잘 알지 못하지만 어쨌든, 성준은 그 이후에도 많은 여자 친구가 있었다. 동아리 내의 후배인 지영과도 사귀었고, 학과 내 CC도 한 것으로 알고 있고. 성준뿐이 아니었다. 그 당시 여자 친구에게 차여 울먹였던 우진도 지금은 결혼을 앞둔 여자 친구가 있다.

대학교 1학년. 기억조차 희미해질 정도로 까마득한 예전 일이다. 대학교 신입생 때부터 좋아한 남자를 계속 좋아하는 건, 아마 나뿐이겠지. 모두 다 성장해 가는데, 하연 홀로 이 자리에 남아 있었다.

비행기가 활주로에 들어섰다. 공항에서 일을 하는 분들이 두 손을 높게 올려 잘 가라는 듯, 손을 흔든다. 정말 안녕이다.

도윤에게 결혼하자 했을 때 얼마나 가슴을 졸였는지. 도윤이 입술을 마주 댔을 때 심장이 얼마나 터질 것 같았는지. 선배를 좋아하는 마음은 점점 더 깊어져 가고, 점점 더 당신에게 익숙해져 갔다.

　하지만 이제 그만둬야 한다. 20살의 연애에서 졸업한 성준처럼, 그때의 여자 친구는 기억도 못 하는 우진처럼.

　하연 역시 지난 사랑을 거기 두고 떠날 때가 되었다. 할 수 있는 것은 다 했다. 후회는 없었다. 도윤이 괜찮다는 말을 성준에게서 전해 들으니 실낱같이 남았던 미련마저 떠나갔다. 다들 앞으로 걸어간다. 성장하고 나아간다.

　하연은 두 손으로 허벅지 위에 걸쳐진 담요를 꽉 움켜쥐었다. 비행기가 앞으로 천천히 달려갔다. 자신의 마음도 그 비행기에 실어 보냈다.

　선배, 잘 있어요. 아프지 말고.

　울컥, 터지는 울음과 함께 눈을 감았다.

　이제 하연도 그럴 때가 되었다. 앞으로 나아갈 때가.

＊　＊　＊

　도윤은 차가운 침대 위에서 눈을 떴다. 초겨울인데도 난방을 돌리지 않아 한기가 돌았다.

　"하아."

　도윤은 몸을 웅크리고 있다가 숨을 토해 냈다. 얼마나 집 안 공기가 차게 식었는지, 하얀 입김이 나온다. 지겨운 하루의 시작이었다. 넓은 침대의 한구석, 빈자리가 눈에 들어온다.

멍하니 그곳을 바라보다가 도윤은 쓴웃음을 지었다. 돌아오지 않을 이가 남기고 간 빈자리에 심장 한쪽이 쿡쿡 쑤셔 왔다. 그러나 머물러 있어도 소용이 없었다.

도윤은 앞으로 흘러내린 머리카락을 쓸어 올리고 자리에서 일어섰다. 샤워를 하고, 타박타박 1층으로 내려가자 창밖의 풍경이 서늘했다.

하연과 살았던 여름과 가을은 참 따스했다. 이 집의 모든 날들이 좋았다. 도윤이 거실에서 소파에 앉아 밖을 바라보면 눈부신 신록 속에 빛나는 하연이 있었다. 늘 바지런하게 정원을 꾸미다가, 가끔 뒤를 돌아 소파에 앉은 도윤을 보고 생긋 웃던 그녀.

"도윤 씨."

그렇게 부르던 여인은 더 이상 없다. 이제 그곳에는 아무도 없다. 그저 가을에 떨어져 내린 낙엽만이 스산하게 날렸다. 아무리 바라보아도 있는 것은 없다.

하연이 집을 나간 뒤, 도윤 역시 이 집을 나가려 했다. 하지만 그럴 수가 없었다. 허망한 추억을 되짚을 때마다 그 순간순간이 행복했다. 그래서 미련스럽게도 이곳에 남았다.

"회사 가야지."

들어 줄 사람도 없는데 나지막하게 결심을 말하고는 도윤이 몸을 돌렸다. 욕실로 향하려는 순간. 톡, 가볍게 유리창을 두드리는 소리가 났다.

"뭐지?"

시선을 바깥으로 향해 보니 까만 고양이 두 마리가 자리에 앉아 고개를 삐죽 들고 있었다. 이름이 뭐랬더라.

"아롱이, 다롱이……였던가."

원래 이름이 무엇인지는 모르지만, 하연은 그렇게 불렀던 것 같
다. 유리창 건너편이라 소리가 희미했지만, 고양이들은 입을 차례
로 벌리며 울어 댔다.

"냐옹, 냐옹."

그녀의 빈자리를 그들도 느낀 것일까. 하연이 집을 나가고 나서
얼마간 녀석들은 정원에 찾아오지 않았다. 오랜만에 나타난 녀석들
은 도윤을 발견하고는 끈질기게 울어 댔다. 도윤은 고양이들을 무
시하고 화장실로 가려 했지만, 정원에 부는 바람에 낙엽들이 어지
러이 흩날렸다.

오늘 날씨는 영하까지 떨어진다 했다. 추운 날씨에 밖에서 우
는 모습이 애처로웠다. 그러고 보니 길에 사는 고양이들은 겨울을
어떻게 보내는 걸까. 저렇게 얇은 털로 한 철을 보내긴 힘들 것
같은데.

도윤이 인상을 찌푸리고 거실 문을 반쯤 열자 거센 바람과 함께
고양이들이 안으로 쪼르륵 달려 들어왔다. 처음에는 도윤 쪽으로
오는가 싶더니, 금세 소파 앞에 깔아 놓은 카펫 위를 뒹굴었다. 언
젠가 우진이 사다 준, 터키에서 직접 사 온 선물이었다.

"갸르르릉."

기분 좋게 목을 울리다가 조금 더 체격이 통통한 녀석이 꼬리를
세우고는 타박타박, 도윤에게로 다가왔다. 가만히 서서 낯선 침입
자들을 바라보는 도윤의 다리를 고양이가 감아 돈다. 부드러운 털
이 발을 스쳤다.

"냐옹."

하연이 있을 때는 도윤의 곁에 다가오지도 않으려 했던 녀석이, 마치 주인을 맞이하는 양 머리를 쓰윽 쓰윽 비벼 댔다. 사람을 가리지 않는 건지.

"너희는 아무나 좋은 거냐?"

도윤이 투덜거려도 신경 쓰지 않고 그의 다리에 작고 귀여운 머리를 비볐다. 그가 혼자 남아 외로워 보이기라도 한 건지, 아니면 그녀의 향기가 아직도 이 집에 배어 있어서 그런 건지, 고양이들은 퍽 편해 보였다.

도윤은 고양이에 손을 내밀어 보았다.

"넌…… 하연이 보고 싶지 않아?"

"냐앙."

강아지도, 고양이도 기른 적 없어 동물을 만지는 것이 익숙지 않은 거친 남자의 손바닥에 동그란 머리가 닿았다. 하연 따윈 다 잊었다는 듯, 머리를 비벼 댄다. 도윤은 인상을 찌푸렸다.

누구라도 좋은 거니? 난 하나도 잊지 못했는데. 아직도 신하연이 보고 싶고, 신하연이 그립다. 아플 정도로.

"……."

도윤은 말없이 부드러운 손길로 고양이를 만졌다. 계속 쓰다듬다 보니 카펫 쪽에서 뒹굴던 녀석까지 다가와 도윤에게 만져 달라 졸라 댔다. 두 손으로 부드러운 털들을 헤집는다. 멀리서 봤던 고양이들은 꾀죄죄하고 볼품없다 느꼈는데, 눈을 초롱초롱 빛내는 모습이 어떻게 보면 귀여웠다.

한참을 만지다가 회사 갈 시간이 다가와 도윤은 자리에서 일어섰다. 여전히 차갑게 식은 표정으로 아롱이, 다롱이를 바라보았다.

"누가 아롱이고, 누가 다롱이야?"

물어봤지만, 고양이들은 당연히 말이 없었다.

"상관없나."

중얼거린 도윤은 물과 하연이 남겨 놓고 간 사료를 꺼내 주고는 회사로 나갔다. 혹여 고양이들이 나가고 싶어 할까 봐 창문을 조금 열어 놓은 채. 그 사이로 바람이 샜다.

〈아파도 하고 싶은〉 2권에서 계속